曹多勇作品精品集

春天的欲望

时代出版传媒股份有限公司
安徽文艺出版社

曹多勇，男，1962 年出生于淮河岸边的大河湾村。现为安徽文学院专业作家，安徽省作家协会副主席。多年来在《人民文学》《当代》《十月》等国内知名文学刊物发表中短篇小说 300 余万字。

现已出版长篇小说《大河湾》《寻父记》、中篇小说集《曹多勇中篇小说精选》、中短篇小说集《幸福花儿开》、短篇小说集《开口说话》、小小说集《月亮眼》等七部。其中长篇小说《美丽的村庄》（与人合作）获中宣部第十届（2003—2006 年）“五个一工程”奖。中篇小说《好日子》获 2003—2004 年度安徽文学奖。

CHUNTIAN DE
YUWANG

春天的欲望

曹多勇◎著

时代出版传媒股份有限公司
安 徽 文 艺 出 版 社

图书在版编目(CIP)数据

春天的欲望/曹多勇著. —合肥:安徽文艺出版社,2016.8
(曹多勇作品精品集)
ISBN 978-7-5396-5622-9

Ⅰ. ①春… Ⅱ. ①曹… Ⅲ. ①短篇小说-小说集-中国-当代 Ⅳ. ①I247.7

中国版本图书馆 CIP 数据核字(2015)第 290793 号

出 版 人:朱寒冬　　策　　划:朱寒冬
责任编辑:岑　杰　柯　谐　　装帧设计:张诚鑫

出版发行:时代出版传媒股份有限公司　www.press-mart.com
　　　　　安徽文艺出版社　www.awpub.com
地　　址:合肥市翡翠路 1118 号　邮政编码:230071
营 销 部:(0551) 63533889
印　　制:安徽新华印刷股份有限公司　(0551)65859551

开本:700×1000　1/16　印张:22　字数:380 千字
版次:2016 年 8 月第 1 版　2016 年 8 月第 1 次印刷
定价:39.00 元(精装)

目　录

自　　序

踌躇数日，不知这篇短文如何下笔。原因是面对短篇小说要想说出一个子丑寅卯来，难！短篇小说是一种什么样的文体？怎样写好一篇短篇小说？等等。恐怕都不是谁轻易能够说明白的。你说短篇小说不求写全面的人生，只写人生的几个片段足矣。可分明又能找出写一个人一生的短篇小说佳作来。你说短篇小说只求故事的韵味，不讲故事的完整性。可分明又有大量的追求故事起承转合的短篇小说。足见无章法、缺范式是短篇小说的主要特征之一。每一位作家都有着自己心目中的短篇小说经典，每一位作家都有着别样的短篇小说作品。我写短篇小说二十余年，自然而然地形成我的追求与个性。形式上，我喜欢质朴，不喜欢花哨；视角上，我喜欢第一人称，少用第三人称，不用第二人称；内容上，我只写淮河流域的人和事。

我觉得花哨的短篇小说形式，跟我的短篇小说内容不相契合，跟我的性格不相契合。花哨的形式是需要一个作家有足够的才情与智力。比如米兰·昆德拉。我读他的《被背叛的遗嘱》就分不清是在读文论还是小说。又比如我读卡夫卡的长篇小说《审判》，喜欢对照读他的《小说的艺术》的部分文字。米兰·昆德拉对卡夫卡的智性解读，令我钦佩。之后，他依旧是他，我依旧是我，很难从中汲取写作的养分。

我之所以喜欢第一人称写作，是因为我想把自己摆放在和作品人物有切肤关联的位置上。我是他们的儿子、哥哥、弟弟、侄儿、外甥、表兄。最起码我也是与他们共饮同一条淮河水的远亲近邻。我喜欢写作有自己体温的作品。我喜欢消解虚构与现实界限的作品。在叙事策略上，作品中的“我”是内视角，作者的“我”是外视角。这样，外视角与内视角便有了一致性。我先用自己的情感去体悟作品中“我”的情感，再用作品中“我”的情感去体悟作品中的人和事。只有做到作者情感的真，才能做到作品情感的真。这是短篇小说的生命。

我出生于淮河岸边的一个小村庄。她是我生命的源头，也是我小说的源头。从我写作的开初至现在，她一直紧紧地萦绕在我的笔端。离开生命的源头，我写小说就不知道该从何处下笔。小说是写过去，是写那些消失在时间的尘埃中而又留存在生命记忆中挥之不去的人和事。写作的过程，就是回望的过程，就是呼唤的过程。看一看我们自己的生命一路从何而来，理一理我们自己的情感到底包含有哪些东西。

要问写小说之于我有何益处，最起码写作时我感觉生活是充实的，生命是安宁的。

是为序。

二〇一五年十二月二十日　葛大店

人　羊

这户姓麴的人家来大河湾落户，是在一年的夏天里。他家原本是船民，长年在淮河里打鱼为生。鱼少了，船破了，再难维持生计，干脆弃船上岸，做个种庄稼的农民。这家人不算多，一个男人，一个女人，两个孩子。船上人的长相有特点，凭借我们孩子的一副眼光也能辨别出。男人精干瘦小，头脸手脚黑不溜秋的。人们常常说，这人长得黑，黑得三把抓不出一道白印子，指的就是这么一种人。常年接触水，水锈顺着脚趾、手指慢慢洇染全身，如胎记一般，上了岸，没个三年五载休想消退去。女人也黑，还长着一副大屁股、一双大脚丫，走起路来像鸭子似的往地上一拍一拍的，一副大屁股也像鸭子似的左摆一下，右摆一下。两个孩子是挨着生的，大的个头不算高，小的个头也不飘。有趣的是两个孩子各背着一只大葫芦。葫芦漆着大红漆，猛地看上去，像是背着鼓。船上的孩子都得背这样一只大葫芦，葫芦浮力大，孩子掉河里不下沉。这两只大葫芦护着这两个孩子的命，一背能背好多年。现在，两个孩子上岸了，大葫芦还背着，就成了船上孩子的一种标记。

公社干部领着这样的一户人家来大河湾，与大队干部指手画脚一阵子，就把这户人家安插进村庄的紧西头。我们这儿的人家紧依淮河，房屋盖在庄台上。庄台属于拦河堤坝的一部分，却要比堤坝高、宽。村庄的紧西头是村庄的末尾梢，再往西就剩窄窄的一道拦河堤坝了。这户姓麴的人家就暂时把一间茅草屋盖在这。

村大人与村孩子不一样，他们注意的不是这户人家的男人长得黑、女人走路像老母鸭，还有两个孩子身后各背着一个圆鼓鼓的大葫芦。他们嘴上念叨的是这户人家的姓。姓什么？姓麴。大河湾没有这种姓，周围村庄也没听说过有这种姓。麴，读着拗口；写纸上，生产队会计认不得，村学校老师也把头摇得像抽风。村人生意见，说天底下有那么多的姓，他们家偏偏挑拣一个谁也不认得的姓，这不存心跟我们作对吗？

麴，这个姓，他们自家人念“去”（qù）。“去”与“滚”同意，又与“屈”同音。村人说，有什么好“屈”的？别的村庄能收留他们家？村人又说，干脆姓“滚”算了，在大河湾觉得委屈，叫他们家滚得远远的。

大河湾就他们一家单门独姓的人家，又初初乍乍地来，肯定要受不少屈，遭不少欺。这么一种境况，这户人家早想到了——住是住进了大河湾，可要想融进大河湾，成为真正的大河湾人家，少说也得个三年五载呀。

这户姓麴的人家的大人隐忍着。

这户姓麴的人家的孩子也隐忍着。

农谚说，头伏萝卜，二伏白菜。那时候，土地归生产队集体管理。每户人家只有一点菜园地，叫自留地。这户姓麴人家来大河湾落户正赶上伏天里，生产队分给他们家两分地。这家男人赶一趟集，买回一把挖地的铁锨，买回一把整地的钉耙，买回一包萝卜籽，又买回一包白菜籽，就准备种萝卜、白菜了。他们家人吃过萝卜、白菜，却从没种过萝卜、白菜。一家人新奇得不得了，大人孩子一齐围拥进这两分自留地里，种萝卜，种白菜。这户姓麴人家把这两分自留地平均一分为二，一分地种萝卜，一分地种白菜。地挖好了，整好了，一家人却不知怎么把萝卜籽、白菜籽种下地。

女人说男人，你去邻居家行（请）个人来种。

男人摇摇头，不愿去。

女人说，你去邻居家地里看一看，别人家怎么种萝卜、白菜，我们家就怎么种萝卜、白菜。

男人又摇摇头，还是不愿去。

这男人说，我不信萝卜籽种地里能长出白芋，白菜籽种地里能长出花生。

最终这男人随便、马虎、不合章法地把萝卜籽、白菜籽种进地里去。

菜园地种上菜，女人找来两捆麻秸，挨排插出一道篱笆，拦鸡拦猪拦羊。这家女人带着两个孩子前前后后忙活了一整天，总算把两分自留地围拦住。不想这家男人看见了，却叫自家女人、孩子把篱笆拆下来。女人说，家家菜地都围着篱笆，就我们家不围，鸡猪羊一进来了，还能长出一棵菜？男人说，我们家的菜地不怕鸡猪羊，就怕村人想进进不来。女人糊涂了，不知男人说的什么理。男人说，大人进不来就算了，孩子想进进不来，戳烂胳膊腿，就不好说话了。

女人说，怎么个不好说话呢？我巴不得戳烂肚子，肠子流出来呢。

男人叹口气说，居家过日子，还是少一事比多一事好。

女人明晓男人的一颗心，领着自家的两个孩子把围好的篱笆拆下来。

几天过后，两分菜地里的菜籽发芽了。这时候，萝卜不像萝卜，白菜也不像白菜，只有一星一点的绿。风吹过来，颤抖一下；风吹过去，颤抖一下。纤纤弱弱的，怎么看都不像萝卜、白菜的秧苗子。

又过个十天八天的，两分菜地里的萝卜、白菜长出萝卜、白菜的模样了。萝卜的叶子毛茸茸的，白菜的叶子光溜溜的，见风见雨比赛似的往上长，满地洇染开绿，一篷一篷的，似一层流动的绿色云朵。

再过个十天八天的，两分菜地里的萝卜长得有手指那么粗；白菜也一棵一棵把叶片往大里长，乌油油的，喜人。

这一天，这户麴姓人家的菜地进了村里的孩子，偷走一片萝卜，留下一片坑，还有散乱满地的萝卜缨子。一个个萝卜坑新鲜着，一把把萝卜缨子新鲜着，显然偷过没有好长一会儿。这家女人站菜地里，一张脸气得通红，嘴冲着庄台骂，说谁家孩子祸害萝卜，吃肚子里烂心烂肝烂肠子。

村人从近旁走过来，走过去，没人搭理这家女人的话茬子。

这家男人听见女人骂，紧赶走过来，把女人扯回家。不一会儿，这家男人换一张笑脸走出门，说菜地长萝卜谁个吃还不是一个样。

这家男人走下菜地，把散乱的萝卜缨子捡拾一堆，就地挖出一个坑埋起来。坑挖好，萝卜缨子扔坑里，这家男人并不急着培上土，而是一锨一锨先把萝卜缨子捣碎在坑里边。这家男人用的力气很大，一边做这事，一边还冲村人笑，说萝卜缨碎地里沤肥料，下一茬萝卜长得更旺兴。

一畦白菜也命短。村人暗着拔，明着拔。偷萝卜的多是孩子，拔白菜的多是大人，还多是女人。暗着拔的，只见白菜一棵一棵少，不知是东家女人拔的，还是西家女人拔的；明着拔的，拔得也有理，脸上还不着一丝不好意思的颜色，说家里下面条，水快开了，自家菜地远，急赶急地去拔来不及。

这家男人、女人瞧见明拔白菜的村人也不阻拦，还笑着说，你拣大棵的拔。

一分菜地里的萝卜没长出气候，干净了。

一分菜地里的白菜没长出气候，干净了。

这户麴姓人家的男人、女人、孩子又走进自家的两分地自留地，挖、整、种。他们还种萝卜，还种白菜。只是季节晚了，算是末伏萝卜、末伏白菜。

再返过头来说说这户麴姓人家的两个孩子。两个都是男孩子，大的十岁，小的八岁。大的名叫大葫芦，小的名叫小葫芦。船上孩子，孤单惯了，不合群，不愿轻易跟村里的孩子玩。兄弟俩自己玩，还在自家门口玩，哪儿也不去。一玩玩半天，一玩玩一天，像还是在船上，四周都是水，抬脚动腿的，哪儿也去不了。两个孩子的脾气随着自己的父母，温温善善的，不厉言厉语，兄弟俩也很少磨牙吵嘴。兄弟俩不愿跟我们玩，我们却愿意跟他俩玩。挨近了，我们伸出一双好奇的手摸一摸他们背后的红漆大葫芦。摸着不过瘾，拍。一拍，“咚、咚、咚”地响，真像一面鼓。伸手摸，两个孩子没意见。不能拍，一拍，两个孩子就把背后的葫芦转到前面，伸两手护着。兄弟俩不说话，一双眼凶巴巴地瞪多大，仇视着我们。我们想见的就是兄弟俩这模样。大葫芦护胸前能护得住？护上面，我们拍下面；护下面，我们拍上面。再护，我们不拍葫芦，拍兄弟俩的头。“咚”一下，又“咚”一下。兄弟俩小，我们大；兄弟俩寡，我们众。一会儿，兄弟俩就被我们拍急了，张嘴骂我们。两个孩子说话的口音与我们不很像，说不上侉一点，还是蛮一点。兄弟俩骂我们，我们不气，“哈、哈、哈”地笑，说他们奶腔奶调的骂声跟唱歌一样好听呢！

再好听的骂声毕竟还是骂声，我们听多了，听烦了，就觉得无趣无味了。我们还是去拍兄弟俩的葫芦，伸手拍，拿棍戳，要不干脆捡土坷垃砸。土坷垃没有准性，砸身上，砸头上，偶或也能砸在葫芦上。往往的景况是这样，土坷垃还没砸着葫芦，两个孩子却先哭起来。这种时候，我们觉得再玩下去更是无知无趣了。不知谁大喊一声，他们家的大人回来了。我们视假为真，“嗷——”一声鼠散开。一份玩的乐趣达到了极致与顶点。

如若偏巧他们家的大人真的回来了，我们也不怕。这户麴姓人家的大人不会骂我们，更不会打我们，而是笑着一张脸走进屋拿出好吃的招待我们。一把花生，或是一把炒香的黄豆。一边分发吃物，一边吩咐我们说，一起好好玩，他们俩好哭，不能怪你们。

相比较，这户麴姓人家的大人对待自家的孩子就凶恶多了，不心疼两个孩子挨打，更不同情两个孩子哭号，说你们俩与人家好好地一块玩，不信人家会往你们身上打。

两个孩子犟嘴，跟大人争辩，说出事情的经过。

这户麴姓人家的大人说，这村庄是别人的村庄，凡事多忍着点，多让着点。现在轮不着你们俩说理，有理也没理。

两个孩子经常挨打，经常哭号。大葫芦的头被打鼓起了包，“哇、哇、哇”哭一气儿；小葫芦的胳膊被打破了，“哇、哇、哇”哭一气儿。两个孩子身上的旧伤没愈又添新伤，怎么办呢？这户麴姓人家的大人干脆一把锁把两个孩子锁屋里。一间茅草屋矮趴趴的，没有窗，门一关闭，白天也像夜晚。两个孩子待在这么黑的屋里还能玩什么呢？兄弟俩脸对脸坐地上，你盯着我，我盯着你。盯得长了、累了，不定哥哥或弟弟的眼睛“啪嗒”先闭合，睡起来。相跟着，另一个人的眼睛也“啪嗒”闭合上，睡起来。

两个孩子关屋里，我们也不会轻易放过他们。找一根芦苇从门缝伸屋里，够着两个孩子打。两个孩子满屋里躲，拐拐落落的，芦苇拐不了弯，想打，打不着。两个孩子反倒乐喜开，眼里的困瘾，“哗啦、哗啦”掉干净，“哈、哈、哈”地笑着喊，打呀，你们怎么打不着呀？

我们罢下手，扒门缝往里瞧，也只能瞧见两个孩子的两双眼。这还玩什么呢？我们想离开，兄弟俩又不愿意。没有我们在这儿，兄弟俩还是要睡觉。兄弟俩说，我们不躲闪了，你们拿芦苇想怎么打就怎么打。兄弟俩真就站在芦苇能够着的地方，让我们打。一根芦苇长长地伸过去，软软地打身上，还不跟挠痒痒一样？猛然地，两个孩子一把攥住芦苇，一折，折不断，也折弯了。

这般，我们的乐趣还没兄弟俩的多。

我们抽出芦苇，嘴冲着门缝往里吐唾沫，“呸——”吐一口，“呸——”又吐一口。唾沫还不如芦苇，吐出去，落地上，连个踪影都见不着。两个孩子在屋里边更是乐，说我们这是往屋里吐猪屎，说我们这是往屋里吐狗尿。两个孩子的话提醒我们，我们掏出小鸡，冲门缝往屋里“哗啦啦”尿了好几泡尿。

再没有什么可玩的了，我们一溜烟跑开。

这以后我们就不愿去他们家了。两个孩子孤单单地在屋里，除去睡觉，也只能扒门缝远远地瞧着我们玩。偶或地从他们家路过，两个孩子会扒着门缝大声喊我们，说你们来我家玩吧，我们让你们的芦苇往身上打，我们让你们的唾沫往身上吐，我们还让你们的尿往身上尿。

我们听见也像没听见，招招摇摇地从他们家门前走过去。

再从他们家门前路过，还是听见两个孩子高一声低一声地喊我们。这一次说是要给我们好吃的。有好吃的，谁不想吃，谁是傻蛋。我们拥过去，看见的还是两个孩子的两双眼，一点好吃的也没见。大葫芦扒着门缝不动，吩咐小葫芦去拿。小葫芦扒着门缝也不动，说不知道娘把好吃的藏在哪儿了。大葫芦说，不知道也要去找！小葫芦扒着门缝的手一松，隐进黑屋里。是什么好吃的？兄弟俩不说，我们也不知道。看不见的黑暗处，“呼通、呼通”一阵响。小葫芦两手一划拉从黑暗处游过来。小葫芦什么吃的也没找着。我们很失望，把含嘴里的口水咽进肚子里，说大葫芦骗人，说小葫芦也骗人，说你们家根本就没有什么好吃的。

没指望的事我们就不愿等待了。

可兄弟俩还是不让我们走。大葫芦说他去找，他知道娘把好吃的藏在什么地方了。

我们又站住脚，看着大葫芦离开门缝一点一点暗下去。

大葫芦找好吃的很卖力，“叮哐、叮哐”的响声一阵比一阵响。

大葫芦找了一会儿，还是没把好吃的找出来。我们在门外等急了，说要是再找不着，我们真得走开了。大葫芦说，你们再稍稍等一下，我的手指都摸着吃物了，屋里黑，一晃没抓住。我们说大葫芦又是在骗人，是找好吃的，又不是掏麻雀，还能长出翅膀跑掉呀。

我们一人向他们家门口吐一口，把嘴里的口水吐干净，恶狠狠地骂兄弟俩，一个是大骗子，一个是小骗子，一个是侉骗子，一个是蛮骗子。

大葫芦听见骂声，紧赶跑过来，手里抓着两块馍，问我们可愿意吃。

时辰快到晌午，我们的肚子早饿了。

小葫芦拦着门缝，不让大葫芦拿馍给我们吃，说，娘回头会把我们俩打扁的。

大葫芦两手攥着馍，腾不出手，一脚踹过去，把小葫芦踹地上。

一块馍被我们分掉了。门外面，我们的嘴一个比一个张得大，一个比一个吃得香。

不知什么时候，这户麴姓人家的大人回来了，瞧见门外一窝如饿狼似饿虎的村孩子，一下惊呆住。两个大人的两双眼睛瞪开来比我们吃馍的嘴还大。这家的男人开开门，揪住大葫芦打大葫芦，揪住小葫芦打小葫芦。这家的女人没有走过来，两腿一软，瘫坐地上，哭起来，说，这大河湾怎么是个这么欺负人的村庄呀？大人受欺，孩子受欺，连菜地里的白菜、萝卜都受欺长不安呀。

相隔没几天，这户麴姓人家的男人赶集牵回两头羊。是两头公山羊，不一般大，一头大一点，一头小一点。我们心想，这么一来兄弟俩就不用关黑屋里了，可以牵着两头山羊去远远的空地方，一边放羊，一边自己跟自己玩，也可以远远地躲避开我们。其实，这里暗藏着的事远比我们想的复杂得多。

这户人家来大河湾，大人与孩子一样，日子过得也不顺畅。比如说，这些天生产队只让他们两口子干一种活——担粪水。生产队的牛屋旁有一所公用茅厕，雨水一充足，尿屎往外漫，进不去人，还臭气熏天的。村人皱眉头、捂鼻子与生产队队长说这事。队长说，那就让姓麴的男人女人去担粪水吧。队长交代他们两口子干这活。这家的男人女人还有点迟钝。队长说，船上人不干这活，能干什么？锄地分不清庄稼草，犁地扶不住犁梢头，生产队总不能白养活你们一家人。

那时候，村人下地干活是按天记工分，男劳力记十分工，女劳力记八分工，半大的孩子有记七分工的，有记六分工的。这户麴姓人家的男人干一天活记女人的八分工，女人干一天活记半大孩子的六分工。队长说，就这还算便宜你们了，别人一天干下的活，你们三天五天也干不完。

这户人家的男人女人只得担粪水。

庄稼活也不是好做的，锄地不容易，犁地不容易，担粪水更不容易。这活又臭又脏倒在其次，更闹心的是一担粪水挑进庄稼地，你得拿舀子一舀一舀往庄稼地里泼洒开。这户人家的男人女人干这活，一舀一舀的，就是泼不开。队长过来查验活儿，气得一蹦三尺高，说粪水泼不开，庄稼就会被烧死，下趟担清水，这片泼过粪水的庄稼得稀释。

半天活干下来，男人咬着牙，勉强还能支撑住。女人嘴歪眼斜，肩膀疼得一张脸都不像一张脸了。这活，少说还够他们干个七天八日的，还怎么往下忍耐呢？这家女人挑一担粪水，身子一晃悠，连着两桶粪水跌在地上。说来也真奇怪，粪水没泼身上，一只脚却崴了，疼得她像杀猪似的号回家。队长心里明晓，跟这家男人说，剩下的活，你独自一人慢慢干去吧。

就是这种时候，这户麴姓人家的男人赶集买回两头山羊。

两个孩子放羊的场地就在他们家南面的一片河滩地里。河滩地临近淮河，只长荒草，不长庄稼，是放羊的好地方。此外，这儿没有庄稼，没有菜地，羊轻易不会惹是非。可这一天，两头山羊还是被这户人家的两个孩子狠狠地打了一顿。

羊惹祸了，村人也打它，打几下，骂几声，杀杀气，就算了。跟不会说话的哑畜较什么真呢？这户姓麴的人家不这样，正正规规地把两头山羊牵往村大路，捆绑在路边的两棵柳树上。不捆高，不捆低，羊脖颈上的缰绳搭树丫上，一捞一拴，羊的两条前腿吊起来，留两条后腿似着地非着地。两头山羊被这么一收拾，还没打一下就大呼小叫地像挨上了刀。这户人家当然不会真拿刀杀羊，做了两根鞭子，一根交给大儿子，一根交给小儿子。两个孩子，大的孩子负责抽打大的一只羊，小的孩子负责抽打小的一只羊。大的孩子一鞭子抽过去，大的一只羊“咩——”叫一声；小的孩子一鞭子打过去，小的一只羊“咩——”叫一声。

两个孩子气力弱，胆子也弱，打羊不敢看羊，也不敢看鞭子。鞭子抽过去，两眼紧闭上，羊“咩——”声一叫，孩子的身子跟着抖。羊的叫声像是羊回敬过来的鞭子，一鞭子一鞭子反过来抽打在两个孩子自己的身上。

围观的村人很多，有大人，有孩子。村孩子是看热闹，羊的叫声再凄惨也觉得很悦耳。村大人看打羊就想弄明白打羊的道理。回答话的当然是麴姓人家的男人。这男人一直背着两手，笑眯眯地站在一旁，不看打羊的孩子，也不看被打的山羊，说羊挨打是羊不好好吃草，却往堤坝北面跑，吃庄稼地里的庄稼，吃菜园地里的青菜。

村大人“噢——”一声明白了，说这两只山羊真该打，说庄稼地里的庄稼能随便吃吗？菜园地里的青菜能随便吃吗？

至于这两只山羊吃了哪个生产队地里的庄稼，吃了哪家菜地里的青菜，就不好多问了。更无人深究这两只山羊被示众的原因。

大的孩子抽打一鞭子，大的一只羊“咩——”叫一声。

小的孩子抽打一鞭子，小的一只羊“咩——”叫一声。

村人渐渐失了兴致，散去，说，你们家的羊，爱打打去吧。

相隔没几天，这户人家的两只山羊又被捆绑在村大路旁边的两棵柳树上。两个孩子还是各自手持一根鞭子。大的孩子还是负责抽打大的一只羊，小的孩子还是负责抽打小的一只羊。这一次，两个孩子都把眼睛睁得开开的，不打羊的其他部位，专打羊的耳朵根。哑畜最怕的就是打耳朵根。耳朵根软，敏感，再有牙口的哑畜也吃不住。两个孩子一鞭一鞭抽过去，抽不准耳朵根，挪鞭子，一道鞭印撵着一道鞭印往耳朵根那儿跑。两只山羊的耳朵根遭鞭打，真是比遭刀叫得还凄惨。这两个孩子一鞭一鞭抽打羊，不看村人，只看鞭子，看手里的鞭子抽没抽准山羊的耳朵根。

“啪——”大的孩子手里的鞭子抽过去。

“咩——”大的山羊叫出一长声。

“啪——”小的孩子手里的鞭子抽过去。

“咩——”小的山羊叫出一长声。

村人想拦住两个孩子的鞭子，说羊的耳朵根不能打，一鞭子打准了，打狠了，羊想活也活不成。

这户麴姓人家的男人不让村人阻拦，说打死烀一锅羊肉汤，左邻右舍都能喝。又说这两只羊不这么打不会长记性，上一回是偷吃庄稼、青菜，这一回是抵人，专撵村里孩子抵，要是真把肚子豁开了，我能收拾这个场？

这以后，三天两头，这两只山羊就被捆绑村大路旁边的柳树上抽打一顿。

村人奇怪，这两只山羊怎么会犯下这么多不可饶恕的错误呢？

村人转过眼再看这两个抽打羊的孩子，竟吓了村人一大跳。两个孩子的两张幼稚的脸绷得铁紧，两眼血红血红的，似能滴下血，手里的鞭子抽打羊抽打多了，下手也就准了、狠了，身子也不颤抖了。两个孩子抽打羊的一副恶狠狠的模样，像是这户麴姓人家喂养的两只狼。

村大人心里一惊一抖，两条腿慌慌张张地逃离开。

村人总算明白，这户麴姓人家为何频频抽打这两只山羊了。

村里男人跟自家女人说，莫去姓麴人家的菜园地拔白菜、萝卜了，就是走路，也离他们家菜园地远远的。

村里男人跟自家孩子说，莫去招惹姓麴人家的两个孩子了，就是玩，也离这两个孩子远远的。

村里的大人有眼光，能够预见远离着的还没有发生的事。我们孩子短缺这副眼光，最先吃亏的是一个名叫拧脖颈的村孩子。

拧脖颈是大队民兵营长的儿子，长得蠢头笨脑，般上般下的孩子没人能玩得过他。一方面是老子当大队民兵营长撑着腰，更主要的还是力气大，心狠手辣，一般的村孩子犯手上，三拳两脚就被打趴下。拧脖颈是一窝村孩子的头。他说东，一窝村孩子不敢说西；他说打狗，一窝村孩子不敢打鸡。就是这么一个恶霸王却被这户麴姓人家的两个孩子给治住了。

那年月，学校闹革命闹过了头，连课都闹得停下不上了。村孩子庄台上玩够了，就去庄稼地里打对仗。村孩子分两派趴地两边的墒沟里，土坷垃做武器，砸过来，砸过去。哪边的孩子先挨着打、先哭号开，哪边的一派算是败。说开来，打对仗也没什么玩头。可总比什么都不玩有意思吧。这一天，这户麴姓人家的两个孩子一齐走过来，要跟我们一起玩打对仗。他俩可能打羊打累了，也可能觉得打羊没有一点意思了，才找我们玩。拧脖颈想都没想，一口回绝掉。

拧脖颈说，你俩还是拿鞭子抽打羊去吧。那多好玩呀，你一打，它一叫，爱打多久打多久。

兄弟俩听见回绝话，不离开，反倒一步一步逼近拧脖颈。

大葫芦说，我们兄弟俩就想跟你们一块打对仗。你收，还是不收？

拧脖颈霸道惯了，哪能容忍这态度，回绝得更坚决，说滚，滚，滚，滚远远的一边去，免得惹火我，抬手动脚打伤你们兄弟俩。

兄弟俩又逼近一步拧脖颈。

小葫芦说，我们兄弟俩先是打死了那只小山羊，后又打死了那只大山羊，你说我们玩什么？

拧脖颈感到了一丝威胁，也感到了一丝害怕，脸上布一层僵直的笑，嘴却硬，说，没见过像你们俩这样的人，死皮赖脸地偏要跟我们玩。

兄弟俩一齐摇头,说你错了,我们不会这样做。愿意,我们一块玩;不愿意,我们回家。

拧脖颈迟钝一下,瞧瞧眼前的兄弟俩,还是说不愿意。

兄弟俩朝拧脖颈笑一笑,真的转脸回家了。

拧脖颈冲兄弟俩远去的背影呆呆愣愣好一会儿,不祥的预兆像一丝疼痛、一丝痒直直地往心里传进去。

隔天上午,我们在一条屋巷里玩。这条屋巷瘦长瘦长的,一窝村孩子拥进去,显得它更瘦更长。我们玩得正在兴头上,这户麴姓人家的两个孩子过来了。屋巷东西走向,两个孩子分别从两端走过来。大葫芦手里拿着一根抽打羊的鞭子,小葫芦手里拿着一根抽打羊的鞭子。兄弟俩紧绷一张脸,血红一双眼,不说话,一人一端把住巷口站住脚。

都这种时候了,拧脖颈还没察觉危险已悄然靠近眼前。

大葫芦"啪——"一声甩响手里的鞭子,算是跟我们打招呼。

我们慌乱地把眼睛转向响声,看见大葫芦的一副凶模样。

小葫芦"啪——"一声甩响手里的鞭子,也算是跟我们打招呼。

我们又慌乱地把眼睛转过去,看见小葫芦的一副凶模样。

拧脖颈知道不好收场了,慌着神色问,你们俩想干什么?

大葫芦冲拧脖颈笑一笑,说不干什么,我们就是想抽打羊。

拧脖颈显然要吃亏了,又不甘心,瞅瞅小葫芦堵拦的巷口,想往那边溜。

小葫芦瞧出了拧脖颈的心思,一甩手,"啪——"一声,鞭梢斩断一串树叶,树叶飘呀飘呀落下来。

拧脖颈明白,一场恶战是避免不了了。拧脖颈抖擞抖擞精神,说我手下这么多的人,还怕你们兄弟俩?

大葫芦的功夫比小葫芦还厉害,弯腰伸手捡一段木棍,往半空一扔,一甩手,鞭梢撵过去,"啪——"一声,木棍断两截落地上。

大葫芦说，我们兄弟只想跟拧脖颈一个人玩，不关别人的事，谁想走谁走，不走，鞭子可不认识人。

“呼啦”一声，一窝村孩子从大葫芦、小葫芦的身旁溜光了。一条屋巷里只留下大葫芦、小葫芦、拧脖颈三个人。

一鞭子还没挨，拧脖颈就吓瘫地上了。拧脖颈说，我愿意收你们打对仗，该照(行)了吧。

大葫芦往前逼近一步，“啪——”声炸响手里的鞭子，说，我们这会儿不想打对仗，只想抽打羊。

小葫芦也往前逼近一步，“啪——”声炸响手里的鞭子，说，你学几声羊叫，我们兄弟俩一人抽打你一鞭子，这事才算了。

兄弟俩扬着鞭子，从屋巷的两头一步一步逼过来。拧脖颈哆嗦着两眼看看大葫芦，又转头看看小葫芦，眼一闭，嘴一张，“哇啦”一声哭起来。

大葫芦说，我们不愿意听你哭。

小葫芦说，我们只愿意听羊叫。

拧脖颈停下哭，一声羊叫从拧脖颈的嘴里很响亮地叫出来。

“咩——”

只是还没等拧脖颈叫出第二声，兄弟俩手里鞭子黑着两条影子就猛然扑过来，拧脖颈左耳朵根挨上一鞭子，右耳朵根也挨上一鞭子。拧脖颈再叫喊就一点也不像羊叫了。

2003 年 12 月 30 日—2004 年 1 月 4 日　江陈

幸福花儿开

1

陶秀、王兰花算是大河湾村里最漂亮的两个女人了。陶秀早两年嫁来大河湾，年龄也比王兰花大两岁。陶秀生过孩子，王兰花的肚子还没怀上过。因有这么一番差别，可以说王兰花的美多是天然的，少人工修饰的痕迹，尤其缺乏陶秀身上那种经过男人、生过孩子所特有的少妇韵致。从性格上来说，陶秀的秉性柔软一点，王兰花的脾气刚烈一点。陶秀的娘家不远，是此地人。王兰花的娘家远，远得连她自己都含糊着是哪个省的哪个县的哪个地方人。

那一年，亲戚的亲戚拐了好几道弯把王兰花领来大河湾村。先说好的，是要把王兰花许配给大锯做老婆的。大锯长相不差，高高大大的，很有男人模样。王兰花与大锯见过面，说过话，王兰花的一颗头就点下了。不想隔天里王兰花就决然反悔了，原因很简单，大锯家的成分高，是富农。王兰花的态度很坚决，说自己的家庭成分是贫农，万万不能嫁到一个地主富农、成分不好的人家里。王兰花娘家的地方穷，比我们大河湾村要穷上好多倍。王兰花不愿回去，转脸嫁给村里的大坤。大坤长相老，脾气木，一副奴奴唧唧的模样。王兰花做大坤的女人小半年，心里就委屈得常常哭，一个人偷偷地生闷气，一个人偷偷地抹眼泪。日子再久，王兰花就憋不住，开始与大坤吵架了，三天两头，两口子就鸡毛蒜皮地吵一架。王兰花两口子吵架与别的人家不一样。别的人家是男人有气打女人，他们家是女人有气骂男人。屋里屋外光听王兰花一个人吵、一个人闹，像是大坤早已出远门，根本不在家一样。

村里的男人说大坤窝囊，居家过日子，哪能由着女人骑在头上拉屎又撒尿？

大河湾村的男人大多数都是喜爱打老婆的汉子，闲暇里把老婆捞过来打一打，像是一项很普及的业余运动。大河湾村的男人说，女人就像套进磨道里的驴，抽打抽打推磨才勤快。

大坤不能这样对付老婆，耷头勾脑地说，像我这样的男人，人家愿意跟我就不错了，我哪里还敢打人家？

大坤回答的话不能说没道理。像王兰花这样的外乡女人心都野，难收拢，说一声不高兴，一抬腿走掉了，大坤只好干瞪眼打光棍。白天，有女人陪着一起吃饭；夜里，有女人陪着一起睡觉。大坤幸福得自己没事心里乱哼哼，哪还会心生怨气呀？

相比较，陶秀的家庭生活就与王兰花反过了一个样。陶秀的男人叫大树，大树长得就像一棵大树，脾气暴躁得也像一棵风雨中的大树。见风，摇一摇，摆一摆，怒几声，吼几声；见雨，摇一摇，摆一摆，怒几声，吼几声。大树抬脚动手打陶秀，像是一日三餐的饭，少一顿都发饿，都难受。大树经常骂陶秀的一句话是：娘那个卖×，我看你皮肉又痒痒了，欠揍！

夜晚里，大树家常常传出动脚动手的大动静。

2

大凡这个人世上的漂亮女人都是一种很奇怪的东西。这诸多的奇怪事情里有一条是亘古不变的，这就是漂亮女人特别关注的还是漂亮女人。开头，王兰花笑话陶秀，心里说你长得漂亮有什么用，不天天挨男人的打、挨男人的骂？大树比大坤长得身强力壮又怎么样？还不是把这份多余的力气变成拳脚，花在自家女人的身上了？王兰花这么一比较觉得自己还是幸福的，似乎大坤的长相不如大树也抵消了。可过后的不长时间里，王兰花又改变了自己的看法，一颗心变得不安不宁了。简单地说，陶秀的漂亮没有因为挨男人的打骂而受到一点点的损伤。陶秀柔软着一副神态进门出门，像是从来没有遭遇过男人打骂这回事。一朵花，遭人蹂，遭人躏，反倒开得更鲜更艳。这其中的道理，王兰花无论如何都弄不明白。王兰花想，女人莫不天生就是一种贱物，挨男人打骂与挨男人疼爱都是同一个理由，都是天经地义的，又都是不可更改的？

王兰花突然心生一个主意，想让大坤也打自己一顿，尝一尝挨打的滋味。

这一天，王兰花就把这一光荣而艰巨的任务跟大坤说出口。大坤的态度是可想而知的，让他一口气把三个豹子胆吃进肚子里，也不敢去动王兰花的一根手指头。王兰花讨好似的跟大坤商议说，你就照着我的脸打一巴掌，狠狠地打你舍不得，就轻轻地打。大坤说不敢，就是不敢。王兰花寒起脸，大声问大坤，你打还是不打？大坤把一颗头使足劲“哗啦啦”地摇，吓得不敢再说半句话。王兰花不放过大坤，扬着一张脸往前逼，大坤哆哆嗦嗦往后退。王兰花把大坤逼到墙角里，大坤没了退路，两只手紧紧地抱着头，蹲下身。王兰花朝大坤恶狠狠地吐出一口唾沫子，说全天下也少见你这样的窝囊男人。

大坤懦弱，王兰花知道轻易让大坤打自己一顿，大坤真是不敢。王兰花思想对策，一想想着一件女人特有的好办法——憋着大坤，不跟他睡觉。王兰花一连干耗了大坤好多天。王兰花找出各种各样的理由，今天说自己身上没干净，不能干；明天说自己身上不舒服，没心情。今天拖明天,明天拖后天,一拖拖了半个月。白天两口子一块外出做一做生产队里的农活,夜晚两口子家里边一块做一做私人功课——这是大河湾村夫妻间惯常的生活状态。现在王兰花说一声“停”,“嚓啦”一声真的止下来,三天两天的还好说,十天八天的也能忍,过了第十天,大坤开始半夜半夜地睡不着觉了。大坤与王兰花同睡一张床,同盖一床被,两人还习惯脱光身子才钻进被子里。大坤怀里搂着王兰花,就像一个饥饿的人看着一碗香喷喷的米饭不能吃。大坤心里猴急,手脚却不敢硬来,只嘴里央求着。王兰花态度很强硬,不就是不。一夜不能睡觉的滋味,大坤无论如何都受不住,只得逃离王兰花,不与王兰花同睡一张床,同睡一个被窝。王兰花觉得火候差不多了,晚饭后该刷的刷好,该洗的洗好,自己把自己脱光了躺在床上,对大坤说,来,骑上吧。大坤不知真假,心生胆怯,嘴脸上的肌肉乱抖动,问,王兰花,你该不是骗我吧?王兰花不搭话茬,精光的两腿分开来,朝大坤叉一叉的。同时,王兰花的两眼眯成一条缝,里面充满笑,充满蜜。大坤一步一步往前靠近,脸上的笑僵硬硬的,两嘴丫上挂着的口水滴滴答答落地上。看着王兰花这么一副模样,大坤很矛盾。一方面知道自己不可能轻易地、顺顺当当地骑上去,一方面又不死心,笨手笨脚地试探着往上贴。大坤只是没想到王兰花的两条腿猛然地一曲一伸,自己没一点防备地一屁股坐在了地上。

大坤真是被王兰花戏弄过头了,一双眼里“哧啦啦”地冒出一串串火星子。

王兰花说大坤,你要是敢打我一巴掌,你愿意怎么睡我我都依着你。

大坤失控了,抡起拳头,无头无脸照王兰花的身上砸过去。

大坤拳头砸着,嘴里说着,我让你逼我,看我不往死里打你。

王兰花没想到懦弱的大坤拳头会这么重,几拳挨过,王兰花的浑身上下一片火辣辣地疼痛起来。王兰花紧咬牙关,不喊不叫,也不还手，任凭大坤的拳头举起来，落下去。

大坤打王兰花的目的不是打王兰花，是睡王兰花。大坤猛然停下拳头，呼喘喘地像一头公牛一下把王兰花按床上，睡上了。大坤的一股牛劲太短促，刚趴在王兰花的身上就醒了，就软了。大坤像个孩子似的瘫在王兰花的肚皮上，“呜呜呜”哭起来。大坤质问王兰花，你为什么要这样逼着我打你？王兰花说，我想尝尝真正男人的滋味。

3

王兰花如愿以偿地感受到了挨男人打的滋味，尝过后觉得挨男人打肯定不是女人想要的真正男人滋味。挨男人打就是挨男人打，除了疼还是疼，此外还会有什么呢？

王兰花想，还得从陶秀的身上去剖析。

王兰花与陶秀两家相隔不远，陶秀两口子打架的声响能听得清清楚楚。白天里忙着干活，两口子吵架的事只能放在夜晚的空闲里。那年月日子苦，可以说每天晚上的大河湾村都有两口子打架。两口子打架是排解内心苦闷的一种方式，也是解决所有矛盾的最佳方法。老话说，天上下雨地下流，两口子打架不记仇，白天吃的是一锅饭，晚上睡的是一个枕头。一个邻居家听见另一个邻居家的两口子打架也只能做耳旁风，外人插手只能愈插愈乱。入乡随俗，以往王兰花对待陶秀家两口子打架也是熟视无睹，充耳不闻。现在王兰花不同以往了，多长了一双眼睛，多长了一双耳朵。陶秀家一有动静，王兰花就把这多长的一双眼睛看过去，就把这多长的一双耳朵伸过去。功夫不负有心人，王兰花精心细致地观察几次，还真窥视出陶秀与别人的不一样来。比如，别人家的女人一挨男人打，挨着没挨着，挨得怎么样是一回事，一定得像杀猪似的可着嗓子眼大喊大骂一通，姐姐妹妹，祖宗八代，粘着连着的一并骂出来。男人打女人落得个手快活，女人骂男人落得个嘴快活。男人打女人是大河湾村男人的权利，女人骂男人也是大河湾村女人的权利。大树与陶秀两口子打架却不这样。大树打陶秀当然用的还是手和脚，“咚、咚、咚”地能惊动得半个村庄的人都知道。怪是怪在陶秀不吭一声不骂一句，任由大树打，像是大树的拳脚砸的是桌，踢的是床，连陶秀的皮毛都没沾着一样。

夜过天明，新一天又轮。大树下地干活，陶秀也照样下地干活。

在大河湾村没听说有哪家的女人挨男人打过不下地干活的。大河湾村的女人没这么娇贵。不过，女人挨着男人打跟不挨男人打还是不一样的。隔天早，男人灰溜溜的，女人更是没有精神，抬不起头。相对男人来说，打女人就像是一件大气力活。打女人一顿，睡一夜觉还缓不过来劲。女人挨着男人打也要脸要皮的。骂过了，嗓子哑；哭过了，眼睛红。无论怎样都休想掩饰住自己的伤悲与委屈。陶秀却不这样，陶秀不哭，眼睛不红；陶秀不骂，嗓子不哑。隔天早晨王兰花见到的陶秀不着一丝悲伤与委屈不说，反倒鲜枝嫩叶得像一棵浸润一夜露水的花草。陶秀原本就不爱跟别人说话，这会儿张扬着一张脸，竟一片喜气洋洋的。陶秀一边干活，一边嘴不停地翕动着，像是自己与地里的庄稼说着话，与地里的小草说着话。这般，王兰花更加不能明白了——陶秀的幸福来自哪里呢？

有一次，王兰花实在忍不住，问陶秀，昨天夜里大树打你啦？

谁家的锅底没黑灰？谁的牙齿没咬过舌？在大河湾村女人问女人这样的话是犯忌的。陶秀说，天下哪有男人不打女人的？

陶秀是个漂亮的女人，同时又是个聪明的女人。聪明的女人不用别人把话说透，却能把别人的心事看透。陶秀又说，男人不打女人，那这男人还叫男人吗？陶秀的这句话直指王兰花男人的软肋，弄得王兰花很是下不了台。王兰花鼻子里“哼”一声走开，说，真是一把贱骨头，挨着男人打还觉得荣光呢！

4

王兰花心里的谜底解不开,心不死。王兰花撇开陶秀两口子打架的表象往深处里一看就看出问题的实质所在了——原来陶秀与大锯有一腿。

说起来,王兰花察觉出这件事也是很偶然。先还是说说大锯这个人。大锯家庭成分不好,却读过不少书,肚子里装着不少墨水。那年月运动多,抄大字报、刷标语,都需要大锯这种有文化的人。因而大锯就一直被大队干部团结着、利用着,属于坏家庭中能够教育好的范畴。那年月常说的一句话叫,出身不由己,道路可选择。话是这么说,可真要选择起来,大锯各方面还是被动的。别人有权选择他,他却没权选择别人。大锯整天只能认认真真地做着别人为他选择的事。大队干部说,你今天去把大队宣传栏换一下。大锯就甩开手里的活,乐颠颠地跑过去,一忙忙活好多天。大锯要把原先宣传栏里的旧东西撤下来。大锯要把宣传栏里里外外打扫干净。大锯还要准备报纸文章。大锯还要准备笔墨纸张。大锯还要抄抄写写。大锯还要把宣传栏布置停当。做这些事再麻烦再烦琐,大锯也不愿别人插手,别人万一插手插乱了,出了事就不是小事情。错一个字,乃至错一个标点符号都能惹出杀身大祸的。大锯独自一个人平心静气,不急不躁,一做能做好多天。

大锯一年里的大多时间都在做这种类似的特殊工作,不是脱产干部,却比脱产干部也差不到哪儿去。这么一来,大锯穿戴上就很接近村干部,不用整天一身汗一身脏,弄得一身酸味、一身馊味。因着这一点,大锯在大河湾村的男人中就很显眼。陶秀能看上大锯这样的男人,偷偷摸摸地与他有一腿,这在王兰花看来不但不觉得陶秀犯贱,反倒觉得自己眼光短浅,自己原本来大河湾村就是要嫁给这个男人的呀。仅凭这一点,王兰花就输给了陶秀。王兰花明白,女人幸福的关键,是看她有没有找着一个好男人。陶秀的男人也许不理想,可她心里除去大树还装着大锯,这就有了大的补偿。王兰花也就自然明白陶秀为什么不怕大树打她了。王兰花一下子失去平衡,心里空荡荡的,都不知自己日子还怎么往下过了。

这一次,大队干部让大锯写语录墙。

那年月村里每户人家的门前面,门左墙(那是一个唯左为上的年代),都用石灰辟出一块专门写语录的地方,长方形,有三尺长、二尺宽。灰土土的墙上装饰着这么一块白石灰,显得十分夺目而显眼。其上再抄写上语录,村人识字不识字走过来走过去都要瞅几眼。白石灰面吸光,风吹日晒,隔些时日,毛笔写上去的字就会渐渐淡了。语录字忌讳缺胳膊断腿的,紧紧密密的点、横、竖、撇、捺一出现松动就要用白石灰涂抹掉,重新书写。这些天大锯的工作就是挨家挨户去做这种重复工作。也就是大锯写到陶秀家门前的那一天,王兰花来了灵感似的察觉出大锯与陶秀两人之间的那条不易看见的腿。

农活不要紧的日子,半天活的中间要歇上一个大歇子,小半个时辰的长度吧。男人懒,歇歇子就歇歇子,不愿动弹,不愿回家,就地找一处地方躺下来,真真假假睡一觉;或者几个人围一圈,下一种名叫"洲"的棋;更或者就是闲扯淡,荤荤素素一扯一大堆。女人就不能这样了,她们得利用这点空隙慌张着脚步跑回家,有奶孩子的要喂孩子,没奶孩子的也有许多女人必须做的家务事等着做。一路上女人追赶着女人,散开,各自回各自的家。陶秀脚步急,王兰花脚步也不慢。陶秀的家在前面,王兰花的家在后面。也就是说,王兰花回家必然得经过陶秀家。陶秀原本是走在王兰花前面的,陶秀家有奶孩子步子快一点,王兰花是能够理解的。可陶秀临近家门的时候,突然地松下脚步,竟落在王兰花的后面。漂亮女人与漂亮女人之间的戒心是天生的。王兰花与陶秀两个人平时说话少,心里更是间隔十万八千里。王兰花回头看看陶秀，见她的两条腿没有瘸，见她的两只脚没有崴。王兰花奇怪着一颗心继续往家走，一看看见大锯正在陶秀家的门口忙活着。王兰花的心猛然一咯噔，豁然亮开陶秀、大锯两人之间的那条腿。

王兰花的一颗心乱了，觉得来大河湾村的这半年日子就像易碎的鸡蛋顷刻间破碎掉，蛋黄蛋清流一地，王兰花头脑浑浑浊浊，都不知该怎样去收拾了。

一块石灰牌语录的活，大锯再怎么拖拉半天也干完了。可陶秀家的这块语录，大锯绣花描朵似的干了两天整。这两天的陶秀都不像陶秀了，穿得花枝招展，走路轻盈，说话清亮，脸色光鲜，头发光洁，一副神态都快赶上不食人间烟火的仙女了。王兰花心里生出一团自己也说不清楚的无名火，烧得王兰花整天在家里瞎转悠，见天天不蓝，见地地不绿。王兰花反复问自己，陶秀的两条腿夹不紧，向大锯开，我为什么要夹得这么紧？

很快，大锯轮到刷写王兰花家门前的语录了。王兰花做出一个大决定，似乎连歇歇子的时辰都等不及了，自己替自己找理由早早就回来了。因为有过没撮合成的姻缘，时常里王兰花与大锯几乎不说话。今个要说话，说些什么话，王兰花的肚子早已准备好。王兰花不慌着说，关上门先是换上一身鲜亮的衣褂，再走出家门，斜着腰身靠在门框上，做出一副又骚又浪的样子。王兰花的一副表情都这样了，还是不说话，两眼眯缝着看一旁干活的大锯。大锯一板一眼干着手里的活，像是王兰花不存在似的。王兰花心里不生气，心想我倒要看看你的假正经还能摆多久。王兰花面不急，心急，眼里的大锯要多男人有多男人。大锯的嘴脸、大锯的腰身、大锯的一举一动都是大坤所不能相比的。

王兰花开始与大锯说话了。王兰花先是“哎”一声，算是与大锯打招呼。王兰花打完招呼，说，大锯，你写的字真好看，我站在这儿都看走神了。王兰花的这句问话不用回答，大锯也没回答。大锯照常忙活自己的事，一双写字的手有了慌慌张张的细微变化。王兰花继续说话，她把话往前推一推。王兰花问大锯，你该不会气我吧？王兰花问话很含糊，大锯还是不理她。王兰花说，我原本是该与你吃一锅饭的，只可惜我看错了眼。王兰花真真切切地看见大锯的身子骨抖动了一下。王兰花自己的心也跟着一颤一抖了。王兰花紧跟着往前说，你要是还不嫌弃我，我还可以照样做你的女人。

王兰花说完这话就等于向大锯表明了态度。

王兰花还是把男女之间的事情看得太简单了，她心想一个女人也跟一条母狗差不了多少，只要自己把尾巴撅起来，往公狗身上蹭一蹭，公狗就没有不往上爬的道理。大锯说话了。大锯说，我跟你们家大坤是兄弟，我不能做对不起兄弟的事。大锯还是不看王兰花一眼，说完这句话，收拾收拾手里的笔墨就想离开。王兰花急眼了，走过去，伸手一把捞住大锯的衣褂襟，央求大锯说，我不会老缠你的，我俩就睡这一次。大锯用力甩掉王兰花捞他的手，说你不要脸，我还要脸呢。就是大锯的这句话，真使王兰花的一张脸不是脸了。王兰花的一张脸褪尽血，煞拉白。王兰花的上下牙齿咬得咯咯咯地响，一张嘴哆哆嗦嗦一句话也说不出口。王兰花的眼里，大锯愈走愈远，身影却愈来愈清晰。

5

俗话说，捉奸捉双。在防震棚里，陶秀与大锯两人正搞得黏糊着，王兰花敲门了。

这年是唐山大地震的第二年。唐山一震，全国惊慌，家家都盖有这种临时性的、简易的防震棚，透风、透雨、透亮。相比较，大锯家的防震棚更简单，秫秫秸墙，麦秸草顶。这样的防震棚不怕天塌，不怕地陷，却怕羊抵、猪拱。一扇门也是秫秫秸捆就的，没闩，没锁，陶秀与大锯两人做好事也只能象征性地把秫秫秸门合一合。王兰花伸手敲一敲门,还没推,秫秫秸门"吱呀"一声就开了。陶秀睡下面,大锯趴上面,运动着的两人就停止了,僵住了,呆呆愣愣地不知怎么办才是个好。王兰花不进,也不出,松松垮垮靠门上,两眼看着精光着身子的两个人说,接着搞,接着搞。说我从这儿经过听见里面有"哼哼唧唧"的响声,还心想生产队里的一头牛跑进去了呢。说要是知道你们两个在这里做野鸳鸯,就是砍断我的两只手,就是挖出我的两个眼珠子,我也不敢推门,不敢看一眼呀。

正赶挨傍晚生产队收工,王兰花这么一咋呼、一吵嚷,村人"呼啦"一下就围拥过来了。王兰花关上门,把守着,不让村人进,不让村人看,说,做这种事有什么好看的。又说,人家一男一女两个人光屁股,你们随便看,人家还怎么有脸活!

陶秀与大锯两个人得着空当,急忙收拾残局。防震棚里一阵慌慌乱乱地穿衣服声响过后,大锯先勾头耷脑地出来,后面跟着同样勾头耷脑的陶秀。王兰花不再言语,一双眼睛里却盛满得意的光。村里其他的人也不说话,一双双眼睛猛然往大里睁,望着这对狼狈的、衣冠不整的男人女人。

陶秀与大锯两人哆嗦着穿过人群,分头向自己家的方向走去。

天"嚓啦"一声巨响,就黑将下来了。

晚上,大锯家大门小门紧闭着,陶秀家大门小门紧闭着。王兰花家不关门,大门敞开着,小门也敞开着,村人一窝一窝地围过去,听王兰花讲解员似的、不厌其烦地、一遍一遍地讲述着。夜深了,夜静了,王兰花家的热闹场景仍然不歇不散。王兰花说,我早就看出个所以然来了,大锯憨憨厚厚的还好说,你们望望陶秀的一双眼,整天弯弯迷迷地还不住往男人的魂上钩。旁的不说了,单说今天,一个下午里,两个人的心事哪还放在干活上。陶秀锄地,明明是草不锄,偏偏一锄接着一锄往庄稼苗上刨。起先我还犯糊涂,说没见过天底下有这么锄庄稼的人。我顺着陶秀的眼神一瞟,才知道她的一颗心不在锄草上,一双眼歪呀斜地直往大锯那儿跑。大锯勾头锄地，一张脸红得像是刚刚喝过半瓶酒。我当刻心里就有数了，今天两人要成就一桩好事。

王兰花接着说，俗话说，母狗不撅腚，公狗爬不上。最先忍耐受不住的是陶秀，说是家里的孩子发烧先走一步。后走的是大锯，大锯说他要早点下工把生产队的那头驴牵回家推磨，不想大锯就是一头大叫驴，要去推陶秀这盘磨。

村人耳朵听得很舒坦，"哈、哈、哈"，张扬出口一大嘟噜笑。

王兰花也是提早收工的。王兰花说，我说什么？我就说我家的老水羊跑窝（发情），我要赶紧去找一头大公羊。

王兰花说，两个人进防震棚是从两个方向进的。陶秀绕道从西边走，大锯绕道从东边走。我看得真真切切的，陶秀的人离防震棚还有丈把远，两只手就猴急地解裤带了。大锯见陶秀先一步进去，两只脚慌张得都分不出前后了。

王兰花一口气说累了，去水缸边舀起半瓢凉水，"咕咚、咕咚"猛喝一阵子。

村人急，催促说，快说，快说，再慢一会儿，两人的好事就做完了。

王兰花把喝剩的水连同瓢"咚"一声砸水缸里，说早呢，大锯这不刚刚闪进去，连裤子还没脱下呢。

王兰花说，我有意放慢脚步，你们想呀，早一点我进去，人家两个人还没睡上，随便说是进去逮老鼠，我也没有二话呀。捉奸捉晚了也不照（行），三下两下完了事，就是没提裤子，人家两个人说是逮虱子，你又能说什么？

什么时辰才是火候呢？王兰花自己问自己，我在门外等呀等，等到屋内有"吱呀吱呀"的床声传出来，等到屋内有"哼唧哼唧"的人声传出来。

王兰花问村人，你们说我还用再等吗？

村人说，快开门，再晚，人家×两伙子都日完了。

王兰花果断地同意说，好！我一推门……

村人指出王兰花说错了，应该是先敲门，后推门。

王兰花慌忙改口说，我先敲门，后推门，伸头往里一看……

这一夜，陶秀与大锯两人胡搞的事迅速传进大河湾村每个人的耳朵里。

王兰花最后总结说，明天有大锯好看的呢！你想想，一个富农羔子把一个贫下中农的老婆睡上了，不法办还候什么？

王兰花总算把心头的一口恶气宣泄出来了。

6

隔天早晨，上工队铃很早就被队长敲响了。

生产队用作队铃的是一根合抱粗的钢管，一端埋地下，威严地耸立着，有一丈来高。队长走进牛屋摸出一把锄，靠近队铃，举起锄头，深仇大恨似的朝上面砸去。大河湾村有十个生产队，各生产队用作队铃的物件不相同，可立着这么一根钢管的就只有我们生产队。这队铃体大声洪，响起来，能传十里八里远。往日里队长敲铃不敢下气力，振聋发聩，怕耳朵受不住。今早队长不顾耳朵了，铆足劲地敲，愈敲愈兴奋，愈敲愈有力。“咣、咣、咣”。铃声敲荡着大河湾的天地，滚动着、欢跳着，像是一口热锅炒着焦黄豆。那年月，土地属于生产队的，土地里的活也属于生产队的。社员干生产队里的活的最大特点就是磨洋工，哪怕麦场上晒着的麦子猛然一下遇见雷暴雨，村人干活的手脚也不见得快出多少来。大家马，大家骑，漂走的粮食有我多少呢？今早干活不是晒麦子，也没遇见雷暴雨，众心却拧成了一股绳，像决口的洪水，“哗啦”一声齐刷刷地流过来。队长见状不愿把话说破，知道自己今早怎么个下死力敲铃，也知道村人今早怎么个心齐。队长看见王兰花行动最快捷，腿不长，三步并作两步，筋斗流星，一副小跑的样子。王兰花走到队长跟前停住脚步，骨碌眼睛急忙察看四周的村人（村人也相互骨碌眼东瞅西望着）。大锯的家人来了，陶秀的家人也来了，缺只缺大锯、陶秀两个人。王兰花“咦”出一长声，问队长，我看今早有人没来吗？生产队有生产队的规矩，不知道他们请假没请假？王兰花说话没指名道姓，可村人都知道这话是指谁。队长不急着回答，使足劲咳两声，清理清理嗓子眼，才说，他们自己不请假，家人又不说一声，无缘无故乱缺工，我是要汇报大队里去的。

有了队长的应和，王兰花更加得意，一张脸激动着、张扬着，红通通得都如一朵鲜花了。王兰花的一双眼睛更加灵活，骨碌一圈，骨碌又一圈，眼神反复在大锯、陶秀的家人的身上擦过来擦过去，像挠痒一般躲躲闪闪，鬼头鬼脑，一双眼睛变得都不像一双眼睛了。

然而王兰花想错了。

不一会儿，大锯来了，陶秀也来了。两人一个从村东走过来，一个从村西走过来。两人走路还是尽可能地勾下头，像是在地上找东西，又像是地滑怕摔倒。王兰花的脸印染上一丝难堪色，还印染上一丝愤怒色。王兰花的心思很明显，大锯、陶秀两个人应该遭人打、挨人骂，甚至应该去投河、去上吊，怎么还能来干活呢？队长当机立断，说，干活，干活！队长又说，地里摆着一大堆的活，你看我，我看你，卖愣相，活能自己从地里溜走掉？

干的活还是锄庄稼，一人一把锄，一人一垄地，两只胳臂舞动锄一上一下就能把草锄掉，就能把庄稼苗疏朗开。相比较，一年四季天，生产队里的活，数锄地最逍遥，最自在。时常里村人干这种活，男男女女，说说笑笑，手里的活与嘴里的话两不耽搁两不误。锄地类似于游戏，类似于舞蹈。或者说锄地就是村人的游戏，就是村人的舞蹈。这天因有了大锯、陶秀两个人的事，锄地一下变成一件最繁重最无聊的农活。村人男男女女噤住声，像是一夜间言语生发霉，烂在肚子里。男人女人也不敢胡乱地叉开了，谁家的男人看着谁家的女人，谁家的女人依偎谁家的男人。没有女人的光棍汉,没有出嫁的小姑娘,地南地北分得开开的,实践着男女授受不亲的古训。王兰花也不轻易吭声了,抬头看看陶秀举锄落锄似乎还是以前的样子。出事后,陶秀没挨大树打,这会儿两口子挨得反倒更近乎。王兰花倒是觉得大坤变得与自己离皮离肉的了,跟自己地垄挨地垄伸开锄,嘴里不说,心里却是老大一副不情愿的样子。

这种状态持续到下午,村里的男人女人开始拿愤怒的眼神注视王兰花了。像是经过一夜半天的时辰,村人澄清的事实是,偷男人的不是陶秀,而是王兰花。王兰花慌神了,她不知道自己错在哪儿,或者是这个人世间错在哪儿。这天收工的时候,王兰花拦住队长,问你,为什么不把大锯与陶秀两人的事往大队里汇报?队长说,我只管地里的事,管不着男人女人的事,再说陶秀的男人都不说话,别的人乱插什么手?

王兰花倔强,队长不去大队汇报,她去。大队干部回话回得更干脆,说,你要真是看不惯,自己也找个野男人搞一搞。

2004 年 4 月 18 日　草于鲁迅文学院

春天的欲望

春天是个充满欲望的季节，人们容易生发欲望，也容易实现欲望。那一年的春天，父亲的心底里就起了一个想买脚踏车的大欲望。这个欲望一经生发，父亲自己都被吓了一大跳。父亲牙口咬得铁紧，对家人谁都不愿说一声。他想把自己的这个欲望像饭后饱嗝似的憋闷死在肚子里。哪知道欲望一旦生发出来，尤其是在春天，它就很容易发芽、生叶、抽枝，你想铲除它却已经不可能。欲望在父亲的肚子里愈长愈大，父亲鼓胀着肚子，饭吃不香，觉睡不香，整日整夜没个安宁的时日。

在那么一种年份里阻拦父亲这个大欲望实现的缘由大致有两条。一是家里穷，一下拿不出这么多闲钱买这么一辆脚踏车。脚踏车对于我们家来说纯属是个摆设物，不能吃，不能喝。不能像养鸡养鸭那样生个蛋，也不能像养猪养羊那样攒个钱。一句话，脚踏车不是我们这种家庭该有的。二是那些年里脚踏车还属于紧俏物品。手里掂着钱去供销社买不着，是凭票按计划供应。若按公社为单位分配的话，一年里一个公社有个三两辆算是不少的了。就这么少的数量也多是公社买下做公车，很难流通到个人的家庭里。客观存在着这么两大阻拦的缘由父亲也清楚，他日日夜夜反复掂量多少遍，一颗心还不死。年后的春天一天天暖。暖夜里，父亲不睡觉，悄悄地把埋藏在肚子里的这个大欲望搬出来，两眼直瞪瞪地打量着，寻找解决这两大缘由的办法。漆黑的夜里,父亲的欲望膨胀得更大了,充塞着整个房屋,充塞着整个夜空。父亲自己把自己折腾得热血沸腾,不能自已。这种时候的父亲是要天得天,要地得地。他成了夜的主宰,他能占有夜色笼罩着的万事万物。父亲一夜似睡非睡,天亮了,还是得起床下地干活。父亲头晕眼花,两脚下床站在地上虚虚飘飘的。飘飘虚虚的地也是地,父亲两脚落在地上的瞬间,夜里的一切也就醒了、破了。白天容不得夜晚里的事,容不得夜晚里的幻想。白天里,父亲一点精神都没有,一副病怏怏的模样。一双眼皮似有千斤重,始终半睁半闭。不管是在家里,还是在生产队地里干活,只要得着空,三眨眼两眨眼的工夫就能睡起来。父亲的白天黑夜颠倒了,白天是父亲的黑夜,黑夜才是父亲的白天。父亲讨厌白天,宁愿永远生活在黑夜里,或者是长长的黑夜永远也不要天亮。

这年春天父亲连着多个夜晚才想出好办法。具体地说,解决钱的问题,父亲想到了家里得多喂一头猪。父亲打听过了,卖一头大肥猪的钱与买一辆脚踏车的钱大致相当。等卖掉猪,手里有了钱去哪儿买脚踏车呢?父亲一想就想到他有个堂哥在集上供销社做小干部。这位堂哥要是愿帮忙,父亲想他手里的钱肯定能变成一辆脚踏车。显然父亲是把实现买辆脚踏车的这个大希望寄托在了他的这位堂哥和空着猪圈还不见影子的一头大肥猪的身上。

那时候,我们这儿的人家挨家挨户都喂猪。开春时,干枯整冬的庄稼返青了,地里的野草也跟着生发出来了。这些装扮季节的野草里有不少是猪爱吃的。这样的天,家家赶集买回猪秧子,拔猪爱吃的野草拌饲料喂养着。春夏秋冬轮一遍,地里的野草也枯枯荣荣轮一回。天进冬天了,地里野草枯萎了,没有可供喂猪的猪草了,家家猪圈里的猪秧子喂养成了大肥猪,可以出栏了。挨近年关的腊月里是这些肥猪奔赴天国的好日子,这段日子里的每天清早,我躺睡在床上都能听见撕心裂肺的猪叫声。猪被人捆绑住两只前蹄、两只后蹄,前后蹄上的绳索一交叉,这头大肥猪的气力就只能用在叫喊上了。四只蹄愈是踢蹬,绳索愈是紧绷。几个男劳力合上力,把肥猪放置在一辆架车上,往南过河,或往北过河,拉到几里路远的食品站里卖。人家穷,哪能阔绰得自家喂猪自家宰杀自家过年呢?卖得一头肥猪的钱用处可多了,大到一年里的大是大非花钱得指靠它,中到一家人添件把件衣服得指靠它,小到居家过日子的油盐酱醋也得指靠它。那时候少有挣钱的门路,日常生活该花钱的地方一样也省不了。父亲卖猪喜欢赶早,母亲还想留家里催它十天半个月的膘,少说也能多长个十斤八斤吧。父亲不乐意,说挨近年关卖猪的人家多,压秤事小,弄不好压一级,这十天半个月的膘催下来也白搭。卖猪按着级别,压一级,一斤能少几分钱。整头猪合下来也不少钱。母亲想想父亲说得在理,就依了父亲。

冬深了,年近了,雪下了,家家的猪圈空出了。空落落的猪圈与野草枯死的大地一齐等候着新一轮的春天。转眼春暖花开了,这些天里父亲没日没夜地想他的脚踏车心事,还没顾得上赶集买猪秧子。母亲一天一天望着空出的猪圈,催促父亲,说年前卖猪没你积极的,生怕食品站里没猪杀,门关了。年后里别人家猪秧子都买回十天半月了,你怎么手心里攥着钱还不撒手呢?买猪秧子钱是年前卖猪就留下的,母亲单独存放着。年后,母亲把这钱交给了父亲,是要父亲赶紧上集把猪秧子买回来。父亲嘴上答应得好好的,两脚却一天天赖在家里就是不往集上挪。父亲被母亲催逼急了,也有说辞,说这几天集上买猪秧子的人能挤破头,一头猪秧子十来个人争抢,你说说猪秧子还有不贵的理?母亲静心细想想,还是觉得父亲的说辞有道理。

这种时候,母亲还不知道父亲的心里已经生着岔,他是想再挨些天猪秧子掉下价,看可能从怀里掏出一头猪秧子的钱买回两头猪秧子来。父亲的目的很明显,花一年的工夫喂出两头大肥猪,卖一头充抵上正常年份喂养的那头猪贴补家,另一头猪余下来卖钱买回一辆脚踏车。父亲的这些想法瞒着家人,还十分沉得住气,脸面上沉沉稳稳的,连一丝丝迹象都不露。这些天里，父亲一直忙着修整猪圈，变得十二分勤快。父亲心藏大事，脾气变得柔顺起来，任凭母亲挖苦，还露一脸隐隐的笑。父亲和泥把猪圈窟窟窿窿处修补一遍。猪圈墙留下的这些坑坑洼洼处是去年的那头肥猪饿急了，用嘴拱出来的。这是一头性格暴躁的猪，饿了先是“哼哼嗷嗷”叫一阵子，见人不理它，还没把猪食端上来，这头猪就停住叫喊，搞破坏活动了。它把一个猪食盆拱个底朝天不算数，还要用嘴拱着翻过来的猪食盆一下一下往猪圈墙上撞。一个泥瓦盆被这头猪拱摔碎掉了，一个陶缸盆也被这头猪拱摔碎掉了。父亲没办法，找来一个石头槽放进猪圈做猪食盆。石头槽重，拱不动，也摔不动，这头猪连续摆弄多少天才收嘴。这头猪收嘴是暂时收，相隔几天，它就把嘴伸向猪圈的墙根上。今天这儿拱掉一块土坯，明天那儿拱掉一块土坯。母亲看见了，拿棍敲打这头猪的嘴。母亲还威胁说，拱倒猪圈砸死你。猪不怕猪圈倒，瞪两只圆溜溜的小猪眼望着母亲，还带着一脸的猪笑，像是说谁叫你们不快点喂猪食的。一段时间里，母亲分派我的任务就是拿根树棍去猪圈里看着这头猪。猪不自觉，看也看不住。一日三顿，喂猪都是母亲的事。母亲从地里干活回家，不烧饭都得把猪食先弄出来。这头猪通人性，家里没有声响，没有人，它知道饿了叫也没有用。一旦家门响，母亲收工回头，它立刻就哼哼叽叽叫起来，催逼母亲快点把猪食端过来。母亲动作稍慢，或分心做点别的事情，这头猪停下喊，就开始去拱猪圈了。母亲耳听着猪叫不急，猪叫停下来，她慌忙吩咐我快点去猪圈看着猪，还远远地跟这头猪说道理，说我干了半天的活，刚刚回家不能不让我坐下歇喘一口气吧。又说我这憋了半天的一泡尿总不能不让我先尿掉吧。还说，莫说你还是一头挨千刀万刀的猪，就算是我家的老上人，也不能见我刚进门就哼哼叽叽要吃的吧。

父亲一连花去几个清早或傍晚，一个猪圈才算里外一新地修整彻底。这一天，父亲终于跟母亲说要上集看看去。上集做什么呢？是买猪秧子。母亲跟父亲说，要买就买长白猪，猪长得大，喂着还省心。去年拱猪圈的猪是头花猪。母亲说，花猪都难缠，一天喂三顿猪食得打三回猪仗，你说烦神不烦神。父亲“嗯”一声，避实就虚地说，上集看看再说吧。长白猪是新品种，猪嘴壮，好喂食，还长得大。长白猪的猪秧子贵。一头长白猪的猪秧子能买别的猪秧子一头半。父亲哪敢答应呢？

父亲这天赶集还是没买回猪秧子，是去了他堂哥家看脚踏车。父亲的堂哥家就住集上。这一天父亲上集还带着我，我们两个人直直走进人家的家。

父亲的堂哥，我叫他大爷；父亲的堂嫂，我喊她大妈。大妈在家，就近在门前摆着一个茶水摊。大妈见我跟父亲两人去，招呼了，让进屋里坐下来。茶水现成的，大妈两手端两杯茶递进来，父亲顺手接着放桌上。大妈不进屋，门口里一边招呼着生意，一边与父亲扯闲话。大妈是街上人，精明，嘴甜。先是高了矮了、胖了瘦了把我夸一顿，接下就问父亲来他们家可有事。父亲回答得很干脆，说没有，赶闲集，溜溜、逛逛、玩玩。这是春忙天，不是冬闲天，大妈一双眼疑惑着，从头到脚把父亲瞅一遍。大妈说，有事找你哥你就去供销社。上班时间，我大爷在单位里。父亲还是说，没有。大妈说，真没事，你就在堂屋里歇着坐着，喝茶你自己倒。父亲还是干脆地说，好！大妈还是拿眼睛疑惑地看一遍我父亲，才忙自己的事。

大爷家堂屋靠墙摆放一条大案几，案几前摆放一张四拐四棱的八仙桌。桌跟前横竖四条凳。一辆脚踏车就明钢黑漆地摆放在离八仙桌不远的条凳旁。父亲来大妈家就是为看这辆脚踏车。大妈再精明也看不透父亲肚子里深藏着的事。门外边，大妈离了眼。门里边，父亲的眼神就猛往脚踏车上扑。父亲的一双眼发亮发光还发热，两眼盯着脚踏车看哪儿，哪儿就生发“哧哧啦啦”的声响。也许父亲想拥有一辆脚踏车的欲望太强烈了，也许父亲的欲望隐埋心底太久了，这一刻的父亲失去沉稳，失去忍耐，一副屁股再也坐不住了。父亲站起身，伸出手顺着车把、车铃、车闸、车轮、车座、车大梁、车货架，前前后后，仔仔细细摸一遍。父亲做完这些，扭头朝门边茶水摊上看一眼，见大妈的眼神没朝屋里看，又神速地抓住车脚蹬猛然地倒着往后转几圈。脚踏车锁着锁，车脚蹬只能往后转。车脚蹬带动车链条“咔咔咔”发出一阵细碎的清脆声响。父亲被自己的这一举动吓一跳，或是被这响声吓一跳。父亲惊愣两眼，赶紧松开手，一屁股重新坐回八仙桌前的条凳上。父亲这是害怕门口的大妈听见了他摆弄脚踏车的声响。父亲不敢正眼往门外看，斜拉着一双眼，一瞥一瞥地偷着往外看。大妈门外里正跟人说着话，集上嘈嘈杂杂的，脚踏车生发的这么一点响声我大妈也听不见。父亲松了一口气，一双摸过脚踏车的手摆放在桌面上，自己的一双眼盯着它们看。父亲看见自己的一双手的十个手指头除了沾染上一层黑黑的灰，别的什么也没留下来。父亲跟着又长长地叹出一口气。

那时候，我还小，不懂事，看不透父亲的这些心事，也不理解父亲的一举一动。一旁的我只是觉得一贯严肃的父亲一下变得跟往常不一样了。父亲变得鬼祟了，变得孩子气了，甚至变得令我害怕了。父亲喘过几口气，喝过几口茶，一双眼轱轱辘辘又朝门口瞧几眼。然后父亲收回眼盯在我身上，叫我像他那样也去摸摸这辆脚踏车。说你摸摸车大梁滑滑溜溜得像生产队里的大秤杆；说你瞧瞧车铃铛明明光光得像你娘梳头的大镜子；又说脚踏车要是开了锁，你手拿车脚蹬往前摇，后车轱辘能“日轮、日轮”跟着转。你摇得快，后车轱辘就转得快，能快得你眼花缭乱地分不清哪根车条对哪根车条。

我呆愣两眼，任凭父亲一个劲地直说话，不动手。父亲还是继续怂恿我，说，傻孩子，你伸手去摸摸呀。它又没长嘴咬人，又没长蹄踢人，你怕它干什么？

我不喜欢这个奇形怪状的东西，我骇愣着两眼远离它。

父亲终于还是忍耐不住了，猛然抱住我，拉着我的一双手就往眼前的脚踏车上按。肯定是父亲的一连串怪异的举动吓住了我。“哇啦”一声，我在大妈家的堂屋里哭起来。门外的大妈听见我哭，连忙跑进屋。大妈见父亲抱着我正靠近她家的脚踏车，一下就把事情理解反掉了，心想是我玩弄她家的脚踏车链条夹住了手，忙着问，夹烂了没有？父亲被我突然的哭声弄得很难堪，忙着回大妈的话说，他想摸脚踏车，我没让他摸他哭了。大妈信了父亲的谎话，埋怨我父亲说，脚踏车又不是纸糊的灯笼，还能戳出一个大洞吗？大妈像父亲那样拿着我的一双手，把它们一齐硬性按在脚踏车的横梁上。当刻里，我的一双手，还有我的整个人都“哗哗哗”地颤抖起来了。大妈睁两只异样的眼睛望着我，只是一句话也没说。

父亲这次领着我赶集没去卖猪秧子的地点，也没去供销社找他的堂哥，像是跑这么远的路专门为看看脚踏车，摸摸脚踏车。回家的路上，父亲还生着我的气，嘴里咕咕噜噜地说，我怎么会生出这么个没出息的儿子呢？父亲前面走，我后面跟，两人相隔着很长的一截路。

父亲回家跟母亲说，今天集上没有适合的猪秧子，下集买。母亲疑惑，说，那也真是巧，别人家能买到猪秧子，单单你买不着。父亲赔出两声笑，说，我跟集上的老大（堂哥）说好了，下一集他帮我买。父亲说，他跟卖猪的人熟，能帮我压压价，还能在秤上得点便宜。集上供销社的这位我大爷办起这些事当然是小事。母亲只是不明白父亲怎么会因着买猪秧子的小事惊动他。家里买猪秧子能便宜，少拿钱，母亲也就不愿乱搭话，由着父亲去。母亲哪知父亲说这话还有目的。父亲说，家里不还剩几斤花生吗？母亲警觉起来，忙问，你这又是打哪门子馊主意？父亲又是“嘿嘿”赔上两声笑，说，供销社的老大是个有头有脸的人物，哪有让人家出面说话办事不担人情的呢？母亲舍不得几斤花生，说，这花生是我年前年后从牙缝里省下来的，连自家的孩子都舍不得抓一把，你却要白白地送给外人吃。父亲说，你看你个头发长见识短的女人，供销社的老大出了面，稍微省点买猪秧子的钱，也不是你这几斤花生所能抵得了的呀。

母亲的这几斤花生有这几斤花生的用处。春荒天家里缺油，手里又紧没有活便钱，母亲就把花生掰出粒，炒熟捣碎，撒菜碗里当油吃。

母亲心疼，也还得依父亲。我在一旁只知父亲满口说谎话，却不知他做这些还是一步一步为着脚踏车的事。

又一次上集，父亲真把小猪秧子背回来了。结果是可想而知的，父亲没买长白猪的品种猪秧子，一下子买回两头笨猪的猪秧子，还是母亲最不喜欢的小花猪。母亲哪能随父亲的意，说你这哪是买回的猪秧子，是买了两只猫。这两头小花猪，确实不比小猫大多少。父亲只得还是赔笑脸，说，集上没有卖长白猪猪秧子的，还说，这两头小花猪也不赖，长腿、短嘴，一看就是大秧子的猪。

这一天，母亲光顾着跟父亲理论买不买长白猪猪秧子的事情了，却把父亲一次买回两头小花猪的事情搁下了。隔天清早母亲拌猪食喂小猪，两眼一眨一眨地才点清明猪圈里不是一头，而是两头圆滚滚的小花猪。母亲“咦”出一长声，又“咦”出一长声，她这才觉察出这个春天里的一切都被父亲弄乱了套。

相反，父亲买回两头小花猪，一颗狂乱的心暂时安定下。又臊又臭的猪圈成了父亲最爱待的地方。父亲干活回家得着闲空就往猪圈里跑，蹲着或站着，手拿一根细草棍逗一逗两头小花猪，或干脆伸出两只手替两头小花猪挠痒痒。这个时候，映在父亲眼里的两头小花猪肯定不再是小蹄子小尾巴小嘴唇小耳朵的猪，而是漆光发亮有把有铃有梁有轮的脚踏车。

父亲也有沉不住气的时候，也想把深藏心底的这个大欲望向别人吐露出那么一星半点。父亲一直把这个大欲望憋闷着，不仅需要有长时间的忍耐力，还需要忍受着孤独寂寞的煎熬。这么两种品格合一起连一些伟大的人物都难以做到，况且是我的父亲呢。尤其是两头小花猪买回家以后，父亲耳朵里整天响着的都是脚踏车的铃铛声响，还有脚踏车车轮的"日轮、日轮"声响。这一天，地里干活的父亲就明目张胆地跟队长谈论起脚踏车与手表孰优孰劣的问题了。

队长是村里唯一拥有精确时间的人。队长掌握精确的时间是为着向村人下令上工或收工。前些年，队长的精确时间来自一只马蹄钟。这只马蹄钟比巴掌大不了多少，式样是那些年代里最常见的一种。问题实质在于别人没有，队长有。队长的这只马蹄钟是生产队花钱买来的。马蹄钟被队长找木匠做了个精制的木盒装起来。木盒镶嵌着一块玻璃，安上了一把小锁。看钟点，村人都能透过玻璃看。上劲、校对钟点只有队长一个人能打开锁，拿出来。连带木盒的马蹄钟是队长随身带着的，上工带出家门，下工带进家门。队长做得理直气壮，村人也没有异议。说到底，这只马蹄钟毕竟不属于队长个人独有。待村里相继又有两户人家买回马蹄钟，队长便开始有点嫌弃这只马蹄钟的陈旧了，不再宝贝似的随身携带了。队长很大方，一伸手转交给牛屋饲养员保管了。紧接着队长外出参观开会，说是去一个名叫大寨的地方。多天后，队长回来，手脖子上明晃晃地戴着一块东西。队长说，这叫手表，它比马蹄钟个头小，掌握起时间来却比马蹄钟更准确。从表面上看，队长手脖子上的手表跟木盒里的马蹄钟两者脸盘子长得很近似，长长短短地都长着三个指针，快快慢慢地比赛着跑。手表跟马蹄钟还都有"咔、咔"的响声。不同的是马蹄钟响亮些，耳朵离多远也能听得清清楚楚。手表微弱些，耳朵贴俯表面上才能听得出。队长初初乍乍戴回手表的那几天，村人轮流着把耳朵贴在队长的手表上听响声，一时间竟成了村人干活歇息的一种乐趣。队长很大方，戴手表的手脖子伸多长。村人说，听听？队长说，听听就听听。村里的男人憨憨厚厚的，耳朵听一会儿，憨憨厚厚地笑一下，说还真响呢。女人们总是夸张表情，一惊一乍的，把事物猛然推向极致。一个女人说，跟我趴孩子心口窝听见的心跳声一样响。队长很喜欢这个女人的这一判断。那就是手表的声响与马蹄钟的声响相比较前者更似人的心跳。人的心跳与手表的声响都一样具有隐含的性质,你想听见它就得把耳朵俯上去,贴近了。

父亲就是在这种时候不合时宜地插进来,他劈头盖脸就跟队长说,我看你这手表不好。这些天,队长的思想一直往手表“好”的道上走,猛然一下拐过弯,往“不好”的道上岔,很不顺耳。队长眨一下眼又眨一下眼,相隔好大一会儿才挤出话,你说我的手表怎么个不好法?父亲没有顺着队长的问话,而是没头没脑地说,你这手表没有脚踏车禁摔,不信你往硬地上摔摔看。队长换一副眼神像看傻瓜一般盯住父亲,说,我看你头脑有毛病吧? 我花钱买的一块新手表,干吗要往硬地上摔。父亲心胸怀着买一辆脚踏车的大志,哪能把队长的这块手表放眼里。父亲脸上笑眯眯地跟队长说,我看你这块手表连马蹄钟都不如。马蹄钟有闹铃,对上钟点,到时辰还能叫喊你,手表哑巴着嗓子眼,半声不能吭。队长手表不能报时的弱点被父亲说出来,队长脸色涨红地说不出话。父亲这么对待队长像是吃了豹子胆,弄得队长下不了台。母亲也在场,她提醒父亲说,你胡说八道什么呢? 父亲满肚子鼓胀胀的欲望憋闷得太久了,刚找到倾吐的突破口,这会儿还不想扎住口。父亲还是说队长,我看你这手表连生产队喂着的那头大叫驴都不如,那头乌嘴大叫驴夜半三更还知喊叫一番呢。父亲不留队长的情面,队长也就口无遮拦。队长说,我好歹手脖子上还戴着块手表呢。它也算是村里的头一块。我问,你有什么呢? 我父亲回答得干脆,说,我要买就买一辆脚踏车。队长一下笑起来。地里干活的村人看队长笑也跟着笑。哈哈哈。像平地猛然刮起了一阵大旋风。队长笑得一副腰身都挺不直了,一抖一抖地弯勾下。队长的右手指指着我父亲说,你们大家伙儿望望他的这副熊样子。他不是大队书记,他不是公社干部,买辆脚踏车这么大的话他也敢讲。父亲至此不再说话了,像个做错事的孩子把头勾下来,任凭队长领着一帮村人笑话着自己。父亲的一副脖颈不弯不勾不照(行),毕竟猪圈里的小花猪喂养没几天,毕竟买辆脚踏车的事还没跟集上供销社里的堂哥吐出口。即使有了钱,堂哥又答应下,一辆脚踏车也得候来年春天才能买到手。

父亲最终还是在这年春天把一辆脚踏车推回了家。这里大多半的缘由是因为村里老蔫家买了一台话匣子,也就是收音机。

老蔫是村里最不起眼的一个人,整天蔫头蔫脑一副永远睡不醒的样子。老蔫年岁不小,一个闺女出嫁,一个儿子光棍了好多年。老蔫儿子叫大套。大套娶不上老婆,整天跟老蔫吵。老蔫脾气蔫不叽的,被大套吵急了,说,儿子,是人家大闺女看不上你,又不是我看不上你。你整天横着眉毛竖着眼睛跟我吵什么?一个做老子的都跟儿子说出这么一种话了,还有什么办法可想呢?一句话,大套长得赖,家里也穷。可话又说回来,那么一种年份里,村里有几户人家一年到头能把一天三顿饭的日子稀稀稠稠过匀溜呢?就是这么一位老蔫,那天去淮河南岸的煤矿溜达一遭,回头带回一台话匣子。话匣子里装上了电,一路里"咿咿呀呀"的,像是老蔫自己哼唱着。话匣子砖头块大小,套着个黑色皮套子。皮套上拴着个长长的襻带,老蔫一路里贴身斜背着,像是位老游击队员挎着一支盒子枪。老蔫身上多出这么个会说话、会唱歌的物件,人也精神一大截。小碎步迈着,小肚子挺着,一副脖颈昂着,一双眼不再盯瞧人世间的万物万事,一瞥一瞥飘向半空里,融进一片黑黑白白的云彩里。老蔫回到家,直接把话匣子挂门前的树枝上,引着村里的大人,引着村里的孩子,引着村里的鸡鸭狗。老蔫跟村人说,是人就不能活两辈子,我就是要把日子往敞亮里过,往开心里过。下地干活,老蔫也带着话匣子。春暖天,地里的庄稼长得兴旺,地里的野草也长得兴旺。这样的天,村人多是锄庄稼。老蔫出门把话匣子的襻带挂在锄头上,悬身后的半空里,一悠一悠地晃荡着。地里没有树,老蔫动锄锄地,一个话匣子干脆挂脖颈上。话匣子里唱戏唱样板戏。样板戏是京剧,村人听不懂,也不喜欢听。我们这儿流传四句推子剧,村人还爱听拉魂腔。这两种戏话匣子里都没有。村人听不懂京剧干活还围着话匣子，是图一份热闹。村人很快觉察出话匣子除了唱戏、说话，还有别一种特殊用途——报时。到了时辰，话匣子里就会响起四声“嘀”，连着一声“嗒”。还有一个女人紧跟着报出是几点钟。话匣子里的时间是北京的时间，其权威性谁也置疑不了。老蔫没想到要拿话匣子里的北京时间威胁队长，队长也没想到话匣子会跟自己的手表相牵连。我父亲没忘多天前的话茬子，又接着问。父亲说队长，你看看你的手表准不准？村人一下子来了兴趣，舍弃话匣子，围上队长。村人说，队长你看看我们这儿的时间比北京的时间是快还是慢。队长的一张脸就虎下了，戴手表的手脖子往衣袖里缩几缩，说你们胡说些什么话，我的时间能跟毛主席他老人家的时间相比吗？那时候就这样，有些话题一牵扯到毛主席，就敏感了，就严肃了。父亲跟村人都噤声，不敢再提这茬事。

隔天，队长去了老蔫的家，好言好语相劝老蔫不要再把话匣子带到干活的地里了，有人都把这件事反映到大队里去了，大队书记很生气，说这是破坏促生产。促生产就是锄地，老蔫不知听听话匣子怎么破坏锄地了。老蔫空两手下地把话匣子丢家里，却把气话带着，说他个大队书记整天闲着两只手半锄地不锄才叫破坏生产呢。父亲一旁听得明白，也看得明白，知道是队长瞎编着谎话骗老蔫，也知道队长是害怕话匣子。是害怕话匣子里“嘀嗒”着的北京时间。话匣子里的“北京时间”是一股强劲的力量，不言不语，不伸胳膊不伸脚就把队长打败了。父亲想要是我真把一辆脚踏车推回家里呢？父亲清楚地听见自己的一颗心脏猛然“咚、咚、咚”地狂跳了几下子。

隔天早，父亲就又去集上了。上集干什么？父亲还是不愿吐出一个字。父亲顺口编出一件与脚踏车不相干的事把母亲支过去，自己一个人就甩着两只胳膊出了家门。应该说，父亲这种时候上集仍是一点把握都没有。父亲两手空空的，没带一分买脚踏车的钱，就是他堂哥供销社里的脚踏车愿意卖给他，又指望拿什么去买呢？不知道父亲这天当着他堂哥堂嫂的面是怎样把自己的欲望说出口的。但这种说服工作肯定很艰难。父亲不做生意不买卖，又不在村外的什么地方工作，横的竖的，都不可能说出一条非买一辆脚踏车不可的理由。买一件纯属摆设炫耀显谝的物件，父亲口袋里塞满钱，他的堂哥堂嫂也不会允口呀。然而世上的事情有时候就是这么奇怪，你觉得不可能办到的事，反倒办成了。父亲想买一辆脚踏车的事便属这样子。这一天，父亲清早上集，晌午没回来，下午还是没回来。母亲问我，你觉不觉得年后的整个春天里，你老子一下子变得怪里怪气的，整天里东愣一会儿神，西愣一会儿神，不知他想着怎样的一件歪心事。我跟母亲说出了父亲带着我上集去大妈家的事。母亲眼睛猛然一亮，联想着了父亲对待队长的言行举动。父亲的一件心事像是烟消云散亮出了底。母亲说，你老子该不是上集缠着你大爷买脚踏车去了吧？跟着母亲自己摇摇头，否定了，说你老子买脚踏车，口袋里想掏钱也掏不出来呀。

这是一个大月亮天，天空明，天空朗，月亮白明着清辉洒在地上，世间还是模模糊糊的混沌一大片。这一天，也就是月明月朗的好时辰，父亲真的推着一辆脚踏车回来了。父亲不会骑脚踏车，也不会推脚踏车。父亲连着脚踏车一同走进屋里的时候，我看见父亲一身泥头泥脑的不算，一根车链条也颠散掉了，黑乌蛇似的搭在肩头上。看样子一路上摔过不少跤。父亲气直喘，脸上喜气很浓，放稳脚踏车，说日奶奶的，没想到推脚踏车比牵头牛还难。

事情至此，父亲终算是把一辆脚踏车推回家来了。这里需要补充说明白的是，父亲推回的是辆旧车，就是集上大妈家堂屋里摆放着的那一辆。这辆车他们买家里闲放着几年了，也是一点用处都没有。父亲去好说歹说心里想着的就是这辆旧脚踏车。我大妈大爷两个人都是不同意,说想来想去还是想不明白你家要这辆脚踏车会有个什么用。我父亲也说不出个能摆放桌面上的大道理,屁股坐人家屋里就是不挪摊。大爷大妈两个人最终还是拗不过父亲,松下口,说你推去吧。父亲跟大爷大妈两人说好的,年底卖掉猪按原价给他们车子钱。父亲推脚踏车半路里一摔又跌出个大难心,怕母亲不同意,更怕母亲逼着他把脚踏车送回头。这样的话,父亲的这个大欲望还是得破灭掉,一张脸面也跟着丢了老天这么大。令父亲没想到的是,母亲一句怨言也没说。母亲说,下集你还得上集去,把家里的积蓄钱拿出送过去,脚踏车都被你推来了,哪还有欠钱的理?

父亲两眼一下汪满泪,像是受了谁的大委屈。

隔天早,父亲把脚踏车推出家门,先是找块旧布里里外外擦了一遍,再抱我坐上脚踏车后边的货架上。父亲推着我,按着铃,朝着左邻右舍村人家门口走过去。母亲独自留在家门口,目送着父亲和我还有脚踏车,呈着满脸的笑。“丁——零——零——”天空中的太阳一惊一亮,这年的春天忽悠一声也就过去了。

磨 盘 石

晚饭是一锅面条。水英擀一剂麦子面面条,黄豆油、葱、姜炸锅,还有一把从路边随手掐回头的野苋菜,这样的一锅面条下出来,鼻子闻见香喷喷得都诱人,更莫说吃进嘴里、咽进肚子里了。“呼噜噜——,呼噜噜——”。水英吃进肚子里两碗面条就饱了。“呼噜噜——,呼噜噜——”。蔫瓜一连气吃进肚子里三碗面条,望着空出来的饭锅,咂吧咂吧嘴,依旧像是没吃饱。

水英问,面条下少了?

蔫瓜说,不少。

水英说,不少,我看你像是没吃饱?

蔫瓜说,吃饱了。

水英说,明晚我多擀半碗面。

蔫瓜就不说话了。

一顿饭,蔫瓜一共就说出这么两句话,五个字,还是水英没话找话逼出来的。水英收拾碗筷,刷锅、刷碗。蔫瓜伸手抹拉嘴,就想着往床上躺。往日里也这样,蔫瓜先吃过晚饭先躺床上睡觉,水英后拾掇好家务事后躺床上睡觉,要是两人半夜里不去做一做夫妻之间的事情,这么一闭眼一睁眼一天的日子就算过去了。

别人家的夫妻过日子每天要说好多话,水英跟蔫瓜一天天很难说上几句话。说起来,水英嫁给蔫瓜小半年了,算不上一对新夫妻,相互间早已失去陌生感，可就是没话说。要说怪怨，不能怪怨水英，只能怪怨蔫瓜。谁叫蔫瓜嘴里的话金贵，谁叫蔫瓜名字就叫蔫瓜呢。

不知怎么的，这天晚上水英就是想跟蔫瓜憋着一股劲，不想让蔫瓜这么早就顺利地睡床上。水英说，明天晚上换一换口味，烧稀饭，汗馍馍。汗馍馍，就是馏馍馍。馍馍馏锅里，凉馍馍变成热馍馍，真能出一身汗。这地方人都这么说，汗馍馍。应该说，晚上烧稀饭，汗馍馍，也正常。蔫瓜没从这正常里看出什么不正常，就答应说一声，好，那你明天晚上就烧稀饭，汗馍馍，换一换口味吧。

水英重复一遍问，那我明天晚上就烧稀饭，汗馍馍了？

水英问话的语气里有一点强调的意思，也有一点没事找事的意思。

蔫瓜像是没听出来，答应说，那你明天晚上就烧稀饭，汗馍馍。

蔫瓜倒头“呼呼”睡过去。水英却两眼哀怨地睁多大。

这里的人家晚上喜欢吃面条。春夏秋冬，一年四季，十家有九家，十晚有九晚都是吃面条。清早下地里，村人的对话里说的还是面条。二婶子说，昨晚擀面条，我在麦面里掺上两把绿豆面，那下出来的面条就是硬挣，吃进嘴里就有一股说不出来的豆香味。三侄媳妇搭话说，我昨晚下面条使的一把白芋叶炸锅，吃进嘴里滑溜溜的就是赶口。豁牙大奶说，我吃一辈子面条，一嘴牙掉光了，还是没吃够面条。水英一旁不说话，心里却回想着昨天晚上吃的是什么面条，今天晚上该擀什么样子的面条。

面条是一种好茶饭，有稀有稠，有油有盐。从烧饭的一方面来说，省得烧干的、烧稀的、烧菜，下出一锅面条，干的稀的、饭呀菜的都出来了。从吃的一方面来说，拿不同的面擀面条，拿不同的青菜炸锅，下出来的面条也是滋味不同的。在庄稼地里干一天活，晚上回来家，吃两碗面条，躺床上睡一夜怎么着都舒坦——这就是庄稼人的日子。这就是庄稼人的幸福。

水英嫁给蔫瓜，入乡随俗，也是天天晚上擀面条。

隔天晚上水英做晚饭就烧稀饭，汗馍馍。水英昨天晚上跟蔫瓜说过“明天晚上烧稀饭，汗馍馍”，到了“明天晚上”，就烧稀饭，汗馍馍。

烧稀饭、汗馍馍的程序是这样的：舀半锅水，水里淘上两把绿豆，坐上馏笆，放上几块馍馍、一碗咸菜。这才盖上锅盖，锅肚里添上柴火点起火，一开水开，候一会儿再烧一开。单开水，锅下面的绿豆不开花，锅上面的馍馍也汗不透。二开水开过，候一会儿揭开锅盖，端出菜碗，拾出馍馍，拿出馏笆，接下来往锅里淆面，接着再盖上锅盖，把淆过的面烧开。这样半锅稀饭才算烧出来，一顿晚饭才算拾掇好。相比较，晚上烧稀饭、汗馍馍要比擀面条、下面条费时费事得多。水英把这么一顿麻烦的晚饭做出来，蔫瓜还不喜欢吃。这一点，水英从蔫瓜吃饭的速度就能够看出来。蔫瓜吃面条，“呼噜噜——，呼噜噜——”，动静很大，像是嘴里扯着帆，走着船。晚上吃馍馍就咸菜，喝稀饭，蔫瓜嘴里一片静悄悄的，一口一口慢慢地嚼，慢慢地咽。蔫瓜不喜欢晚上吃馍馍、喝稀饭，他不直接说，水英问他话，他还死活不认账。

水英问，你晚上不喜欢吃馍馍、喝稀饭，你怎么不说呢？

蔫瓜说，谁说我晚上不喜欢吃馍馍、喝稀饭？

水英说，这还用得着谁个去说吗？我是个傻子也看出来啦！

蔫瓜问，你是怎么看出来的呢？

水英说，你一口一口慢慢地吃馍馍，你一口一口慢慢地喝稀饭，你脸上的表情像是在吃毒药。

水英说话的口气里有一种幸灾乐祸的样子，有一种“我非要整治整治你”的喜庆劲头。

蔫瓜说，那我吃快一点。

一个人不喜欢吃一样东西是天生的，不是故意的。蔫瓜说是快一点，也只是在水英面前做一做快一点的样子，实际上一点也快不了。

水英心里憋的一股劲松下来，心想蔫瓜不戗自己、顺着自己有什么不好呢？水英心里有了一种愧疚感，一种做女人的愧疚感，一种做妻子的愧疚感。

水英说，你晚上不喜欢吃馍馍、喝稀饭，从今往后天天晚上下面条吃。

蔫瓜接话接得很快，说，好，从今往后天天晚上下面条吃。

水英消下去的一口气缓上来说，又是“好好好”，你除去“好好好”就不会说一句旁的话？

蔫瓜看出水英不高兴，一脸做错事的样子说，你要我说什么呢？

水英说，你心里想说什么说什么。

蔫瓜说，我心里就是想说“好好好”。

水英一下笑起来说，那你就说“好好好”吧。

蔫瓜说，我说“好好好”有什么不好呢？

水英说，“好好好”好。

两人说话又把话绕回头。

水英的娘家不远，住在淮河的另一边。站在婆家的村头就能把娘家的村头看个清清楚楚。虽说隔着一条淮河，两边的土地却不一样——一边高，一边低。高的一边叫岗地，淮河涨水淹不着；低的一边叫湾地，十年倒有九年淹。水英的娘家就住在湾地里，房屋就盖在湾地垒出来的庄台上。这样淮河水涨涨落落才能不轻易淹着庄台上的房屋。水英小时候没有觉得家住湾地有什么不好，相反地倒是觉得家住岗地的人家有诸多不好来。比如，吃水要打水井，洗澡要跑远远的淮河里。再比如，岗地没有水，也就没有鱼。他们那里的人家想吃鱼就得过来淮河这一边逮鱼。淮河里有鱼，水深流急，不易逮捕。水英他们这一边沟沟汊汊多，里边长出的鱼也多，多得水英他们这一边的人家吃不掉。水英这一边鱼多，人家吃鱼就挑挑拣拣的，小鱼不吃，孬鱼不吃。岗地的人家就没有这种福分了，扯着渔网跑过来，打着小鱼带回去，打着孬鱼也带回去，一副慌里慌张的样子，像是在做贼。那时候，水英就觉得家住岗地的人家好可怜，吃几条鱼都是这么难呀。

渐渐地水英长大成人，觉出岗地人家的好处来。别的不说，岗地人家不怕淮河水淹，一年一年能安安泰泰地收庄稼，一家一户不缺粮食吃，一日三餐能敞开肚皮吃饱饭。俗话说，人是铁，饭是钢，一顿不吃饿得慌。水英小时不觉得吃饱肚子是一件多么大的难事。水英大了，懂事了，看见父母为着吃饱肚子而时常愁着眉苦着脸，自己也是饥一顿饱一顿吃不饱，这才知道一个人活着一日三餐吃饱肚子是多么基本，又是多么重要。一场大水淹过来，村子四周都是水，一棵庄稼也不见。水英坐在家门前，远远地望着河对岸，那里的人家远离河水，那里的庄稼一片嫩绿，那里的村人一个个在庄稼地忙碌着。水英暗暗地想：赶明儿个说婆家，我就嫁到岗地上的人家去。

一个个生长在湾地里的男人根生在这里，种就要留在这里，长大了也不能往外跑。一个个生长在湾地里的姑娘就不一样了，她们像是一只只飞出窝的小鸟，哪里的树稠往哪里飞，哪里的枝高往哪里飞。岗地里的人家是这里姑娘找婆家的首选之地。

该水英说婆家了。

父母东庄西庄地操持着。先说一户东庄的人家，水英摇摇头推辞掉。这户东庄的人家住在湾地里。又说一户西庄的人家，水英还是摇摇头推辞掉。这户西庄的人家也住在湾地里。这东庄人家、西庄人家在父母的眼里都是门槛很高的人家，水英是不该轻易摇头推辞的。父母不了解水英的心事，父亲要母亲开口问一问水英，她的心里到底是怎么想的。母亲试探着问，小心着问，你想要找一户什么样的人家？

水英爽快地回答说，我要找一户家住岗地里的人家。

水英把父母难住了。

这里的淮河两岸，湾地里的村子多，岗地里的村子少。湾地里的人家多是湾地多，岗地里的人家少是岗地少。这种多与少的悬殊造就湾地姑娘想找一户岗地婆家的难度。这么说吧，一户岗地人家的小伙子长到婚配的年岁，少说有十来个湾地的姑娘排队等候着——等候着去相亲，等候着去挑选。水英长得不丑，要鼻子有鼻子，直挺挺的；要眼睛有眼睛，水灵灵的；要个头有个头，不算高也不算矮；要身材有身材，不算胖也不算瘦。父母失算的是往常没往这上面想，没想着把水英的婆家找在岗地里。父母知道水英的心事，赶紧托人去岗地里寻找适合的人家。这一天，相托的人就替水英在岗地找着这么一户人家。人是胡家岗人，正住在河对岸的岗地上，也就是水英坐在家门前常常看着的村子。水英心里“别别别”地一阵子乱跳，心里想着总算能做一个不怕淮河水淹的村里人了。

相托的人说，这人的大名叫胡传祥，小名叫蔫瓜，你从小名里就知道这人哪里都好，就是一个蔫性子，不喜欢说话。

父母让水英拿主意，是见这个蔫性子人，还是不见这个蔫性子人。

水英没觉得一个蔫性子人有什么不好，点头同意见。

相托的人说，蔫瓜相比他大还是一个喜欢说话的人，一天好赖能说几句话，他大这个人呀真是一天一天不说一句话，跟个哑巴差不多，比哑巴还哑巴呢，人家哑巴一天一天说不出话，还“啊、啊、啊”地啊几声，他大这个人一天一天连个“啊”都不啊。你们猜他大叫个什么？哑哑巴，就是比哑巴还要哑巴的哑巴。

水英听话听得一下子乐起来说，这样的爷俩才像是一对爷俩。

年前春暖花开的时节说好的这门亲事，翻过年秋天里水英嫁进胡家门槛。蔫瓜不缺胳膊不缺腿，喜干活，能劳动，就是一个蔫性子，不说话，白天里两人忙着地里的活，个人忙个人的，晚上收工回到家，脸面前没个说话的，日子就显得很寡淡。水英不是一个活性子、喜欢说话的人，可一晚上一晚上两人说不上几句话，水英还是受不了。

水英说，你不能跟我说句把句话吗？

蔫瓜问，我说什么呢？

水英说，你就说一说晚上吃的面条是咸还是淡？

蔫瓜说,正直好。

水英说,你就说一说晚上吃的面条是软还是硬?

蔫瓜说,正直好。

水英说,你就说一说晚上吃的面条油大了还是油小了。

蔫瓜还是说那句话,正直好。

水英一晚上问什么话,蔫瓜都是说"正直好",水英也就不想再问了。

这一回,水英连着三天晚上下三顿白水面条。

水英说话算数,跟蔫瓜说过"从今往后天天晚上下面条吃",就不能再烧稀饭、汗馍馍,或别的什么饭食,只能在面条上面打主意。所谓白水面条就开水下面条,缺油少盐的。水英故意连下三顿白水面条,就是想看一看蔫瓜怎么说。

头一天晚上水英下白水面条是有盐缺油。家里不缺油,上个月蔫瓜挑着黄豆去赶集,换回家半桶豆油,别的事能忘记,这么件事情他应该忘不掉。水英有意挑拣蔫瓜忘不掉的事情,这样说起话来才有话说。水英把这么样的一锅白水面条下出来,自己盛一碗,蔫瓜盛一碗。水英不吃面条,专门腾出眼来看蔫瓜。蔫瓜"呼噜"一大口,迟钝一下,鼓着腮帮子,瞅一瞅碗里的面条,还是咽进肚子里。水英心想蔫瓜该提出疑问了,没有,蔫瓜却埋头吃起第二口。蔫瓜吃第二口的响声没有头一口大,吃进嘴的面条也没有头一口多。蔫瓜的一副表情里带着一种试探的样子,带着一种怀疑的样子,像是自己也确定不下来,吃进嘴里的面条是不是真的没放油。水英看着蔫瓜不吭不哈的蔫样子,很生气,心里说我看你今天能不说一句话就把一碗白水面条吃进肚子里?水英索性放下手里的筷子,专心地看着蔫瓜一口一口地吃白水面条。蔫瓜吃白水面条的声音小一些,速度慢一些,一碗缺油的白水面条还是吃进肚子里。蔫瓜不说话,水英问话。

水英问,今晚的面条口味不错吧?

蔫瓜说，正直好。

水英说，正直好就好，我去给你盛第二碗。

蔫瓜不说话，真就把一只空碗递在水英面前。

蔫瓜晚上吃面条，一般要吃三碗才能吃得饱。这天晚上，蔫瓜按照往常的饭量一碗不少地吃三碗白水面条。水英只勉勉强强地吃一碗。缺油的面条就不是面条，寡味得很，水英吃一碗就放下碗。水英不知道蔫瓜怎么能把三碗白水面条吃进肚子里。

水英问，明天我还下这样的面条？

蔫瓜愣一愣说，好。

水英问，你爱吃这种面条？

蔫瓜说，爱吃。

蔫瓜都这么说话了，水英还能怎么说。水英心里说蔫瓜，你不是说爱吃这种面条吗，我明天晚上还下白水面条。

应该说水英是一个会过日子的女人，一个会过日子的女人能把一个个看似平淡的日子过得有滋有味的。别的不说，光是天天晚上下面条就能弄出好多种花样来。先说和面，擀面条以麦面为主，黄豆面、绿豆面、豌豆面、秫秫面轮流掺一点。麦面掺上不同的面，下出来的口味不相同。就是一样的面，硬一点或软一点，下出来的面条口味也不一样。总的来说，面愈硬，下出来的愈硬挣。家里喂几只下蛋的母鸡，有时候水英和面一滴水不放，“啪、啪、啪”打几只鸡蛋和面，这样的面条更硬挣。——这是说和面。要是说起炸锅，名堂就更多了。炸锅的油，家里有黄豆油、菜籽油、棉籽油、芝麻油。说到炸锅的菜就说不清楚了。自家菜地种什么菜，炸锅就有什么菜。四周地里长什么野菜，炸锅就有什么菜。

和不同的面，炸不同的锅，下出来的面条口味不相同。这么一说道，水英晚上下面条，一天一种口味，个把两个月不重口味一点不为过。水英不满足的就是蔫瓜的蔫性子，就是蔫瓜半天不说一句话。

第二天晚上,水英接着下白水面条。水英就是要看一看蔫瓜的忍耐性有多大,水英就是要看一看蔫瓜的蔫性子有多蔫。水英昨晚下面条不放油,今晚下面条不放盐。一碗缺油的面条能吃进肚子里,一碗缺盐的面条我看你怎么吃。同样,家里也不缺盐,一盐罐子盐放在锅屋里,剩下大半罐子。这罐子盐是前些天水英吩咐蔫瓜赶集买回的,他应该也不会忘。不会忘就好!晚上烧饭是水英负责烧,盛饭是水英负责盛。水英干脆只盛蔫瓜一个人的面条,自己不吃,看着蔫瓜吃。蔫瓜原本心里有准备,很小心地"呼噜"吃进嘴里一小口面条,舌头翻卷着咽不进肚子里,他只想着缺油没想着缺盐。蔫瓜有办法,拿过咸菜碗,扒拉一点咸菜放面条里说,我觉得面条的口味有点淡。水英失算了,忘记把咸菜搁起来。蔫瓜说口味淡拨一点咸菜放面条里,你总不能不让人家拨吧。水英转念一想,你个蔫瓜都能想起来拨咸菜,怎么就不能去锅屋的盐罐子里捏几粒花花盐粒呢?蔫瓜就着一碗咸菜速度很快地很香地又把三碗白水面条吃进肚子里。

水英问,咸菜拌面条的口味不错吧?

蔫瓜不回答话,"嘿嘿嘿"地笑。

蔫瓜的笑声里像是早已识破水英的阴谋与诡计。

第三天晚上,水英照样下白水面。

水英要在一条道上走到黑。头一天晚上,水英下出来的白水面条是缺油;第二天晚上,水英下出来的白水面条是缺盐;这次算是第三天晚上,水英下出来的白水面条缺油又缺盐。家里的一碗咸菜吃尽了。水英有意把油盐藏起来。水英心想,我看你今天晚上的白水面条怎么吃进肚子里?白水面条下好了,水英盛一碗端过来说,你吃饭吧。蔫瓜看见水英没盛饭,问,你怎么不吃饭?水英说,现在不饿,我过一会儿吃。蔫瓜吃一口白水面条,起身要去找咸菜说,口味还是淡。水英说,咸菜吃光了,你凑合吃一顿吧。蔫瓜愣一愣眼神,看一看水英,梗一梗脖子,下出一副很大的决心说,好,怎么着都能凑合一顿饭。缺油少盐的白水面条真的很难吃，蔫瓜低头吸一口放嘴里，抬起脸，卷起舌头往肚子里使劲压，嗓子里受不住，“哦、哦”地往外返。半碗白水面吃下去，蔫瓜吃出两滴眼泪；一碗白水面吃下去，蔫瓜吃出一头汗。水英一旁看着，也是两眼泪水汪汪的，头上汗津津的。蔫瓜眼里的眼泪是吃饭呛出来的，蔫瓜头上的汗水是吃饭累出来的。水英的泪水、汗水是心疼出来的。说到哪里去，蔫瓜也是自己的男人呀。水英不想让自己的一颗心这么快就软下来。水英隐忍着，就是不把眼泪流出来，就是不说一句话，看你蔫瓜今天晚上怎么把三碗这样的白水面条吃进肚子里。蔫瓜不傻不愣，没必要硬是撑着吃三碗这样的白水面条，也没必要去跟水英赌一口气。蔫瓜勉勉强强吃一碗就放下碗。

水英问，你不吃啦？

蔫瓜说，吃饱啦。

水英说，你往日三碗的饭量，今天吃一碗能吃饱？

水英这么引导着蔫瓜说话，是想让他说出面条里缺油少盐的事实。哪怕两人痛痛快快地吵一架。水英嫁过来小半年，两人一次架没吵过。可蔫瓜把话憋在肚子里就是不愿说出来。

蔫瓜抹拉一下嘴说，吃饱了。

水英紧逼着蔫瓜不放，说，那锅里剩这么多面条怎么办？

蔫瓜说，明天慢慢吃。

水英说，明天谁吃？

蔫瓜说，我吃。

水英说，剩面条明天还怎么吃？今天晚上你不吃我吃。

蔫瓜嗓子唔哝唔哝动几动，想说什么话还是没有说。

水英一溜烟去锅屋，在锅肚里燃着火，端出一碗有油、有盐、有菜炸过锅的佐料“哗啦”一声倒进锅里边。这是水英预备好了的。下白水面条前，像往常一样是炸过锅的，只不过把炸过锅的佐料盛起来了。水英想蔫瓜晚上吃白水面条哪怕提出一点缺油少盐的疑问，哪怕是不高兴地责问一句话，她都会跑进锅屋，把这碗炸过锅的佐料倒进锅里，烧好面条，重新把一碗有滋有味的面条端在蔫瓜的面前。蔫瓜把话憋在肚子里就是不愿说出来。水英想你不说就怨不得我，你就去饿着吧。我明天晚上还下这样的白水面条。一转脸水英把面条烧开，盛出两碗，端堂屋里，正正经经地坐在桌子上，大口大口地吃起来。蔫瓜像是一个做错事的孩子，缩头缩脑站在一边。今天晚上蔫瓜没有抹拉嘴就上床睡觉，也许是肚子没吃饱，眼睛不犯困。水英故意把吃面条的动作张扬得很开，"呼噜呼噜"嘴巴响，"叮当叮当"碗筷响。蔫瓜看着水英这么一副吃面条的样子都有点傻掉了。他反倒不明白水英怎么会有这么好的胃口去吃这么一种缺油少盐的白水面条。

水英说，你不爱吃面条，我吃；你嫌弃我下的面条不好吃，我不嫌弃。

蔫瓜说，不是我不爱吃面条，是面条里没放盐；不是我嫌弃你下的面条不好吃，是面条里没放油。

水英停下吃面条，问蔫瓜，你说什么话？明明是你不爱吃面条，明明是你嫌弃我下的面条不好吃，还赖我下的面条里没放盐、没放油？

蔫瓜畏畏缩缩地说，你前天晚上下面条没放油，我凑合着吃一顿；你昨天晚上下面条没放盐，我凑合着吃一顿；你今天晚上下面条没放盐、没放油，你叫我怎么吃？

蔫瓜这句话说得很委屈，水英听见心里一颤一抖的。

水英说，那你前天晚上怎么不说我下的面条没放油？那你昨天晚上怎么不说我下的面条没放盐？

蔫瓜说，我怕说出来惹你生气。

水英一共端过来两碗面条，一碗自己吃着，把另一碗推给蔫瓜说，你再尝一尝，看我今晚下的面条里是没放油，还是没放盐。

蔫瓜说，我吃过一碗了，还能不知道放没放油盐？

水英说，我让你再尝尝你就再尝尝。

水英叫蔫瓜尝一尝，蔫瓜不敢不尝一尝。蔫瓜慢慢地吃一小口，又快快地吃一大口。

蔫瓜“嘿嘿嘿”地笑起来说，你放上油盐了。

水英噙含在眼里的眼泪“哗啦”一声流下来说，哪家两口子过日子，男人硬要女人硬逼着说话呀？

像是这一刻，蔫瓜才明白水英为着什么缘由连续下三晚上的白水面条。俗话说，生就的骨头，长就的肉。水英不逼迫蔫瓜说话，蔫瓜在房屋里转圈圈，还是不知道该跟水英说些什么话。

蔫瓜把晚上亏空的两碗面条补进肚子，水英也把自己应该吃的两碗面条吃下去。蔫瓜扔下碗、擦好嘴，半依半靠在床上歇息着，没敢睡。水英接着忙刷锅、忙刷碗。

水英说，你先睡，我去外面乘一会儿凉。

蔫瓜听水英这么一说话，一激灵坐起身子问，这是什么天呀，你就出门去乘凉？

五月的天确实不是乘凉的时候。可水英在房屋里显得闷，心里也显得闷，就想出去走一走，透一透心里憋闷着的一股气。

水英说，不是乘凉天乘凉才凉快呢。

家门前不远处有一块磨盘石头。说是磨盘石，是说这块石头的形状像磨盘，实际上却比磨盘大得多。岗地里深埋着好多石头，弄不好就有一块石头探头探脑地从土里露出来，这么大的一块石头少见，一块像磨盘的石头更是独一块。水英嫁过来，就看见这么一块形状很像磨盘的大石头，就想着它是夏天乘凉的好去处。这是一个大月亮夜，磨盘石上一片明汪汪的，像是汪满水。水英坐在上面，面对着淮河，面对着淮河对岸的村子。月光下，淮河一片白亮亮的，一片雾茫茫的，无声无息静静地流淌着。淮河对岸的村子在这么明亮的月光下反倒是黑乎乎的一片，像是笼罩在一个个熟睡的梦境里。石头泛身上的是一股股凉气，南风吹来的却是一股股暖气。这一股股南来的暖气里裹挟着浓郁的麦香。再过个三天五日的，一地麦子就成熟了，就能开镰收割了。水英去年秋天嫁过来，与蔫瓜共同经历了耕地、种麦、锄麦。过几天就要收割麦子，这是水英嫁给蔫瓜后收割的头一季庄稼，谁也说不清还要共同收割多少季庄稼。人的这一生就是由一季一季的庄稼所构成。人老了，人死了，一季一季的庄稼却照样生长着。

傍晚临收工，蔫瓜走到一块大麦地跟前说，明天割大麦做场。

大麦比小麦早熟，是老天派就的，割掉大麦做场正好赶上打小麦。这老天派就的事，蔫瓜说一句话就足够了，就说清楚了。别人家夫妻说一百句话，有九十九句是没用的废话。蔫瓜不这样，九十九句废话不去说，只说留下来的一句有用的话。水英还记得过门的头一夜，蔫瓜摸索着把水英睡上后也只说过很简短的一句话：生儿子。那时候水英新过门，一脸通红不好说什么话，心里却暗笑好多天。

看来蔫瓜就是一个“只说一句有用话”的男人。

夜不深，却很静。一只不知名的鸟从头顶“扑棱棱”地飞过去。水英心里一惊，觉得脖子里滴落一滴很凉的露水珠。五月的夜里会有这么重的露水吗？

水英这么把事理清一遍，想明白，就起身往家走。水英走几步见着前面有一个黑影，明知是蔫瓜，还是惊惊慌慌地大声问，谁个？

蔫瓜说，我。

水英不知蔫瓜是什么时候跟将过来的。水英紧走几步，赶上蔫瓜。两人一起往家走。

天空有一片云慢慢地靠近月亮，罩住月亮，夜色暗淡下来。水英回头看见那块明汪汪的磨盘石像是随着月亮光的移动，一点一点地滚进淮河里。

水英说，你看磨盘石滚进了淮河里。

蔫瓜不回头，却说，哪能呢？

水英站住脚，等一等，“砰”的一声，从淮河里传来一声很大的水响,像是磨盘石真的滚落进淮河里。水英长长地松出一口气,心里陡然空旷开来。

这一夜,蔫瓜先睡下,水英后睡下。水英往蔫瓜身边靠一靠说,我冷,你焐我。磨盘石凉,水英的身子就凉。五月夜凉,水英的身子就凉。蔫瓜一把抱住水英说,我老是觉着我配不上你。水英说,你傻。蔫瓜紧紧地抱住,热热地抱住水英说,我老是觉着你嫌弃我。水英说,你憨。蔫瓜一翻身把水英实实在在地压在身子下面。

水英说,生闺女。

蔫瓜说,好,生闺女。

后记:隔一年,水英真的生下一个闺女。是在一片银白的月光下孕育的,就起名叫:银月。银月长大该嫁人了,嫁给大河湾的我父亲。一年后生下我。

水英嫁人时,湾地人家嫁岗地人家,图的是岗地人家不淹水。过去这些年,湾地人家沿着湾地垒起一溜又高又宽的淮河堤坝,淮河涨水想淹湾地也变得不容易。水英这才想着把银月嫁回湾地的人家去。水英跟闺女说,湾地好,平平展展的一大块地连着一大块地,哪像岗地人家的地这里一片、那里一绺连个锄头都伸不开。俗话说,三十年河东,四十年河西。风水一轮转,眼下是岗地人家的闺女抢着嫁给湾地的人家做媳妇。我父亲也是一个不爱说话的人,小名就叫闷葫芦。母亲银月拿不定主意。姥姥水英说,嫁这种人好,不爱说话的人实在,没花花肠子,你身边睡着这种人心里踏实,我跟你大不就这么顺顺当当地过了一辈子?

几十年过去,我姥爷蔫瓜还是一个不爱说话的蔫瓜,一个老蔫瓜。

2007 年 4 月 13 日—18 日　江陈

暖　　屋

一觉醒来，天敞亮着；两觉醒来，天还敞亮着。雪天就这样，夜是永远也合不上自己困倦的眼睛。再一觉醒来天地间一片通红通红的了，透过窗户也有一浪一浪的通红扑进来。这是太阳出来了。雪后的太阳更红，也更耀眼。家里空空的，不见父母。我知道他们是去生产队牛屋，听会计念那一整个冬天也休想念完的报纸。自从念报纸的风气从外面刮进我们大河湾村，村人就失去冬闲天，都去牛屋里听报纸。听说人的头脑里长起了杂念，这杂念像庄稼地里的杂草，你不经常地锄一锄，一旦疯长开来，再想锄就来不及了。怎样除掉头脑里的杂念呢？念报纸。据说报纸上的话从耳朵听进去，就是伸进了一把锄，头脑里有杂念长不住，也休想长出来。村人听报纸算干活，听一天报纸，记一天工分。

我睡在被窝里想着起床却起不来，冷，屋里空落落地冷。我睡在被窝里能看见冷气烟雾一般围绕床四周，等我掀开被窝，它们就会“呼啦”一声涌过来，张牙舞爪，吸血鬼似的吸取我身上的热气。我躺被窝里不起来，凑合着先把棉裤穿腿上。棉裤、棉袄早上被我母亲焐进被窝的那一端。我伸脚趾慢慢地把棉裤捞过来。脚指头不是手指头，不灵便，识别能力差。你心里使唤它去挑棉裤，挑过来的常常是棉袄。要是这样的话就有点麻烦，你还得另派脚指头过去挑一遍。这先挑过来的棉袄团窝在怀里，占用这端被窝里的一部分场地。一个被窝能有多大呢？三折腾两折腾地漏了气，一时三刻的被窝就凉下。冷气的吸血鬼不知不觉就吸附在身上。我快点把棉袄、棉裤穿上身，不敢磨洋工。要是脚指头一挑就把棉裤挑准确，就可以消停慢慢地穿，一份洋工可以慢慢地磨、细细地磨。被窝像是一个仓库，盛着满当当的热气。热气不失散，不谢落，冷气进不来。一旦我起床，空出被窝，冷气就会"呼啦啦"地快步挤进来，不愿被窝空在这里，一副山大王的凶狠样子。我穿上棉裤棉袄，赶快往牛屋里跑。

去牛屋的一条路算是天底下最寒冷的一段路。

村人住在庄台上，牛屋盖在庄台下，距离一截地远，无遮无拦，脸面迎着西北风，一点躲避的办法都没有。满地是雪，满地是冰，西北风吹刮起的碎雪沫，似烟似雾，咄咄逼人地往脚脖子里钻，往颈脖子里钻，一上一下拧着劲一夹击，再一齐往裤裆里钻。西北风刮过来一阵子，又刮过来一阵子，阴森着、尖厉着。我初初乍乍刚出被窝，猛然被西北风追逼着，早已止不住地打起冷战。对付寒冷的唯一办法就是我佝腰侧身，夹紧两腿，尽可能地不让寒风往裤裆里钻。

"呜、呜、呜——"，寒风叫嚣着；"呜、呜、呜——"，寒风淫威着。牛屋愈来愈近，我却愈来愈冷，抖着愈来愈厉害。

牛屋是砖墙草顶，一排六间，房架宽，间头大，一眼望去，觉得占用着好大一片场地。牛屋不光是牛屋，另辟西边两间做了生产队的仓库，放着种粮、大秤、笔墨、算盘、账本等一应贵重的物品；东边四间相通连着，砌了牛槽，做了牛屋，也做了冬天生产队念报纸的会场。牛屋里拴十几条牲口，还待着几十口村人，这么多的活物呼气吸气，已是很暖和了。村人不满足，还在牛屋中间燃起一堆火。冬天喂牛的牛草是黄豆秸或花生秸。牛吃剩下的残物烤火最适合。

在我儿时的记忆里，大雪天最温暖的去处有两个：一个是自家的被窝，还有一个就是生产队的牛屋。

寒冬天，早饭大多吃白芋稀饭，父母一人吃两碗，抹拉抹拉嘴就去牛屋听念报纸。若是清早母亲往馏笆上馏杂面馍，就不烧白芋稀饭了。候杂面馍馏软，馏透，连馏笆端出来，往锅里搅上半瓢面浆，半锅稀饭就烧出来。吃杂面馍的清早我就不能睡懒觉、焐被窝，稀饭不能留锅里，杂面馍也不能留锅里。锅灶冷下了，稀饭、杂面馍都能结上一层冻。母亲烧好饭，就手从锅屋里燃过来一把柴火放在床面前，母亲一只手抓住我的棉袄，一只手抓住我的棉裤，架在火头上面烘一烘、烤一烤。母亲知道这么冷的清早一下子叫起我有困难。母亲这么做能赶走棉袄棉裤上的一部分寒气，又是鼓励我快点起床的一种策略。母亲似乎刚把棉袄、棉裤伸向火，嘴里就惊惊乍乍地催促开，说快点起来，快一点！棉裤棉袄都热得烫着我手了。

我不起床，说我不怕烫。

我想让母亲把手里的棉裤棉袄多烘烤一小会。我想让棉裤棉袄暖一点，再暖一点。

母亲燃的是一把麦秸草。麦秸草性子急，"轰隆"一声，火头蹿多高，接着就慢慢弱下去。麦秸草很快燃尽，火头随之就暗淡下来，留一地灰白的草木灰。我这才麻溜地钻出被窝，穿上棉袄，穿上棉裤，舒舒服服地打出一个响亮的喷嚏。

若是清早烧白芋稀饭，母亲就不急着喊我，棉裤棉袄往被窝里一焐，由着我赖在被窝里睡个太阳升出几丈高。母亲知道我不喜欢吃白芋稀饭，喜欢吃烤白芋。母亲临去牛屋，挑大小适中的带两个，过一会牛屋里烤熟透就是我的早饭了。

我跑进牛屋站住脚，屋里烟雾缭绕的都是柴烟，一窝村人模模糊糊的，缺鼻少眼的，我一个也分不清。我母亲站起身，拉过我的一双手，用力地焐着、搓着。母亲埋怨我说，怎么就不知道戴上一顶帽子呢？

我这才察觉头上空空落落地冷，忘记戴帽子。

两个白芋早烤熟了，在火堆旁边焐着。母亲走过去扒出一个，两只手不停地倒腾着,拍打上面的灰。母亲俯近嘴又“噗噗噗”地吹出几口气,这才扒开白芋皮递给我。白芋皮包裹住的香气,一下泄露出来。我闻见热烘烘的香气,还有白芋特有的苦吟吟的甜气。一口还没吃,就满嘴汪满了口水。俗话说,性急吃不得热山芋。猴急归猴急,我知道吃白芋还得细嚼慢咽。烫嘴是一回事,要是被噎住,这牛屋里莫说白开水,连口冷水也没有,你自己慢慢打嗝缓气去吧。

一个白芋吃下肚,我就半饱不饿了。母亲问我可吃了。我伸舌头舔一舔嘴丫上沾着的白芋渣,摇一摇头说,过一会吃。母亲说也好,自己玩一会,玩饿了再吃剩下的这一个。

冷冷冷,×你个雪的娘。

抖抖抖,日你个雪的爹。

牛屋里,会计念着报纸,村人斜靠牛屋的墙根,或独自冲着盹,或小声说着话。队长不认字,念报纸的任务就由会计一个人去完成,天天都一样。其他有识字的村人不愿意代替会计念报纸,让会计歇一歇,喘上一口气。念报纸费口舌、费精力不说,还承担一定的政治风险。万一念错了,念成一句反动话,就吃不了兜着走。不是自个的事,村人谁愿意去逞这个能?靠牛屋墙根两手一拢,高兴听一听,不高兴睡一睡不舒服呀。生产队里只有会计一个人撒不开手,一张报纸挨着行、挨着段,一字一句,小心谨慎地往下念。半天报纸念下来,会计口干舌燥,真叫一个累人。会计名叫正田,常年不干农活,长得细皮嫩肉,像一个女人,尖声尖调的声音也像一个女人。村人背地里就喊他假女人。假女人念报纸的声音尖,像一窝一窝飞往半空里的蚊子。我听报纸听不懂词听不清调,一群蚊子围绕在我的耳朵边上,“嗡嗡嗡”地飞过来,又“嗡嗡嗡”地飞过去。这些似乎都与我不相干,我只管爬到花生秧的堆上玩我的。花生秧堆在牛屋紧东头,很高,都齐了房梁顶。花生秧做饲料比黄豆秸好,我私下里也咂摸过,有股甜丝丝的味,跟巴根草差不多。花生秧用铡刀铡碎放牛槽里,牛都不抬头地抢着吃。花生秧堆这么高，爬上去很费力，站牛槽上，牛槽低了还得站牛头上。南边槽头拴着一条老犍（公）牛，凶猛厉害，它低着头请我站在它头顶上，我都不敢上。北边槽头拴着一条老仕（母）牛，性情柔和。时常里我偷着把花生秧往它的槽里塞，一些天过去，老仕牛认识我，跟我熟悉。我爬上它身边的牛槽，它自己就把头低着伸过来。这头老仕牛的两只眼睛稍微有点扁，两边眼角往上挑，再加上老仕牛眼里汪满眼水，一条母牛也就显得格外温顺了。我的两脚站老仕牛的牛头上，两手扶着墙，老仕牛的牛头也就一点点地往半空里抬起来。我爬上花生秧回过头来见老仕牛的牛头不低下来，反倒抬得更高。老仕牛这是候着我往它的牛槽里扔花生秧。我紧赶抓几把花生秧漫过牛头扔下去，老仕牛的牛头也就埋进牛槽吃起来。花生秧算是牛的最好草料，小牛吃，老牛吃，还有两条干活的老犍牛吃。其他的牛只能隔牛槽闻一闻花生秧的味道了。我不敢往老仕牛的牛槽里多扔花生秧，喂牛的老欢看见会心疼得直跳脚。老欢是村里的光棍汉，是生产队的专职饲养员。

我爬上花生秧堆垛是为着找花生瘪子吃。

花生瘪子就是花生秧上结的水仁子花生，秋天村人起花生的时候不摘下来，留在花生秧子上随花生秧一起晒干，有点像金贵人家吃的葡萄干。花生瘪子嚼进嘴里肉筋，甜丝丝的，带有一股没长成熟的青气。偶或能找见个别遗漏下来的饱花生。饱花生难找，多躲藏在花生秧的枝叶间，不声不响，深藏不露。有时候我把找一定数量的饱花生当成一项十分艰巨的任务去完成。比如十个，比如十五个。找够一定数量的饱花生我也舍不得生吃，两手紧攥着，肚皮贴着花生秧堆子往下一出溜，两脚就落在地上。这种时候早过了半晌午，牛屋中间余下了一大堆柴火灰。我凑过去，寻找一根黄豆秸拨拉过一些带火星的柴灰，就把饱花生埋进去。

我吃过花生瘪子，又想吃香花生。

饱花生埋火星灰里，要不停地拨拉，手一停断，火星就把花生烧着火。火星灰里烧花生速度快，三拨拉两拨拉地就听花生不安分的“啪、啪、啪”炸响声，紧接着一个个花生猛然地从灰烬里跳出来，还有一股蓝烟冒出来。我紧赶把它们拨拉到一旁的凉灰里，再烧就烧煳掉了。热花生还不能急着吃，烫嘴烫舌不说，不焦不脆，没有一点香味。待凉透了，掰开壳，搭手一搓能搓掉花生皮，吃进嘴里就不一样了。焦、脆，花生特有的香味也就跟着出来了。我一个香花生仁接着一个香花生仁扔嘴里，细嚼慢咽，“咯嘣嘣、咯嘣嘣”，还是戏玩的成分多。

我吃够了花生瘪子，吃光了香花生。这种时候我就该帮着老欢喂牛了。牛饮水了，牛晒太阳了，我帮着老欢牵牵牛什么的。——这也是老欢喜欢我，我得以在牛屋里玩耍的一个重要条件。村里般大般小的孩子，没一个能在牛屋里玩耍。牛屋是老欢的管辖领地，别的村孩子，老欢一个都不让进。老欢让我一个在牛屋里玩耍还有一个原因，我们两家住前后排房屋，早早晚晚的，热热冷冷的，我端好多趟稀饭、馍馍什么的去。父亲不想让我去牛屋里。父亲说母亲，那是一处什么好地方，你让大毛天天去？大毛是我小名。母亲说，牛屋里暖和，你让他一个人在家里冷清清的不挨冻？父亲说，人家孩子不怕冻，就你家孩子金贵？母亲说，人家孩子不是不想去牛屋，是老欢不让他们进牛屋。母亲说这话有一点扬扬自得，还有一种骄傲自满的样子。小时候我性格孤僻，不喜欢跟村孩子一起玩，喜欢一个人在家里玩，更喜欢去牛屋里跟牛一块玩。只是我不明白在父亲的嘴里，牛屋怎么就不是一个好地方？父亲说，你让大毛天天去，有一天吃下亏，你就知道不好了。母亲说，大人是大人的事，孩子是孩子的事，我不知道念报纸跟孩子有个什么相干呀？

生产队里有十几条牲口。我数过一共十三条黄牛，外加一头老草（母）驴。这些牲口一年到头都是老欢一个人负责喂养。冬天牲口不用干活，喂养起来反倒更加上心。就指望整个冬天喂出膘，来年牛们好有劲干农活。老欢冬天喂牲口跟时常不一样。比如冬天牲口吃干草,饮起水来很能喝。离牛屋不远有一口水塘,按说一天早早晚晚定时把牲口牵进水塘里饮水就照(行)了。老欢不愿这样做。牛屋前面摆上两口大水缸,一担一担把水塘水挑回头,先倒进大铁锅里烧热,再腾进大缸里,还顺手舀两瓢麦麸子搅进去。十几条牲口一天要饮三四缸水,够老欢一个人的一副水桶"哼哼哧哧"来来回回挑十几趟。老欢解释说,牲口喝点温水进肚子里,好浸透干草料,容易催长膘来。

晴天里,老欢把牲口一个个牵出牛屋晒太阳。牲口在牛屋里待久了,待闷了,猛然见太阳欢喜得不得了,挣着缰绳,跑一个大圈子。冬天太阳金贵,老欢想让牲口把太阳晒个透彻,还自制一把铁齿梳,挨个给牲口梳理毛、挠痒痒。老欢梳理牲口毛很细致,从头至尾,从上面的脊背到下面的肚子,前前后后全部梳理一遍,舒坦得牲口嘴巴鼻子里直哼哼,高兴得牲口直伸舌头去舔老欢的一双手。

生产队的十几头牲口里,老欢最偏爱的却是这头驴。那时候村里没通电,没有磨面的电动磨,村人吃面全靠这头驴拉着石磨一圈一圈地转。这头驴个头不高,是头灰毛公驴,乌着上下嘴唇。俗话说,乌嘴驴厉害。莫说村孩子不敢接近这头乌嘴驴,就连大人冒犯了,它也会又踢又蹦,叫村人在磨坊里半天套不上套子,或是套上套子不拉磨。村人气了就打。打它的腿,它往后弹蹄子;打它的屁股,它往上蹦身子;打它的头,它干脆龇牙咧嘴"咳唷、咳唷"地叫。老欢不能听驴叫,一听驴叫就知村人打驴了。老欢是个硬性人,他不管谁家拉驴推磨,也不管面磨没磨完,老欢去就得把驴拉回头。乌嘴驴拉磨是蒙上眼睛的,它看不见老欢,却能听出老欢走动的脚步声。老欢生了气,上庄台走路的脚步重,这头乌嘴驴离多远就息了暴躁,温温顺顺地站磨道里等候着老欢去解救。人的耳朵没有驴的耳朵灵,驴安静了,最起码该知道驴为什么安静吧?推磨的主家扔下手中的棍棒跟头驴似的压下气怒。主家知道要是让老欢看见他(她)打了乌嘴驴,那主家就成了一头驴,老欢非跟他(她)拼命不可。

做了一头驴,不愿好好干活,还要耍驴脾气,村人有意见。村人有意见不跟老欢说,说也说不通,去跟队长说。队长觉得村人说得有道理,就拿着村人的道理质问老欢。老欢朝脚面前的地面上吐一口唾沫,恶狠狠地说出两个字:狗屁!老欢当然袒护驴,跟队长辩解说这么多户人家使一头驴子,一天天从清早转悠到夜黑,你说说它个驴熊×的驴能不耍驴脾气?队长想想老欢说的驴道理也有人道理,问老欢,那你说怎么办?老欢说,谁家推磨也不能再使驴。队长问,那生产队喂养这头驴干什么?老欢说,让村人看着它耍驴脾气。老欢整个冬天都袒护着这头乌嘴驴,谁家也莫想把它拉进磨坊里。乌嘴驴不去拉磨,村人就得自已拉磨,就得自已做驴。一个冬天过去,老欢得罪生产队里的每一户人家,每一个村人。就连我的父母亲背地里都说老欢在这件事上做得过分了。父亲说,驴就是驴,人就是人,驴能耍驴脾气,人不能耍驴脾气?母亲说,老欢不知头脑里的哪一根筋拧伤了?看来老欢这个驴脾气耍得不小。

牛老实,我解牛绳,系牛绳,牵牛进出牛屋,老欢不管不问我。我不敢碰这头乌嘴驴,老欢也不让我招惹它。饮水了,老欢先把这头乌嘴驴牵过去,饮饱了,剩下的水牛才能饮。晒太阳也一样,老欢总是先拉出这头乌嘴驴,还迎太阳拴上风头。让十几条牛晒这头驴剩下来的太阳,还得不断地闻驴臊味。

我还能帮着老欢把牛尿。

牛的一泡尿尿下来跟淮河决堤似的能汪汪洋洋流淌半牛屋。由着十几条牲口随地尿,半天过后,牛屋里差不多就能养鱼了。老欢备着一把大塑料尿舀,还备着一副大塑料尿桶。上午牲口饮一遍水,下午牲口饮一遍水。饮过水,约莫时辰差不多了,就该把牛尿了——乌嘴驴厉害,从没见有村人敢把它的驴尿,或许天底下就没有把驴尿这么一种事情。白天里,老欢要是忙得闲不下来,就喊村人把牛尿。我也会把。把牛尿说简单，简单；说难，也难。牛是畜生，难通人性，能按时把牛尿把下来，本身就是一件不容易的事情。老欢却偏要做这件事情，硬是要别着牛性，叫牛通人性。把公牛尿，是把尿舀伸公牛肚皮上，尿舀口向上像挠痒一样来来回回地蹭着。尿舀挠痒了，公牛会舒坦得一动不动，皮肉不停地一抖一颤的，四腿发软，肚皮一点一点往下塌，而后“哗”一声就有尿尿出来。尿舀紧赶翻过来接牛尿。我力气小，接半尿舀尿就得倒尿桶里，再回头接着接。一泡牛尿往返接三四趟，我累得腰酸胳膊疼，就扔下尿舀不干了。老欢在一旁铡牛草，腾不出手，还叫我继续把牛尿，说公牛尿大，你把母牛。

把母牛尿得拿尿舀口挠母牛的尾巴根。母牛跟公牛一个样，你拿尿舀挠它的痒，它一动不动。母牛的尾巴慢慢地撅起来，两条后腿慢慢地叉拉开，牛身也跟着慢慢地往下塌。村人看我把母牛尿，纷纷站起身往旁边躲闪。母牛尿臊味浓，呛鼻子，“哗”一声能溅多远。母牛尿铺展的面很大，尿舀怎么都接不全。母牛尿雾气腾腾直扑我的脸。我忍着，扭转头。一圈村人乐得哈哈哈地笑。我接一尿舀，又接一尿舀，哪知一泡母牛尿比一泡公牛尿还要大。老欢见我上了当，也乐得受不了。

夜黑里，老欢自己把牛尿，睡半夜爬起来，一头一头牛地把，一夜把两遍。这般夜里折腾得时辰久了，白天里老欢犯困，干着好好的活一丢下手，就随便地靠牛屋里睡一会儿，等困瘾过去，他再接着伺候十几条牲口。村人里似乎只有老欢不受会计念报纸约束，想听听几句，不想听忙着喂牲口，或干脆“呼呼呼”睡一觉。老欢睡觉的动静很大，呼声扯得一浪一浪的，影响很不好。念报纸的会计有意见，几次跟队长提出来。队长说，我有什么办法呢？要不生产队的十几条牲口你来喂？老欢一心为牲口，一心为生产队，队长总不能说，老欢你夜里莫把牛尿了，由着它们汪汪洋洋地尿吧。

我不爬花生秧堆垛，也不愿把牛尿，就睡觉。牛屋里暖和，两手拢合在衣袖里，往墙根一靠一歪就能睡得着。

这一天，生产队长去公社开了两天会，人回来，脸色像死了亲娘老子。队长带回一张重要的报纸。这张报纸上的文章全是批判一个人。这人是个北京的大官，一说名字，村人都知道。这人的名字经常上报纸，不少村人还在电影的新闻简报里见过他。这人先是好人，现在一下变坏了，坏得还很，头顶长疮，脚底流脓。报纸上说，差一点把我们国家的颜色改变了。这还得了！念报纸前，队长说，今个村人谁也不许睡大头觉，这次睡觉就不是扣工分的小事了，而是阶级斗争的大问题。整个闲冬天过去一大半，队长才看出一点门道。那就是会计就像生产队的那头乌嘴驴，一个人念报纸，一个人推磨干活。在牛屋里，别的社员可以听念报纸，也可以不听念报纸，可以小声说话，还可以打盹睡觉。会计与乌嘴驴不同的是，乌嘴驴干活累了，可以尥蹶子，还有饲养员老欢袒护着。老欢说一声，乌嘴驴不给村人推磨，村人拿老欢什么办法都没有，也就是说拿乌嘴驴什么办法都没有。从这一点上来说，生产队里的会计，不如生产队里的乌嘴驴。会计念报纸念累了，不能尥蹶子，队长也不能让会计歇下来，像乌嘴驴似的，活不干了，报纸不念了。队长想有一点还是应该强调的，那就是警告社员，听报纸就是听报纸，不能小声说话，更是不能打瞌睡。小声说话扣半天工分，打呼睡觉扣全天工分。

队长认为这样做就是维护了会计。

这一天的报纸显然比往日重要。会计突出重要的方法就是念报纸的声调更尖，更高，更刺耳。队长突出重要的方法就是两手背在身后在四间牛屋里来来回回地巡视着。村人大多还是斜靠一溜墙根半躺着，只是两只眼睛睁着，只是两只耳朵醒得开，报纸上的一句话都不敢落下。报纸上是一篇大批判文章，会计念出一副拧眉恶脸状，像见了一个多年的仇人。这个仇人不是会计一个人的，是生产队村人共有的。仇恨像一泡母牛尿里的臊味，一时三刻把牛屋每处空间都充满了，甚至连村人的肚皮都气鼓鼓的了。人都是这样，生了气要么大喊大叫，要么一言不发，要么大打出手。这一会村人选择了沉默，选择了一言不发，会计念报纸的速度慢下了，言语却重多了，字字血，声声泪，一顿一顿的，像是向仇人扔出的一块块石子、一柄柄投枪、一颗颗子弹。我看见村人眼里喷出来的是火，鼻子里喷出来的是火，嗓眼里喷出来的还是火，牛屋里的温度很快升高，都快赶上热夏天了。我一丝丝困意都没了，哆哆嗦嗦地却感觉到了冰冷冷的恐惧，像是清早刚走出热被窝遇见的一阵寒风，像是清早走在去牛屋的雪路上。暖屋变成一个冷屋，一个冰屋。

老欢不应该这种时候笑出声，老欢的笑声肯定不合时宜。谁笑，谁惹祸。老欢"嘿嘿嘿"地大笑出声。老欢身边的不少村人都听见老欢的笑声。村人心里一惊，就把眼睛一齐盯着老欢。会计停下念报纸。队长走过来，就把满脸是乐的老欢一把揪起来，大声问老欢，你笑个熊毛灰呀？

老欢翻白的睡眼睁开了，脸上的笑也没了。老欢一脸疑疑惑惑的。

队长一揪就把老欢揪站在牛屋中心里，一圈村人眼，"哗啦、哗啦"都跟着转过来。队长问老欢的话，老欢没回答。老欢却反问队长，你揪着我干什么？

队长还是那句话，你笑个熊毛灰呀？

老欢这回听清队长的问话，回答话说，我没笑，我睡好好的觉笑什么？

队长说，你笑什么你问我？

我没笑。老欢说。

队长总归是队长，队长一句话就把这事的裁决权交给了村人，说你笑没笑，我说了不算。你问问村里的革命群众。队长的手松下老欢，东南西北朝村人一划拉，似乎牛屋里的村人没有一个人没听见老欢“嘿嘿嘿”的大笑声。

老欢这才注意村人的脸色、村人的眼神，还有自己单独一个人站立牛屋中间的孤立位置。老欢明白接下来对付他的该是一种什么样的阵势。老欢想趁早把自己洗刷干净。老欢指着他身边的两个人，说我睡觉打呼，他们两个该听得清吧？这两人，一个算是老欢的二叔，另个算是老欢的亲侄。先是做二叔的摇头说，没听见你睡觉打呼。老欢惊恐万分，说二叔，你可不能摇头呀，不就前些天里，你要拉乌嘴驴推磨，我不让你拉吗？

老欢睡着笑是一回事，没睡觉笑是另一回事。“另一回事”比“一回事”大多了，严重多了，厉害多了。交到大队去，上纲上线地遭批斗，弄不好能搭上半条性命。

老欢的一双眼睛红通通地紧盯住他的亲侄，自然是想让他的亲侄替他说一句公道话。这个人名叫祥子，祥子不摇头，却声音多高地说，叔，你笑了，我听得最真亮。

这一天，我靠墙睡觉离老欢最近，老欢笑我听见了，老欢打呼我也听见了。不过老欢这一天打呼的声音小了，笑的声音却大了。我站起身，跟队长说，老欢打呼我听见了。

老欢感激地看着我。

队长嘴丫动了动，像是没听见我说话，朝老欢说，你就老老实实交代吧。全体革命群众都气哼哼地批判报纸上的这个人，你还笑，是不是跟这个人穿着一条连裆裤子？

我母亲吓坏了，一把拉过我，一只手紧紧地捂住我的嘴。

到了这地步，老欢知道胳膊拧不过大腿，两手抱头蹲下身。老欢软下来，会计不软，呼口号。会计站起身，斜侧着身子，右手攥拳猛然朝房顶笆举起来，两嘴丫的唾沫一喷喷多远。会计一声停下，众村人相跟应和，牛屋墙坯被震得“哗哗”落一地。牛槽上拴着的牛都停下吃草，大睁牛眼，公牛看看母牛，母牛看看公牛，不知这么多人怎么一下都耍起了人脾气。乌嘴驴单独拴在驴槽上，这一会哆哆嗦嗦地直往墙角里躲避。

会计领头呼喊，打倒反革命曹政庭！

社员紧跟着呼喊，打倒反革命分子曹政庭！

我看见我的父母亲一起举手使劲地喊叫。

隔天清早，下雪的天还没亮透，父亲母亲就紧赶着要去牛屋了。他们自己没有烧饭，没有吃饭，自是也顾及不上我了。母亲摇醒我，跟我说，从今天起不准再去牛屋玩了。为个什么理？她不说，我当然不知道。就算母亲跟我说了，恐怕我还是不知道。但我隐隐约约地知道跟老欢半夜把牛尿有关，跟老欢白天瞌睡有关，跟老欢睡着大笑有关，跟会计念报纸有关，跟那个特殊年代有关，甚至跟那头乌嘴驴有关……母亲临出家门，怕我记不住她的话，反手锁上房门。我睡在床上，耳朵听见众多慌乱的脚步声朝庄台下的牛屋拥过去。奇怪的是这些踏雪踩冰的脚步声不是愈远愈轻地消逝去，反而是愈远愈清，震得我连忙把头蒙进被窝里，还用两个手指紧紧地塞住耳朵眼。

2010年7月16日　修改　江陈

青菜萝卜

一

夏日的晌午没有一丝丝风。太阳下的秫秫地一动不动，凝固着一片绿色与蓝天对峙着。一个身着蓝碎花衣褂的女人挎着一只竹篮急匆匆地走进去，秫秫们即刻"哗啦啦"地相互碰撞着摇曳开来，宛如陡然间刮起了一阵强硬的旋风。

夏季天的晌午里，这个女人这是头一次来这片秫秫地里拔猪草。

女人名字叫青菜，春天嫁来大河湾。自己的娘家也不远，邻村庄，名叫张家拐。两庄相邻，庄稼地连在一块，同在一片淮河湾里。大河湾的土地由南往北，一路洼下去；张家拐的土地由北往南，一路洼过来。两庄土地的交接处，更低洼，叫洼地沟，只能种秫秫，抗旱也抗涝。雨水丰润的夏季天，秫秫旺盛，各类杂草也旺盛，也就成了青菜拔猪草的最好去处。

青菜走进秫秫地拔猪草，不只是拔猪草。秫秫地里有一个男人等着她。秫秫地隐秘，绝不会像多嘴的老太太把看见的一切说出来。

萝卜是青菜男人的名字。此时，萝卜正守在家里烟熏火燎地烧锅做饭。午饭简单，米茶馏馍馍。舀半锅水，放两把米，坐上馏笆子，搁上凉馍馍，只管添柴生火了。这么简单的活，萝卜操作起来却复杂成一鼻子两脸蛋的黑灰。灶肚里的柴火不是少了，便是多了，欢滚的浓烟顺不出烟囱，可足劲地往萝卜头脸上扑腾。萝卜呢早已被这些热情的浓烟扑腾得热泪盈眶，激动不已；嗓子眼也跟着一阵阵发紧，似有一根无形的绳子猛然间勒住脖颈子，想挣脱也挣脱不了，还有愈挣愈紧的趋势。这种情况下的萝卜所能采取的对策便是扔下锅灶，跑出屋外，透着新鲜的空气，等候脖颈子上的一根无形绳子自己松散开来。结婚前，萝卜衣食靠父母；结婚后，萝卜衣食靠老婆。萝卜从来没干过烧锅做饭之类的本该女人做的活。待萝卜利索出嗓子，自言自语道，烧锅做饭这本该女人的活，男人还就是轻易做不好。

二

夏季天，地里的活猛足劲地往上长。庄稼间的杂草一茬锄光，三天五天的，又绿绿嫩嫩地葳蕤一茬子。这样的天里，青菜萝卜两口子整天忙在几亩责任田里，还显得人手不够用。拔猪草这样零碎的小活只能中午头，见缝插针地做一做。

青菜跟萝卜说，我先去拔一竹篮子猪草才回头烧锅做饭不算晚。

萝卜干半天活回到家，累一身酸不想动弹，也心疼自家女人，说，莫去拔猪草了，晌午你也该歇一歇，下午还接着下地呢。

青菜说，不拔猪草，猪圈里的两头猪喂什么？

萝卜说，喂几天麸糠凑合着。

青菜说，眼下两头半大猪正等着催膘呢，莫说几天，一顿也不能凑合呀。

家门旁边不远处就是猪圈，猪圈里养着两头半大猪。这是青菜春天嫁过来以后指使萝卜赶集买回家的。一头黑猪，一头白猪，从集上买回来的时候比猫大不了多少。青菜喜欢白猪，说白猪看着就比黑猪干净。萝卜喜欢黑猪，说黑猪看着就比白猪壮实。眼下喂猪的人家少了,不赚钱,还费事烦心。青菜却喜欢喂猪,偏要喂猪。青菜说,一个家不喂头把头猪哪还有一个家的样子呀!

青菜、萝卜说上述这番话的时候刚从地里回到家。青菜洗一把脸,擦一把汗。萝卜洗一把脸,擦一把汗。院落里有了动静,两头猪知道主人回来了,“哼哼哼”地叫起来。青菜说两头猪,我干半天活还没觉得肚子怎么饿呢!你们伸腿睡半天倒觉得饿肚子了。两头猪听不懂主人的话,还是“哼哼哼”地叫。青菜又说两头猪,我还没顾得去地里拔猪草呢,我拿什么喂你们?

萝卜洗好脸,擦好汗,往躺椅子上一躺,说今天上午地里的活做猛了,我还真觉得有一点累呢。

青菜洗好脸,擦好汗,走进屋里随手拎起一只竹篮子,一抬脚跨出家门槛。

萝卜卧起身,探过头,眼睛追着青菜问,你去哪里拔猪草?

青菜说,洼地沟秫秫地里猪草多,我以前在娘家的时候经常去。

萝卜扭扭腰身,动一动,说大晌午的,秫秫地不热死人才怪呢。

青菜说,秫秫地晌午头才不热呢,脚下的地是潮的,头顶的天是绿的,是一处神仙待的地方呢。

萝卜说,那你就去神仙待的地方拔猪草吧,我稍微躺一会就起来烧锅做饭。

青菜说萝卜,你能把个饭烧好,还娶我做老婆干什么?

青菜就是这么样的一个勤快的女人,家里家外像是一只陀螺似的忙个不歇。相反,萝卜只干一头活,侍弄完土地,剩下的还得老婆侍弄呢。萝卜躺椅子上躺久了,便躺出一身的不自在,自言自语地说,烧锅、烧锅、烧锅,我要是会烧锅做饭就好了。萝卜说,烧锅做饭是女人的事,男人做了就是男人的事。

而后萝卜酸胳膊酸腿地摸向锅灶,添半锅水,抓两把米,坐上馏笆子,摞几块馍馍,“嚓啦”燃起火。柴是麦秸草,午季里刚收下的,干燥的、柔软的，像棉花一般。萝卜抓一把塞灶肚里，一根火柴没燃起来，两根火柴还是没燃起来。第三根火柴，待火苗燃上火柴杆才伸进灶肚里。麦秸草先是生一堆青烟，袅袅的，摆出不少好看的景致。蓦地，青烟断去，“轰隆”一声，火苗如一条蛇芯尖锐地猛然扑过来，直咬萝卜耳目。萝卜大惊失色，复塞进不少麦秸草压下火。翻滚的浓烟浩浩荡荡地涌出来。“咳、咳、咳”，萝卜一阵咳嗽，两眼里的酸泪流出来。

这天晌午，萝卜日弄得锅灶燃一把，灭一把，锅里的水“哧哧哧”地响起又歇下，歇下又响起，只是怎么也开不了。这一刻，青菜肩扛满满一竹篮子猪草走进院落里，瞧见萝卜的一副狼狈模样：两眼泪，一脸灰。青菜“扑哧”一阵猛笑，腰身挺不住劲，也跟着弯下来，说，你不会烧锅，谁让你烧锅呢？萝卜慌忙帮青菜卸下肩头的猪草篮子，说，我也没想到烧锅会这么难。青菜看着萝卜笑。萝卜看着青菜笑。两人脸对脸，笑够了，瞧够了，青菜才走进锅屋接手烧锅。青菜手里像有魔法，“噼里啪啦”燃起火。锅里的水哼呀唱也就相跟着热闹起来，欢滚开来。

青菜说，做人要实心，燃柴要虚心。锅底不空，柴火燃哪里？

萝卜心想烧火是烧火，做人是做人，它俩怎么能放一块？

萝卜问青菜，你说我是实心还是虚心？

青菜说，你是实心。

萝卜又问青菜，你说你是实心还是虚心？

青菜说，这话得由你来说，你说呢？

萝卜说，我实心，你也实心。

青菜虎起脸跟萝卜说，以后烧锅做饭这种女人干的活你就不用伸手去做了，免得村人看见笑话你。你做男人就要堂堂正正地做男人，我做女人就要堂堂正正地做女人。

大河湾村家家都这样，男人只干一头活。女人手下的活堆成一座山，男人连一根手指头伸都不伸一下子。

家里有了猪草，猪圈里的两头猪就好喂了。萝卜从屋里拿出洗衣的大木盆，从水缸里舀半盆干净水，“哗啦、哗啦”把猪草淘一遍。大河湾的人家吃水下淮河里担，家家锅屋里摆放着一口大水缸。人吃水，“哗啦、哗啦”伸水瓢去里边舀，猪吃水也是“哗啦、哗啦”伸水瓢去里边舀。淘洗好猪草，萝卜拿菜刀，“嚓啦、嚓啦”把猪草切碎了，才能拌上麦麸一并交给猪。人饿了，忍耐着，不吭声。猪饿了，不忍耐，一句紧着一句，抢着哼，抢着叫。萝卜把拌好的猪草“哗啦”倒进猪食盆里，两头猪陡然停止哼叫，埋下头“嚓、嚓、嚓”地快节奏地吃起来。一旁的锅屋里，青菜把人的饭食也准备好。

青菜喊，吃饭。

萝卜“嗯”一声，说，好！

三

隔天晌午，青菜又去秫秫地里拔猪草。临出家门，青菜反复交代萝卜，留在家里不用烧锅，说男人烧锅做饭干女人的活，莫说左邻右舍看见乱说话，就是我自己看见都觉得别扭。萝卜说，我今天就实呀虚地照着你说的话去烧火，等你回来还不就把一顿饭烧好了，也省得你回来还烧饭。青菜还是不愿意。萝卜说，我把院门关紧了，保准左邻右舍看不见我烧锅。青菜走后，萝卜就这么照着青菜的话烧火。实呀虚的，萝卜还是把握不准。柴少，“呼通”火苗一蹿一亮，灭去；柴多，实实地又压出一团团浓烟。不过从时间上来看，萝卜这顿锅烧得还是有进步。锅里水哼呀唱地开了，青菜拔猪草也回来了。萝卜满脸欢喜，布上一层得意，慌慌地迎上前，接过青菜肩上的竹篮。萝卜照例涂抹一头一脸的黑灰。青菜瞧见没有笑，问萝卜，你在家把锅烧好了？萝卜点头，说，烧好了。青菜说，明天晌午你莫烧锅了，还是等我回家烧吧。萝卜说，我待家里做什么呢？青菜说，你就躺在家里睡着，睡在躺椅子上养着。青菜不再言，像是生出一股气，自己打水，自己洗脸，自己擦身子。青菜的肩膀白白嫩嫩的、圆圆乎乎的，像是一棵大白菜，现在被竹篮子挤压出一道一道的红印子。萝卜说，瞧你肩上的红印子都出血了。青菜的两眼红红软软地流出眼水。青菜说，你干吗对我这么好？萝卜说，你是我女人，我不对你好，对谁好？青菜还是流泪。萝卜说，你看你，我不就烧了两天锅，你不在家，我还能像头猪睡下等着吃等着喝？青菜还是流泪。萝卜急，说，明天晌午我不烧锅，不照（行）吗？

第三天晌午，萝卜果真没有烧锅。萝卜歪斜着身子睡在躺椅子上，侧脸盯瞧着冷锅冷灶，怎么都觉着不顺眼。萝卜想还能就这么躺着，等候青菜回家。一小会，萝卜的心里长出一窝荒草，慌乱得很，心想得干点什么才照（行）呀。可一时半时的萝卜又不知道这样的晌午天青菜不让他烧锅，他还能干什么。萝卜一骨碌爬起身，站在院落里的太阳下，抬脸看太阳。天是一天热似一天，萝卜的一双眼睛紧闭着不敢看太阳，无遮无挡的皮肉暴露在太阳下，被太阳烧着，被太阳咬着，一片火辣辣地疼。萝卜不躲不藏，光头、光脸、光肩膀，黑黝黝的皮肉流出一道一道的油汗水，像是从淮河里洗澡刚上来。萝卜心想人不能闲着，人闲着连天空里的太阳都这么欺负你。萝卜心想自己还得干点什么事情，不然这么一晌午，自己不被自己憋死，也被太阳烤死。萝卜嗓子冒烟，口渴起来，一想便想起自家地里点种的几埯香瓜。这么几埯香瓜也是春天青菜嫁过后点种的。十几根瓜秧原本瘦瘦弱弱的，很不起眼，不想赶着夏季里雨水充足，瓜秧长起来，花多，瓜多，一个赛似一个大，一个赛似一个甜。瓜地是一片菜园地，跟庄稼地分离开，中间有一段距离。每天挨傍晚，青菜、萝卜从庄稼地里干活回来都从菜园地拐一头，青菜是为了从菜园地里拔青菜，萝卜是为了从菜园地摘香瓜。忙天里，一天三顿饭，早饭马虎，午饭马虎，只有晚饭才能正正经经烧菜、烧饭，安安稳稳坐下身，消消停停把饭菜吃进肚子里。青菜从菜园地里把青菜拔回家就忙着洗菜、切菜、烧菜。萝卜从菜园地里把香瓜摘回家就忙着洗瓜、开瓜、吃瓜。也就是一般香瓜品种,成熟后香瓜皮上点缀着一道一道暗花纹。一道一道的暗花纹愈是显眼,香瓜就愈是香脆可口、甜心甜肺的。萝卜歪斜着身子躺在自己家的躺椅子上一边吃着香瓜,一边看着青菜晃动着身影忙过来忙过去的。什么是神仙过的日子?萝卜觉得自己就是神仙,自己过的就是神仙的日子。一个香瓜一掰两瓣,萝卜吃一瓣,给青菜留一瓣。萝卜睡在躺椅子上,一张嘴冲着青菜喊叫,说七仙女过来,给你一口香瓜吃。初初乍乍的青菜还不知道萝卜为什么喊自己七仙女。青菜心里美滋滋地回话说,我哪里配做七仙女?我没有七仙女活得悠闲,也没有七仙女长得漂亮。萝卜说,我没有说你长得漂亮,我也没有说你活得悠闲,你想想我都做起了神仙,过起了神仙的日子,你还不是七仙女吗?

瓜秧结瓜跟老母鸡生蛋差不多,一茬一茬的。瓜秧上开一茬花,挂上一茬嫩瓜纽需要长好多天才能长出一个瓜样子。接着又长好多天,一个长出瓜样子的瓜才能熟。眼下正是瓜秧歇茬子,相隔几天没去菜园里摘香瓜了。萝卜睡躺椅子上睡不安,去菜园地里看一看,原先不起眼的生瓜蛋子一下就长大了,一下就长熟了。萝卜没有客气,狠着手拣最大的摘下两个,洗净,自己先吃下一个小的,留下一个大的。萝卜摘瓜、洗瓜、吃瓜,用了不足半个时辰,剩下又是无所事事了。萝卜两眼恶狠狠地瞪着一旁地上的躺椅子,像是与它结下了冤仇,自己命令自己说,我就是不往上面睡,我连想一下都不想。

萝卜猛然一下想起一件自己应该去干的事,说我去迎迎青菜,替青菜扛一段路程的猪草。

萝卜怀里抱着香瓜乐滋滋地往秫秫地走过去。

四

这片秫秫地离萝卜家有二里地。萝卜拐出家门往北一看便瞧见秫秫一动不动的一团绿色。四周土地都被绿色的庄稼覆盖，只是秫秫整整齐齐高出其他庄稼不少，因而就显得格外碍眼。一条土路歪斜伸进脚下面，牵引萝卜往秫秫地一步一步近过去。不多时，那片稠密的秫秫便露出破绽，分解出一棵一棵的枝干，花花搭搭的叶片连着叶片，像是相互牵拉着手。走进秫秫地，萝卜两脚略显迟疑。这么一大片地方，萝卜不知道该往哪里去寻找青菜。不能喊叫，以免惊吓着青菜。再说从某种情调上来考虑，也需要萝卜天神一般悄无声息地突然降临在青菜面前。萝卜一边寻找，一边想着青菜蓦然瞧见自己时的一副神态。萝卜瞎子摸象似的，日本小鬼子进村似的，小心着、谨慎着，轻着两脚一步一步往前探索。

萝卜看见青菜，一下呆愣住。

秫秫地除去青菜，还有一个男人。这男人萝卜也认识，是青菜原先的对象，名字叫黑牛。黑牛跟青菜好，好了好多年。大前年，黑牛外出打工犯了法，蹲进监狱里。青菜去看黑牛，说要等着黑牛。黑牛说青菜，你不用等我，我已经看上别的女人。黑牛长得也像黑牛，粗粗壮壮的一个男人，外出打工的时候，有个女人追着黑牛，要做黑牛的女人。这个女人青菜见过，比青菜年轻，比青菜漂亮。黑牛脚踏两只船，一颗心两边乱晃悠，一会说要娶那个女人做老婆，一会又说要娶青菜做老婆。黑牛蹲进监狱，还是说要那个女人。青菜也只得死了一条心，转过头来嫁给萝卜。

此刻，青菜正跟黑牛背靠背坐一块，屁股下扯不少新鲜的秫秫叶，绿绿展展一大片。萝卜怀抱着甜瓜，呆愣着神，不知黑牛什么时候出来的，更是不知黑牛怎么又找上青菜的。萝卜懵懂着头脑往前走，离两人很近了，才站住脚。好在有稠密的秫秫遮挡着，青菜、黑牛才没有看见萝卜的人影子。怀里的大香瓜已被萝卜坚硬的手指抠出一个洞，瓜汁瓜瓤流淌出来，滴在萝卜的褂襟上，滴在萝卜的裤腿上。萝卜细胳膊细腿，黑牛人高马大。打架，萝卜肯定打不过黑牛，还在青菜面前丢人。况且这也不是谁打谁的事情呀。萝卜心想，青菜是先跟黑牛好的，后来才嫁给自己的。说来说去，青菜还是黑牛让给自己的呢。萝卜这么一想，心里也就平静不少。随之，抠进瓜瓤里的手指也捞将出来。

然后，萝卜慢腾腾地一步一步走回家，一步一步吃着瓜。一个大香瓜吃光的时候，萝卜动静很大地打出一个清水嗝。还没走进家门，吃进肚子里的香瓜已经转化成尿，坠得萝卜走不动路。萝卜坚持不住，慌忙解开裤带，冲路边"哗哗啦啦"尿出一长串响声来。太阳下，萝卜猛然间打出一阵阵冷噤。

青菜肩扛猪草回到家，瞧见萝卜并没有像往日歪斜身子睡在躺椅子上，而是正经八百地睡床上，两眼不打弯地直直地盯着房梁，像是要弄明白自己家的房梁是比原先弯曲了，还是比原先直溜了。青菜不知道萝卜装满一头脑的心事，照常问萝卜，饭烧好了没有？萝卜答，没有！青菜不信，转过头瞧见真的是冷锅冷灶，才察觉萝卜的一张脸冷着。青菜说，萝卜，闲在家里还长出息了呢，一个大男人还学会了生闷气。萝卜一骨碌爬起来，脸对脸地逼着青菜问，你说我可是你的男人？青菜回答，是。你不是我男人还能有谁是我男人？萝卜又问青菜，你说你可是我的女人？青菜回答，是。我不是你女人还能有谁是你的女人？

萝卜躲闪开青菜的脸说，那你怎么不一心一意跟着我过日子？

青菜呆愣住，低言低语问萝卜，晌午你去过秫秫地？

萝卜点头。

青菜又问，你瞧见了黑牛？

萝卜还是点头。

青菜的眼泪流出来，说，没想到黑牛会从监狱里跑出来，可那个女人并没有等着他，像我一样早跟了别的男人。

萝卜听得稀里糊涂的。

青菜说，我一连劝他几个晌午，让他去自首，他不愿意，说他觉得自己活着没有一点意思。黑牛他这人怎么这么傻呢？

萝卜听个脸色煞白，问青菜，黑牛现在还在秫秫地里吗？

青菜摇头说，走了。

萝卜又问，明天晌午黑牛还去秫秫地吗？

青菜点头。

萝卜把一双眼抬起来，空落落地看着天。青菜去锅灶前，添下水，加上米，放进馍，生开火。奇怪的是，这天晌午的两头猪任凭肚子怎样饿着，一声哼叫也没有。

五

隔天中午，萝卜先去的秫秫地，然后黑牛才来的。黑牛见了萝卜，并没躲开，径直走过来。

萝卜说，青菜今天晌午不来了。

黑牛惊恐地四下里看一看，说你没把公安局的人带进来？

萝卜说，那不是我的事情，你从监狱里跑出来，找我老婆，我只管这件事情。

黑牛镇静起来，阴冷冷地笑一笑，说，你怎么管这件事情？

萝卜说，我得打你一顿。

黑牛有意露出身上带的一把刀子，说你这么一副细胳膊细腿的能打得过我？

萝卜说，我打你不是为我，是为青菜，我是青菜的男人就得保护着青菜，不能让她受别人的欺负。

黑牛说，青菜以前跟我好的时候，我没有欺负过她，现在她做了你的女人我也没有欺负过她。

萝卜两眼一下睁多大，说你现在是一个逃犯，青菜知道你躲藏在秫秫地里没有报告公安局就是窝藏逃犯，就是犯法，你还说没有欺负青菜？

黑牛身子一晃悠，说那你知道我在秫秫地里没有带公安局来不是也窝藏罪犯，也犯法？

萝卜说，你错了，我打你一顿，就是为了制服你，把你扭送到公安局。

黑牛听明白萝卜的话，说你打都打不过我，怎么把我扭送到公安局呢？

萝卜说，今天不是你把我打趴下，就是我把你打趴下。

黑牛两手掐腰，挺直胸膛，站直身骨，跟萝卜说，那你就打吧，我看你怎么能够把我打趴下，怎么能把我扭送到公安局。

萝卜举起拳照黑牛胸脯"扑哧"一拳。黑牛像是一柱铁塔，纹丝不动。萝卜自己倒是被震得后退一两步。黑牛没有还手，转身便走。

萝卜追着黑牛说，你不能走！

黑牛站住身，望着萝卜，问，你还有什么话说？

萝卜说，我打不过你，也得打你。

黑牛说，那你就再照着我胸脯打两拳头？

萝卜说，我不想打你的胸脯了，我想照着你的鼻子打一拳。

黑牛愣一愣神，同意了，说，你打吧，你想打几拳打几拳。

萝卜不相信，问，你真让我打你的鼻子？

黑牛点点头。

萝卜走近黑牛，把右拳攥得"咔咔"响，一点一点高高地举起来，瞧瞧黑牛的鼻子，又放下。

黑牛说，你怎么不打了？

萝卜说，你的个头太高，我的个头太矮，我的拳头想打你的鼻子够不着。

黑牛说，我让你打，你打不着，这就不能怪我了。

萝卜说，你蹲下身，我的拳头才能够着。

黑牛“嘿嘿嘿”地苦着脸笑一笑，说，天底下还有你这样打人的？

黑牛真就蹲下身，仰起脸，等候萝卜的拳头。萝卜举起拳，猛然照准黑牛鼻子一伸一缩就是一下子。黑牛还是没有动弹，没有还手，鼻洞里却“哗啦啦”地流出两汪血。晌午血旺，浓烈的血腥味狂奔着四散开来，秫秫叶簌簌一阵颤抖。萝卜用的力气不小，拳头都砸疼了。

萝卜伸嘴吹自己的拳头。

黑牛舞弄着两手血，一步一步往秫秫地外面走，不疾不缓，十分从容。

萝卜问，你去哪里？

黑牛说，公安局。

萝卜说，你真是去公安局？

黑牛回过头，脸上血糊拉拉地往下流，说我去不是为你，不是为我，是为青菜。

六

萝卜回家的时候，青菜站院里等候着，一脸的心事，一心的心事。青菜问，黑牛走啦？萝卜答，走了。青菜问，去了哪里？萝卜答，公安局。青菜身子一震，不再问，眼红红地汪了不少泪水。然后青菜挎着竹篮往外走，说，我去拔猪草。萝卜问，去哪里？青菜答，西河滩。萝卜说，西河滩无遮无拦太阳毒，精心点。青菜答，哎。

青菜走后，萝卜挪近锅，添水、加米、放馍、生火，弄得有滋有味。

柴烟还是溜出不少，不过锅底的火已经燃烧得有模有样了。萝卜骂一句，日奶奶的，这锅底的火就得虚，做人就得实。

这天夜里，萝卜猛然长出不少力气，“吃吃啦啦”扒光青菜的衣服。萝卜问青菜，你是不是我女人？青菜答，我是你女人。萝卜问青菜，我是不是你男人？青菜答，你是我男人。而后萝卜黑身如墙，排山倒海压上去。一会工夫，屋里就有猪似的“哼哼”声，舒坦地漫溢出。

2005年2月18日　江陈

暮晚的唢呐声

唔,那个村子里死人了
是谁呢
——姚振函《暮晚的唢呐声》

一

小时候,我是一个胆小的孩子。最害怕两件事:一件事是村子里死人,另一件事是村子里的暮晚响起唢呐声。这两件事其实就是一件事。暮晚里的唢呐就是专门为村子里的死人响起来的。尤其是儿孙满堂、手头宽裕一点的人家,就得请不止一班唢呐来凑热闹。名曰:老喜丧。唢呐班子不定什么时辰来,也不定什么时辰就吹打起来。但在我的记忆里,丧期的唢呐似乎总存在于暮晚里。长大后,我曾经仔细地想过其中的原因。是因为到了暮晚时分,村人才陆续从远处的庄稼地,一步一步朝着村庄围拢过来,唢呐才有吹响起来的理由,还是因为只有到了暮晚时分,喧闹的村子才逐渐地安静下来,才能从嘈杂中显露出唢呐声?其实都不是。死亡对于孩子来说是一个谜,更是一种巨大的恐惧。这种巨大的恐惧无形中就与暮晚联系在一起,并且融合成暮晚的一部分。

死亡对于我来说是恐惧的,暮晚对于我来说是恐惧的,暮晚里的唢呐对于我来说更是恐惧的。

大河湾村的人家依着堤坝、傍着淮河生存，一个村子东西排开两里多路长。大河湾村的土地也就依着房屋后面分布开。这些土地躺在堤坝的胳膊腕里，盛满阳光与乌云，平静地生长着庄稼，滋润着大河湾村人。于不经意之间，某一天的暮晚里就有唢呐响起来，大河湾村愣怔一下，大河湾村人愣怔一下，平静似水的日子因为暮晚里的唢呐声打了一个迟钝，起了一层涟漪，一圈一圈地朝着四周扩散开来。很快地，我的父母亲就清楚是哪一个村人死了。一个村子能有多大呢？有时候，暮晚里的唢呐还没有响起来，死人的消息就传播开。这样一来，暮晚里的唢呐声就是一个死亡的确证与强调。死去的村人有我熟识的，有我陌生的。毕竟我是一个孩子，生活在一群大河湾村人中间的时间相对还很少。这样的一个暮晚里，在唢呐声的凄凉伴奏下，我的父母亲会无休无止地唠叨这个已经死去的村人。父亲比母亲在村子里生活的年数要长久一些，父亲就出生在这里，母亲在别的村子长大后，才嫁给我父亲。父亲说起这个人的一生会更全面，母亲说起这个人的某一个生活侧面会更仔细。因而，不管熟识的，还是陌生的，这个村人一旦死去，也就变得熟识了，或者说更加熟识了。

比如说，父亲会说起这个人小时候的一件偷鸡摸狗的事。某一个下雪天，这个人赤脚半夜三更去邻居家的锅屋里偷馍馍吃，隔天早上邻居家的人顺着脚印找到他家的床面前。吃饱喝足后，这个人在床上“呼呼”地睡着觉。邻居家的人拉开这个人身上的被子，找见吃剩下来的两块馍馍紧紧地藏在他的裤裆里。裤裆里的两块馍馍也是馍馍呀！邻居家的人大骂一顿这个人，两块馍馍照样拿回家……我从父亲说出来的这件事中，知道这个人小时候家里穷，不偷不摸吃不上嘴，饿着肚子半夜三更睡不踏实觉。

母亲会说起这个人成家后喜欢打老婆。老婆做错事他伸手打一顿，老婆没有做错事他照样伸手打一顿。这个人打老婆喜欢薅老婆的头发,今天薅掉老婆的一绺子头发,明天薅掉老婆的一绺子头发,后来他老婆只剩下光溜溜的一层头皮,不见了黑头发,不见了白头发。母亲说,现在还伸手打不打,不打了吧?这个人死去,他老婆哭得最伤心。老婆哭着说,你生病躺在床上,连抬手拽我头发的力气都没有了,我就知道你的大限已到,想活都活不成了。大限已到,就是死期已到。他老婆这样子说话是有预感的。他老婆接着往下哭接着往下说,要怪就怪我头上的头发少,你说你活着的话,生气拽我头上的什么呀?

唢呐响一个暮晚,响两个暮晚,顶多连续响三个暮晚,就停止了。我知道,死去的村人在这个唢呐停断的暮晚里连同一口棺材一起被埋进泥土里。隔天清早,我站在自家房屋后面,放眼大河湾村东西一溜土地,总能在一片绿油油的庄稼地里找到一个新鲜的土堆。土堆旁边点缀着几点白,是孝棒,或灵幡。那时候,大河湾村的人家不用花圈,也扎不好花圈。在唢呐的一阵阵催促下,放几挂炮仗,燃一堆黄表纸,家人哭一哭,差不多也就这样子了。一个人就这么从大河湾村消亡,却又离不开大河湾村,最终还是埋进大河湾村的泥土里。活着,生活在土地上面。死后,安睡在土地下面。相隔一层厚厚的土地,阴阳两边就分出了界线。地上有天空云彩、花草树木、飞鸟鱼虫,这就是活人待着的阳间。地下一片黑咕隆咚,只有阎王爷小鬼,奈何桥,热油锅,这就是死人待着的阴间。一个活人不了解死人待着的阴间,只会本能地产生恐惧心理。暮晚里,母亲告诫我不要去死人家的附近玩耍;白天里,母亲告诫我放羊拔草离那座新坟远一些。如若在这么一段时间里,我真的有个头疼脑热的毛病,母亲一定先审问我破戒了没有。不管我破戒没破戒,母亲都会端一碗水,拿四根筷子"诉一诉"。母亲一边撩水让筷子立在水碗里,一边与那个死人说着话,说你真惦记着这个孩子,疼爱着这个孩子,你就早早地离开吧。母亲的说话口气,是协商式的,是好言相劝式的,似乎这并不是一件什么不好的事。若是筷子稳稳当当地站在水碗里,这事的缘由就能确定下,肯定是那个死人搞的鬼。母亲抓一把米,抓一把面,往水碗上面一撒,筷子“哗啦”一声,惊心动魄地倒下,算是送走死人。如若隔天我的头疼脑热毛病真的好起来,母亲与邻居说起这件事,口气就变得凌厉起来。母亲鼻子“哼”一声说,这个死人活着的时候就不是一个什么好东西,一条吃屎的狗离不开茅厕,死后秉性都改不过来。死人那边的阴间事,活人谁个能说清楚呢?邻居只得点头附和我母亲说,是呀,一个死人怎么还会这样子不去好死呢?

二

所谓破戒,就是我没听从母亲的告诫,去了死人家的附近玩,或去了死人坟的附近放羊拔草。一个人死是死了,肉身的消亡不代表鬼魂的消亡。一时半会的,这个人的鬼魂还在家的附近、坟的附近游荡着,不时地做出一些不好的举动,会选择一些气血不旺的孩子,头疼发热地折腾他们一下子。好像一个初为死人的人不会甘心,不会就范,心理有一些不平衡。凭什么别人活得好好的,我说死就死掉了呢?足见一个人的活着与死了,还是不一样的;足见活着还是有诸多益处的;足见一条黄泉路不是那么好奔的;足见恋生厌死,是活人的本性,也是死人的本性。

母亲要是不告诫我,或许我不会觉得死人家的附近,现在与过去有什么不一样。房屋还是那么三间土坯草顶的房屋,巷子还是那么一条灰头巴脑的巷子,树木还是那么几棵长不直溜的柳树,头顶的一片天,脚下的一块地,更是不会有丝毫改变。我跟着一群孩子疯玩起来,就忘记母亲的告诫,一阵子往东奔跑,一阵子往西奔跑,一不留神就跑到这个死人家的附近,再往前跑几步就跑进他家的巷子,或他家的院子。几张黄表纸十分醒目地散落在巷子里,几件死人使用过的遗物依旧堆放在院子的一处拐角里。我猛然一下子想起母亲的告诫,先是紧迫地停止奔跑，像是受到很大的惊吓，冒出一身冷汗，紧接着就慌慌张张地逃离开。人是逃离开，两眼却不愿逃离开。腿是逃离开，头脑却不愿意逃离开。我一边逃跑一边回头在这个死人家的附近搜寻着、观察着有什么异样。院子里的一棵柳树，“哗啦哗啦”地猛劲摇晃一阵子，像是这个死人的鬼魂附着在上面，大声地冲我喊叫着。从巷子的尽头刮过来的一股子旋风，旋转起一团子灰尘，吹到我身上阴冷冷地跟往常不相同，莫不是这个死人的鬼魂从柳树上溜下来追赶我？我的一双眼睛看不见鬼魂。反过来，鬼魂的一双眼睛倒能清清楚楚地看见我。活人暴露在明处，鬼魂躲藏在暗处。这就是活人不及鬼魂之处了。这就是鬼魂方便捉弄活人之处了。

我赶紧地往家奔跑，逃离开这个鬼魂占据的是非之地。

我疑惑地问我母亲，要是我不去死人家的附近去玩，这个死人的鬼魂就不会缠上我啦？

母亲肯定地回答说，那就不会！

我问，为什么？

母亲说，你在我们家的附近玩，我们家的家神会保佑你。

我问，谁是我们家的家神？

母亲说，你的爹爹（爷爷）奶奶呀！

爹爹奶奶都是死去的人。死去的人怎么保佑活着的人？这个道理我还是不明白。再说有些孩子的爹爹奶奶都活着，那他们家的家神是谁呢？

母亲坚定地说，那就是上人的上人。

上人的上人，就比爹爹奶奶还要辈分长的人，就是上祖辈的人。爹爹奶奶我都没见过，我们家上祖辈的人我更是没见过。一个我没见过的人，我肯定认不得。我不知道爹爹奶奶，或我家的上祖辈人怎么会认出我保佑我。

母亲说，谁家的上人还能认不得谁家的下人？咦唏，真是的。

一件虚无的事有时候母亲说起来比一件真实的事还要真。

白天我放羊割草是不会破戒的。一座新坟是那样的醒目，是那样的刺眼。我知道那个死去的村人连同一口棺材，就埋在那堆泥土下面。不要说让我走到新坟的附近，就是随便地想一想都是一件令人揪心揪肺的事。一座新坟孤零零地埋在庄稼地里，它跟四周的景物一点不相融合，一点不相匹配，像从泥土里长出来的一颗钉子，时刻地扎着我的眼睛。不要说是我了，就算是一只乌鸦，都会很快地察觉出新坟的不一样，"呱呱呱"地一阵子怪叫飞过来，落在灵幡的干枯柳枝上。扎灵幡的是一根鲜活的柳树枝。三天两天后，柳树枝是死而不死，遇见几场雨，枯死的柳树枝就会活过来，发出新芽，抽出新枝。坟场里若是长出来柳树，都是这么生长出来的。灵幡上的这只乌鸦像是专门发布死亡消息的，与暮晚里的唢呐很相似。唢呐的对象是村人，乌鸦的对象是鸟类。乌鸦这么"呱呱呱"地一叫，死亡的消息就发布出去了，新坟的四周连一只麻雀都看不见。为什么是乌鸦而不是别的什么鸟最先知道死亡的消息呢？人们说，乌鸦的鼻子最尖。死人埋进泥土里开始腐烂，开始发出臭味，乌鸦的一只尖鼻子最先闻见、最先飞来、最先喊叫。一只羊也能闻见泥土下面的死人气味。羊与乌鸦不同，乌鸦喜欢死人的气味，羊害怕死人的气味，"咩咩咩"惊恐地叫着，躲避着新坟。有胆大的村孩子，拉羊去新坟上，孩子敢上，羊都不敢上。

一座新坟就是一个突兀的存在。一座新坟在我心里引起的恐惧感，没有一年半载的都消散不开。

相比较，一座旧坟就不一样了，上面长满荒草，羊吃草喜欢上去，孩子割草喜欢上去。大河湾是沙土，潮气大，有土的所在都长草。一座旧坟，就像一座堆满鲜草的草垛子。有的人家喜欢把老坟往一片埋，十几二十座，高的高，矮的矮，大的大，小的小。单看一座老坟所占的地方不算大，要是十几二十座老坟连起来，就是一大片不小的地方了。这么一大片地方，一年一年荒在那里，长满各种各样的杂草，不要说是放羊割草的好地方,生产队里的一大群牛都照样天天往这里放。要是村孩子在这里聚多了,会在这些老坟中间打闹起来,甚至玩起来捉老猫。这样一来,老坟的背面就成为孩子隐蔽的好去处,一个个蹲下身子,或干脆趴在老坟上,紧紧地贴着老坟,紧紧地抱着老坟。这些老坟埋下多长时间了,我不知道。这些老坟里都埋着哪些人,我依旧不知道。对村孩子来说,一件什么都不知道的事,就可以什么都忽略不计。一座旧的老坟,在我的眼里就是一座长满荒草的土堆而已。

相隔一年半载的,一座新坟就变成一座旧坟。一座新坟变成一座旧坟的过程,就是恐惧在我心里结疤的过程,就是恐惧在我心里消散的过程。大河湾村这么多户人家,这么多个人口,哪能相隔一年半载不死人呢?事先知道也好,不知道也罢,在某一天的暮晚里,猛然间就有唢呐在村子的上空响起来。一个村人死了,新一轮的恐惧在我心里又开始了。一块刚好的伤疤,“哗啦”一声就破开皮,流出血。

三

不知怎么的,从某一年的某一天开始,大河湾村突然地就没有了唢呐声。长长的日子一下子变得喑哑起来。喜期不让吹唢呐,丧期不让吹唢呐。也就是说,清早没有了唢呐声,暮晚没有了唢呐声。听说有人不喜欢唢呐,把它当成“四旧”砸碎了。“四旧”是个什么东西呢?就是旧社会的旧东西,新社会就要砸碎这些旧东西。也就是在这么一段时间里,三爹和他的黑漆大棺材莫名其妙地消失了。

三爹住在我家前面,是一个睁眼瞎子,他的那口黑漆大棺材就在他自个的一间房屋里。三爹的两只眼睁得大大的,看起来好好的,眼白是眼白,眼仁是眼仁,眼仁比别人的黑,眼白比别人的白,就是看不见东西。三爹长得白白胖胖的、高高大大的,浑身有的是气力,走路拄着一根拐棍,能把地面捣得“咚”一震,“咚”又一震,离多远都能听得见。三爹走路不像一个瞎子摸摸趋趋的,拐棍带着两只脚往前蹚着走。三爹走路脚步抬得高,拐棍捣地捣得响,就算跌跤也不会伤着的。但三爹毕竟是一个瞎子,很少能看见他走路。我记得那时候,要是夏天里他就坐在一把椅子上,把自个安放在门口的一片树荫里,要是冬天里他就坐在床上,把自个归拢进暖和的被窝里。三爹喜欢我们孩子,喜欢我们孩子手上、脚下、嘴里弄出来的响声。三爹指望这些响声驱散他眼前的浓稠得终年化不开的黑暗。

三爹喜欢我们孩子,却怕我们孩子碰他的黑漆大棺材。一间土坯草顶的房屋能有多大呢? 房门朝北冲着儿子家,一张床靠西边的墙放着,一口黑漆大棺材靠东边的墙放着,中间留出一个过道,两个孩子并排过不去。我们孩子去他的房屋里玩,三爹就会抬起拐棍头,戳一戳黑漆大棺材说,谁敢碰俺的屋,俺就敲谁的脑瓜子。三爹把他的黑漆大棺材说成屋。“俺的屋”就是他死后要住的屋。黑漆大棺材的盖子半开半合,拦腰拴上一绺子红布,代表“俺的屋”空着没人住。一口黑漆大棺材又高又大,架在前后两条板凳上,黑乎乎地横在半空里,比我高出一个头,我伸手才能够着上面的沿口。三爹的个头大,死后要住这么大的一间“房屋”,我一点不奇怪。我天生地跟别的孩子不一样,我不敢去碰三爹的黑漆大棺材。我有一种担心,生怕黑漆大棺材上存有什么不为人所知的机关。稍不留心碰一下机关,黑漆大棺材就会“哗啦”一声翻转过来,棺材口朝下,像一只大箱子似的,严严实实地罩住我,让我喘不过气来,让我窒息地死去。别的孩子喜欢伸手敲一敲三爹的黑漆大棺材,喜欢听三爹没有目标地乱骂。三爹不知道哪个孩子敲他的屋,要骂就只能骂一骂孩子的姥娘。“×你们姥娘的头,谁个碰俺的屋?”三爹的一根拐棍时刻不离手,举起手中的拐棍往天上打几下,往地上打几下,就是不往孩子的身上打。“我打你们姥娘的头! 我打你们姥娘的脚!”三爹一脸笑嘻嘻的,好像很快活。或许别的孩子需要这样子的热闹,或许三爹需要这样子的热闹。一口黑漆大棺材,是别的孩子与三爹共同的热闹之源。我承受不起这种热闹，每一回跟别的孩子去三爹的屋里玩，我都离三爹的黑漆大棺材远远的，我害怕三爹的黑漆大棺材。

三爹的黑漆大棺材里存放着不少粮食。粮食是他儿子家里的，三爹跟着儿子一块过，儿子家的口粮就存放在三爹的黑漆大棺材里。黑漆大棺材是粮仓，三爹白天黑夜地把守着，按说该不会出岔子吧。可有一次，还是有一只老鼠贼头贼脑地跑进棺材里。三爹眼瞎、耳朵灵，见着我们孩子跑过去，就大声地嚷嚷着说，这只王八羔子吵了俺一夜没睡觉。三爹一边大声地骂老鼠，一边哈欠连天，果真是一副十分困倦的样子。棺材的四壁光滑，没有可供老鼠攀爬的东西，就算在半夜里，一只老鼠又是怎样爬进去的呢？是一个天谜。这一天，三爹破了天例，让我们孩子爬进"俺的屋"里逮老鼠。三爹说，谁个的个头小，谁个爬进去。棺材里的地方原本就不大，堆上几麻袋粮食，一只老鼠在里边钻来跑去的，当然个头小的孩子进里边捉老鼠最灵便。几个孩子中，数我的个头矮小，三爹让我进去逮老鼠，我哪里敢进去。那一刻，我吓得浑身上下簌簌地发抖，一个劲地往门口躲闪。三爹不理解，问我是不敢抓老鼠，还是不敢进俺的屋。我撒谎说，我不敢抓老鼠，我害怕它钻进我的裤裆里，咬我的小鸡子。三爹"哈哈哈"地大笑起来说，老鼠吃俺屋里的粮食，不吃你的小鸡子。

粮食装在麻袋里，老鼠沿着麻袋的边沿窜东窜西的，就算胆大的孩子爬进去也逮不住。三爹的耳朵贴近黑漆大棺材，一小会说老鼠往南跑了，一小会说老鼠往北跑了。老鼠跑累的时候，就躲藏在麻袋下面一动不动了。几个孩子站在棺材下面的条凳子上，个头就比棺材沿口高，手拿木棍七手八脚地往棺材里东戳西捣的，还是不见老鼠的脸面。三爹让几个孩子停下不动，耳朵贴近仔细地听一听，说老鼠躲藏在西南拐角，吓得一个臭屁接着一个臭屁发抖呢！害怕与放屁有什么关联呢？听三爹这么一说话，我站在门外真真切切地放出三个响屁。

几个孩子挥动木棍去黑漆大棺材的西南拐角，一只老鼠果真就被活活地戳死在里边。一只死老鼠不跑不动，一个村孩子爬进棺材里，血糊拉拉地拎出来。

这个时候，三爹猛然地想起来“俺的屋”。几个孩子“叮叮当当”戳捣的正是“俺的屋”。三爹心疼得嘴歪眼斜，像是摔掉三颗老牙，一边吸溜嘴，一边嚷嚷着说，谁叫你们戳捣“俺的屋”？

几个孩子笑嘻嘻地一溜烟跑出三爹的房门。我一直躲在门外，心里发冷，两腿发软，一步路也跑不动。

四

三爹静悄悄地死在这一年的秋天里。我秋天开学上学，来回不从三爹家经过，也就不去三爹家玩。不去三爹家玩，自然就见不着三爹和他的黑漆大棺材。

说起来我们家和三爹家算不上至亲，出五服是肯定的。属于同一个生产队，同一个家门，两家之间要是有什么大事小事，喊一声，帮一帮手，是正常的。尤其是遇见红白喜事，我们家喊三爹家的儿子，或三爹家的儿子喊我父亲，比喊其他姓的人家还是要方便一些的。反常的一天是从傍晚开始的。太阳落进西南边的八公山，紧接着暮色一丝一丝地飘荡起来，悬挂在半天空里的月亮一点一点地明亮起来。这一天轮我放学后扫地，我回家有些晚。我刚从学校回到家，母亲就脸色呆寒地跟我说，今晚你哪里都不兴去，就在家里待着。我跟几个小伙伴说好的，吃过晚饭去一处宽敞的地方玩。那一处宽敞的地方就在三爹家的附近，是一处没盖房屋的庄台。大河湾村的人家住在东西一溜庄台上，要是空出那么几间房屋的地方不盖房屋，是很金贵的。这个空出来的地方就是孩子的玩场子。这天晚上几个小伙伴约好在一块玩，还有一个特别的理由，是一个大月亮的晚上。前几天老天一直阴拉拉地下雨。这么好的一个大月亮夜晚不能再错过了。在我的想象中，一轮圆圆的月亮就是老天的一只独眼，每个月就睁开那么几天，赶上一个大月亮的夜晚实属不易。母亲不让我晚上出门，又说不出一个说服我的理由。

我问，为什么晚上我不能出门玩？

母亲说，什么都不为，就是不能出去玩。

我说，你是一个不讲道理的娘。

母亲承认说，我就是一个不讲道理的娘。

孩子跟大人相比，就有这么一条不好。大人有道理的时候有道理，没有道理的时候依旧有道理。好像道理专门为大人设计的，这样子的一些道理只有大人说了算，孩子说了狗屁都不算。

另一件奇怪的事发生在父亲身上。我跟母亲说着这些话，父亲闷头地吃饭不说话。父亲吃过晚饭，早早地睡床上。父亲不头疼不脑热不生病，为什么要睡下这么早？母亲问父亲，你什么时候起床？父亲说，你睡你的觉，有人过来喊。母亲说，你说我能睡得着觉吗？父亲说，你睡不着你不睡。过一小会，母亲还是问父亲，该不会出事吧？父亲说，能出什么事？母亲问，不能不去吗？父亲说，不去说不过去。母亲问，大队工宣队要是知道怎么办？工宣队，就是工人阶级毛泽东思想路线教育宣传队的简称。那一年，从淮河南岸五里远的煤矿过来三个人，人五人六一般进驻大队部，说他们就是工宣队。父亲说，我也不知道怎么办。

在父亲和母亲的对话中，我听出一点话音。父亲半夜要去做一件事，一件母亲担惊受怕的事，一件父亲感到沉重的事，一件不想去做却又不得不做的事。这到底是一件什么事呢？我猜测不出来。

再一件奇怪的事发生在孩子中间。那一天晚上，就算母亲不让我出门，别的孩子也会跑过来喊我一声，整个晚上就是没有一个孩子跑过来，我觉得这一天的晚上越来越反常。我待在家里，仔细去听村里的动静，好像我家附近的巷子里没人走动，好像整座村子里都没人走动，好像大河湾村的村人都睡着了，或者说大河湾村的村人都死绝了。恐惧不知不觉地往我心里拥堵过来。我跟母亲说，我要睡觉。母亲照样不理解我，问我说，睡这么早干什么呀？父亲早早地睡觉，是为了半夜里起床去做一件事。我早早地睡觉，是为了缓解拥堵在心里的恐惧。母亲坐在板凳上，神色是不安不宁的。父亲躺在床上，神色是不安不宁的。我睡在床上，先恐惧得睡不着觉，后来就不知不觉地睡着了。父母亲不得安宁是知道缘由的，或者说那个缘由是实实在在的。我心生恐惧是不知道缘由的，或者说我心生恐惧是虚无缥缈的。

我一觉睡醒，夜色逝去，月亮落下，太阳升起。母亲在锅屋里忙着烧早饭，父亲依旧睡在被窝里，像是半夜三更他哪里都没有去，就一直睡在被窝里一样。谜底揭开是在我上学过后。在教室里，有同学小声地说，三爹死去了。昨天下午咽气，晚上偷偷地埋往别处的村子里。三爹为什么要埋往别处的村子里呢？听这个孩子说，工宣队不让村子里的死人土葬，要像煤矿工人一样去火葬场火葬。什么叫火葬呢？就是把死人塞进一只大炭炉子里，一个劲地烧，使足劲地烧，直到把死人烧成一把灰。三爹的儿子不愿把三爹烧成一把灰，就在半夜里，喊上一大帮子村人，把三爹偷偷地埋葬在其他的村子里。昨天晚上父亲就是要去做这么一件事。这个孩子说，半夜偷偷地埋掉三爹，一大早就走漏风声，工宣队就派基干民兵背着日本三八大盖步枪拿着绳子，把三爹儿子的一家子人喊进大队部审讯。工宣队问三爹埋哪里去了？三爹儿子的一家子人不交代。工宣队问都是谁帮忙埋下的三爹？三爹儿子的一家子人不交代。三爹的儿子说，是我一个人埋的，是我一家子人埋的，不管其他村人的事。说这件事的孩子，住家离三爹家近，血统离三爹家近。我不能不信，又不能全信。说三爹儿子一家子人现在依旧在大队部里。

晌午放学，我先跑去三爹家。三爹的房门上着一把锁，不见三爹的人。三爹的儿子家上着一把锁,不见三爹儿子家的人。我凑近三爹家的门缝,屋里半明半暗,全部空落出来。三爹的床不见了,三爹的黑漆大棺材不见了。我害怕起来,朝着一溜房屋的后面跑过去,大睁两眼在东西一溜庄稼地里寻找三爹的坟。庄稼地里的坟一座不多一座不少,一座一座的都是旧坟,不见一堆新土,更不见白的孝棒、白的灵幡。三爹真的不明不白地消失?一个人怎么会这样子安安静静地消失去?有一片黑影从头顶飘过来,我猛然一抬头,看见三爹和他的黑漆大棺材就在半空中飘浮着,就像一大堆云彩似的。三爹的黑漆大棺材没有盖上盖子,棺材口朝下,我清楚地看见三爹直挺挺地躺在他的黑漆大棺材中,两眼明亮地大睁,像是看着人世间的万事万物。我大声地喊叫,三爹!三爹!你这是要去哪里?三爹冲着我笑一笑,不说话。一小会,三爹和他的黑漆大棺材消散在半空中。

当天晌午,我就发高烧说胡话。我说我知道三爹去了哪里。我说我看见三爹和他的黑漆大棺材在天上飘着呢。母亲慌忙地端一碗清水,拿两双筷子,替我"诉一诉"。这一次,母亲知道是三爹搞的鬼。母亲不问我破戒没破戒,不问我有没有去三爹家的附近玩,却转过脸去说我父亲,肯定是你昨天晚上没去抬大毛的三爹,他才这样子找大毛的岔子。大毛是我的小名。父亲耷头蔫脑地坐在一张板凳上,像是他生病,不是我生病。父亲有气无力地说,不是害怕大队工宣队找事,你不让我去抬重嘛!抬重就是抬棺材。我稀里糊涂地知道,父亲昨天半夜没有出门去抬三爹。

一个时代若连死人都不能安泰的话,那这个时代肯定比死人还可怕。

2012 年 4 月 4 日　清明

娶哑巴亲

一

一大早，唢呐在村子的上空响起来。

清早的唢呐是专门为娶亲准备的。这个时候响起来，是下四色礼的村人出村子。所谓四色礼，就是肉呀、鱼呀、酒呀、喜馍、果子等礼物，是娶亲的人家抬嫁妆、接新娘子必备的。相伴的自然还有一长串炮仗，“噼噼啪啪”地猛炸一阵子。只是再长的炮仗也有熄灭的时候，唯有唢呐声绵软悠长，在这个清早的天空缠裹着，似乎要把这户人家的喜事告诉村里的每一个人。

在我们大河湾村，人们多把娶亲的喜事，摆放在闲冬天去进行。闲冬天，就是庄稼地里的庄稼，该收的收下，该种的种下，收的是秋庄稼，种的是冬小麦。麦子要在地里睡上一个长长的冬天，还要等待一场大雪从天上落下来，严严实实地盖上一床厚被子。到了闲冬天，村人的两只手腾出来，一齐忙着嫁闺女娶媳妇的喜事。娶亲的人家请唢呐，嫁闺女的人家不会请唢呐，婆家的唢呐也不会吹过来。同样道理，嫁闺女的人家不会买炮仗，都是娶亲的人家带着炮仗过来放。一挂炮仗响在早上，是娶亲的人家下四色礼走进村子。一挂炮仗响在半晌午，是娶亲的人家抬走嫁妆。一挂炮仗响在新娘子走出家门的时候，炮仗早一点响、晚一点响,要看娶亲人家的远或近。婆家远,新娘子早一点走,炮仗早一点响起来。婆家近,新娘子晚一点走,炮仗晚一点响起来。这一挂炮仗叫着动身炮,动身炮一响,新娘子就该出娘家的家门了。

一般情况下,嫁闺女没有什么好看的,我不愿离开温暖的被窝,置身在闲冬天清早的寒冷中。母亲、大姐跟我不一样,从下四色礼的炮仗炸响那一刻,母亲就扔下锅屋里的早饭跑过去,大姐就赶紧地起床跟过去。大姐比我大五岁,已经去生产队下地干活。母亲干一天活拿八分工,大姐干一天活拿六分工。一个姑娘长再大,在娘家的生产队干活都是一个孩子,都不能拿满八分工。再过一个三年五年的,就该大姐出嫁了。母亲跑过去看人家嫁闺女的陪嫁,想着该给大姐准备什么陪嫁。大姐跑过去看人家闺女身上穿的衣服,想着将来自个出嫁身上该穿什么衣服。母亲和大姐跑过去看人家嫁闺女有各自的目的,我找不着目的,就无动于衷地焐在被窝里。

相比较,我喜欢村里的人家娶媳妇,不耽误我早上焐在被窝睡懒觉,不耽误我挨近晌午饱眼福去看抬回来的嫁妆,或跟在嫁妆屁股后面的新娘子,更不耽误我晌午跟父亲一块去捞一顿好吃的好喝的,真是一件浓墨重彩的大喜事。清早娶亲人家下四色礼的炮仗响起,我是不用去管的,接着赖在被窝里。就算我想跑过去捡哑巴炮仗,怕是它们散落在地上的一片碎纸中,早被别人家的孩子捡去了。就算我想去看下四色礼的村人,怕是他们早走二里地那么远,看不清四色礼,看不清都是谁去下四色礼。要是赶在一场大雪过后,下四色礼的村人走在雪地里,只见上半身不见腿,像一团黑色的球,滚动在村路上。我知道母亲、大姐和二弟都早早地跑过去看热闹。在我们家不慌不忙的还有一个人,就是我父亲。我睡在被窝里,听见父亲在那边的锅屋里喝稀饭,喝得紧一下慢一下,听不出一点吃饭的积极性。往常父亲不这样,像一头猪吃食,"呼呼噜噜"一阵响,生怕吃不饱。我知道父亲跟我一样，都在等候着晌午吃酒席，现在喝一碗白芋稀饭、吃一块杂面馍馍垫一垫肚子就算了。父亲空出一大部分肚子，留在晌午的酒席上，猛吃一顿好的，猛喝一顿好的。

前几天，娶亲人家就把一张红通通的喜帖下在父亲的手上。当天傍晚，父亲领着我一块去随礼钱。为什么要领上我一块去呢？父亲这么做是有用意的，是委婉地告诉娶亲的人家真到那一天，他要带着我一块去坐席。村里的人家都这样，一个大人带上一个孩子。父亲这是提前跟娶亲的人家打一声招呼，好让娶亲的人家有一个心理准备，不至于到了那一天猛然带着我一块去，显得太唐突。其实父亲根本用不着这样子多心，孩子跟大人一块去，是不安排位子的。孩子站在大人的跟前，大人吃一口菜，顺便给孩子夹一口菜，大人喝一口酒，孩子不喝酒就空嘴了。村里家家都这样，唯独父亲带着我一块去，好像心里过意不去似的。我是长子，父亲带上我，二弟有意见。母亲不跟二弟说我是长子的道理，只跟二弟说，你大哥人大，肚子大，能多吃，我们家不吃亏。二弟比我小四岁，个头小，肚皮却不小。二弟说，大哥人大，肚皮小，吃饭吃不过我！小时候，我嘴尖馋，白芋稀饭不喜欢喝，杂面馍咽不下肚子。相比较，二弟嘴壮实，吃饭我真吃不过他。母亲回答二弟说，你说的是在家吃孬的，要是去人家吃喜酒，你吃不过你大哥。酒席上有肉有鱼，二弟想去，父亲就是不带上他。我去吃一顿喜酒，二弟会跟我别扭好多天。平常父母交代我说，二弟小，凡事让他一点。唯独在吃酒席这件事上面，父母不让我让二弟，弄得我吃一顿酒席也感觉理亏。在这么一点上，我跟父亲有那么几分相似。父亲理亏的是娶亲人家，我理亏的是二弟。

整个上午半天，母亲、大姐和二弟是不会回家的。父亲跟他们三个人正好相反，整个上午半天一直待在家里，一次院子都不出。父亲有一条腿的脚脖子不得劲，走路一瘸一拐的。一般情况下，村里人家娶亲不会请父亲去下四色礼、抬嫁妆、接新娘子，也不会请父亲去帮助做其他事。父亲去喝喜酒就单纯地喝喜酒，就单纯地代表我们一家子人。一家子人，一个门户，一个户主，父亲的脚脖子再不好，别人也是替代不了的。父亲在家里好像有干不完的家务事。一把铁锨把子劈裂，父亲"叮叮当当"卸下来，重新安上一根新的。一把钉耙上沾着不少干泥糊，还是秋天的某一个下雨天干活没有及时地清除掉的，父亲现在拿一块瓦片，"咔嚓咔嚓"一点一点地剔下来。一把菜刀不快，母亲唠叨过好多回，父亲都当耳旁风没听见。这一天，父亲拿出菜刀，端过清水，蹲在一块磨刀石旁边，"霍霍霍"地磨起来。父亲做这些家务事，一样一样地做，慢条斯理地做，不用担心会耽误晌午头的一顿酒席。不说有头顶的日头指示着时间，不说有门前不断走动的村人提醒父亲，单说那不断炸响的炮仗，单说那时断时续的唢呐，哪一样不在紧密地关注着娶亲进程。父亲沉得住气，肉香味酒香味在不远处飘荡着，一步一步地香过来。我持的是中庸之道，不早不晚，半晌午时辰，我爬起床，白芋稀饭闷在铁锅里，匆匆忙忙地喝一碗，算吃一顿早饭。

父亲问，不吃杂面馍啦？

我说，不饿。

父亲冲我笑一笑，我冲父亲笑一笑。我俩共同等候晌午头的一顿酒席，像同伙，像同谋，他不说破，我不说破，只好彼此间心照不宣地笑一笑。我不想继续待在家里，一溜烟地跑出家门，朝着娶亲的人家跑过去。

二

这个时候，村里很少有人像父亲一样留在家里的。家家户户关门闭户，大人孩子一齐走出家门。要说这么多村人一齐去娶亲的人家，肯定拥挤不下，也没有必要去拥挤。抬的嫁妆没有回来，你去看什么？新娘子没有进门，你去看什么？不过一个一个的村人还是要去娶亲的人家打探一下,看一看,瞅一瞅。娶亲的人家因为娶亲办喜事,不管怎么说都会跟平常不一样。比如说,要贴红通通的门对子,要贴红通通的红双喜,要在院子里搭建一个棚子,支上一口铁锅,请来一个厨子。不请一个厨子,晌午十桌八桌的客人怎么招待?不请一个厨子,这么多鱼呀肉呀的谁去张罗?

半路上,我最先遇见母亲。母亲跟一群年龄相仿的妇女,站在一排房屋的后面,面朝北面,面朝大路,要是抬嫁妆的村人走过来,站在这里最先看得见,要是新娘子走过来,站在这里最先看得见。大河湾村的人家就有这样的一条好处,家家住在东西一溜庄台上,哪一家的房屋后面都是看娶亲的好场地。我听见母亲她们一群女人家说着离娘肉的话题。四色礼中一定要有肉,肉一定是双刀肉。双刀肉就是一大块猪肉,从中间割一刀,变成粘连在一起的两块肉,一块肉大,一块肉小。双刀肉送到新娘子的娘家,她的娘家妈要亲手撕开双刀肉,留下大块,带回小块。新娘子的娘家妈撕开双刀肉的过程,就是代表与闺女分离开的过程,有一种撕心裂肺的感觉,有一种恩断义绝的样子。双刀肉就叫离娘肉。一个做娘的一生中最难受的就是撕开离娘肉的这一刻。母亲跟一群女人家说着离娘肉的话题,人人跟前都有或大或小的闺女,人人都或多或少地能体会到撕开离娘肉的一丝疼痛,人人都是眼泪汪汪的。

母亲说,说来说去还是养儿子好。

母亲说着这么一句话,看见我一溜烟地跑过来,伸手一把拉住我问,你大(爸)呢?我气喘吁吁地回答说,大(爸)在家磨刀呢!母亲疑惑地问,不割庄稼磨刀干什么呀?父亲磨的是菜刀,母亲理解成是镰刀。我说,大(爸)在家磨菜刀。母亲听明白话,神色夸张地说,咦、咦、咦,我们家的这个人今天倒是勤快起来了。

母亲说话是一种欣慰的口吻,是一种自豪的口吻。在话语上,在行动上,母亲从来没有嫌弃过父亲的一只脚脖子走路不利落。父亲的腿瘸是在生产队的麦场上堆麦秸垛,从上面摔下来崴伤脚脖子落下来的毛病,不是天生就是一个瘸腿的人。我不知道大姐跟二弟嫌弃不嫌弃父亲的一只腿瘸,反正我心里有一点不得劲。那一年,我刚上小学一年级。开学后,父亲跟几个社员去学校修漏雨的房屋,站窗户口偷看我上课。父亲没有上过一天学,不识一个大字,他对我怎样上课很好奇。我怕同学知道我父亲是一个瘸腿的人。父亲站在教室门口冲着我傻笑,我的脑袋恨不得耷拉进裤裆里。父亲不理解我的心思,回家后跟我说,人家孩子都大睁两眼听老师上课,只有你耷拉脑瓜子不好好地听课,你说你怎么能上好课?我不敢说出心里话,委屈的眼泪在眼眶里直打转。好在同学都没把我父亲的瘸腿当作一回大事,但这件事却在我的心里留下一道很深的伤疤。

大姐不会跟母亲她们站一堆。跟大姐站一堆的都是姑娘家。姑娘家又分为两种:一种是有婆家的,一种是没有婆家的。有婆家的姑娘站一堆,没有婆家的姑娘站一堆。这种分堆是自然形成的,不是谁个命令的。大姐她们一堆是小姑娘,另一堆是大姑娘。小姑娘跟大姑娘脸上的神情不一样。小姑娘想象将来的出嫁是一件虚无缥缈的事,是一件落不到实处的事。她们还没到说婆家的年龄,也不知道将来的婆家在哪里。相比较,有婆家的大姑娘,她们的婆家是落实的,她们的婚期就在今年或明年,是一件有抓有挠的事,是一件有依有靠的事。小姑娘悄悄地挨个议论一旁的大姑娘,谁个的婆家好,谁个的婆家差,谁个的对象个头高,谁个的对象个头矮。反过来,大姑娘就没办法议论小姑娘。日子一天一天往前赶,小姑娘将来会找一个怎样的婆家,谁都猜不准,谁都不好说。

大姑娘有她们的议论话题,那就是提前预测新娘子会穿一身什么样的衣服。一身红是肯定的。头上戴一顶大红色的方巾是肯定的。上身穿一件大红色的棉袄是肯定的。下身穿一件大红色的棉裤是肯定的。脚上穿一双大红色的鞋子是肯定的。不能肯定的是一件大红色的棉袄是缎子的，还是棉布的。不能肯定的是身上穿的棉裤本身就是大红色的，还是一件别的颜色棉裤外面罩上一件大红色的裤子。不能肯定的是脚上穿的一双鞋子，是大红色的皮鞋，还是大红色的雨鞋。一件缎子的棉袄与棉布的棉袄，价格相差可就大了。在我们大河湾村没有几个新娘子嫁过来穿缎子棉袄的。一件大红色的棉裤，也很少有新娘子单独穿。你想一想呀，专门做一件大红色的棉裤，能穿几下子，剩下来还不是压在箱底里？做一件大红色的裤子，蒙在棉裤上，开春从棉裤上扯下来接着穿，一穿一穿就穿旧了，不会沉在箱子底。下雪天肯定不能穿一双大红色的布鞋，要有穿皮鞋，要有穿雨靴。一双大红色的雨靴难买，一双大红色的皮鞋更少见。

村里新娶的小媳妇不聚堆，一个个单身在自家的巷子里，往南面走几步就到自家的院子里，往北面走几步就到自家的房屋后面。一个人能进能退，想着出嫁走过的一条路，想着出嫁后的一个个长长短短的日子，有满意的，有不满意的。不管日子满意不满意，都得一天一天往后过。一个小媳妇的人生经历就是由这些满意的或不满意的日子所构成。

村里的老人坐在山墙根的太阳地里晒太阳，好像村里的人家娶亲跟他们不相干。俗话说，一代人管一代人。意思是父母管儿子闺女，儿子闺女的孩子长大就该由儿子闺女去操心。儿子闺女的孩子长大，祖父祖母一辈子人就老了。生命走进暮年，村里的任何热闹都跟他们没有关系了。只有头顶的太阳跟他们有关系，那就坐在山墙根的太阳地里慢慢晒太阳去吧！人老是骨头老，是骨头的缝隙大。寒气钻进骨头的缝隙中，怎样晒太阳都不会跑出来。一阵寒风吹过来，老人回应的是一阵“哗哗哗”的颤抖。

村里男人的面部表情似乎有些复杂。他们是晌午头坐席的主角，却不是娶亲的主角。娶亲的主角是新郎和新娘子，是办喜事的主家。要是办喜事的主家请他们去下四色礼、去抬嫁妆、去接新娘子，他们似乎还能往前靠一靠,伸一伸手,帮一帮忙。要是办喜事的主家不请他们帮忙,就真的一点事没有。男人不是女人家,不会去想将来闺女出嫁的事。男人不是大姑娘家,不会去想将来嫁婆家的事。男人不是小媳妇家,不用总结日子过得满意或不满意。满意的日子是自个过过来的,不满意的日子也是自个过过来的。男人不是老人家,他们的生命不见霉点,不需要时不时地去晒太阳。男人的面部表情多是麻木的,抬头看一眼天空的太阳,像是没有看见,低头看一眼身边的麻雀,像是没有看见。其实他们什么都不用看,就是看见也会当作没看见。

最活跃的是村里的孩子——大孩子、小孩子、男孩子、女孩子。一般情况下,女孩子不要超过十三岁。女孩子一到十三岁,就是一个小姑娘,就不会跟着村里的孩子跑来跑去了。一个男孩子不管长多大,长到二十岁,长到三十岁,只要不找对象,只要不成家,都是一个管不住的村孩子。一个个村孩子在寒风中一路奔跑,像是一群大大小小的泥蛋子。

我跑出家门,逆着村孩子的人群跑,顺着村孩子的人群跑。我们家住在东边,办喜事的主家住在西边。我逆着村孩子的人群跑,说明这一群孩子从主家那边跑过来。我顺着村孩子的人群跑,说明这一群孩子跟我一样睡懒觉,没有去过主家。或者说他们在村子里没找见什么好玩的,再一次去主家。“新娘子,爬房子,爬上一身麦芒子,拍呀拍不掉,打呀打不掉,看你晚上怎么跟新郎子一头睡觉……”村孩子们在村子里一边奔跑一边喊唱着童谣。

三

这一天,村里曹振山家娶媳妇。曹振山跟其他村人不一样,在南边五里地的一座煤矿上下井。在别的村子里,要是有一个村人在煤矿下井,或许村人会高看他一眼。在大河湾村不这样,恰恰反过来。村人看一个去煤矿下井的人，就像看一个去那里要饭的人。俗话说，走投无路把煤掏。你不在村子里好好地下地干活，去煤矿扒煤不是一个十足的要饭的是什么？大河湾村离煤矿不远，却很少有村人去扒煤，一是知道煤矿如猛虎一般地凶险；二是知道在井下扒煤，不见云彩，不见太阳，不见飞鸟，不是一个常人过的日子。不说别人，单说曹振山在一次矿井事故中就砸坏一只胳膊。按说一只胳膊都残废了，该调地面上工作了。曹振山就是上不来，依旧在井下。那时候，煤矿出事故频繁，死亡的人都不计其数，更莫说伤残的矿工了。不过下井有下井的好处，工资比地面高，在生产队挣工分更是没办法相比。不说他家的茶饭比村里其他人家好，他家大人孩子穿得比村里其他人家好，单说三间房屋也是村里其他人家没办法相比的。村里其他人家都是土坯草顶的房屋，他家却是三间红砖红瓦的瓦房。曹振山在煤矿下井跟村人不一样，他的一只胳膊伤残跟村人不一样，他家的三间瓦房盖的跟村里人家的不一样。曹振山存心要做一个跟村里人不一样的人。

井下有一种毒气叫瓦斯，弄不好会爆炸。一爆炸，“轰隆”一声，燃起火，会死伤不少人。瓦斯属火性，曹振山就给儿子起名叫曹多水。以水压火，曹振山赶上的那场事故跟瓦斯不相干，头顶的顶棚“哗啦”塌下来，砸在他的一只胳膊上。曹振山说，亏得我给儿子起名叫曹多水，亏得不是瓦斯爆炸，要是瓦斯爆炸的话，我还能活得成？大河湾村紧靠淮河，怕的就是淮河发大水，怕的就是水淹大河湾。水淹大河湾，千亩良田毁于一旦，村人忍饥挨饿是肯定的。曹振山家的儿子不叫别的名字，偏叫曹多水，足见有跟村人对着干的意思在里边。哪知道曹多水是个不争气的孩子，在矿上不好生地念书，在村里不好生地干活，像一个百事不成的二流子。曹多水想去矿上上班，曹振山心里很矛盾，自个在煤矿扒煤残废一只胳膊算是幸运的，不能保证儿子在井下就能幸运地不出事故，保全性命。曹振山就曹多水这么一个儿子，他不敢去冒这个险。曹振山有意地推迟一年一年不退休、不内退、不病退，其目的就是不想让曹多水接班去扒煤。可曹多水的年龄不停止，一年一年往上长，长到二十五岁这一年，娶亲成家都晚了。曹多水不正干，查听着的人家不会把闺女嫁给他。就算你的老子是个扒煤工，按月有一份工资，钱不是你挣的，不能算作长流水。就算你的老子早一天晚一天退休你去接班，不是照样去扒煤，过一个不算正常人的日子吗？

曹多水娶的这个姑娘是一个外乡人。这个外乡姑娘的舅舅跟曹振山在一起上班，就把他的外甥女从外乡嫁过来。这个外乡姑娘的娘家远，先来舅舅家，再从舅舅家嫁过来。也就是说，曹振山家下四色礼、抬嫁妆、接新娘子，都是从这个外乡姑娘的舅舅家。前几天，曹振山家做事就有些说不清，他挨家挨户地下喜帖，说只去坐席，不用随礼钱。曹振山这样子说话，像是亏欠村里人家的，或说村里人家的礼钱早随过。曹振山说，娶亲那一天你们去我家凑一凑热闹就照（行）了，一分礼钱我家都不收。那时候，礼钱三块两块的，一下拿出五块钱就算大数字了。大河湾村有几户人家能拿出五块钱？就算三块两块的，不少人家都是东挪西凑的。曹振山家办喜事不收礼钱，那是人家不在乎村里的这么一点礼钱，那是人家不收一分礼钱照样能把喜事办起来，那是人家煤矿上的交往多，礼钱收得重。礼钱见年往上涨，曹振山家办喜事，收三块两块钱，赶明还村人家的礼钱就不是三块两块钱了。曹振山担着煤矿工人的名分，没有五块钱恐怕都拿不出来手。曹振山不愿眼睁睁地去吃这个哑巴亏。

也有这么一种情况，曹振山过去吃过人家的喜酒，随过礼钱，现在人家要还礼，曹振山依旧坚决不收。曹振山说，还礼赶明我嫁闺女还，曹多水办事我说一份礼钱不收就一份礼钱不收。那一天傍晚，我跟父亲去曹振山家就遇见这么一种情况，曹振山不收我父亲带过去的三块礼钱。曹振山爷俩在院子里挖土坑、埋柱子、搭棚子，也不请村人帮忙。父亲问，你们家请不请苏家岗的苏胖子？要是请的话，我去说一声他就会来。苏胖子是方圆有名的厨子,村里人家操办喜事都找他。父亲多问一句话,是想帮一帮忙。曹振山家娶亲不收礼钱,父亲心里过意不去。父亲的胳膊不得劲,不能下四色礼,不能抬嫁妆,不能接新娘子,去苏家岗喊一声苏胖子是完全可以的。曹振山说,老韩过来烧锅,我不请他就跟我翻脸。老韩是煤矿食堂里的厨子,在煤矿上出名,那里的人家办喜事都请他。父亲听曹振山这么一说话,就知道曹振山是把自个当成一个煤矿人,没有当成一个大河湾村人。

父亲说,娶亲那一天我要好好地尝一尝你们家的酒席,看一看老韩跟苏胖子的手艺有什么不一样。

曹振山说,肉都是肉味,鱼都是鱼味,能有一个什么不一样?

父亲说,肯定不一样。

四

曹振山家办喜事不请苏胖子烧锅,村人管不着。下四色礼、抬嫁妆、接新娘子,曹振山家一个村人不请就有点过头了。娶亲的这一天早上,曹振山家从煤矿请过来两大帮子人,先一大帮子人去下四色礼,后一大帮子人去抬嫁妆、接新娘子。男人一个不从村子里请,女人一个不从村子里请,全部都是曹多水在煤矿中学的同学。男同学他们家请,女同学他们家请,两大帮子人差不多有三四十个。村人明白过来,怪不得曹振山家一份礼钱不收呢,原本曹振山家娶亲就跟村里的人家不相干。曹振山家这样子娶亲,村人还去坐席吗?村人似乎没有这么一种骨气,没见谁表态说不去曹振山家坐席。收不收礼钱是你们家的事,不是我们不想给,不吃白不吃。不过、不过、不过什么呢?曹振山家娶亲不喊一个村人去帮忙,村人一个个还是如鲠在喉,心里不舒服,呼吸不顺畅。

好在煤矿上没有唢呐班子,曹振山家请的唢呐班子跟村里其他人家请的唢呐班子一样，都是张家拐子老有家的。那时候，唢呐班子渐渐地消灭了，只有老有家的人还在吹唢呐。唢呐班子灭绝的原因是破四旧。破四旧、立四新，是那个年代倡导的。别的唢呐班子停下好多年，老有家的唢呐还在吹，是老有的家里穷，不吹唢呐，不挣外快贴补家，一家人的日子过不去。老有是个看着不怎么样的男人，老有老婆是个看着不怎么样的女人，这么一对看着不怎么样的夫妻，却“嘟嘟啦啦”一连串生下五个男孩子和五个女孩子。老有要想养活十个孩子，在生产队挣工分，肯定是痴心加妄想。就算十个孩子一个一个地饿不死，也只能把坷垃当饭吃。老有过去在唢呐班子里吹过唢呐，老有老婆过去在唢呐班子里吹过芦笙，两个人就是在唢呐班子里相好起来的。

老有说，看来我俩还得吹唢呐。

老有老婆说，生产队里叫吹？大队里叫吹？公社里叫吹？

老有说，谁不叫吹，我领着十个孩子去谁家吃。

老有老婆说，旧社会兴吹唢呐，新社会不兴吹唢呐。

老有说，旧社会兴饿死人，新社会不兴饿死人。

老有吹唢呐，老有老婆吹芦笙，随便拉上一个孩子打镲，一个唢呐班子就立起来了。过去村里人家喜期、丧期，喜欢请唢呐班子吹一吹，都习惯了，现在停断好多年，老有家的唢呐吹起来，村人的习惯就恢复了。老有一家子敢吹，别的人家就敢请。大队干部了解老有家的情况，睁一只眼闭一只眼，不去过问老有家的唢呐班子，公社干部听说老有家的实际情况，睁一只眼闭一只眼，不去过问老有家的唢呐班子。生产队长跟老有说，那你就在生产队收工过后吹一吹吧。上工时间老有不出工，生产队队长能管着，收工过后老有干什么，生产队队长管不着。也就是说，老有家的唢呐班子是业余性质的，他们的主业是生产队的社员，一年四季都要在生产队的地里干农活。生产队收工后，或闲冬天缺农活，才能去方圆左右的村里人家吹一吹，挣一点方便钱。

除此之外，还有一件谁都回避不掉的事，那就是大队干部、公社干部，他们的家里也都有喜期和丧期，也都想请老有的唢呐班子吹一吹。老有家的唢呐班子就这么逆潮流存在着，一下子存在好多年。

现在老有家的五个儿子长大，五个闺女长大。老有的五个儿子长大要娶老婆，五个闺女长大要嫁婆家。老有家的唢呐班子不能停歇，反倒发展壮大开来。五个儿子长大会吹唢呐，会吹芦笙，会打镲。五个闺女长大会吹唢呐，会吹芦笙，会打镲。闺女嫁走，娶回媳妇，媳妇照样会吹唢呐，会吹芦笙，会打镲。简单地说，一个唢呐班子只要三个人，一个人吹唢呐，一个人吹芦笙，一个人打镲。老有家能出多少班子，谁都说不清楚。一般娶亲的人家就请一个唢呐班子过来吹一吹，丧期的人家喜欢多请几个唢呐班子。娶亲请的唢呐班子越少越喜庆，丧期请的唢呐班子越多越悲伤。

这一天，我一口气跑到曹振山家的院子里，看见他们家也只请一班子唢呐。老有吹唢呐，老有老婆吹芦笙，老有小儿子跟前的小孙子打镲。老有坐在那里吹唢呐，老的像是长着胳膊腿的老核桃。老有老婆坐在那里吹芦笙，老的像是长着胳膊腿的老丝瓜。老有吹唢呐，两眼紧紧地闭着。老有老婆吹芦笙，两眼紧紧地闭着。老有的小孙子打镲，两眼不闭，也不看镲，“骨骨碌碌”地看四周围观的村孩子。老有小儿子跟前的小孙子都会打镲了，你说老有家的人丁多兴旺！我想要是我生在老有家，肯定早学会打镲，肯定比这个孩子打得好。打镲没有多少技巧，讲究的只是一个节奏，“哐里哐当”地看不出多少花招。老有和老有老婆这么老了，为什么还要吹唢呐、吹芦笙呢？那是儿子大了分开家，闺女大了嫁出门，老有和老有老婆出场子，挣钱归自个。闲冬天，老有带着老婆子出场有吃有喝的，不比在家闲着强百倍？要是赶上丧期，主家花钱请不止一个唢呐班子，老有儿子和儿子媳妇们才出场，或者说才能轮上老有儿子和儿子媳妇们出场。

喜期上吹《东方红》、吹《大海航行靠舵手》、吹《北京的金山上》、吹《我爱北京天安门》，都是那个年代流行的革命歌曲。丧期上吹《百鸟朝凤》、吹《大悲歌》、吹《小悲歌》，都是百年不变的老曲子。一样的唢呐，不一样的曲子，在喜期上吹和在丧期上吹，滋味就是不一样。在喜期上吹出来的曲子喜气洋洋的，在丧期上吹出来的曲子哭腔哭调的。唢呐算是唢呐班子的主角，一杆唢呐响起来就代表唢呐班子响起来。唢呐班子算是喜期、丧期的灵魂，一旦有了唢呐班子就算喜期、丧期有了灵魂。最起码我想象不出来，喜期或丧期一旦离开唢呐班子会是一个什么样子的。母亲说，娶亲的人家要是不请一班子唢呐过来吹一吹，那就是娶哑巴亲。

五

一件事先谁都料想不到的事，一眨眼就在曹振山家的院子发生了。大队工宣队的马队长、大队民兵营长麻学子、四个基干民兵，一共六个人脸色呆寒，一齐拥挤走过来。其中两个基干民兵的身上背着三八大盖步枪，两个基干民兵的手上拿着两根麻绳子。我一看这种气势汹汹的阵势就知道大事不妙了。

那一年，社会上刮起一股“批林批孔”的风气。“砸烂孔家店”的口号喊得一声比一声响。工宣队是工人阶级毛泽东思想路线教育宣传队的简称。这个名叫马队长的工宣队队长，就是在这个闲冬天带着其他两位工宣队队员一起从煤矿过来进驻我们大队部，领着大队社员一起批林批孔，一起砸烂孔家店。不知道在煤矿上马队长跟曹振山认识不认识。这一刻，马队长跟曹振山说话好像一点不认识。马队长不让老有的唢呐班子在这里吹。道理很简单，唢呐班子是“四旧”，不说早该破除，现在更应该跟着孔家店一起被砸烂。曹振山和曹多水爷俩都站在院子里。曹多水不买马队长的账，一头硬地说他们家娶亲，他们家花钱请唢呐班子，不管其他人的事，其他人也不要多管闲事。麻学子和四个大队基干民兵曹振山倒是都认识。但曹振山知道在今天这种场合,是马队长说话算数。曹振山面对马队长,脸上堆满笑容,说曹多水不会说话,放出来的是他妈的猪狗屁,你不要跟他一般见识。曹振山手上拿出一包喜烟,一整包往马队长的手里递,让他高抬贵手,说新娘子这一边一进门,那一边我就叫唢呐班子停下来。马队长不接喜烟,就是不愿高抬贵手。马队长说,我要是向矿领导汇报这件事,就怕连你上班都得停下来。老有停下吹唢呐,一口烟接着一口烟往肚子里抽。老有老婆停下吹芦笙,一口红糖茶接着一口红糖茶往嘴里喝。这里人家办喜事,喜欢喝红糖茶。红糖茶,就是抓一把红糖放碗里,"哗啦"冲上白开水。红糖不容易溶化,沉在碗底里。老有老婆喝完红糖茶,老有的小孙子接着捧起碗,伸出舌头舔碗底里剩下来的红糖。老有和老有老婆都不说一句话,脸面上是一副事不关己、高高挂起的样子。

主家吹唢呐,工宣队不让,双方有些僵持。曹振山采用缓兵之计说,不让吹就不让吹,你们都在我家坐下来,候着晌午喝喜酒。曹振山心里很明白,要是马队长愿意坐下来喝喜酒,唢呐班子吹一吹就不是什么大事了。曹振山想错了。马队长态度坚决地说,现在就让唢呐班子赶紧地回去!曹多水一看傻眼了,大声地质问马队长说,你今天就是来我家找茬子,搅和我家办喜期的?曹多水说着话,就往马队长身上扑,拳脚相加地去打马队长。不用民兵营长麻学子下命令,四个基干民兵"哗啦"一下围过去。两个基干民兵拿出三八大盖步枪去砸曹多水的腿弯子,两个基干民兵拿出一根麻绳子去往曹多水的脖颈子上套。曹多水的两条腿往后面一弯,"扑通"一声跪倒在地上,一根麻绳子挂在脖颈子,结结实实地往身后捆绑住他的两只胳膊。麻学子没有袖手旁观,"嚓啦"伸手撕开一张狗皮膏药,不偏不倚地封住曹多水半张半合的一张嘴。麻学子和四个基干民兵这么训练有素地捆绑人,我在大队里见多了,没有什么值得大惊小怪的。批斗地富反坏右分子、批斗投机倒把分子、批斗偷鸡摸狗分子、批斗各种各样的坏分子，他们一个个都是这样子被基干民兵捆绑上，基干民兵一个个都是这样子凶猛而神速。我看见马队长倒是稍稍地有些诧异，好像我们这里的基干民兵比他们煤矿上的还要厉害。

马队长说，今天是娶亲的大喜日子，我们以批评教育为主，不实行无产阶级专政。

马队长小声地向麻学子耳语两句话。

麻学子命令基干民兵说，松绑！

四个基干民兵像是耳朵听岔话，不相信这么快就给曹多水松绑。

麻学子说，这是马队长的命令，你们快执行！

曹多水今天的角色是新郎官，上下穿一身蓝。上身穿一件蓝色的棉袄，下身穿一件蓝色的棉裤，头上戴一顶蓝色的单帽，脚上穿一双蓝色的棉鞋。能看出曹多水身上穿的蓝色棉袄、脚上穿的蓝色棉鞋，都是曹振山在煤矿发放的劳保用品。两个基干民兵解开曹多水身上的绳子，一张狗皮膏药却完好无损地贴在他的嘴上。基干民兵没人伸手撕开曹多水嘴上的狗皮膏药，他自个也不去撕。曹多水的两腿跪在泥地上，两眼呆愣地直盯地面上，身子簌簌地发抖，像是吓傻掉一般。

老有跟老婆子说，走！我们回张家拐子。

老有带头站起身，老有老婆跟着站起身。老有老婆伸手夺下小孙子手里的瓷碗。碗底一层黑乎乎的红糖，老有小孙子还没有舔干净。曹振山慌忙地掏钱付费，原本吹一场五块钱，他一把掏出两张五块的。

曹振山说，多出五块钱留你们去集上吃一顿晌午饭。

老有回家要路过一个集市，那里有卖吃的卖喝的。老有坚决地只收五块钱。

老有说，吹半拉子唢呐，收十块钱昧良心。

此时此刻，村人差不多都围拥在曹振山家的房前屋后看热闹。村人自动地闪开一道人缝，老有带头走过去，老有老婆跟着老有走，老有老婆一只手上拉着自个的小孙子。三个人一齐走下庄台，走上村路，在村人的眼里越走越远，身影越走越小。村路的尽头干干净净的一片雪白，不见一个抬嫁妆的人回来，不见一个接新娘子的人回头。猛然地，一个人从我家的房屋后面跑下庄台，一瘸一拐地去追赶老有家的唢呐班子。他是我父亲。他要去干什么？村人不知道。我母亲冲着父亲大声地喊叫，曹振林你这不是去找死吗？曹振林是我父亲的名字。大姐冲着父亲大声地喊叫，大（爸），你不能去。我看见二弟蹲在人群中，两手捂住眼睛不敢看父亲。我也感到一阵子前所未有的恐惧和害怕。马队长、麻学子、四个基干民兵，一齐站在曹振山家的房屋后面，莫名其妙地看着那个瘸腿奔跑的男人。

其实，那一天我父亲什么都没做，就是想跑过去送一程老有家的唢呐班子。

2012 年 4 月 3 日　江陈

心灵的墓碑

母亲猝然去世,家人一片慌乱、悲痛。唯独父亲显得十分冷静、沉着。父亲亲自选择母亲的墓地。父亲亲手购买安放母亲的棺材。三天里,父亲不思茶水,指派家人及亲朋好友安排下母亲的一切后事。到了第四天夜里,我们姐弟被一种奇怪的声音惊醒。它来自父亲的房间,是父亲在哭泣。父亲与母亲共同支撑这个家,饥寒冷暖几十年,什么大事小事不都咬咬牙跺跺脚挺过来了?我们姐弟从没听见父亲哭一声,也从没看见父亲流一滴眼泪。相反,在一些负重不堪的日子里,母亲倒是脆弱出过多的哭声与眼泪。我们姐弟慌忙地拥进父亲的房间,见他围着被子坐在床上,嘴死死地咬住被头,声音沉闷喑哑地哭着。父亲看见我们姐弟,抑制住哭声,拉开被头擦净面孔,苦苦笑笑地说,没事了。我们姐弟站在父亲的床前不走,一个个闭着嘴巴,不知用什么语言能够安慰父亲。父亲稳定稳定情绪,很不好意思地又说,你们都去歇着吧。这一时刻,我们姐弟才感觉出全家最悲苦的还是父亲,只是他的那一份悲苦几天来一直隐忍在内心深处,没敢轻易流露出来罢了。想想也是,若是父亲躺倒了,谁来做主张罗母亲的后事呢?

第二天,父亲起得很早。他里里外外扫清几天糟蹋的院落,又"哗哗"撣上一层清水,压一压浮灰。早饭,他吃得多。我害怕,劝说他空几天的肠胃不能吃得太饱。父亲仍旧苦笑着说,没事,撑不死的。接下来,父亲又说,你们娘死在我的前头是有福分的,她活着的时候,我跟她商量过，让我先死，没想她一辈子事事依着我，在死这么一件事情上却戗着我……人死如灯灭，殡了，葬了，你们姐弟也算尽了一份孝心，吃罢早饭你们该上班的上班，该下地的下地，日子该怎么过还是怎么过。

父亲说罢这么一番话，自个带头扛着一把锄下地去了。

依照我们姐弟的理解，我们的父母绝算不上一对幸福的夫妻。他俩一辈子的吵吵闹闹给我们姐弟留下了极坏的印象。即使我们长大成人，他俩也从未停止叮当。父亲粗暴、无理，生活里任何不顺心的人和事都可化成骂声施付给母亲。母亲呢，则在长期的争斗中养成逆来顺受的秉性。她像大多数母亲那样，把生活里诸多的辛酸与委屈化成泪水，化成哭声。我的母亲似乎比其他的母亲更不幸。别的母亲有冤有屈实在忍受不住，还可以卷起包袱回娘家过几天，得一份娘家人的宽慰与温暖。我的母亲没有娘家可去。多少次，我的母亲独自一个人面对着淮河，呼唤那遥远的、不知是否存在的娘家人。

母亲还在很小不记事的时候，被她的父亲从一条船上牵下来，走进我祖母的视线。从此，我祖母就成了她的娘。再以后，她就成了我的娘。母亲的娘家是淮河里走船的，自己家养不活这个闺女，才把她送上岸边的。这在淮河两岸是一件平常的事情，也是走船人家养活闺女的一条平常办法。我们姐弟小的时候，母亲常跟我们唠叨起娘家的事情，说，你们姥爷家的那条木船，那个大呀，能装百八十吨的。又说，木船前后三杆桅全部扯蓝帆，那个高呀，一片蓝莹莹的，都接上天了。这些木船的事其实都是母亲的幻觉，是她童年留下的一缕飘浮不定的印象罢了。试想姥爷家若真有那么大的一只木船，也不会连个闺女都养不了。有一次，我陪母亲在淮河边洗衣服。“哗哗啦啦”，一条蓝帆船，鼓满风，漂流过来。母亲一下愣住神，手里的捶衣棒槌“扑通”掉进河里，也一副浑然不觉的样子。这是一只小木船，单桅，破旧，挂着一片蓝帆。小木船从面前漂流而去，母亲却喊叫起来，对，就是这么一只木船。河岸上，母亲紧紧地跟着船，一撵撵多远。我问母亲，你不是说姥姥家的船是一只大船吗？母亲愣一小会神，想一想说，八成是我记错了。

渐而，父母亲的年岁老了。我们姐弟也大了。娶过媳妇，抱上孙子，父亲再对母亲使性子、发脾气，摔摔掼掼的，不体不面的，我们姐弟在父亲的气头上不说他，事后却跟他论理，说娘也一大把年岁的人了，你还动不动骂过来骂过去的，不怕左邻右舍笑话，也惹自家两个媳妇的脸面没地方放呀。

这些道理，父亲不在气头上全明白。父亲不吱声，耷拉头，像个受审的犯人。有时候，父亲被我们姐弟说急了，反过嘴来骂我们姐弟，妈那个×，你娘一辈子都没有这样指责我，现在轮着你们了？

母亲也在一旁袒护着父亲，说天下哪有孩子讲老子的，这个家还有大小？

母亲这是给父亲台阶下。待父亲走开，我们纵容母亲，说下回不要让着他，有我们呢，看他能把你吃掉不成？

不承想，母亲真的生气了，怎么说他也是你们大（爸）。没他，你们一个也别想长这么大。以后，你们谁再当面指责他，说他的不是，砸断你们谁的腿。

母亲也有母亲的道理。母亲说，男人家外有怨气，不向自家的女人发，还能去寻死，去上吊？总不能像女人似的动不动趴床上哭一场去吧。你们数数大河湾村的人家，男人不打骂女人的，有几家像样子的？

经母亲这么一理论，她跟父亲一辈子的吵吵闹闹，倒成了家庭安康和谐的一种象征了。

事实上，谁又能否定他们之间的幸福呢？他们共同生活的几十年间，日子虽则清苦却一天天过来了。几十年间，他们还共同生育出四个儿女，娶上两房媳妇，膝下又新添三个孙子孙女。子孙满堂的母亲即便过早地离开人世,未了的心愿也有后人替她努力了。

母亲的坟墓就埋在村西头。我每次回家挨近村庄,它都会遥远地展现在我的眼底。那里的地势很洼,坟也不算高,可它却那么的显眼。走到村头只需随便地望一眼,它便会从四周众多平淡无奇的坟墓间脱颖而出。有时我想母亲死后的灵魂是否时刻站立在坟墓的顶端等待她的儿子。与其说我一眼望见了她,不如说她终于等到了我。因而它才与众不同,一下子跳进我的眼底。

母亲的墓址,是父亲亲自选定的。大河湾的土地沙性、潮湿,易沤棺材。大河湾人死后一般不葬在大河湾的土地里。东边有一个村庄,名叫小东庄。那儿的土地是黄土,干燥,适宜埋坟墓。父亲跟我们姐弟说,我去从小东庄找一块土地给你们娘睡。父亲扯着风水先生,东西南北勘察一遍,最终选定一个位置。这儿的地脉东西走向,顺着一溜坡地,鼓棱棱得如一条卧龙,三十多米长。东高西低,尾东首西。龙首前面的地势平坦,两边开阔,再前面是一条南北溪水河。这条溪常年不涸,流水潺潺有声。风水先生说,这叫卧龙饮水。母亲的坟址就选在龙首处的这片平坦的土地里。墓向也是东西,坐东面西。坟墓的前面是溪河,后面是田埂。田埂弯弯曲曲拦住这片土地,像是一只躺椅的坚实靠背。站在坟墓处,目视远方,眼目阔然,极尽处是起伏的八公山,连接着蓝色的天际。

这块土地的主家是一位瘦高的老者。

瘦高的老者知道父亲的来意,说话很敞亮,说葬我家的侄媳妇,我有什么好说的?我家的地你看准哪儿埋哪儿。

这位瘦高的老者与我们家不是一个姓,按照辈分却比父亲长一辈。父亲喊他表叔,他喊母亲侄媳妇。

父亲掏出五百块钱,算是买地钱,说这是老理,少也别嫌少,多也别相让。

这位瘦高的老者也不客气,伸手接过钱,麻利地塞进口袋里。方圆左右都这样,一块墓地五百块。

父亲心里有点空落落的,想想又说,日后不管这块土地落归谁家,你站出来说句话。

这位瘦高的老者答应说,那是理当的。

墓地就这么讲妥了。临到画线挖坟穴的时候,父亲非要往南偏移两米。父亲说,北边腾一点空地,赶明留我睡。

人活世上,生死轮转就这么个理。人活着,死后的事就虑料好了,也许这才叫个透。然而,生死毕竟是两个世界的事情。活人谁能看透呢?因而,这生生死死也就留下无数个谜。譬如母亲死的前几天跟父亲赶集,老两口买卖妥当后,母亲执意要去棺材铺瞧一瞧,看一看。父亲不乐意,说什么地场不好瞧,单去那么一种地方。母亲心平气和地回答说,谁人能离开棺材?说来这还是一个好去处呢。

这是一家老棺材铺,铺主姓张,断断续续开了几十年,方圆左右的人死了,大多睡这家棺材铺里的棺材。早些年,这家棺材铺只有柳木、槐木棺材。树是木匠自个去选、去砍,材料十分讲究。现在方圆人家有钱了,讲究起来了,老(死)人睡柳木、槐木棺材的少了,睡杉木、槿木棺材的多了。淮河两岸生长柳树、槐树,不生长杉树、槿树。时代一变迁,木匠不用下乡选树、砍树。打制棺材的杉木、槿木,卖家往门上送。

母亲走进棺材铺一下盯住一口刚打齐的杉木棺材。母亲伸出手指节往上面"当、当、当"地敲击几下,哀叹一口气说,我能睡上这么一口棺材,也不枉活这一世了。

事儿偏就这么巧,几天后母亲猝然倒下,父亲陡然想起这么一件事,便急着差人去拉那口棺材,说棺材铺东北角,棺材顶盖上有两个树疖的那一口。于是,母亲睡上了自己活着时相中的这口棺材,了却了她生前的一桩心愿。

当四根长命钉钉合棺材顶盖的时候,我察觉这么两个树疖就像是一双永不闭合的眼睛。棺材莫不也是有生命的?哪口棺材盛装哪个人，哪个人睡哪口棺材，恐怕都是有缘定的。否则，母亲生前怎么会想起要进棺材铺，一眼看中这么一口棺材呢？

我们姐弟都成了家，母亲撒手离去，这家也就散去了一半。俗话说，母死家分半。安葬下母亲，父亲把全家人拢一堆。父亲说，家有四间房屋，你们兄弟俩一家两间，这是老理。父亲面向弟弟、弟媳交代说，你们哥哥、嫂嫂在城市，这四间房屋眼下你们全住着，赶明你们哥哥、嫂嫂退休，哪天想回来居住，这两间房屋哪天归还他们。往后过日子，哥哥、弟弟、嫂嫂、弟媳不能说没个分歧、没个红脸白脸的，遇见不和的事情要多想一想兄弟俩是一个娘生的，一个娘的奶头上吊下来的，天大的事也就变成芝麻粒的一桩小事了……父亲像是交代后事似的一条条、一缕缕说得我们姐弟心里一阵阵发冷、害怕。最后，父亲才亮明自己的意图，说往后，城里的事，老大自个拿主意；家里的事，老二自个拿主意。往后，不该我问的事我就不问了，不该我操的心我就不操了。

从此，家里的活原先是父亲领着头的，现在全随了二弟。这突然的变化绝非行动上，而是心灵的。因而，父亲与以前也就判若两人了。

有一次，我回家，弟媳说，大哥，你也讲讲我大（爸），他现在是有事无事就往娘的坟上去，万一有个三长两短的，你说我们怎么交代呀！

听此，我的心里也发紧发沉，可仔细观察父亲的精神状态，也不显得比先前多差，只是少言寡语，老爱往暗处挪，往屋里躲。母亲活着的时候，他可是一个心里亮堂就哼几句小曲、心里窝气就摔就骂的人呀。

吃罢午饭临走之前，我委婉地跟父亲说，不要三天两头地去母亲的坟上了，免得弟弟、弟媳他们俩担心。父亲苦笑笑，说死不了，你娘的阳寿不尽，剩下的也加我身上了，放心吧，我有一些年头活呢。

想想也是，孤孤独独的父亲，心里生出话不去跟母亲唠叨，跟谁唠叨呢？再说父亲心里有个什么苦，有个什么闷的，去母亲跟前说出来，心里也就宽敞不堵了。一辈子养就的这种秉性，到老又能更改多少呢?

冬去春归,四季轮回。

父亲说,你们娘坟前光秃秃的,该栽几棵树才是,赶明树大了,晃一片绿荫,人见着也喜色眼呢。

不用别人插手,父亲自个买回六棵松树苗左右两旁分栽上。待根须缓过地气,也就滋润活旺起来了。

五月里,田埂上的杂草茂盛,放牧的牛小会就吃饱肚子,不安分地四下撒野了。父亲把一根根盘根错节的刺藤草移栽过来,围着坟墓栽一圈。牛很灵性,什么草能吃,什么草扎嘴,远远地闻闻绿气,就躲开了。

八月正夏天,雨水有雷电催着,来得急,来得猛,坟墓后面的一溜田埂挂不住水,没有规矩地夺路而下。父亲冒雨扛锨,在田埂一旁顺出一条流水道。雨水有了方向指引,也就绕坟而去。

父亲说,过去大家的坟墓都是有专门看管的,你说我总不能把你娘孤单单地扔在那儿不管不问吧?

总之,有父亲在一天,母亲坟墓上的杂草就永远疯长不起来,那圆鼓鼓的坟墓上就少不去一捧土。即使是一条野狗也不敢随意来这儿肆无忌惮地拉屎拉尿。父亲经常去母亲的坟墓,一条无路的田埂竟然被父亲的一双脚踏出一道清晰的荒径。一日雨后,我去看望母亲,路过此段田埂,鞋面竟没有打湿。我惊讶地回过头,这条荒径已被父亲往返的一双脚踏得寸草不生了。一年间,父亲去过多少趟母亲的坟墓,这条荒径肯定是刻骨铭心的。

转眼,母亲去世三个年头了。按照淮河两岸的风俗,头两年春节不能放鞭炮,不能贴大红春联。春联的原意不是喜庆,而是驱邪。因而头两年春节还是允许贴白绿两色春联的。家人不想深究这里面的名堂,每扇门窗空着,什么也不贴。第三年,父亲早早把红纸、笔墨备齐了,说,今年多写几幅,鸡圈、猪圈、犁耙、锨耙全部贴上。结果,进门出门一片红，像是有意要补齐前两年的亏空。临开年夜饭，父亲嫌家里的鞭炮短，临时又去拣最大的买了一盘。“噼啪噼啪”，满院烟雾缭绕，火星四溅。五颜六色的碎纸，厚厚地盖住地面。

父亲说，你们娘死去也三个年头了。三年孝期一过，从今往后就别老想着她了。这日子还要往喜气里过，还要往兴旺里过。

这一年，我们家的鞭炮是初一初三初六，一直炸送走正月十五元宵节才罢休。我知道父亲所做的这些事只能安慰我们姐弟，却安慰不了他自己。

家人给母亲竖石碑是第三年清明节的事情。父亲坚持要把自己的名字一并刻上去。我们姐弟不同意，说不吉利。

父亲说，过去大户人家也有这么做的，赶明我百年之后就省得你们另竖墓碑了。

我们姐弟还是不同意，说活人跟死人还是有区别的，活人怎么能跟死人一起竖墓碑呢？

父亲说，颜色上是有差别的，死人涂白字，活人涂红字，明白人一看就明白了。

我们姐弟说，那要是一个不明白的人呢？

父亲回答说，那只能怪这个人不懂礼数了。

这事到底还是依了父亲。刻好墓碑，弟弟想出个折中办法，在水泥里掺进颜料，调制成与石碑一样的色泽，把父亲的那行字涂抹平整了。这般，父亲数年后作古，用铁錾轻轻刻下便可。经过弟弟这么一遮掩，肉眼还真分不出底层涂盖着字。只是整块墓碑上的母亲那行字略略偏左，有些布局失调罢了。

清明节竖墓碑的那一天，叔叔大爷堂哥堂弟侄男侄女，二三十口人全来了。风风光光地把墓碑直立在母亲坟前。这天中午，一大家人鸡呀鱼呀酒呀地一阵猛吃猛喝，醉倒好几个。时下社会开放，人情远疏，就是一家人这样齐心去做一件事，敞开性情去喝一顿酒，也是实属不易的。家人都说，石碑厚实，文字周正。家人都说，父亲办事有头有脸，拿得起放得下。七嘴八舌，家人说得父亲脸色一片开朗，顾不上自己，却忙着给家里人端菜倒酒。

事情至此，我想母亲的死，在我们姐弟的心里真该告一段落了，在父亲的心里也是真该告一段落了。

不承想清明过后不久，石碑上涂抹而去的那溜字，就渐渐脱落出来了。当时，我们姐弟还以为是附近哪家顽皮的孩子干的。我则怀疑水泥粘得不够牢固，便捡拾一截树枝去挖一挖、掘一掘，丁点也去不掉。那一刻，我知道这字是父亲自己刻出的，使用的是更加坚固的利器，且有意所为的。至此，我也知道母亲的死对于父亲到底意味着什么。至少父亲生命的一部分已经随着母亲一起安葬在这里了。

2005 年 4 月 3 日　江陈

收拾他一顿

跛拉是大河湾的村书记,村人有什么事体当然得向他说一声。这一天就有村民拥进村委会跟跛拉说,你得管一管大贵这个人,现今他折腾得曹三不安生,过一天还不轮俺们?另个村人接话茬,说还挨一天呢,这几夜俺睡床上就觉乎着头顶的房梁直响动,怕是他大贵搞的鬼。

跛拉这会儿端坐办公桌前,抽屉半打开,像是张着长方形的嘴。跛拉两手伸进桌子嘴里"哗啦哗啦"地倒腾开。跛拉这抽屉里的秘密是跛拉自己的,更是全村人的。大河湾村有许多事情就是被跛拉的两只手这么倒腾出来的,大河湾村有许多人的命运也是被跛拉的两只手这么倒腾变样的。

几个村人见跛拉不言语有点急,说跛拉,这么一件大事情俺们不来跟你书记说,还能去庄稼地里跟坷垃说?

跛拉停下手里的倒腾,说大贵年轻气盛经验的事少,赶明再经验点事就好啦。

跛拉还是没有表态,没说管大贵,也没说不管大贵。

村人一个个离开村委会。

村人说,跛拉一连几十年村书记做过来,说话、办事愈来愈让村人摸不透,吃不准。

大贵是曹三的儿子。曹三这么蔫头蔫脑的人怎么会生出大贵来?

大贵小时候没像现在这样子。这几年，大贵随他远房的姥娘家舅在城里读过几年书，才渐渐变得不像曹三的种。大贵在城里念几年书，没考上大学，没考上中专，却把一双眼神念得像鸡毛似的一点一点往天上飘，一副不食大河湾烟火的模样。大贵回大河湾走动，一颗脑袋瓜斜扛在肩膀上，不管有风还是无风，两眼一瞟一瞟的，总是不着地。

村人说大贵你走路当心点，别碰屋墙拐上撞断你的鼻梁骨。

大贵连眼角扫都不扫这个讲话的村人，眼神又像遇见一股风，飘往天空的更高处。

大贵随曹三下地锄庄稼，一副眼神也这样。大贵手里的一把锄头像一条惊动的蛇，在庄稼地里胡乱地扒，胡乱地锄。曹三很生气，说，大贵，你也瞧着点，地里长出的就是铁庄稼也被你"叮当"砍出豁口子。大贵锄过的庄稼地，有许多庄稼不明不白倒下去。

总之，大贵初初乍乍地回大河湾感觉没有东西值得他瞅一眼，没有事情值得他伸出手，也没有人值得他张口说句话。

曹三苦口婆心地劝说，人的命数都是前定的，不认不照(行)啊!

曹三还判断说，都是城里上学害了你。

眼神是鸡毛也有落的时候，大贵在大河湾把一双眼神瞟累了瞟酸了，一双脚便开始往城里跑。城里有他姥娘家舅，有他同学。大贵去城里逛几天，该说的话说出来，该走的路走一遍，该盯瞧的场景饱览一番，这才像个刚离饭馆的酒桶醉醺醺地回大河湾。

大贵回家跟曹三说，俺想蒙半亩塑料大棚种蔬菜，把夏天长的辣椒、茄子什么的栽进去，让它们冬天里开花结果实。

夏天的菜偏要冬天里长——曹三在别处村庄也见过，只是大河湾还没人种过。曹三回大贵的话，说你怎么折腾事俺不问，你要地，家里现成的，你看上哪块去占哪一块。

大贵还有话，说种半亩塑料大棚，得细钢管做骨，还得厚薄膜蒙面，拢共需要不少钱。

曹三象征性地抖抖口袋底，说你大睁两眼瞧清楚，钱是一分也没有。

大贵一下笑起来，说你这会儿口袋底翻出三毛两毛的也不抵用，我知道家里的钱放在床底下的棉鞋窝子里。

曹三像是被人扫腿打一棍，两腿往半空一蹦，落地后两脚直跺地。曹三一口气跑进屋，一头扎进床底下。

棉鞋窝子里果真有钱，结结实实的一大卷，外面裹层塑料皮，内里裹层白洋布。曹三一层一层解开它，手指蘸口水数一遍，数两遍，钱数是一张没少下。曹三颤抖着手指还是不相信。

大贵站一旁，脸上干干剌剌地笑。曹三一下把钱塞进衣襟内，捂紧着贴近心口窝，像是这些钱正扑棱着翅膀，松开手指，钱能飞出去一样。

曹三说，钱少一分，俺拿刀剁下你的手爪子。

大贵脸上干冷的笑一下聚进鼻洞里，“哼哼”两声走出门。大贵指挥两条腿一迈一迈地拐进村委会。大贵想把种植塑料大棚蔬菜的事跟趿拉说一声。大贵还想趿拉最好能拿出一大笔钱塞进他的口袋里。

这些年，大河湾变动比较大，大队改村，村长改村委会主任，趿拉从大队书记做过来，一连做几十年不挪摊。大队长的时候，大队长不当家，书记当家。村主任的时候，村主任不当家，书记当家。村委会主任的时候，村委会主任不当家，书记当家。

趿拉问村人，你们知道为个什么我一直说话算数吗？趿拉自问自答说，因为我们的国家历来都党管干部，我这个党当然说话算数了。

村人当面不说趿拉，背后说。村人说趿拉，你在大河湾几十年来一直说话算数，那是你遇见的大队长、村主任、村委会主任都是一个个软蛋，哪一天换上一个手段硬的试一试？

村人问村人，你说换谁能够治过趿拉这种人？

村人想想说，大河湾还真挑选不出这么一个厉害的人。

跛拉经常向村人说出自己的想法。近两年跛拉又跟村人说，我跛拉在大河湾只敬重两种人：一种是上面来检查工作的领导干部，一种是回大河湾的高中毕业生。这是为个什么道理呢？跛拉说，我敬重上面的领导干部，那是因为人家比我官当得大；我敬重回大河湾的高中毕业生，那是因为人家比我学问大。

村人背后说跛拉这是说出的狗屁话，说上面的领导干部来大河湾，跛拉不是不敬重，是害怕，害怕书记当不成。

村人说，回大河湾的高中毕业生跛拉也害怕，害怕有一天冷不防地篡夺他的权。

这一天，大贵真去了村委会找跛拉。跛拉脸面上真是很器重大贵这个高中毕业生，先是递过一张干部椅，后是泡过一杯干部茶。大河湾村人历来是站着或蹲着，遇有喜期丧期什么的大场面也顶多坐条凳。大河湾村人喝水更是没讲究过，一年四季饮凉水。渴了，摸近水缸边舀半瓢凉水"咕咚咕咚"饮下去。村人说当干部才能坐椅子，当干部才能喝茶叶茶。因而大河湾村人的嘴里，椅子叫着干部椅，茶叶茶叫着干部茶。村委会准备有白亮的瓷杯，准备有青绿的茶叶，这些都是为乡干部准备的。大河湾村人谁人坐过跛拉的干部椅，谁人喝过跛拉的干部茶？

跛拉这么礼待大贵，村委会其他人糊涂眼，不知跛拉这会儿头脑里想着什么事。他们不敢问跛拉，却敢埋怨大贵，说大贵还真把屁股放在干部椅上，说大贵还真端起泡好的干部茶。

大贵当跛拉面说出他想种半亩塑料大棚蔬菜的事，还有这半亩塑料大棚所需要的钱。大贵说话的意思是村里出钱，他种塑料大棚与村里分成。跛拉先是说大贵，到底是有文化的人，看事儿想事儿就跟俺们这些粗人不一样。这塑料大棚别处的村庄种了多好年，一村一村的人都往小康道上奔，俺们到如今还不知是怎么一回事情呢。经你这一说，俺想种半亩算个什么事，恨不能整个大河湾都使塑料皮子蒙起来，不仅要大棚蔬菜，还要大棚鸡、大棚鸭，省得大河湾村人一年一年受着穷。

跛拉停住话，咕弄咕弄嘴，清理一口唾沫吐出来。跛拉接着说，不过话又得说回来，光心想得高没有用。俺这大河湾的土是沙土，又湿又寒的跟别处的土地不一样。那一年村里的豁牙二奶在自家的菜园地里栽过几棵洋柿子（西红柿），光长青不泛红。还有那一年学大寨、学小靳庄，洼底沟地里插水稻，一台抽水机从夜到亮地猛抽水，结果收割的还不是一把草？没有一穗长仁（粒）子。

大贵坐在跛拉身旁边，坐着干部椅，喝着干部茶，一颗心却没有乡干部那么悠闲自在。跛拉“先是说”是火炉里的火，一浪一浪热过来，大贵心里暖洋洋地冒出汗。跛拉“接着说”是青天白日的雷阵雨，炉膛里的火“哧啦哧啦”熄下去。大贵的四肢一紧一紧冷起来。大贵停喝干部茶，屁股一刺刺地离开干部椅。大贵想说完一句话，离开村委会。大贵说跛拉，算是我高看了你。

跛拉一下笑起来，说大贵，看你猴急的样子，种塑料大棚蔬菜的事你想放手，俺还不愿意呢。

跛拉最后一句话说得很硬朗，说大贵，你明天就接手做这事，要多少钱你大贵吭一声。

跛拉说，你尽管好好地种塑料大棚蔬菜，先把试点搞出来，而后在大河湾推广、推开。

半月后，大贵手忙脚乱地把塑料棚架起来。塑料棚有两间锅屋那么大，白白亮亮地卧在大贵家的地头里。村人自然是两手袖着，两眼旁观着。有村人跟跛拉说，大贵倒腾的塑料棚，俺怎么看都像一块大孝布，你跛拉不觉得不吉利？跛拉半笑不笑地哼一声，说听你说的这话才不吉利呢。你进城看看人家姑娘成亲还专门穿孝袍子似的白纱裙，人家哪个人过得不要比俺大河湾人家滋润？

曹三也跑来找跛拉，说你是村书记，应该想办法管一管大贵，怎么能拿钱让这驴×往水坑里扔？俺是他大(爸)都不给他一分钱。

趿拉岔开话题，问曹三，你路上要是遇见一个瘦叽叽的还没有三块豆腐干高的人，他说他能上天能入地，你信不信？

曹三不知趿拉怎么想起问这话，头使足劲地摇呀摇，说俺不信，打死俺也不相信。

趿拉问曹三，你凭什么不相信人家呢？

曹三头不摇了，晕头晕脑地自己问自己，说俺凭什么不信呢？

趿拉说，俺也不相信。

曹三盯住趿拉，说你也说不相信？

趿拉说，俺会领他去一处麦场上，说你上天吧，说你入地吧。

曹三问，那他要是上不了天，入不了地呢？

趿拉说，俺会薅住他的衣领子，把他的一颗头往麦场的石磙上狠狠地撞。

趿拉说完这话丢下曹三自己走开去。曹三吧唧吧唧眨一阵子眼，还是不明白趿拉说这话是什么意思。

正是深秋连接初冬的时候，大河湾土地上原先绿色的树木呀庄稼呀杂草呀，现在都铆足劲地褪掉绿色，一应地等候萧瑟的寒风席卷过来。天空的太阳也像一个长途跋涉的人，疲惫了，困倦了，一天比一天行得偏，一天比一天热情低。这样的天，塑料棚就显出了好处。白天吸收进的太阳热量，夜晚里有着一层塑料薄膜才不容易散失掉。大贵塑料棚蒙着两畦地，一畦栽上辣椒苗，一畦栽上茄子苗。塑料棚内长着的辣椒、茄子发疯似的白天长，晚上长。辣椒、茄子开花了。辣椒是青梗青叶，开淡黄花；茄子是紫梗紫叶，开淡紫花。辣椒纽青青的尖尖的像是肉疙瘩，茄子纽紫紫的圆圆的似纽扣。

大贵当然得把这些情况去村委会汇报给趿拉。大贵的脸开满花，左脸蛋开的是茄子的淡紫花，右脸蛋开的是辣椒的淡黄花。这一次，趿拉没让大贵坐干部椅，也没让大贵喝干部茶。大贵是站在趿拉桌前。跛拉仍旧坐在桌前，抽屉的长方形大嘴半张开，跛拉的一双手塞里边，像受惊的老鼠“扑棱扑棱”摆弄出不少响声来。

村委会其他人见跛拉对待大贵不热不冷的样子，心里犯嘀咕。他们弄不清跛拉是希望大贵的塑料棚里长出嫩茄子鲜辣椒，还是希望大贵的塑料棚里长出一地的死秧子。

跛拉听完大贵长长的汇报，回话很短，说赶明俺抽空去瞧瞧。

跛拉去大贵那里是小晌午。这种时辰往往是乡干部下村里视察的好时辰。他们坐车一溜烟尘弥漫来，去该看或不该看的地方走一遭，再回村委会便候跛拉去安排菜，安排酒。跛拉想起这茬事，一双脚不经意地沉稳起来，一个略微弯勾的背挺得笔直。

跛拉还真走出一副乡里的干部模样来。

跛拉走进大贵的塑料棚。

跛拉手指塑料棚里的秧苗一样一样问。

——这是茄子?

——这是茄子。

——这是辣椒?

——这是辣椒。

大贵愣眼愣鼻地看着跛拉，奇怪跛拉怎么会装着认不得辣椒、茄子。跛拉一边问话，一边弯勾着腰，眼睛与辣椒、茄子离得很近。只是跛拉装扮出来的干部腰僵僵硬硬的，有点不自然。跛拉伸出手指摸摸辣椒叶、辣椒花，跛拉又伸出手指摸摸茄子叶、茄子花。大贵的两眼一愣一愣地跳。

大贵说，书上说人的手上有毒菌，很容易传染到菜秧上。

大贵说，我自己的手都不摸辣椒、茄子的叶子、花。

跛拉听懂大贵的话。跛拉瞧见大贵手里捧着一本书，指戳上面的说明让跛拉看。跛拉不认识字，也不想看书上的插图。

跛拉说，书本上说的话能当真吗？书上说大姑娘的奶子男人不许摸，你望望天底下哪个大姑娘的奶子不是被男人摸得翘翘的，才做的老婆生的孩子？

跛拉说完这些话，手指从辣椒、茄子的叶子、花朵上缩回来。跛拉想走，瞧瞧头顶晃亮亮的一颗太阳，觉得这会儿离开还有点早。跛拉手摸纸烟想想还应该抽半支烟，一根纸烟横在跛拉手指间捻着搓着。跛拉问大贵，书上有没有说这些辣椒、茄子还怕烟气熏？

大贵知道说不让吸烟，跛拉也得吸，就没说话。

跛拉不需要大贵回答话，"嚓啦"一声燃着烟，一连气深深浅浅吸进吐出几口烟，说俺年轻的时辰抽老烟叶，烟瘾比现今要大几分。那会儿俺老婆刚过门，夜夜被烟呛得睡不着觉，流眼泪。现今呢，她不闻俺抽的烟气味睡不着。你说说人怎么是这么样的一副贱骨头？

跛拉抽烟说的这些话，一绕一绕地愈扯愈远。大贵横听竖听听不出跛拉的话跟塑料棚有个什么联系。

跛拉这么蜻蜓点水走一遭，没回村委会，一转脸拐进保富家的饭店里。拿了两个菜，拿了一瓶酒，照直回家去。不知怎么的，保富心里有点怵跛拉，一见跛拉腰脊骨就发软，两腿就发颤。

保富脊梁一摇一摇地弯勾下，问跛拉，村委会里来了客？

跛拉不直接回答保富问话，说检查半天工作还怪累人呢！

保富一副佝腰移近跛拉面，问，检查哪一项？

跛拉回答得更虚，说，多呢！

跛拉人走远，保富弯勾的身板才恢复原样。

保富冲门外吐出一口唾沫，说跛拉八成是拿村里出钱的酒菜回家自己吃。

跛拉这顿酒喝得不顺当，酒里像是有茄子花、辣椒纽阻塞着嗓子眼。

天一扯气阴拉好几天，不下雨，也不出太阳。西北风一日紧一日，刮得光秃秃的树枝上"呜呜咽咽"地凄悲开，像是刚死男人的小寡妇没完没了地哭。白芋秧经寒霜一冻，再经西北风一吹，叶子一片一片地褪尽绿颜色，干燥得似能点燃火。这些天，大河湾人家都举胳膊扬铁钉爪刨白芋。

曹三家种的半亩白芋紧挨大贵日弄着的塑料棚。其实这塑料棚占的地原先也插着白芋秧，只是还没候白芋拖开秧长出头便被大贵糟蹋去。白芋这东西生性怪，不能年年一块地里连茬种。曹三家的这块地今年头一遭种白芋，白芋秧长得旺兴，白芋垅上绽开的裂口也是一道比一道裂得长，裂得大。曹三一掩一掩往前刨，一张豁掉牙的瘪嘴灌满欢喜充充盈盈地饱满起来。沙土地里的白芋比黄土地里的白芋个头大，表皮也光滑。曹三家今年白芋结得多起得多，大贵塑料棚占地耽误得就多。曹三的一双眼神瞟见白亮亮的塑料棚觉乎着浑身不自在。曹三心里骂大贵是败家子，说要不多起几担白芋放家里，一冬一春也多喂半头猪。

这几天，大贵也忙得不歇闲，舞动一把铁锨在塑料棚边挖烟道，准备烤火给塑料薄膜里的辣椒、茄子加温度。天空乌云遮住太阳，西北风一冷一冷地吹，塑料大棚里的气温一时低过一时。辣椒、茄子停止疯长，缩头缩脑奓拉着叶子往一团收。大贵依照书，想赶快把烟道挖出来，生火加温度。

趿拉这几天整天窝在家里不出门，不去村委会。他家里的翠花知道趿拉这些天心里装着一件大事情，却又不好问。原本趿拉是个能吃能睡的人，这几天却变得半宿半宿折腾得眼皮吧唧吧唧地睡不着。还自已跟自已说胡话，说还真结出茄子了呢，说还真结出辣椒了呢。有天半夜三更，翠花一觉醒过来，两胳膊一揽一抱，身边趿拉睡觉的地点变成空被窝。翠花一惊一乍地坐起身，透过窗户瞧见趿拉在院落里正像磨道驴似的转着圈。翠花不敢吭一声，她是担心趿拉得了夜游症。

这一天，大贵挖齐烟道燃起柴，火顺烟道把一份热量传递进塑料棚，黑烟顺着烟道扶摇直上冲进半空。一个白煞煞的塑料棚，大河湾村人看成是孝布;这会儿又冒黑烟,大河湾村人很自然地当成是焚烧着黄表纸。地里起白芋的村人停下手里的活,恶鼻恶眼地往塑料大棚瞅。最先行动的是曹三,他举着铁钉爪像只发疯的公牛跑过来,嘴里还嚷嚷着,俺叫你辣椒俺叫你茄子俺叫你瞎折腾……大河湾地里的村人似乎也没用谁吆唤,“呼啦”一下全跑来。大贵还没明白是怎么一回事。他的塑料棚、他的辣椒、他的茄子,还有他的人,被村人七手八脚舞在了地上。大贵两手抱头顺地滚,说你们说说俺种塑料大棚蔬菜是招着谁,还是惹着谁?

趿拉得知这事是怒鼻怒眼骂爹骂娘,声音一浪一浪地从嗓子眼炸出来,震得村委会院墙一摇一晃的。趿拉骂村人是无法无天,青天白日敢砸东西还砸人。趿拉吩咐村里管治安的俊屹把这些人一个不落地都带进村委会。

这些村人没用俊屹去,自动地拥护着曹三往村委会来。这些村人还是一副撸胳膊卷衣袖要打要砸的样子说,大河湾是大河湾人的大河湾,趿拉护着大贵又能怎么样?村人说,趿拉不讲理,俺们去乡政府,就是说到党中央,大贵瞎折腾也不会有丁点理。

曹三这一回胸脯更是拍得“当当”响,对村人说,这事跟你们挨不上边,要杀要剐有俺曹三一个人顶。

趿拉总归是趿拉。趿拉站在办公室前,一脸寒气,脸面冲着村委会的大铁门,不说一句话。

村人总归是村人,瞧见趿拉这样子,话语“咕咚”咽肚里,脑袋一刷齐地耷拉下。

最后一个走进村委会的是大贵,大贵依靠俊屹架着才能站起来,才能走动路。大贵瞧见趿拉,两腿一软瘫地上,“哇啦哇啦”哭开声。

趿拉还是不说一句话,一个人走出村委会,大铁门旁停住脚,从裤腰带上解下锁匙,“咔嚓”打开锁,“咔嚓”锁死大铁门。

趿拉这才交代俊屹说,哪个翻墙想出去,你只管打断他的腿。

趿拉自己干什么去？趿拉连打三大嘟噜哈欠，回家拉开被子睡起来。

这件事是晌午后发生的，趿拉一觉睡到太阳落，才揉搓两眼回村委会。村院里的村人像一窝打败仗的日本鬼子兵，七扭八歪地靠墙坐着，缩着，遭受着冷风。村人见趿拉走过来，像是趔过一阵寒风，眼底露出一丝一丝胆怯的眼神，身上露出一丝一丝颤抖。相反，趿拉嘴角却露出一丝一丝不容易觉察的微笑。

趿拉说，俺回家打电话先是把这件事汇报给乡里的派出所，后又汇报给乡政府的武书记、祁乡长。他两人都很看重这件事，一个说把你们抓进派出所关起来；另一个说你们这么多人去派出所还得管吃管喝，不如干脆派出所的人提着电棍来，一人挨上你们一家伙。

村人更加瑟瑟颤抖，没想到纰漏会捅这么大。

趿拉故意停顿话，眼珠从左边滚到右边，从右边滚到左边，挨个瞧着村人受到惊吓的一副副熊样子。趿拉接着话茬往下讲，你们大白天明目张胆地这么做事情，俺比武书记、祁乡长更气，可俺电话里还是苦口婆心替你们求半天情，他俩才勉强答应俺的话。什么话呢？就是不把你们往乡派出所里送，也不拿电棍电你们的人。怎么个办法呢？按照塑料棚的钱加上大贵的人工费，平均一人摊一份。

村人憋闷的气舒出来，村院地面上的落叶“哗啦、哗啦”地旋飞起。

趿拉冷不丁的声调一下高起来说，乡派出所明早还来人，你们今天晚黑临睡前不缴上钱，派出所来人会跟你们一个一个细细地说道理。

趿拉“咔嚓”打开村委会的大铁门，村人们挨着个老鼠似的缩头缩脑往外溜。生怕溜迟钝，大铁门“咣当”会关上。

趿拉留下曹三跟大贵爷俩。趿拉说大贵，塑料棚砸掉就砸掉，赶明村委会找份差事你做做。

大贵没有哭出声，眼泪一汪一汪地却兴旺开。大贵临出村委会，两肩还一抽一抽的，一副很深的委屈相。

曹三最后一个走的。曹三这会儿才像曹三，脖子软拉拉的，怎么也支撑不稳脑袋瓜。趿拉还是问曹三老话题，说你曹三路上要是遇见一个瘦瘦叽叽的还没有三块豆腐干高的人，他说能上天能入地。你信不信？

曹三心想趿拉是坏记性，这话前段时间问过他又忘掉了。曹三没有忘。曹三回答得有点理直还气壮，说俺凭什么相信他呢？

趿拉问，那你怎么办？

曹三照着趿拉以前的话说，俺会领他去麦场上，说你上天吧，说你入地吧。

趿拉还问曹三，你领着他上麦场怎么办呢？

曹三说趿拉，你说候他上不了天入不了地，薅住他的衣领子，把他的一颗头往麦场的石磙上撞。

趿拉说曹三，现在俺告诉你，你也不用候，趁他不防备的时候，冷不丁地先薅住他的衣领子直接往石磙上撞，要不会误大事情。

曹三说，那这人要是真能上天入地呢？

趿拉答，他脑袋瓜都碎成烂冬瓜，还能上得天？还能入得地？

趿拉处理完这件事情，回家又变成一个能吃能睡的人。他家里的翠花连着察验几天晚上，趿拉的呼噜声是一刻也没断过。翠花说趿拉，俺还心想你是个梦游的人呢。趿拉说翠花，你是说前几天夜里俺不睡觉的事情吧。那是被村里漂亮的骚女人搅的，她们说半夜来找俺，可一夜一夜谁也没敲俺家的门，你说还能睡得着？翠花说趿拉，你说的怕是狐狸精。

真真假假的，趿拉不想告知翠花到底是怎么一回事。

隔天里，大贵就走出大河湾，好久没回转。时辰一挨挨进年根底，大贵猛然从很远很远的南方给曹三寄来钱。钱数上万块，说出来村人的一颗心能够“扑通、扑通”地吓几跳。大贵在汇款单的空白处留下话，说这钱是还踋拉的塑料棚钱，剩余的留给曹三安心过一个年。大贵说自己的事，只吐出四个字——一切都好。

大贵在南方城市干什么，一下挣回这么多钱？大冬天闲着也闲着，大河湾村人都愿意想这事。大河湾村人想着想着便把大贵往喷涌血光的恶事上领，说大贵这种人在那场地不会有个好。

三月初一水根娘上香

1

三月初一这一天，水根娘赶早上四顶山进香了，山路上不见一个香客不说，山上山下一片雾气蒙蒙的，像是一座座山睡觉还没有醒过来。一团团雾气滚动着缭绕着，一点看不清山的原本面目。水根娘心里想，看来这真是一处仙人待着的地方呀。

这里方圆左右的山都叫八公山，其中四顶山最高，算是八公山的主峰，上面有一座庙宇，叫四顶奶奶庙。相传古时候，有一个神妃，名叫碧霞元君。有年农历三月十五这一天，她从天庭回河南固始娘家省亲，路经四顶山，看见一个孩童在山上玩耍，一只草狼正向着孩子扑过去，想吃掉这孩子。碧霞元君降落山头，赶跑草狼，搭救出孩子。后人划木凿石，在四顶山建起一座庙宇叫碧霞元君庙，俗称四顶奶奶庙，庙宇里塑着一尊碧霞元君像，俗称四顶奶奶像。此后每年农历三月十五定为祭祀日，俗称赶庙会。

旧时的四顶山庙会，是每年三月初一打开山门，迎接四顶奶奶娘家河南固始来的香客。从这天起，山上香烟缭绕，方圆数百里香客，接踵而至，络绎不绝。三月十五这一天，庙会达到高潮。山坡上和山脚下，到处搭建摊棚，出卖各种货物，还有花鼓灯、扁担戏、说大鼓等各种热闹场子。庙会一直延续到四月初八。这些天制香的工匠要在庙里举办“香匠会”，感谢四顶奶奶赐予财帛，设宴招待四顶奶奶娘家的香客头领，而后送他们登舟还乡。当天掌灯时分，关闭山门，庙会结束。

这种景况一直持续到有一年破“四旧”，扒倒四顶奶奶庙，砸掉四顶奶奶像。庙会停断了，每年农历三月十五，信奉的村人只能偷偷摸摸地上四顶山进香，偷偷摸摸地祭祀四顶奶奶。又过去一些年，扒倒的四顶奶奶庙重新建起来，砸掉的四顶奶奶像重新塑起来。停断好多年的庙会又重新兴起来。政府倡导，村民参与，活跃贸易，自娱自乐，名曰文化搭台，经济唱戏。这是头一年，村人家家丢开农事，开着拖拉机，一大早就离开家、离开村子赶庙会去了。闺女去，儿子去，男人去，水根娘一个人守在家哪里也不去。

闺女说，娘，听说四顶山庙会好看得很呢，你不去？

水根娘说，我不去，你去也只是知道一个好看。

儿子说，娘，听说四顶山庙会好玩得很呢，你不去？

水根娘说，我不去，你去也只是知道一个好玩。

男人说，老婆子，听说四顶山庙会热闹得很呢，你不去？

水根娘说，我不去，你去也只是知道一个热闹。

闺女、儿子、男人知道水根娘信四顶奶奶。一个信四顶奶奶的人不去赶庙会，他们不理解。

闺女赶过庙会回头说，娘，四顶奶奶像好高好大好漂亮哟。

水根娘说，我知道，四顶奶奶脚踏莲花，身穿道袍，心神安宁，眼视前方。

闺女说，娘，你没去怎么会知道的？

水根娘说，娘的心里有一尊这样的四顶奶奶像。

儿子赶过庙会回头说，娘，四顶奶奶庙好高好大好漂亮哟。

水根娘说，我知道，四顶奶奶庙有两道山门，四顶奶奶放在最里面的大殿里。

儿子说，娘，你没去怎么会知道？

水根娘说，娘的心里有一座这样的四顶奶奶庙。

男人赶过庙会回头说，老婆子，四顶山庙会人好多哟，不要说山上山下到处是人，就连县城里也是水泼不透呀。

水根娘说，你们不信四顶奶奶，是心里没有，去也只是图一个好看、好玩、热闹，去过心里也是一个空落落的；我信四顶奶奶，是心里有，不去心里也是一个安安静静、踏踏实实的。

要说水根娘心里的四顶奶奶庙、四顶奶奶像与现实中的相吻合也只是大体上的，在具体的细微处还是有差别的。比如说，水根娘心里的四顶奶奶像有三丈高，可闺女说怕是只得丈把那么高。比如说，水根娘心里的四顶奶奶庙有四进房屋，可儿子说就是一个大院子，四周是围墙，前面是山门，后面是大殿。

水根娘是一个普通的女人，闺女、儿子没看出自己的娘跟村里别的孩子的娘有什么大的区别，男人也没看出自己的老婆子跟村里别的男人的老婆子有什么大的区别。

这之后，四顶山庙会一年比一年红火，每年赶庙会的人也不知是原来的好多倍。水根娘还是一次没去过。

闺女大了，嫁往别处村子去。这别处的村子不是一个乡，不是一个县，人家那边的村人不信四顶奶奶，不赶四顶山庙会，不同的村人信不同的神，赶不同的庙会。出嫁后的闺女也就一次四顶山不上了。儿子长大娶妻生子，在村头的淮河边开辟一大片场地，做沙子生意，做煤炭生意，忙前忙后也是顾不得每年去赶庙会。倒是男人跟着村里的花鼓灯班子年年去，一连能去好多天。男人不会唱花鼓灯，不会扭花鼓灯，专门下死力气地敲打一面锣，“哐里哐当”敲一天，“哐里哐当”又敲一天，像是怎么也热闹不够似的。

这一年，水根娘猛然地跟家人说，今年要去四顶山拜四顶奶奶了。

水根娘说这话的时候，闺女、儿子、男人都在家，一起围坐在一张桌子上吃晌午饭。时间是年根前,闺女回娘家省亲,送一点吃的过来,送一点穿的过来,算是一点节礼、一点孝心。儿子是忙里偷闲回家陪姐姐吃一顿饭,姐弟俩见一面,说说话。姐姐嫁得不算远,一年间也很难见一面。都是一个“忙”字。闺女忙,很少回来家。儿子忙,也很少回来家。水根娘一见闺女回来家,就差遣男人去喊儿子。男人犹豫,不想去,说儿子原本就是忙,现今当上村主任,不是更忙?水根娘说,你去大队部找他,就说他姐回来家想见他一面,看他敢不回!闺女上次回娘家,姐弟俩就没能见着面。闺女说,要是他真忙就算了,吃罢饭我也是急等着回头有事呢。水根娘听出闺女的话音有点埋怨了。儿子是年前新选上的村委会主任。村人还是老喊法,把村委会主任叫村主任。男人阴着一张脸出家门,晴着一张脸进家门,乐滋滋地说,儿子说他吃晌午饭一准回。水根娘的心轻松起来,闺女的脸色也好看起来。

吃晌午饭的时候,水根娘说,年年说去拜四顶奶奶都没去,今年一定得去了。

水根娘说这句话是心里想好了的。“年年说去拜四顶奶奶都没去”,是想让家人觉得她的想法不是猛然的,是有着一个长长的过程的。“今年一定得去了”,是想让家人觉得今年不同往年了,是下出决心的。

水根娘把这句话说出口,就等候家人评判。

闺女说,娘,你在家闲着不好吗,莫去凑那份热闹,莫去受那份洋罪。

儿子说,就是,人山人海的,听说去年赶庙会就有几个人从山上挤下来摔伤了。

闺女、儿子拦着,男人不拦。

男人说,人活一世还不就图一份热闹嘛,你跟我一起去,不要上四顶山,不要拜四顶奶奶,就在山下面听敲锣打鼓唱花鼓灯。

水根娘心里一阵阵失落，像是墙坯一块块从墙壁上往下脱落。闺女、儿子、男人说出口的话跟自己心里想着的相差十万八千里。听他们说话的口气，她根本就不是一个信四顶奶奶的人。

水根娘有点生气地说闺女、儿子，你们俩想拦也没用，我心里定下来的事谁也拦不住。

水根娘又转过脸跟男人说，我三月初一去上四顶山。

水根娘紧赶着补充一句话说，我是四顶奶奶的娘家人，才不跟你三月十五上山凑热闹呢。

一下子，水根娘觉得闺女、儿子、男人的心跟自己的心离开得很远很远了。

2

水根娘今年五十六岁，十六岁那一年，她跟着娘一起上四顶山进过一回香。那是头一回，这是第二回，中间相隔整整四十年。

水根娘那时候的名字叫山妞。山妞家就住在八公山的一溜山窝里，山妞长得黑黑胖胖的像一块山里会走路的石头。十六岁这一年，山妞不像一块石头了，变成一根豆芽菜，山风吹一吹长一截子，山雨淋一淋长一截子。眼见着山妞的褂襟短了，山妞的裤腿短了，山妞的鞋子小了；眼见着山妞的脖子长了，山妞的屁股撅了，山妞的胸脯鼓了。俗话说，女大十八变，越变越漂亮。像是那么几眨眼的工夫，母亲眼里的山妞长成一个大姑娘。山妞长大倒是没见长出好多心事，母亲却是心事一堆一堆的，压得一夜一夜睡不安生了。

母亲说，三月初一娘带你一起去四顶山给四顶奶奶进香。

山妞没去过四顶山，却知道四顶山庙会的日子是每年的农历三月十五。

山妞问，三月十五这一天不去，为什么单单选三月初一呢？

母亲说，三月初一是四顶奶奶娘家人进香的日子。

山妞说，我们怎么会是四顶奶奶的娘家人呢？

母亲说，我们家的上上辈子人就是从河南固始过来的，朝拜过四顶奶奶，看见这片山间的风水不错，就落在这里。

母亲是个一辈子信四顶奶奶的人，却很少给四顶奶奶烧香磕头。母亲有她的方式与理由。母亲说，你是一个信她的人，不去烧香、不去跪拜，四顶奶奶也是知道的，也会保佑你一家人的；反过来说，你是一个不信她的人，去烧香、去跪拜，四顶奶奶也不会管你的闲事，也不会买你的闲账。山妞问，什么时候需要向四顶奶奶亲自祭拜呢？母亲说，你心里发慌、不安了，觉得有话要跟四顶奶奶当面说一说，你才去四顶奶奶庙。在山妞的记忆里，母亲也是好多年没去过四顶山。这一次母亲说去四顶山，还领着山妞一块去，看来是有什么要紧的话需要当面跟四顶奶奶说一说。母亲见着四顶奶奶要说些什么话，不跟山妞说。母亲却交代山妞见着四顶奶奶应该说些什么话。母亲说，你见着四顶奶奶就说，求您保佑我娘跟前的闺女找着一门好婆家。母亲跟前就她这么一个闺女。山妞通红着一张脸说，娘，你说的不就是我吗？母亲说，四顶奶奶跟别的神不一样，你求她说是为自己就不灵验了，你说是为别人一求一个准。山妞说，照你这么一说，我求的不还是我自己吗？母亲说，四顶奶奶心想我跟前不止你一个闺女呢！山妞说，人人都说四顶奶奶眼睛毒，人世间的什么事一看一个准呢！母亲说，我们是她娘家人，她会马马虎虎过去的。山妞说，不如我去求四顶奶奶保佑你的身子好能干动活，你的牙齿好能吃动饭，你的眼睛好能看清景，你的耳朵好能听真音。母亲说，娘跟前就你这么一个闺女，你能找一个好婆家对娘来说比什么都重要。

这天三更天的样子，母亲就把山妞叫醒，两人一起摸黑往四顶山去。山妞家住在山窝里，抄着一条弯弯曲曲的山道，直接上四顶山。母亲说，真正的一条上四顶山的大路在山南面，真正的两道四顶奶奶庙的山门在山南边，真正的四顶奶奶庙是坐北朝南的，真正的四顶奶奶像也是坐北朝南的。母亲说话强调的“真正”，是说山门、庙宇、塑像都不存在了。母亲说话强调的“南面”，是说她俩走的是一条山北小道。山妞家与四顶山相隔五个山头，起起伏伏相连着的一条山道怕有十里路。母亲熟悉这条山路，摸黑行走手里也要拿着一根探路的棍子。三更天，山里很静，也很寒。一路上，母亲跟山妞说着话，像是能驱寒、能破静。母亲说，从山南大路上山的头一道门槛是阎王殿，里边有一尊阎王像。阎王殿前面有人家专门摆摊卖洗脸水，见香客就吆喝道：“洗洗脸，净净面，前面就是阎王殿。”进香的便从这里向山顶一级级一阶阶登上去。山道沿途卖香的很多，一个个双手捧香叫卖道：“烧香敬敬神，保你不头疼。一步步，一层层，抬头见着南天门。”南天门是头一道山门，过了南天门就是四顶山前面的一条盘山道。进香的步步叩拜，嘴里唱道：“盘山路来九道弯，九道九弯拜上天，九九八十一个头，拜到四顶奶奶前。”四顶奶奶庙一共有四进房屋，头一进房屋里供着哼哈二将，你不要跪拜；二进房屋里供着观音菩萨，你不要跪拜；三进房屋里供着十八罗汉，你不要跪拜；最后一进大殿里供着四顶奶奶，你才跪拜，你才许愿。一尊四顶奶奶像，身高三丈，脚踏莲花，身穿道袍，平视前方，心神安宁。

母亲跟山妞嘴上说着话，脚下已经来到四顶山顶。

山妞问，就这？

母亲说，就这。

四顶山顶一片光秃秃的，没见着山门，没见着庙宇，更是没见着身高三丈的四顶奶奶像。母亲在一片废弃的砖石间把带来的香燃起来，说，山妞，你跪下磕头吧，你跪下许愿吧。一阵山风猎猎地吹过来，插在地上的香一颤一抖的，点燃的香火一摇一晃的，山妞的身上感到一丝丝凉意，山妞的心里感到一丝丝害怕。烧过香，许过愿，磕过头，站起身，山妞抬头看见半空中隐隐约约地还真有一尊四顶奶奶像，跟母亲说的一样，身高三丈，脚踏莲花，身穿道袍，平视前方，心神安宁。母亲也是仰视着半空。山妞没说话，心想母亲也是看着四顶奶奶像。

山妞跟着母亲回到家，鸡叫五更，天色麻糊糊还没见怎么亮堂。

十八岁这一年，山妞嫁到淮河岸边的一个小村子。临出门，母亲跟山妞说出两年前见着四顶奶奶许的愿。母亲说，娘就是想着你能有儿有女，儿女双全。山妞的脸又一次红起来。

3

三月初一一大早，水根娘上山进香，先后遇见两处收钱的路卡——这是水根娘事先没有想到的。

头一个路卡设在过去阎王殿的地方，在山的最前面。水根娘进山没走几步路就被一个愣头青小伙子拦截住。小伙子从旁边的两间房屋里跑过来，大声说，买票！买票！水根娘站住脚，奇怪地问，买什么票？小伙子说，我问你上山不上山？水根娘说，我不上山跑这么远干什么？小伙子说，对呀，你上山不买票，我整天把守在这里干什么呢？水根娘跟小伙子说话绕来绕去的，还是没把道理绕明白。水根娘说，我是上山进香的。你想想呀，我能不给四顶奶奶香火钱？水根娘说这话的意思，是警告小伙子不要因小失大。小伙子说，你给四顶奶奶再多的香火钱，都跟我们不相干。水根娘问，你不是四顶奶奶庙里的人？小伙子看出水根娘不是装糊涂，伸手指一指石头修建的大门头子说，我们这是森林公园，进去一个人收五块门票钱。水根娘不明白“森林公园”是什么东西，问，你们在这收钱有几年了？小伙子说，大娘，你总不能说这几年你都没来过吧？

水根娘说，四十年前上山进过一次香，还是从山里抄的近道。

小伙子说，这我就没办法跟你说清楚了，你掏五块钱买一张票进去吧。

水根娘口袋里带着钱，一张十块的零钱，一张一百块的整钱。一张十块零钱是回去坐车的，一百块整钱才是专门准备的香火钱。水根娘想着花二十块钱买香，余下的八十块钱全部捐给四顶奶奶庙。这两样，水根娘向左邻右舍都查听好了的，四顶奶奶庙里卖香，五块钱一把，她准备买四把，正好二十块钱。村人说，四顶奶奶塑像面前摆着一只好大的功德箱，木头做的，漆着红漆，张着一张大嘴，有好多钱都能塞进去。水根娘准备把买香剩下的八十块钱一把塞进功德箱张着的一张大嘴里。

水根娘跟在小伙子屁股后面来到房屋里，一把掏出口袋里的两张钱，一张十块的攥手里，一张一百块的递给小伙子。

小伙子眼睛尖，缩手不接一百块的整钱说，大娘，你手里不是有一张十块的吗？

水根娘说，这十块的是我回去的坐车钱，这一百块的才是我上山的香火钱。

小伙子说，都是你口袋里的钱，不是一样的吗？

水根娘说，怎么会一样呢？坐车钱是坐车钱，上山钱是上山钱，就像你口袋里的钱，跟你收的钱不是一样的是一样的。

小伙子打开桌子抽屉，先是撕出一张门票递给水根娘，“稀里哗啦”扒拉零钱。

水根娘说，你这地方过去是阎王殿，阎王殿里有一尊阎王像。

小伙子听岔话音说，我这里不是阎王殿，我也不是阎王，卖门票是县里批准的，是合法的。

水根娘说，我跟你说的是实在话，不信你问一问上年岁的都知道。

小伙子数零钱，不搭理水根娘的话茬子。

水根娘说，过去阎王殿门前到处摆摊卖洗脸水，吆喝着“洗洗脸，净净面，前面就是阎王殿”。

小伙子把守森林公园好几年，见过千千万万个进香的香客，水根娘这种人算是头一次见着，说不上好，也说不上不好，反正跟别人不一样。

水根娘遇见的第二个路卡是在原先南天门的地方。

旧时南天门是四顶奶奶庙的头一道山门，现在还是头一道山门。南天门狭窄，通往南天门的一条盘山道路更狭窄，一张桌子横在南天门的盘山道路口，桌子后面坐着一位身穿褐色道袍的小道士。四顶奶奶算是水根娘的娘家人，小道士看管娘家人的庙，怎么着都是很亲的。水根娘心里一温暖，三步两步走上去，打招呼说，我心想我上山早呢，没想你上山比我还早呀。小道士说，还是施主早，小生昨晚就安歇在庙里边。水根娘这才想起四顶奶奶庙现在是盖起来的，晚上是能住好多道士的。一张桌子上摆满一把一把的香。香是红色的，包裹纸是黄色的。水根娘问，你这香好多钱一把？小道士说五块钱一把，你要是买十把的话，我收你四十五块钱。水根娘说，你倒是很会做生意，我一下买那么多香做什么？小道士说，买十把香多什么呀？人家进香一下还买一箱子呢！水根娘也知道香多比香少有脸面，声音弱下来说，我买四把。

水根娘就是掏钱买香的时候，在桌子的一个拐角看见一沓门票的。虽说四顶奶奶庙的门票跟森林公园的门票颜色不一样，图案不一样，可大小形状是一样的，要钱的本质是一样的。水根娘不识字，却一下认出两种门票上面都大大地写着“伍圆”两个字。水根娘掏钱的手像是烫着似的，一甩空着从口袋里捞出来。

水根娘问，上四顶奶奶庙进香要买门票？

小道士说，一张门票五块钱。

水根娘说，我是四顶奶奶的娘家人，你们也收钱？

小道士看一看眼前“四顶奶奶的娘家人”，笑一笑说，我没听说四顶奶奶还有什么娘家人。

水根娘说，我不跟你说了，我跟你说怕是你也不明白的。

水根娘掏出五块钱买一张门票就往上走。

小道士问,施主不买香啦?

水根娘轻轻地摇摇头说,我上四顶奶奶庙里买。

水根娘没从小道士手里买香,小道士脸上有一点失望,水根娘脸上倒是很高兴,心里说我就是不从你这里买香。

过了南天门就是四顶山前面的一条盘山道。水根娘心里很轻松,嘴里不知不觉哼着小唱:“盘山路来九道弯,九道九弯拜上天,九九八十一个头,拜到四顶奶奶前。”

不管怎么说,水根娘有过前面两次路卡的教训,真上四顶山上再遇见什么事就都能想开了。现实中的四顶奶奶庙不是自己心里的四顶奶奶庙,现时的四顶奶奶庙也不是旧时的四顶奶奶庙。眼下人讲究的就是一个“钱”字,凡是能生钱的地方都让它生着钱,不能生钱的地方钻窟窿打洞也让它生出钱。

现在四顶山上的布局是,一个四合大院子,前面是一道山门——算是四顶奶奶庙的第二道山门,后面是一座大殿——里边供奉着四顶奶奶像,院子东西各盖着房屋,东边住着道士,西边开着商店,院子里的空闲处也没闲着,临时搭建起一排排小房子——铁架子上面蒙着蓝色、黄色、红色帆布。这些临时小房子是三月十五庙会期间,租给小商小贩摆摊设点的。一座大香炉最显眼地摆在院子里。水根娘从院子西边的商店里花二十块钱买四把香,在香炉里点燃后走进大殿。一尊四顶奶奶像真没想象得那么高,神态、举止倒是跟心里想的差不多。四顶奶奶像四周拴着一根根绳子,绳子上挂着一床床被面子,上面贴着大红纸条,黑墨写着一个个人的姓名——这是敬拜四顶奶奶的喜幛。

一个老道士走过来说,施主送一床喜幛吧?

水根娘问,一床喜幛好多钱?

老道士说,看你送好的送孬的。便宜的有一百块钱一床的,贵一点的有两百、三百的，最好的是八百。

水根娘问，怎么都是一百、二百、三百块钱整数呢？

老道士说，还不是图一个整数吉利嘛。

水根娘的口袋里拢共剩下八十块钱整，送最便宜的也不够。

水根娘问，没有比一百块钱还便宜的了？

老道士笑一笑说，给四顶奶奶送喜幛谁还在乎便宜十块二十块钱呀！

听老道士说话的口气，像是水根娘不信四顶奶奶似的。

水根娘不高兴地问，我问你四顶奶奶娘家人进香是哪一天？

老道士说，我没听说四顶奶奶有什么娘家人？

水根娘说，我就是四顶奶奶的娘家人。

水根娘一口气跑下山。

4

前后几十年间，水根娘过日子一直平静着。

四顶奶奶灵验，自己许愿说找一个好婆家，找着的男人还就是一个好男人。男人的名字叫政德，矮短的身材，一身蛮力，知道照顾家，知道疼老婆。嫁过来的第二年生下一个闺女，嫁过来的第四年生下一个儿子。母亲“儿女双全”的许愿灵验了。

一个女人跟着一个男人过日子，就像两个人一起走山路，有高峰，有低谷，有富足，有贫困。男人是家里的一根顶梁柱，家里家外遇见难心事，水根娘总是靠一边。白天水根娘忙一忙地里的农活，忙一忙家里的家务，夜晚水根娘躺进男人的怀里呼呼一觉睡到大天亮。

男人说，你这个女人怎么就没个发愁的时候呢？

水根娘说，你说我愁个什么呢？

水根娘觉得自己是个容易满足的女人，同时又确实是一个十分富足的女人。

说起来，日子又像门前泡桐树上的叶子，绿过黄，黄过落，一年过去；绿过黄，黄过落，又一年过去。闺女长大，找着一个合意的男人嫁过去；儿子长大，找着一个合意的女人娶过来。闺女找的婆家是集上人，嫁过去，闺女、女婿就在集上开店做生意，日子一年年愈过愈红火。儿子找的媳妇是镇上人，老丈人在乡政府是个烧锅的，莫看一个伙夫不起眼，交往人杂七杂八广得很。儿子在伙夫的点拨下在村头淮河边平整出一块大场地开沙场、开煤场，日子一年年也是愈过愈红火。村人夸奖水根娘生出这么一对有能耐的儿女，水根娘脸上笑一笑，心里明白这都是沾四顶奶奶的光。

这一年，水根娘连续遇见三件事，一颗心不安了。

头一件事，是水根娘很偶然地从电视上看见的。电视上说，有条街上的一家店面半夜进去两个贼，店里睡着一个老太太，两个贼拿刀逼着老太太交出店里的钱。老太太说，店是儿子的，自己不知道钱放在什么地方。两个贼说老太太不说实话，砍老太太两刀，还把店里值钱的东西掠光了。说起来，这事算不上什么大事情，电视上每天都有，水根娘要是马虎就马虎过去了。问题是水根娘没有马虎，她看见电视上的一条街像闺女开店的那条街，一个店也像闺女开的那个店，甚至连受伤住进医院的老太太都像闺女的婆婆。

隔天一大早，水根娘就去闺女家。闺女家的店面好好的，什么事也没出。水根娘的一颗心还是放不下，一些话不好直接说，拐弯跟闺女说，店里晚上不要睡人了。闺女觉得母亲今天不同往常，怪里怪气的。闺女说，店里都是货，不看着怎么办？水根娘说，不许你晚上把店里的货运回家？闺女说，这么多的货搬来搬去的还做谁家的生意？店里货多，搬运起来不方便，货物不搬走，看店不安全，水根娘一时半会也想不出一个好主意。闺女问，娘，你一大早的到底有个什么事情呀？水根娘说，没有事，就是想来看看你们。

水根娘没在闺女家吃晌午饭，早早回来家。

第二件事，是水根娘听邻居说的。邻居说的是邻村里的一件事。有一户生意人家做生意发了财，却得罪起另一帮子人。这帮子人在生意人家的儿子上学路上，劫持了他，问生意人家索要好多钱，不给就说杀死孩子。邻村这户做生意人家，水根娘认得，这家的男人跟自己的儿子差不多大，这家人的儿子也跟自己的孙子差不多大。这一回水根娘没能隔一夜，上午听说这件事，下午就去看孙子。儿子做生意手里有点钱，在镇子里买一套楼房，儿媳在镇子里上班，孙子在镇子里上学，水根娘想见孙子就要专门往镇子里跑。儿媳上班没时间接送孙子，孙子上学、放学自己去、自己回。这正是水根娘不放心的地方。儿子整天忙着生意不沾家，水根娘就去找儿媳。

水根娘说，你莫在镇子里上班了。

儿媳说，我不上班在家干什么？

水根娘说，专门接送我孙子上学下学呀。

儿媳说，学校不远，孩子又这么大了，要我接送什么呀？

水根娘说，还是接一接好，还是送一送好。

水根娘说这话，自己都觉得没有说服力，儿媳当然不会照办的。

第三件事，是发生在家里边。年根前，村子重新选举村委会主任——村人依旧说选村主任。儿子原本没打算参与，德心半路里插进来，逼得儿子没有退路。德心这些年一直在部队上混着，当兵期满不回村，转成志愿兵继续待在部队里，前后十年，去年回村安插在村委会当会计。一年间德心人坐在村委会里，心思却一直在村头淮河边的沙场、煤场上。沙场、煤场是水根找大铲车平整出来的不假，可毕竟是在村里集体的地盘上。这些年，水根每年上缴村里的管理费也多是象征性的。德心说，村里的沙场、煤场应该招标，谁出的钱多谁承包。猛一听，德心说话蛮横，细一想说得又在理。只是村干部没人愿意出头得罪水根罢了。要是德心当上村主任的话，水根的沙场、煤场还能干安吗？水根唯一的办法就是跟德心去争抢村主任的位置。

怎样去争抢？关键是拉选票。

德心在村子里摆几桌席，一家一户把村里人家请一遍。

水根在镇子里摆几桌席，一家一户把村里人家请一遍。

德心请村人吃一顿，一人发一条孬烟。

水根请村人吃一顿，一人发一条好烟。

德心花的是他从部队复员的钱。

水根花的是他从沙场、煤场挣回来的钱。

两个人都是不把钱当作钱，流水一般比起来。

儿子争着去当村主任，水根娘嘴上说不出什么反对的理由，心里是有看法的。至少儿子做事太张扬、太逞强。说来说去还不是为着往口袋里多挣钱，说来说去还不是为着口袋里有几个钱烧的。男人平常蔫头蔫脑的，在这件事情上，倒是显得很起劲，村东村西好多人家是他上门联络的。男人说，儿子做事心里有这么一份心劲，我们干吗要破他的。儿媳更是丢下镇里的工作，每天回村子里。村头有一段路很差，一下雨稀泥多深。儿媳指挥几辆车把沙子运过去，把石子运过去。儿媳从村里喊人把这段村路垫起来，喊人不是白喊，手里拿着一沓五十块钱钞票，喊一个村人，递一张钞票。儿媳喊人专门喊老年人，说在家闲着也闲着，去村头活动活动胳膊腿，一小会就干完了。在选举这件事上，村里老年人影响最大，他们有的是时间，在村里说来道去。好的能说得更好，坏的能说得更坏。儿媳名义上是修路，实际上是花钱买人家的"好"。

临选举的这一天，德心把左右村子里的几十个战友都喊过来坐镇助威。水根一点不含糊，从生意场上找几十个小痞子，棍子呀刀子呀拿手里。

水根娘在家里待不住，提出去镇子上儿子的家里看家、带孙子。俗话说，眼不见为净。水根娘不在家，一颗心还是安静不了。水根娘心里念叨四顶奶奶的名字说，我家水根选上选不上村主任倒在其次，最要紧的是不要做出伤天害理的坏事情。

最终儿子选上村主任，德心没能选上。德心没能选上村主任，没有大动干戈，他想保住村里会计的位置，反过来讨好儿子。儿子总结说，德心怎么没选上，那是他没我花钱多。

男人、儿子、儿媳三个人心里都一片乐呵呵的。水根娘的心里却一片酸楚楚的。

5

三月初一这一天，水根娘是坐水根的车子过来的。

一大早，水根急等着赶到乡里开干部会，说，娘，你上我的车，我把你送到山下面。水根手上有一辆客货两用车，前面两排座位能坐四个人，后面一个车斗能装两吨货，到哪里、办什么事都是自己开着车。水根娘坐在水根的车子上，"日轮、日轮"不到半个多小时来到山下面。山脚下是一条东西路，水根把车子从东边的方向开过来，停靠在路北边，北边不远处就是一座座没有睡醒的山。

水根问娘，你下山是自己回家，还是候着我开过会来接你？

水根说这话是一副没根没底的样子。一是不知道开会开到几点钟，二是不知道开会会遇见哪些人、要办哪些事。水根好像不这么问一问娘，心里过不去。

水根娘看出水根晃里晃悠的一颗心说，你忙你的，我还能不认得家？

南边三里远是县城，更是一片雾气蒙蒙的，猛一看像是整个县城淹没在水里边。水根娘下山回家，先是要走到县城坐客车到乡里，再坐蹦蹦车（三轮车）回村里。离家三十多里地，水根娘单独坐车跑一趟少说也得一个半小时。

水根说，娘，那你下山就自己慢慢回家吧。

水根娘说，我这么早上山，下山回到家还不定能到晌午呢。

水根说着话，眼神往更远处虚瞟着，那更远处、什么也见不着的地方是乡政府所在地。

水根说，娘，那我去开会了。

水根娘摇摆摇摆手说，你去吧。

水根钻进车里，“日轮、日轮”弄出一阵响声，丢下一股蓝烟掉头跑掉了。

水根去乡里用不着经过县城，从这条东西路直接插过去。

来的路上，水根一个劲地问，娘，这么些年没见你上过四顶山，为什么单单今年想上了？

母亲信四顶奶奶，水根从小就知道，从来没见母亲上过四顶山，好奇是有理由的。

水根娘心里说我上四顶山，还不是为你好。水根娘知道自己要是这么一说话，水根肯定会说要是年前你上山求四顶奶奶是为我能够当上村委会主任，现在我选上了你还上四顶山干什么？水根娘在心里回答说你要是选不上我就不上山了，就是你选上了我才要上山，向四顶奶奶许愿，向四顶奶奶进香。水根肯定会问，这是为个什么理？水根娘在心里说，还不是怕你当上村主任做坏事？

水根娘在心里说的话，嘴上不能说，嘴上说出另外一些话。

水根娘说，年年都想着来，只是年年没有来罢了。

水根问，娘，年年你都想来没有来，今年你想来就来了，肯定是有缘由的。

水根娘说，年年想来没有来，今年想来就来了，这要一个什么缘由呀？

水根说，娘，你不说我也知道是一个什么缘由。

水根娘说，那你就说出来我听听？

水根说，缘由就在我身上。

水根娘心里一惊，心想，儿子已看破她的心机？

水根说，还不是我当上了村委会主任？还不是想让我继续升官发财？

水根正好把话说反掉了，水根娘也就懒得跟儿子说话了。

水根转脸把车子开走，水根娘自己说，我该上山进香了。

人们说上山容易下山难。水根娘三月初一进香的情况正好反过来，要说水根娘上山一个小时的话，水根娘下山半个小时还不到。“咚、咚、咚”，水根娘从山上一口气跑下来。眼见来到山下森林公园的大门处，前面就是一条东西公路了，水根娘才把脚步慢下来，回头望见一片八公山，依旧是云雾缭绕的。水根娘猛然一下想起来，在四顶奶奶面前，忘记磕头，忘记许愿，甚至连一分钱香火钱都没有捐。水根娘的头脑一下大起来，不知道上山进香怎么连最要紧的事都忘记了，不知道究竟是怪怨山下把守森林公园大门的小伙子、山中把守头一道山门的小道士、山顶推销喜幛的老道士，还是自己原本就没尽心。

是世道不安，还是自己不安。

水根娘想回返山上，嘴丫苦笑一下，是不可能的了。

就是这时候，水根娘看见前面路上有一条小狗，一点一点从东往西爬着，两条后腿软绵绵地拖在地上，显然受伤断掉了。小狗原本是没有声息的，看见水根娘，停下爬，“呜呜咽咽”地叫起来。水根娘心里一动，走近小狗。小狗身上流着血，血沾着灰，已经看不出是一条什么颜色的小狗。水根娘走过去，也是一件没办法的事情。小狗“呜呜咽咽”的声音更大了，两只狗眼充满哀怜，充满祈求。水根娘一下想起什么，走进森林公园的大门旁边的房屋。

水根娘问，小伙子，路上有一条受伤的小狗，你知道吗？

小伙子说，在路上叫了老半天，爬了老半天。

水根娘问，是被车子轧伤的吗？

小伙子说，这我说不准，大概差不多吧。

水根娘问，是我清早上山的那一会吗？

小伙子说，这我说不准，大概差不多吧。

水根娘说，是一辆蓝色的小货车吗？

水根娘清早就是坐儿子的一辆蓝色小货车过来的。兴许是儿子回头的车子轧上的呢。

小伙子说，这我说不准，大概差不多吧。

水根娘说，你说什么怎么都是大概差不多呢？

小伙子说，你问的都不关我的事，我不说差不多说什么？

南天门的小道士走下山。小道士脱去道袍，换上一身常人的衣服，就不像是一个道士了。

小伙子说，你进县城呀？

小道士说，我去县城热闹热闹，在山上憋闷死我啦！

小道士看见水根娘问，这位施主怎么下山这么快呀？

水根娘说，我下山你没看见？

小道士说，我只看上山人，不看下山人。

水根娘问小道士，县城里有专门给狗治病的医院吧？

水根娘听说乡里有一家，县城不会没有的。

小道士问，你问这做什么？

小伙子说，人家这位好心的施主想让你把狗带去看一看。

受伤的小狗就在几步远的地方，小道士没看见。

水根娘说，钱我出。

水根娘把口袋里的钱全部掏出来。

小道士看一看奄奄一息的小狗，看一看水根娘手里的钞票，害怕似的一扭头走远了，说我才不管这些闲事呢。

水根娘手里钱不收回，眼睛看着小伙子。

小伙子说，这件事我也不去做，我还要把守着森林公园呢。

水根娘说，你俩不愿意送小狗去医院，我自己送。

水根娘弯腰伸手抱起这条小狗说，我们回家。

小狗“呜呜咽咽”地在水根娘的怀里簌簌地发抖。

水根娘一步一步走开了。

水根娘没有去县城，沿着这条路一直往东走，她想先去乡里，把小狗送到专门给狗看病的医院里，给小狗接上断掉的两条后腿，然后抱着小狗一起回家。水根娘说，我一定要把小狗救活。水根娘觉得这一善举是四顶奶奶指使的——忘记跪拜、忘记许愿、忘记捐钱，目的就是早早下山搭救这条小狗。水根娘这么一想心里透亮了，踏实了。

2007 年 5 月 8 日—13 日　江陈

桃花朵朵开

一

一夜醒来，院子里的一棵桃树开花了，不算多，五六朵的样子，羞羞答答地躲藏在枝叶间，粉红的花朵点缀在一抹绿色中间，一跳一跳的，像是一个个耀动着的光斑。是农历二月底、三月初的日子，风吹在身上还有那么一丝冷飕飕的寒意，按道理说不该是桃树开花的时辰呀。长生娘心里想，莫不自个又看走了眼？长生娘刚过五十岁，满头白发、满脸皱纹、两眼干枯，经常能看见现实中并不存在的东西。在一片晴朗的天空里，别人看不见天空中有人的影子，她却能看得见。她常常跟村人说，你们看我家的长生在天上飞着呢。在淮河边上也一样，别人看不见河水里有一条像人的鱼，她却说，我家的长生在河里游着呢。这一次，她往桃树跟前欺一欺，揉一揉眼睛，凝住眼神，桃树上的桃花一下子变得不止七八朵，有十几朵、二十朵那么多。长生娘转眼往屋里喊男人，长生大，你快过来看桃花，我家院子里的桃树开花了。长生大迈着小碎步子从屋里走出来说，你喊什么喊，我早饭还没烧好呢。长生大比长生娘大两岁，也是满头白发，满脸皱纹，两眼干枯。不过他的头脑却时刻清醒着，他时常警告自己说，我老婆的头脑能乱，我的头脑不能乱，要是我的头脑一乱，我老婆就废掉了，这个家就废掉了。长生大顺着长生娘的手指往桃树上瞧看，桃树叶子稀稀落落地还没伸展开来呢，哪里会有桃花开？长生大眼睛看不见桃花，嘴里却惊奇得不得了。

长生大说，桃花还真的开了呢，一朵一朵地开得这么大、这么艳。

长生娘“扑哧”一笑说，你又在骗我，桃花今天早上才开花，花瓣还蜷着呢，哪里会开得大、开得艳？

长生大的一张老脸不好意思地红起来说，你这个女人真会较真，我这不是顺着你的话茬往下说的嘛。

长生娘说，你说我较真我就较真，你跟我说一句实话，桃花开得到底大不大、艳不艳？

长生大慌忙改口说，桃花开得不算大，也不算艳。

长生娘说，你这个男人现在是越来越会骗人了。

长生大无奈地摇摇头。

早饭后长生娘开始收拾帆布包。长生大一看长生娘这样子，知道今天上午又不能下地干活了，又得陪着她外出去找长生了。长生娘经常出去找长生，一出村子找长生就要收拾帆布包，吃的穿的都带着，一副要出远门好多天的样子。长生大赶忙拦着说，你不是说长生在天上飞着吗？你不是说长生在水里游着吗？你说我俩找长生还去哪里能找着？长生娘说，谁说我去找长生呀？长生大问，你不找长生收拾帆布包干什么？长生娘说，我去找桃花。长生大愣一愣神问，桃花是谁呀？长生娘说，看你记性坏得，连桃花都忘记啦？长生大想一想，还是不知道桃花到底是哪一个。长生娘说，你真忘记啦，我来跟你说，她是我家的儿媳妇呀！

二

长生大记起来，长生活着的时候确实说过一个名叫桃花的女孩子。

那是去年农历六月里的一天。伏心天，知了在房前屋后的柳树上“知了、知了”使劲地叫。淮河岸边的人家喜欢栽柳树，淮河岸边的土地喜欢长柳树。热夏天，柳树的枝叶一蓬一蓬长起来，能遮挡得房屋都不见。挨傍晚，长生穿过一地斜长的柳荫回家来，一身汗津津的，一脸乐喜喜的，像是从小煤窑捡回一块狗头金。长生跟他娘说有个名叫桃花的女孩子看上了他，让他娘他大明天一块去长长眼。长生是个一条腿有残疾的孩子，二十好几岁了，没有对象，他娘他大为这事已经着急好多年。长生自己好像不着急，跟他大他娘说，早呢，我还不到三十岁。长生娘说，你跟别的孩子不一样，腿脚有毛病，早早地对上象，早早地成个家，娘的心就安了。长生大心里着急，嘴上不说长生，说长生娘，说你急、你急，人家姑娘就急上门来啦？长生说，我好好地下小煤窑，挣着钱，盖上一座两层楼，不愁没姑娘找上门。

长生家住的是三间平房。这三间平房是长生大外出打工积攒钱盖起来的。前后十几、二十年农村变化快，先是草房变瓦房，后是瓦房变平房，近两年是平房变楼房。——这是一种风气，前后村庄传播起来速度很快。要是你家有快要成亲的儿子，不赶上这么一股潮流，就没有姑娘会上你家门。这些年长生大一直在外面盖楼房，心想赶儿子长大以前肯定能把楼房盖起来，不耽误给长生娶媳妇。长生一条腿残疾，家里盖瓦房、盖平房在村子里都是领先的。为长生早早地盖起一座两层楼房，是长生大的责任与义务。哪知道自家的楼房没有盖起来，长生大却从干活的楼房上摔下来，摔坏腰，回家来。这一年，长生初中毕业，成绩差，不想上高中，将来没办法考大学。长生说，我外出去打工，我自己挣钱盖大楼。长生大长叹一口气说，外面的钱哪有这么好挣的。长生大说的不会错。长生文化浅，手上没能耐，不能干技术活；一条腿有残疾，走路不便当，干粗壮活也受限制。长生在外面闯荡好多年，连自己的一张嘴都顾不住。长生没办法回家来下小煤窑，熟人托熟人,好说歹说,矿主算是收下来。小煤窑离家不算远,隔着一条淮河,一南一北,三十多里路。这里开着好多国家的大煤矿,也开着不少私人小煤窑。在大煤矿下井危险性大,在小煤窑下井危险性更大。经常地能听见这里那里出事故。去小煤窑下井的都是有各种原因的人,都是一些没办法的人。长生的想法很简单,下几年小煤窑,挣够盖楼房的钱,挣够娶老婆的钱,再做其他事。下面三间、上面两间一共五间楼房盖起来要得好几万块钱。钢筋涨价,砖头涨价,水泥涨价,人工涨价,长生下小煤窑积攒下来的钱距离这个数字没有接近,反倒越来越远了。亲家、邻家倒是很热心,盯着长生的一条残疾腿,一趟一趟往这里跑,说东村的姑娘,人家不同意,说西村的姑娘,人家还是不同意。家有楼房是钓鱼的鱼饵,缺少鱼饵,任你睁着眼钓鱼、闭着眼钓鱼,都休想有鱼咬上钩。长生娘的白头发愈来愈多,这是愁的;长生大的腰身愈来愈勾,这是愧的。盖楼房原本是长生大的责任,责任卸给长生,拖着一条残疾腿的长生也承担不起来呀。说起来,长生是个要强的孩子,也是个孝顺的孩子,一天一天在小煤窑下死力气地干活。长生心里怎么去想,长生娘长生大看不透,长生嘴上却说,盖楼房的事不用你们发愁,娶媳妇的事也不用你们操心。

桃花在小煤窑附近的一家小饭店上班。

长生娘一连串问长生,你快跟娘说一说,这个女孩子长个什么样子,个头高不高,脸盘子白不白,眼睛大不大,岁数比你大还是比你小,是哪个地方人?

长生说,个头比娘高一点,脸盘子比娘白一点,眼睛比娘大一点,岁数比我小五岁,是淮阳那边人。

淮阳的人家穷、苦,那里的女孩子长大喜欢往这边跑,喜欢在这边找婆家。

长生娘的脸上一下开满花。

长生大心里产生疑问,小心翼翼地问,莫不是这个女孩子的哪个地方有毛病？

长生说，大娘你们俩放心，人家长得可周全着呢。

长生大说，那我问问你，人家女孩子凭什么看上你？

长生说，我经常去小饭馆吃饭，一来二去的我俩就熟悉了，一来二去的我俩就好上了。

长生娘不喜欢长生大瞎问话，说长生大，你倒跟我说一说，当年我怎么会看上你？

长生说，是丑是俊，你俩明天去看一看不就知道了？

三

长生大、长生娘就去淮河南边找桃花。

以往他俩一起出家门，总是长生娘空手走在前面，长生大提着帆布包跟在后面。不是说长生娘非要找着长生，非要找个三天五日的才肯罢休，经常地两人一起走出家门绕上一大圈子，做一做样子，走一走形式，就回家来。比如去东庄，象征性地找一找，问几个村人，村人说我们村没见着长生，长生大就说那我俩回家明天去西庄找吧。长生娘点头说，我俩回家明天去西庄找。说明天去西庄找长生，不一定就明天，隔上三天五日的，或许是十天八日的，长生娘想起来，收拾收拾帆布包，两人才一起去西庄。西庄有一个很大的农贸集市，人来人往的，买呀卖呀的，嘈杂得很。在这么一种环境里，长生娘的注意力很容易分散开，很快忘记找长生这件事，转一转，溜一溜，回家来。回来的路上，长生娘若有所思地问长生大，我俩今天出来是做什么事？长生大不敢提找长生这件事，回答说我俩来赶集。长生娘看见长生大手里提着帆布包，疑疑惑惑地问，你提着帆布包干什么？长生大说，这是赶集买的东西呀。长生娘说，你打开包我来看一看。帆布包里塞着一件褂子、一条裤子、一条洗脸毛巾、几块馍馍，还有一只吃饭的瓷碗、一双吃饭的筷子。长生娘生气地质问长生大，这些东西都是我家的，你怎么能说是赶集买的呢？长生娘的眼睛直愣愣地看着长生大，长生大低下头，躲避开长生娘的眼神，不知道怎么回答话。

长生娘说，你就不能跟我说一句实话吗？

长生大说，我能跟你说实话吗？

长生娘说，那你肚子里的实话准备跟谁去说呢？

长生大眼泪汪汪地说，我自己跟我自己说。

长生娘一下笑起来说，你看你这副熊样子，像是天天受我气似的。

长生大心里委屈，有话不能说，心想说来说去，怎么还是我做人有问题了呢？

长生娘说，我算是把你看透了，一天不骗我，你一天不能过日子。

这一次，长生娘有点跟往常不一样，过淮河就不愿走在前面了。长生娘要长生大在前面带路，说去小饭店的路她不熟。长生大一听，就想着不去算了。去小饭店不像去东庄、西庄，几里路远，一磨屁股回家来。小饭店有三十多里路，一来一回，少说得要大半天。长生大跟长生娘说，去小饭店的路，你不熟我也不熟，干脆我俩回家吧？长生娘不同意说，不熟你不能问别人呀？又说，问路总不能要我一个妇道人家去问吧？长生大还是不想去，说去那里见着人家桃花怎么说话呢？长生娘说，见着桃花就该我问话，不用你操心。长生大依旧不想去，说那一次长生带着我俩去小饭店不都没见着桃花吗？长生娘说，你说这话的意思是，长生也在欺骗我？根本就没有一个名叫桃花的女孩子？长生大不敢接话茬子，这个话题不好往下说，也不能往下说。长生娘摇头说，我了解我家长生，他长相像你，秉性不像你，不会跟你一样指望骗人过日子。

那一次，长生领着他大、他娘去小饭店，一头扑个空。长生跟他俩说，不巧得很，桃花今天回老家有急事去了。长生娘一颗想见桃花的心浇上一盆冷水，“哧啦哧啦”地凉下来。长生娘埋怨长生说，你怎么不事先跟桃花打一声招呼呢？长生一脸不好意思地说，八字还没一撇的事，我怎么跟人家说呀？长生是个见着女孩子就脸红的人，听他这么一解释，长生娘相信，长生大不相信，心里“咯噔”猛一响，心里一连冒出两个疑问。莫不小饭店根本就没有桃花这个女孩子？莫不长生说这件事原本就是欺骗我俩的？长生这么做的目的，就是不想让他娘一天一天愁得白了头发，就是不想让自己一天一天愧得勾着腰身。长生大在心里说，长生，你个糊涂的孩子呀！俗话说纸包不住火，你能骗我俩一时，还能骗我俩一世吗？

长生大真想弄清楚这件事也很简单，随便打一个弯岔，背着长生、背着长生娘去找小饭店里的人问一声有没有桃花这个女孩子，就会一清二楚的。长生大没有这么做，是想给长生娘留一个念想，也给自己留一个念想，说不定长生下一回真就在小饭店找着一个名叫桃花的女孩子呢。

晌午饭就在小饭店吃的。菜是长生点的，钱是长生出的。长生热情地劝他娘多吃一点饭菜，下午回去好有劲赶路。长生娘说，要是我能见着桃花，就是喝一口凉水也能一路跑着回家。长生尴尬地说，下回不用你再跑路，我带着桃花一块去看你。长生娘说，真有那一天我就是死也能合眼了。

长生大吃饭不用长生让，像是个饿死鬼，就着菜，一连气吃下两大碗米饭。长生大说，长生娘，这些饭菜都是长生花过钱的，不吃也浪费掉。又说，下回不用长生领路，我带着你一块来看桃花。

四

从村子到小煤窑，三十多里路，要分四段子路走，过淮河走五里路到镇子上，从镇子上坐车十里路到一条省道下车，转车十余里路到一座大煤矿，再走五里路才能来到小煤窑。

是个晴天，太阳一点一点升，天气一点一点暖。麦子地里的麦子一片郁郁葱葱的，一副竞相蹿长的模样。有风吹过来，一涌一涌的，一浪一浪的，附着在叶子上的太阳光斑闪闪烁烁的、叮叮当当的。油菜蹿长得更旺盛，好像憋屈整个冬天，现在想赶快地拔节，赶快地开花。长生家拢共四亩地：三亩种麦子，一亩种油菜。眼下麦子要施肥，油菜要除草。长生娘整天缠着长生大东庄、西庄找长生，长生大抽不出来手，农活扔在地里一样没有做。长生娘比庄稼重要，庄稼活扔在地里就暂时扔在地里吧。

长生大前面走，长生娘后面跟。不远处出现一大片黑乎乎的地方，长生大放慢脚，跟长生娘说，小煤窑到了。长生娘说，我知道，你心想我真不知道小煤窑的路怎么走呢？一抹阳光明亮亮地照在长生娘的脸上，长生大看见长生娘的眼睛骨碌转动一下子，又骨碌转动一下子。长生大心里也像照进一抹阳光，猛然地感觉温暖——长生娘的眼睛像是生了锈，半年没有转动了。长生大问长生娘，你知道小煤窑的路怎么走还让我带路？长生娘说，我试一试你是不是真心找桃花。

长生娘是半年前傻掉的，听到长生在小煤窑出事的那一刻，一口气没有缓过来，背过气去，醒来后就跟原先不一样了。小煤窑出事就出长生一个人。临下班，采掘面撤开人，放炮炸煤垛。轰隆一声巨响，别人都出来，单独落下了长生。矿井下黑咕隆咚的，长生怎么落下的，没人能够说清楚。矿主说的话很难听，你不想活，去拱汽车，去投淮河，也不能害我呀。小煤窑出人命，要停产整顿，要赔付伤亡费用，更主要的是整个掌子面就报废掉。一个死过人的掌子面谁愿意在那里干活呢？煤矿上有一种说法，在矿井下死的人，灵魂是很难出来的。矿井有几百米深，七弯八拐的，一个丢在下面的灵魂哪能找见出口出来呢？长生娘疯疯傻傻的，处理事故的担子就落在长生大一个人身上。长生大思前想后的，想不明白长生不想活着的理由。长生大承认长生活得有这样那样的不如意：家庭不如别人——是一个穷家；自身不如别人——是一个瘸腿;快三十岁没有对象——是一个光棍。可这些都不是不能活着的理由呀。长生大一想就想到前些日子来看桃花的那件事。长生大去找开小饭店的,想问清楚到底有没有桃花这个女孩子。老板长着一双鱼泡眼,说饭店是我家开的,我家人手都用不掉呢!哪里会雇一个淮阳的名叫桃花的女孩子?长生大看见小饭店忙着的几个人都长着同样的一双鱼泡眼,有个没长鱼泡眼的女人,怕是开饭店的老板娘。长生的死跟一个并不存在的、名叫桃花的女孩子有没有关联呢?

晌午时分,长生大领着长生娘来到小煤窑,直接走进小饭店。鱼泡眼老板认识长生大、长生娘,问,你们俩今天来看儿子呀?小饭店方圆开着好多家小煤窑,一家小煤窑平均出事故死掉两个人,合在一起也是一个大数目。矿井下死人,灵魂出不来,不能回家,经常地有家人来小煤窑烧纸祭奠。长生娘说,我们今天不看儿子,是来看桃花。桃花是谁?谁是桃花?鱼泡眼稀里糊涂的。长生大说,长生娘,这件事哪能瞎嚷嚷?我来跟老板单独说。长生大就把鱼泡眼拉到一边去,小声地说出这件事的前因后果,重点吩咐鱼泡眼千万不能说"小饭店从来就没有一个名叫桃花的女孩子"这么一个事实。

长生大回过头来跟长生娘说,桃花回老家去了。

长生娘很失望地问,怎么又是回老家去呢?该不会从来就没有桃花这个女孩子吧?

鱼泡眼赶忙说,有、有、有,桃花回老家结婚了。

长生娘问小老板,听你这么一说,桃花结婚就不会回来了?

长生大害怕鱼泡眼说岔话,接过话茬说,看样子是不会回来了。

鱼泡眼语气顺着长生大肯定地说,是不回来了。

长生娘自言自语地说,不知道桃花会嫁个什么样的人家呢?

长生大说,像桃花这么排场(漂亮)的一个女孩子,会找上一门好婆家的。

鱼泡眼说，桃花命好，找上一户在镇子上做生意的人家，生意买卖比我这个小饭店强十倍强百倍。

长生娘带着一副满意的口气说，这样就好，我俩回家吧。

五

半个月过后，院子里的这棵桃树才真正开满桃花。一朵六片粉红的花瓣，点缀着黄色的花心，招引来蜜蜂，招引来蝴蝶，一片蜂飞蝶舞的热闹。这些日子，长生娘反倒安安静静地待在家里，一次家门没有出，整天在家里赶着针线活。长生娘找出好多块大大小小的布头，裁剪出一件小褂子缝制好，裁剪出一件小裤子缝制好，裁剪出一顶小帽子缝制好，裁剪出一双小袜子缝制好，花花绿绿的，一连气缝制好十几样。长生大看不明白长生娘做的事，问这是干什么呀？长生娘神秘地说，我现在不想跟你说。

长生大跟长生娘相识在一片桃园里。桃园是农场栽种的，在村子东边六里地。农场种着上百亩盘桃新品种，每年春天开花的时辰，需要雇人帮着桃树人工传授花粉。说来简单，就是站在一只板凳上，手里拿一把小刷子，挨个桃花刷一刷、挠一挠。农场按天付钱，四周闲下来的村人都去帮忙。长生娘跟长生大不在同一个村子，以前不认识。前后十天传授花粉的时间里，两人好上了。起初长生大注意长生娘的就是她干起活来的一股灵巧劲。长生娘左手扶着树枝，右手上的一把小刷子“唰啦、唰啦”地舞动起来比蜜蜂振动翅膀还要快。反过头来呢，长生娘注意长生大的就是他干起活来的一股笨拙劲。长生大长着一双粗壮的大手，干起活来慢腾腾的不说，还有点顾上不顾下，他的两眼只顾盯着树上的一朵朵桃花，干着干着活，脚下一不留意，一下子就站空了，“呼嗵”一声就从板凳上摔下来。别人也有不小心从板凳上摔下来的，绝不会像长生大自始至终这么频繁。开头是这样，几天适应下来还这样。板凳不高，土地松软，从板凳上摔下来不会摔个怎么样。长生大要是从板凳上摔下来，爬起来的速度比摔下来的速度似乎还要快，“呼”一下就爬起来，就站在板凳上。长生大生怕别人看见，长生娘还是看见了。长生娘想憋住笑没禁住，“扑哧”一声笑出声。长生大闹出一张大红脸，长生娘的一张脸也红起来。

长生娘慌忙赔不是说，我不是有意笑你的。

长生大说，我这人就是笨手笨脚的。

就这么两人说上话，认识了。别的村人收工离开桃园，他俩留下来。天色将黑露明十分，长生大很麻利地睡上长生娘。长生娘说，我看你做这种事一点都不笨手笨脚吗？长生大说，我故意显示蠢笨好勾引你。

长生就是那几天在桃园孕育的。两人很快结婚，隔年没到桃花盛开的时节，长生出世了。长生娘怀长生的时候说，要是赶明生个女孩子，就起名叫桃花。结果长生娘生下一个男孩。长生大说，这孩子就叫长生吧。院子的一棵桃树也是长生出生这一年栽下的。长生三岁学爬树，从树枝上摔下来，崴伤一只脚，心想长一长就会好，哪想到会愈来愈厉害，残疾一条腿。

这里人家喜欢栽桃树，喜欢吃桃子，却不喜欢桃树上开的花。说桃花一瓣一瓣败落的时候，粉白粉白的，有一股死人的丧气。没有人家愿意在院子里栽桃树。长生大跟长生娘说，我不相信这些话，我就要在院子里栽一棵桃树。长生娘跟长生大说，我也不相信这些话，我就喜欢在院子里看桃花。

这半个月里，长生大放心地把长生娘丢在家里做针线活，自己下地去干活。趁着雨天，把催苗肥撒进麦地里；趁着麦地没积水，把地墒沟清理出来；趁着油菜拔节、开花前，把杂草锄出来。

这一天，长生娘做齐针线活，一样一样叠整齐塞进帆布包里。长生大问长生娘，你这是干什么呀？长生娘说，我这是给桃花家的孩子做的小衣服。长生大总算明白长生娘这些天做了一件什么事。长生娘说，我俩去看桃花总得带一点礼物吧，这些小衣服桃花将来生孩子总能用得上。淮阳离这里上百里路远，去那里找桃花可不是一天两天的事。长生大不知道怎么去阻止。长生娘说，我俩今天先去小煤窑。长生大问，我俩去小煤窑干什么呀？长生娘说，我俩不去小饭店问清楚桃花嫁在具体的哪个庄子，去淮阳怎么能找着桃花呢？

一阵风刮进院子里，桃树上的花瓣纷纷飘落下来。长生娘手里提着帆布包站在桃树下面，雪花似的花瓣一片片落在她的头上，她的身上。长生娘慢慢地抬起头，望着桃树，望着桃花，眼珠在眼眶里一动不动。慢慢地长生娘的两眼聚集满眼泪，"哗哗"一声流将出来。长生大心里一惊一喜——这半年来，长生娘的眼睛像是干涸的泉眼，一点潮湿也不见呀。难道长生娘的头脑回缓过来不傻了？突然，长生娘低下头，"呜、呜、呜"地哭起来。

长生娘一边哭着一边说，长生啊你怎么这么狠心说死就死了呀！你撇得你娘你大我俩太苦啦！

看来长生娘是真的不傻了。

长生娘不正常，长生大一说能说好多话。现在长生娘正常了，他反倒一时半刻地连一句话说不出。长生娘哭一哭，停下来，问长生大眼下是什么季节了，又问地里的庄稼活哪些做了，哪些还没有做。而后长生娘丢下手里的帆布包，抓起一把锄头说，走，我俩锄地去。

长生大欣喜地答应一声"哎"，说，我这就陪着你一块下地去。

2008年9月26日—30日　江陈

2009年2月6日 二稿

牙 齿 说 话

书娟害怕见着姑父。姑父是个瘸子,一条腿长,一条腿短,走起路来一瘸一拐的。书娟一见着他,不是觉得姑父在摇晃,而是觉得大地在摇晃,天空在摇晃,自己在摇晃。书娟年岁小,不能分辨眼前的这一现象,只能把一双眼睛睁大了,恐惧地盯着姑父。在书娟的眼里,姑父就是灾星,就是祸水,他一出现,整个世界就失去安宁,失去平衡,颠簸起来,晃动起来。有一次,书娟跟着姑姑走路走得好好的,猛然见着姑父下班回来了,两条腿一晃一软就摔在地上了。姑姑惊慌得不得了,一个劲地问书娟,你怎么啦?书娟不说话,自己也不知道问题出在哪。姑父紧赶几步瘸过来,蹲下身子拉开书娟的裤脚,很内行地说,怕是她的脚脖子出了什么大毛病。

书娟是个六岁的小女孩。这之前,书娟一直跟着在南方的一座大城市打工的爸爸、妈妈。说起来,书娟还是在那座城市出生的呢。在城市里出生的书娟算不上是城市人,不能在那边上学,今年秋天被爸爸、妈妈从那边带回来,跟着姑姑、姑父在老家上小学一年级。爸爸、妈妈原本想让书娟在那边跟着自己一起上学的。那边安徽打工老乡自己办有学校。一连好多年了,农民工的孩子都是进自己办的农民工子弟学校,那边的教育主管部门也是不管不问地默许着。这一年,农民工的学校不允许办了,理由是原先不给农民工孩子上学的城市学校现在允许上了。当地报纸把它当作一件大事,一连宣传好多天,说农民工为这座城市的发展做出了很大贡献，他们的子女理所当然与城市里的孩子有同等的受教育权利。电视上还专门做了一期节目，邀请农民工与社会学者一起座谈这一做法的深刻含义。农民工说，我们为什么离开农村来城市打工？还不是嫌在农村守着两亩地没出息？要是我们做不上城市人，就想让我们的孩子做一个堂堂正正的城市人，现在我们看到了这种希望。社会学者说，农民工子女与城市里的孩子有着同等的受教育权利，这是我们社会的一大进步。从将来社会发展趋势来看，农民工子女注定要成为城市人，这一点是毫无疑问的。这期电视节目，书娟的爸爸、妈妈看了，为自己高兴，更为书娟高兴。妈妈说，我们家的书娟算是赶上了好茬口，书娟在这座城市上小学、中学、大学，赶明在这座城市工作，谁能说书娟还不算这座城市里的人？爸爸高中毕业，平常爱看书看报琢磨事情。他跟书娟妈妈说，在欧美国家，只要你把孩子生在人家的国土上，哪怕就是非法移民的孩子，也照样算是人家国家的人。按照这么一个道理，我们家的书娟从一生下来就该是这座城市里的人，现在城市学校准许我们家书娟进学校上学，只能算是落实政策。

电视上一共五个人，一个女的、四个男的。一个女的是主持人。四个男的，两个农民工、两个社会学者。五个人在电视上一直说呀说呀，说了半个多钟头。至于他们具体说些什么，书娟一句话听不懂，也就没觉得是一桩好事情。

一桩好事情就是一桩好事情。爸爸、妈妈开始从如下两个方面着手准备书娟开学上小学一年级。前一个方面简单一些，爸爸、妈妈替书娟买回两套新衣服、一只新书包。后一个方面复杂一些。爸爸说，书娟，从今天起，你就不能贪玩了，要多数数、多认字，人家城市里的孩子聪明，免得开学在同一个班级里赶不上人家。妈妈说书娟，从今天起，你就得收敛野性子，人家城市里的女孩子个个文静，免得开学在同一个班级里惹人家笑话。

爸爸、妈妈白天忙着打工挣钱，到晚上就把主要精力放在书娟的教育上。爸爸说书娟，数数要从“一”数到“一百”，十以内的加减法要随口答出来，这样你开学上课就能跟上城里的孩子了，这样你就与人家城里的孩子一样聪明了。妈妈说书娟，早晨洗过的脸、洗过的手，到晚上回来我看见你的手、你的脸要还是干净的，就说明你一整天都是干净的，就说明你同人家城里的孩子一样干净了。

书娟是一个听话的孩子。做一个听话的孩子就意味着一整天不能乱动弹、不能乱玩耍。一乱动、一玩耍，手就脏，手脏就容易脸脏。手脏、脸脏，书娟就不像一个城里的孩子了。书娟一整天不动弹、不玩耍，就数数，掰着手指做十以内的加减法。书娟数数的速度很快，一会儿从“一”数到“一百”，倒回头从“一百”数到“一”。书娟数数的时候，一个一个数字就是一只一只鸭子。从“一”数到“一百”，一百只鸭子就从鸭圈里放出来，凫进一大片水塘里。从“一百”数到“一”，一百只鸭子又一只一只从水塘返回鸭圈里。这么一种数数的方法是爸爸教的。爸爸、妈妈就在这座城市的一处郊区水塘旁边帮着人家养鸭子。鸭子是白鸭子，养在鸭圈里像一团团从天空飘落下来的白云，凫在水塘里更像一团团从天空飘落下来的白云。

书娟口算加减法的方法依旧是把一个一个数字看作是一只一只鸭子。这也是爸爸教的。譬如说三加二，就是鸭圈里原本有三只鸭子，又买来两只鸭子，问鸭圈里现在一共有几只鸭子？书娟右手掰着左手一加，就把左手的五个手指头全部加进去。又譬如说五减二，就是鸭圈里原本有五只鸭子，卖出去两只，问鸭圈里现在还剩下几只鸭子？书娟的左右手一齐放下来，问爸爸，怎么刚买回来的鸭子又卖出去了呢？爸爸笑着说，这是打比方，哪来的鸭子呢？“扑棱”一声，书娟装满一头脑的鸭子跑个精光，一只也没剩。

爸爸、妈妈跟许多安徽老乡住一块。安徽人喜欢这样一聚聚一堆，在农村老家同一个村庄里的人住一块，去那边打工同一个村庄里的人还是住一块，像是一个个流动过去的村庄。爸爸、妈妈每天上班是早出晚归，书娟一个人待在家里，晌午饿了就吃爸爸、妈妈留在电饭锅里的饭菜。一天一天书娟不乱动弹、不乱玩耍，只做这么三样子事：数鸭子（数数）、买鸭子（做加法）、卖鸭子（做减法），到晚上一双手伸到妈妈面前是干净的，一张脸呈到妈妈面前是干净的。妈妈很满意，说我们家的书娟文文静静的，真像一个城里的孩子了。爸爸说，过几天就带你报名上学了。

书娟在城里上学的岔子出在学校的选择上。

书娟家附近就有一所城里小学。这所学校的教学大楼是新的，运动操场也是新的，听说教学质量在方圆左右的小学里算最好的。好多城里家远的人家都托关系走后门把孩子送到这里。书娟的爸爸、妈妈说，我们家就住这，不需要托关系，不需要走后门。开学前，爸爸、妈妈带着书娟去看好多趟学校，就差开学报名了。临近开学前一天，教育部门专门来人通知说，农民工的孩子，上小学的仍旧去原先的农民工小学上学，上初中的仍旧去原先的农民工初中学校上初中。理由是，这么多农民工的孩子一下分流到各个学校有困难。教育部门的人向农民工保证两条：一条是我们保证按照国家有关规定免除九年义务教育阶段的学杂费，不多收一分钱；另一条是我们保证从各个学校抽调最精干的、最优秀的老师来农民工学校教学，确保教学质量。

书娟的爸爸妈妈傻眼了。说来说去，农民工的孩子还是跟城里人家的孩子不一样。

农民工的孩子上农民工学校，在以前是天经地义的，现在城里人说话不算数，还去上农民工学校，心里感觉就不一样了，像是受到城里人的欺骗。不少农民工不愿把孩子留在这里上学，干脆送回老家去。书娟的爸爸、妈妈商议书娟上学怎么办。书娟的妈妈说，书娟不是城里的孩子，还留在城里干什么？

就这么，书娟糊里糊涂地来到姑姑、姑父家。

姑姑、姑父是两个年过半百的人，一双儿女前两年就已经嫁人、娶妻，各自过各自的了。姑姑、姑父家与书娟的老家村庄挨着村庄，都是一座煤矿城市的郊区。煤矿人像是一群老鼠，打洞钻进地下把煤炭扒出来，地面上的土地也就随着塌陷了。姑姑、姑父家的土地塌陷种不出粮食，靠着姑父下小煤窑扒煤挣钱；书娟家的土地塌陷，爸爸、妈妈种不出粮食，就去远远的南方城市打工。这片方圆左右的村庄里好多人家都外出打工，留下一座座半空着的村庄。书娟的爹爹（这里人把爷爷喊着爹爹）、奶奶、姥姥、姥爷都不在了，姑姑、姑父算是书娟最为亲近的一对亲人。哪知姑父的一条瘸腿带给书娟的是一个摇晃的世界，是一个不能安稳的世界呢。

姑父的一只右脚脖子是下井扒煤砸伤的。这里有国家开采的大型煤矿，亦有乡镇、私人开采的小煤窑。书娟姑父下的就是一座当地乡镇开采的小煤窑。姑父砸伤一只右脚脖子过后还是照样下井扒煤。书娟懵里懵懂的，不能把眼前的一个摇晃的世界跟姑父的一只受伤的右脚脖子联系起来。姑姑、姑父家住平房，时常姑父进出家门不用更换袜子鞋子，书娟也就没机会看清楚姑父的一只受伤的右脚脖子。这一天，姑父休班在家，脱去袜子，趿拉一双拖鞋，高高地挽着衣裤，把一只右脚脖子明亮地暴露出来了。也就是这么一刻，书娟总算明白这个世界摇晃的根源所在了——姑父的一只右脚脖子哪里还像是一只脚脖子，简直就是这个人世间最奇怪的一件东西、最丑陋的一件东西，拧巴着、变形着、狰狞着。书娟害怕地闭上眼睛，又不敢把眼睛真正闭上。姑父的一只残疾脚往东走路，书娟的一双眼睛往东盯着。姑父的一只残疾脚往西走路，书娟的一双眼睛往西盯着。姑父的一只残疾脚朝着自己走过来，书娟的一双眼睛突然睁得开开的，身子微微地颤抖起来。这件事就这么在书娟与姑父两人之间悄无声息地发生着，书娟不说——书娟只知道害怕，想说说不出来，姑父不知道，姑姑也不可能知道。

书娟的一声惊叫是在这天晌午午睡的时候爆发出来的。

晌午午睡，书娟先睡下，姑姑、姑父后睡下。三人睡在同一张大床上，姑姑带着书娟睡一头，姑父单个睡一头。书娟一觉醒来，看见怀里正抱着姑父的一只右脚脖子。书娟的惊恐是可想而知的，一声惊叫过后跑下床，躲进床下面，浑身颤抖着大声哭起来。姑父醒过来，不知怎么一回事。姑姑醒过来，也不知怎么一回事。姑姑抱起书娟，问怎么啦？孩子你这是怎么啦？书娟不说话，一边哭着，一边惊恐地盯着姑父的一只右脚脖子。姑父明白了，脸上呈现出一片尴尬与难堪。姑姑明白了，脸上呈现出一片恼怒与气愤。

姑父不说话。

姑姑避实就虚地说，他是你的亲姑父，你说你有什么好害怕的呢？

书娟害怕看见姑父的一只受过伤的右脚脖子，姑父也不想让书娟或其他人看见自己的一只受过伤的右脚脖子。从这以后，姑父家外家里脚上就一直穿着袜子，严严实实地遮盖着自己的一只受过伤的右脚脖子。

发生这件事情后，姑姑表面上不多说书娟，心里却记着书娟。姑姑不再把书娟看成一个懵懂的孩子，而是把书娟当作一个心眼多的小女人。姑姑说书娟，从今天起，你得多少帮着姑姑干一点家务活，一个姑娘家最要不得的就是身子骨懒。

姑姑不用书娟干重活。

姑姑说书娟，你把屋里的地扫一遍。

姑姑说书娟，你把饭菜往桌子上端一端。

姑姑说书娟，我后背痒，你替姑姑抓一抓。

书娟喜欢扫地。书娟舞动一把小笤帚，玩着似的把屋里地扫一遍。书娟喜欢端饭、端菜。书娟吃着自己亲手端上来的饭菜比往日姑姑端上来的饭菜香。书娟却害怕替姑姑抓痒痒。书娟害怕看见姑姑身上一块块牛皮癣似的老年斑。书娟害怕闻见姑姑身上一股股怎么也洗不干净的酸腐味。

姑姑说书娟，你替我抓痒痒，离我这么远干什么？

姑姑说书娟，你替我抓痒痒，皱着眉头干什么？

姑姑说书娟，我不用你抓痒痒了，你去把吃过饭的几只碗刷一刷。

书娟也喜欢刷碗。碗碰撞碗，碗碰撞锅，锅碰撞碗，叮叮当当，当当叮叮，一片清脆悦耳，书娟喜欢听。

相对书娟来说，姑姑、姑父原本就是两个陌生人。书娟在这么两个陌生人面前一天天很少说话。书娟肚里有话，就自己跟自己说，也盼着爸爸、妈妈打电话过来，把肚里的话跟爸爸、妈妈说。爸爸、妈妈原先是一天一个电话，后来是隔三岔五一个电话，眼下是十天半月也不来一个电话。爸爸、妈妈的电话愈打愈稀、愈打愈少，就这姑姑接电话心里还烦多。姑姑说书娟的爸爸妈妈，好像你们家的书娟在我家吃不饱穿不暖天天受气似的，不放心你们把书娟接回去。

爸爸、妈妈把电话打过来，多在晚上。白天爸爸、妈妈忙上班，没空闲。姑姑家里有固定电话，爸爸、妈妈在那边用杂货店里的公用电话打电话。书娟晚上把睡觉的时间往后拖，等候着爸爸、妈妈来电话。书娟不睡觉，一个劲地写作业。老师要求一个生字写十遍，书娟写二十遍。老师要求做十道算术题，书娟做二十道。多写一倍生字，多做一倍算术题，还是很快做好。书娟做完作业就没有理由不睡觉了。书娟睡在床上，警告自己不要睡着，继续等候爸爸、妈妈来电话。书娟毕竟是一个孩子，头搁枕头一会儿就睡着了。书娟的眼睛一闭一睁，就到第二天早上。书娟起床一边揉着眼睛，一边问姑姑，昨晚我睡觉以后爸爸、妈妈来电话没有？姑姑说，你爸你妈来电话干什么？你在我家有吃有喝的他们有什么不放心？书娟放下心，到了晚上依旧等候着爸爸、妈妈来电话。

爸爸、妈妈总算来电话了。

猛然听见一串“嘀铃铃”电话铃响，书娟一警醒，吓一跳，紧接着心里是一惊一喜的。爸爸、妈妈来电话，跟姑姑、姑父说过话，才能轮着书娟说话。这次电话是妈妈打来的。在电话里，姑姑跟妈妈说起书娟，尽是一些好听话。说书娟，在家里听话懂事、能吃能睡，是一个乖孩子。说书娟，在学校上课用心用功，几个代课老师没有不说好的，更是一个乖学生。妈妈相信不相信姑姑的话，书娟不知道。反正书娟知道姑姑在说谎。实际上，姑姑一次学校没去过，一个老师没见过。

轮着书娟跟妈妈说话。姑姑突然对妈妈说，书娟睡觉了，下回你要是打电话就打早一点。姑姑说完这句话，就把电话"啪嗒"一声挂掉了。姑姑一回头，看见书娟就站在自己身后，一双眼睛大大地睁着，汪满眼泪。姑姑没说话，躲避书娟走开了。倒是姑父走过来安慰书娟说，下回你爸你妈来电话，你再跟他们说话。姑姑说，小孩子家有什么话好说的？说来说去还不是浪费电话钱？书娟汪在眼眶里的泪水滚落地上，洇出好大一摊子。

书娟上学的路旁一排溜站着几个IC卡电话亭，有红色的，有黄色的，有蓝色的，半圆形状的篷顶像是一个个奇形怪状的大蘑菇。书娟看见别人先把一张薄薄的卡片插进去，再拨一组号码，就能跟远方的熟人说话了。书娟没有IC卡，也不知道该拨哪一组号码，可她还是做着一份努力。书娟从作业簿上裁出一张纸片，在上面写着"我要跟爸爸、妈妈说话"几个字。放学路上，书娟选择一个大红色的大蘑菇，就把纸片插进去。书娟急忙摘下电话筒合在耳朵上。话筒里"嘟——嘟——"的一声一声鸣叫，书娟的一颗心猛然地跳起来。拨号码，书娟很有耐心，也很细心，从"0"到"9"挨个地拨，生怕拨错、拨乱。书娟的手指按下最后一个数字"9"，爸爸、妈妈的问话声果真从电话那端传过来。

爸爸、妈妈问，你是书娟吗？

书娟答，我是书娟呀。

爸爸、妈妈问，你在姑姑、姑父家听话吗？

书娟答，我不听话，姑姑、姑父没有夸奖我是一个乖孩子。

爸爸、妈妈问，你在学校上课用心用功吗？

书娟答，我不用功不用心，几个老师也没有夸奖我是一个乖学生。

爸爸、妈妈不再问书娟话。电话筒里“嘟——嘟——”的，像是爸爸、妈妈生气了。

书娟对着话筒说，爸爸、妈妈你们不要不理我呀，爸爸、妈妈我要做一个听姑姑、姑父话的乖孩子，爸爸、妈妈我要做一个上学用功用心的乖学生，爸爸、妈妈我要回家……

书娟的家在哪里？这是一个很复杂的大问题。

爸爸、妈妈说书娟的家在淮河边上的一个村庄里。爸爸、妈妈在南方城市打工好多年了，连过年都很少回去。去年书娟跟着爸爸、妈妈回过一次家。家是三间大瓦房，一个大院子。房屋锁着门，几年没住人，院落里长满蒿草，深得书娟能够在里边藏老猫。爸爸、妈妈带着书娟在家前后过三四天。这几天，爸爸、妈妈主要的事情就是铲除院落里的蒿草。像是只为清除这些陈年的蒿草，爸爸、妈妈才回一趟这个家。可在书娟的心里，她不认为淮河岸边的村庄里的三间大瓦房是自己的家，更不认为姑姑、姑父的家是自己的家。书娟的家在哪里？就在爸爸、妈妈打工住着的地方。那是一间很小的房屋，只够摆放一张床，床上扔着几样书娟的玩具：一只黑鼻子狗熊、一只短尾巴猴子，还有一只“咚、咚、咚”能敲鼓的电动车。书娟来姑姑、姑父家上学，原本是要带着这么几样伙伴的。爸爸、妈妈不让带，跟书娟说，上学就不能贪玩，上课就得一门心思地听课，下课就得一门心思地做作业。

渐渐地，天色一点一点黑下来。书娟两手抓住电话筒还在跟爸爸、妈妈说话。

书娟跟爸爸、妈妈说，我想我的玩具熊。

书娟跟爸爸、妈妈说，我想我的玩具猴。

书娟跟爸爸、妈妈说，我想我的玩具车。

书娟跟爸爸、妈妈说，我——想——回——家——

姑父的一只右脚脖子受过伤，不能吃重，吃重时间长了，发胀、发木、发肿；不能走路，走路时间长了，发胀、发木、发肿；甚至不能站着，站着时间长了，也发胀、发木、发肿。姑父的一只受过伤的右脚脖子发胀、发木、发肿还区分着季节，夏天、秋天脚脖子出汗，轻一点；冬天、春天脚脖子不出汗，狠一点。姑父天天下小煤窑干活，哪天都得吃重，哪天都得走路，哪天都得站着。夏天、秋天姑父的一只受伤的右脚脖子发胀、发木、发肿，想忍就忍过去了。从深秋的某一天开始一直到来年初夏，姑父的一只受伤的右脚脖子发胀、发木、发肿，想忍就忍不过去了。近些天，姑父忙一天回到家，额头就开始疼出一层汗水，一张嘴"吸溜、吸溜"倒凉气，晚上躺床上更是半夜半夜睡不着。姑父说姑姑，明天你去割"铃铛草"吧，我的这只右脚脖子再不洗一洗、淤一淤真是受不了了呀。姑姑说姑父，你再忍一忍吧，过不了几天就是白露，季节不到白露，"铃铛草"药性长不足，洗一洗、淤一淤也不会管多大用。

每年这种时候，姑父对付一只受伤的右脚脖子只有这么一种办法，就是每天晚上临睡觉前在一盆热水里泡一泡、淤一淤。热水里放着一种名叫"铃铛草"的药草。这种药草，村庄四周的土岗上长得多，一长能长一人高，春天一蓬一蓬地开着碎蓝花，秋天一蓬一蓬地结出碎果子，很像一串串小铃铛。说"铃铛草"烧热水能治疗脚伤，是祖辈传下来的土方子。姑父的一只受伤的右脚脖子，每天晚上拿"铃铛草"热水泡一泡、淤一淤，上床睡觉才舒服，就能够睡得着。有一年大年夜，姑姑、姑父一起看中央电视台的春节联欢晚会。其中，黄宏演的一个小品把姑姑看动了心，流出了泪。小品说大年夜里，一个出租车司机的老婆把自己的男人硬是拉进一家洗脚屋，亲自给男人洗脚。女人说男人的一双脚最辛苦，靠这双脚踩油门、踩车闸，一年年才平平安安过来的。眼下大街小巷开着不少家洗脚屋，不知哪有那么多人愿意花钱洗脚。洗脚屋里怎么个洗脚法，姑姑不知道，姑父也没进过。年后天，姑姑瞒着姑父不声不响去了一趟街，想进洗脚屋学技术，她要像黄宏小品里的女人一样，天天晚上替姑父洗脚。小品里的男人一双脚重要，姑父的一双脚比他的更重要。街上排满洗脚屋，一家比一家装潢得漂亮，一家比一家名字起得怪气。有叫某某洗脚城的，有叫某某足疗馆的。有泰式的，有韩式的。姑姑街上转悠一圈，手里捏着五十块钱，一家洗脚屋没敢进去，倒是从街上买回一只深浅适度的天蓝色塑料盆。晚上，姑姑早早抓一把“铃铛草”（“铃铛草”被剪子剪碎装塑料袋收藏着）浸泡在凉水里，待药性泡出来，放炉子上烧开，等候着姑父从小煤窑下班。这一天，姑父一进门就闻见一股“铃铛草”的药香味。往日里，洗脚烧水都是姑父自己弄，有时候图省事，倒一瓶开水，抓一把“铃铛草”连泡带洗。

姑姑说，从今天晚上起，你就是黄宏，我就是黄宏老婆，我来给你洗脚。

姑父说，人家那是演戏，你能当真？

姑姑说，在家黄宏老婆给不给黄宏洗脚，我不知道；在我们家，我给你洗脚。

姑父说，我脚丫子臭。

姑姑说，我不嫌。

姑父说，我脚丫子有脚气。

姑姑说，我不嫌。

姑父说，你说你这是干什么呀？

姑姑说，我就是想给你洗脚。

姑父拗不过姑姑，坐下身。姑姑真把姑父的一只受伤的右脚抓手里，像是抓住一条鱼搓呀揉呀的。姑父感觉姑姑的两只手是那么温柔，又是那么有力。

姑姑说，我开的这家洗脚屋，叫“我男人洗脚屋”，我的客人只有我男人你一个人，我的手法不是泰式的，也不是韩式的，是中式的。

姑父不知道姑姑去大街上考察过一遭，说你怎么会说这些乱七八糟的话？

姑姑说，我只问你好受不好受？

姑父说，老婆给我洗脚哪有不好受的？

姑姑说，好受就好。

从这往后，姑姑天天晚上给姑父洗脚。姑父洗过脚，反过手来就着这盆热水替姑姑洗脚。

姑父说，我开的这家洗脚屋，叫“我老婆洗脚屋”，我的客人只有我老婆你一个人，我的手法不是泰式的，也不是韩式的，是中式的。

两个人一边洗脚，一边看电视，一个一个漫长的夜晚就打发过去了。

姑姑、姑父两人之间的这些隐秘事情，书娟哪里会知道？就是书娟知道，又哪里能理解？

白露是个特殊的节气。白露一到，大地上生长着的万物就停止生长。庄稼开始成熟，树木开始落叶，野草开始枯死。

白露这天正好赶着书娟不上课。晌午吃过饭，姑姑说书娟，下午你跟我一起去割“铃铛草”。姑姑手里拿一把镰刀、一根绳子，就领着书娟出门了。姑姑家住这座煤城的城乡接合处，往南走一走就是城市，往北走一走就是农村。姑姑领着书娟往北走，一直走到淮河边上的一片土岗上。这里长着许多人把高的“铃铛草”。姑姑铺开绳子，就一把一把割“铃铛草”。书娟没事做，看土岗四周的一片片深秋天的风景，看淮河里东来西往的一只只流动的船只。书娟家的村庄就在这片土岗的西边。村庄里的房屋在阳光下显得很破旧，像是秋风里一只只畏畏缩缩的秋鸡。去年回去的时候，爸爸也领着书娟站在村庄北面的一片土岗上，看远处淮河里的水，看近处水塘里的水。淮河里空空荡荡的没有一只鸭子，水塘里空空荡荡的也没有一只鸭子。书娟像是能看出爸爸的心事，问我们家这边的水里怎么不养鸭子呢？爸爸长叹一口气说，我们家这边的水里能养鸭子，只是养出的鸭子卖不出一个好价钱。书娟还是问爸爸，为什么那边水里养的鸭子就能卖出一个好价钱呢？爸爸说，这边的地方和那边的地方不一样，这边的鸭子和那边的鸭子也就不一样。

书娟问出一个不该孩子问的问题，问出一个相对孩子来说太深奥的问题。爸爸的回话，书娟当然听不明白了。

姑姑也是在这个村庄里长大的。歇息的时候，姑姑跟书娟讲出一种“家”的新概念。这个“家”的新概念更是超出书娟理解能力的。

姑姑说书娟，你不是天天想回家吗？我跟你说你的家在哪里。西边村庄里的家不是你的家，姑姑、姑父的家不是你的家，爸爸、妈妈那里的家也不是你的家。一个女孩子的家在哪里呢？候你长大成人了，嫁到婆家了，生出孩子了，男人、孩子的家才是你的家。

书娟心里想回家，是晚上睡觉说梦话被姑姑听见的。

姑姑有意不把话说破，说书娟呀，你心里想些什么事情，姑姑没有不知道的。

书娟惊吓得一屁股坐在地上更感到姑姑是一个十分可怕的人。

吃过晚饭，刷好锅，姑姑就手把姑父洗脚、淤脚的“铃铛草”热水烧出来。堂屋正中间摆放着一把大椅子，摆放着一只小板凳。姑父坐在大椅子上，姑姑坐在小板凳上，两人中间是一只盛着“铃铛草”热水的天蓝色塑料盆，塑料盆中央搁着一只木墩子。姑父的两只脚伸进“铃铛草”热水里，一并排担在木墩子上。姑姑的两只手伸进“铃铛草”热水里，一边撩水，一边搓揉着姑父的两只脚。书娟在一旁做着作业，耳朵听见的是一阵阵“哗哗啦啦”的水声，鼻子闻见的是一股股“铃铛草”的药味，眼睛看见的是一团团蒸腾的热气。“铃铛草”的热水里好像有大红的颜色。热水里的大红颜色跑姑父脸上，姑父的一张脸就通红起来。“铃铛草”的热水里好像有豆粒般的汗珠。热水里的豆粒般的汗珠跑姑父额上，姑父的额头就生出一串串汗珠子。姑父面对着书娟,姑姑背对着书娟。姑姑额头上有没有汗珠子、脸上有没有大红的颜色,书娟看不见,不知道。

姑姑问,烫不烫脚?

姑父答,正合适。

姑姑问,好受不好受?

姑父答,好受。

姑姑说,好受就好。

姑父说,洗脚、淤脚图的还不就是这个好受劲?

姑姑与姑父两人一边洗着脚一边说着话,书娟一旁里像是听老师上了一节课。不是语文课,不是数学课,是洗脚课,是好受课。渐渐地,书娟的鼻子闻见“铃铛草”的药味淡了,脚丫子的臭味却愈来愈浓了。有一节课这么长时间,姑父的一双脚又洗又淤地才收场。

姑父擦好脚,穿上袜子,穿上鞋子,跟书娟的姑姑说,我俩换一换位子,我给你洗脚。

姑姑拿眼瞟一眼书娟说,我今天不洗脚。

书娟在跟前,姑姑不好意思让姑父洗脚。

姑父说,要不趁着热水你自己洗一洗,也好受好受?

姑姑坐在椅子上,转脸正好与书娟面对面。姑姑不看书娟的一张脸,直直地盯着书娟的一双手。

姑姑说书娟,你过来替姑姑洗脚。

书娟心里一惊,抬眼看姑姑。姑姑的一张脸也是通红的,额头上也汪满一层汗珠子。书娟心里拒绝给姑姑洗脚,嘴上没有说出来。姑姑看见书娟有点迟疑,说,姑姑就是想让你的一双小手替姑姑搓一搓、揉一揉。姑姑脱下鞋子,脱下袜子,把一双脚担在天蓝色塑料盆中央的木墩子上。书娟站着没动。书娟的一张脸也开始通红起来,额头上很快汪出一层细碎的汗珠子。姑姑等候着书娟,说你快一点来呀。书娟只好一步一步朝姑姑面前走过去。书娟走得慢腾腾的,一副心不甘情不愿的样子。姑姑说，我的脚不脏、不臭，你姑父想洗我还不让他洗呢。姑父听见姑姑说这句话，冲姑姑暧昧地笑一笑。姑父在屋里小心翼翼地转圈走路，洗过、淤过的一只右脚脖子更像有毛病了，一点不灵活。书娟坐在姑姑对面的小板凳上，犹犹豫豫地不愿伸手。姑姑催促书娟说，快点替姑姑撩水洗脚呀。书娟的两只手水平着往前伸出去、伸出去。姑姑长长地松出一口气，两只眼睛微微地闭上，呈现出满脸幸福的笑容。

书娟的两只手最终还是没能伸过去，取代两只手的是书娟的一副锐利牙齿。猛然一下子，书娟照着姑姑的一只右脚脖子狠命地咬上去。随之而起的姑姑的一声响亮尖叫，把姑父惊得闪出一个大趔趄，差一点摔在地上。

姑父恶狠狠地说书娟，我看你就是一条喂不熟的狗。

2008 年 4 月 4 日　二稿

活　　人

1

先是大姐打来电话，让我帮着二舅家的小表弟找一份临时性的工作。后是大舅家的大表弟打来电话，说二舅老(死)了，要我过去奔丧。两件事前后相差不到一个礼拜，从表面上来看两者之间没有任何瓜葛，可实际上却纠缠得紧紧的，像是麻花的一股与另一股。前者的目的性很明确，要是我能帮着小表弟找一份工作，小表弟能生活得好一点，二舅也能生活得好一点。二舅跟前就小表弟一个男孩，二十七八岁了还是单身。家里的几亩地二舅凑合种着，小表弟整天东溜西逛的，任啥事不做。二舅摊上这么一个儿子，没法不去操心，没法不去焦虑。后者的目的性隐蔽一点，二舅死的原因与目的也是为着小表弟能够活得好一点——这是我参加过二舅的葬礼才逐渐明白的。

活人，并不只是指活着的人，还指让人活得更好，更加像一个人。

下面先说一说头一件事。

大姐是晚上把电话打过来的，她很直接地吩咐我替小表弟找一份临时性的工作。大姐说得很具体，二舅家附近开了几座大煤矿，让我托一下熟人，看可能把小表弟安插进大煤矿去。大姐说小表弟没别的本事，头脑是好的，胳膊腿是全的，身上有的是力气，就让他下井去扒煤好了。我在电话里婉转地说出办成这件事的可能性不大。我工作的单位跟矿务局联系不多,就是找熟人不一定能找着一个得劲的。再者矿务局开的都是大型煤矿,就是去井下扒煤,不是煤炭学校毕业的怕是都很难进。大姐为难地说,小表弟要是下小煤窑让你姐夫联系联系倒是问题不大,可伺候他吃住我这种身体怎么受得了呢?大姐家附近大大小小有十几座小煤窑,大姐夫自己就下小煤窑,只是大姐身体不好,伺候大姐夫上班下班都愈来愈难,想收揽小表弟就有这个心没这个力了。我说,你就让小表弟自己租房子自己烧自己吃自己伺候自己。大姐反问我说,小表弟是个能够管自己的人吗?要是那样的话,他的两个姐姐也不会那么寒心不问他的事情了。

小表弟年岁不大,恶习倒不少,嫖不嫖我不知道,吃喝赌倒是一样都不少。二舅的小闺女在广东那边打工,小表弟跟过去半年,一个月工资半个月花光,剩下半个月就吃喝他小姐的。春节回家去大姐家玩,不知怎么摸着他大姐家积攒下来的几千块钱,偷去一下子赌输掉。说实话,这样的一个人,大姐没能力收揽,我也不想多问事。但我在嘴上还是答应说,我托熟人打听打听看吧。大姐从我说话的语气里听出我不会上心小表弟的事,突然嗓音哽咽着说,你就当作是可怜可怜二舅吧。

我心里猛然地一咯噔。

大姐从来没有这么求我办过任何事。

2

姥姥家那边的亲戚情况大致是这样的:

我母亲兄妹四人,母亲排行老二。大舅与母亲、二舅、老舅同父异母,跟前三个孩子,上面两个是闺女,后面一个是男孩。二舅跟前四个孩子,依次是闺女、男孩、闺女、男孩。头一个男孩——二表弟天生有疝气病，面黄肌瘦的，长不成一个人样子，十三四岁时死掉了。第二个男孩——小表弟从出生那天起就显得有点金贵，就显得有点娇惯。老舅一辈子没成家，跟着二舅一起过日子，帮着二舅养活四个孩子。可以说小表弟是老舅一手捧大的，也是老舅一手惯大的。老舅做民办教师好多年，工资不算多，也足够小表弟吃零嘴的了。老舅家靠着一条街，街上哪家小吃摊位有什么好吃的，小表弟比谁都清楚。有一年我去舅舅家给姥姥、姥爷上年坟，亲眼看见八九岁的小表弟睡在地上打滚放赖，逼迫老舅掏钱给他买吃的。我回头把这件事说给母亲听。母亲反倒检举说我，你起小闹起人来也这样。我小时候或许打过滚、放过赖，但绝不会是小表弟这样子。母亲说这话是有意偏袒她娘家的侄。

母亲活着的时候，老舅带着小表弟经常来我家，一是老舅有什么心里话来找我母亲絮叨絮叨，二是老舅遇见什么事来找我母亲商量商量。小表弟跟着老舅来我家纯粹是为了混点好吃的。母亲陪着老舅说话，就打发我二弟骑着车子上街买吃的。那时候，我父亲就担心小表弟长不成一个人。父亲说，两家(二舅、老舅)指望这么一个男孩子，赶明惯成一个街乏子怎么办？街乏子是一个贬义词，指街面上整天游手好闲的、东溜西逛的、好吃懒做的二流子。后来小表弟就长成一个街乏子，不踏实做事，好逸恶劳，好吃、好喝、好赌。父亲不是预言家，小表弟的这种结果谁都能看清楚，一种明摆着的结果一家人还去合伙做，最终坑害的还是小表弟。

上辈人渐渐地老了，一个挨着一个投奔黄泉路——大舅、母亲、老舅、大妗子、二妗子。现在的情况是，大舅一家，两个表姐出嫁，大表弟跟前的孩子都长大成人；我们一家，大姐出嫁，我混进城市，父亲带着二弟在家里；二舅一家，两个闺女出嫁，二舅带着小表弟在家里。老舅活着的时候，省吃俭用盖起来三间瓦房、两间锅屋，按理说小表弟要是正干的话，二舅一家的日子也不会差到哪里去。

偏偏小表弟就是不正干。

二舅家的大闺女出嫁在县城里，男人在县水泥厂上班。小表弟初中没毕业回来家，他大姐夫找熟人把他安插去水泥厂干临时工，活重活脏，干几天干不动，抬腿跑回家。二舅家的小闺女，老舅活着时出钱供养她上一所大专学校，毕业后去广东打工几年了，打电话回家跟小表弟说，那边活不重也干净，要是想去就去她那边。广东是个花花大世界，小表弟去那边先把二舅给的盘缠花精光，才去他小姐那里找活干。是个做变色眼镜的厂子，活不重，不要好多技术，却占时间，一天十一二个小时，不说伸手干活，就是熬这么长时间，一天一天的小表弟也受不了。小表弟勉强干几个月活，哪个月都是开一个月工资半个月就花光。遇见休息天，小表弟不吃一吃、喝一喝、干一干麻将，这一天就过不去。又是一个休息天，小表弟口袋里缺钱就与人合伙偷电缆被逮住。小表弟不是主谋，没有被追究刑事责任，却被罚款几百块钱。几百块钱小表弟掏不出来，是他小姐支付的。

这一年，小表弟回来家就没去广东。他自己不好再去那边，他小姐也不愿再带他去那边。

这之后，小表弟就没出过远门做事，杂七杂八的，有事做一做，没事闲在家。二舅看左邻右舍的日子都过得红红火火的，就唠叨小表弟闲在家里不出去干事，哪里会有一分钱挣回家？哪里会有女人看上你，说你不娶一个女人不成一个家赶明怎么过日子呀？有一天，二舅唠叨得小表弟心里烦起来，跑出家门好几天没归家。二舅心想小表弟长出息，找事干去了。哪知道他是赌博输钱被人家当作人质扣起来。村子里就这样，你去赌博，你就得遵守赌场规矩，输了赔钱，不能报官，要是不守规矩，最后吃亏的肯定是你自己，说不定哪一天少一只手都不知道是怎么一回事。二舅只好拿出家里的积蓄，卖掉家里的粮食，才把小表弟赎出来。

此后，二舅不敢再唠叨，把该说的话憋闷在肚子里，渐渐地憋闷出一身毛病来。

这期间，小表弟帮着乡税务所在街上收过一段时间的摊位费。这份工作是二舅找熟人替小表弟联系的，具体工作就是每天去街上挨个摊位一块两块地收取摊位费。这种工作繁杂琐碎占时间，乡税务所正式工作人员没人愿意干，就每月付三百块钱工资找一帮人帮着干。一块两块钱的摊位费看着不起眼，可对于小商小贩来说却是个大数目，见着收税的上街上，能跑的跑，能躲的躲，能赖的赖。乡税务所的工作人员每收一份摊位费都要花费一大堆口舌，甚至动嘴骂人、动手打人都是不可避免的事。小表弟接手做这件事却显得很简单，他领着两个小兄弟一起上街收税。这两位小兄弟别的本事没有，就是横，就是愣，就是狠。三个人来到谁的摊位跟前，莫说不给钱，就是给钱慢一点，都是一件麻烦事。不打你，不骂你，拎着你摊位上的东西，一口气把你赶出街面。三个人这么做理直气壮的，说你不愿意给摊位钱，就不要在这个街上摆摊子。

小表弟他们上街收税是代表乡税务所。乡税务所是国家的。小表弟说话的一副口气就像代表着乡税务所，就像代表着国家。小表弟说，你们都不交税，国家哪有钱盖大楼？哪有钱建工厂？哪有钱买飞机？小表弟说着话，就把头抬起来，两只眼睛瞟上半空，像是真有一架飞机盘旋在头顶上，“嗡嗡嗡”地飞过去，“嗡嗡嗡”地飞过来。

小表弟不给两个小兄弟一分钱，每月三百块钱开出来，三人一起吃吃喝喝全花光。

有一次，大姐我俩一块去看二舅。二舅掏出十块钱给小表弟，吩咐他上街买一点菜带回来。快晌午小表弟回头，带回一块肉，带回一条鱼，还带回四五样蔬菜。不说肉，不说鱼，单说蔬菜，怕是十块钱都不止。

我问小表弟，十块钱买这么多菜，人家不吃大亏啦？

小表弟一脸得意不说话。

二舅说，他们会吃什么亏？少收他们两次摊位钱不就有啦？

小表弟跟二舅长得像，二舅说这句话的表情跟小表弟一个样，甚至比小表弟还得意。我心里一冷，知道小表弟这么收税时间不会长。

3

为着小表弟的工作，我专门去一趟大姐家。

其实，我根本就没向任何熟人去打听大煤矿下井的事。嘴上我却可以这么跟大姐解释说，这件事我问过了，人家说小表弟不是煤炭学校毕业的不能安排。或许二舅家那边村子里就有人不是煤炭学校毕业的，也能进大煤矿。这不要紧，人的关系是千差万别的，我找的熟人就是没能耐，就是进不去，我想大姐也是无话可说的。实际上，我到大姐家，嘴上吞吞吐吐还没说出一个所以然，大姐就把话头揽了过去。

大姐说，小表弟的事你不情愿帮着办，我不怪你。莫说你是一个公家人，就是我从心眼里也不想多管他的事，不是怕烦神，是操不动这份心。

我的心事被大姐看得这么透彻，脸面上红红紫紫应该说是很难堪的。

大姐接着长叹一口气说，我们与小表弟毕竟是亲姑老表，这么亲的人都不去想办法帮一帮他，你说他还能指望谁呢？

原来前几天，大姐去了一趟姥姥家。是大舅家的大表弟娶儿子媳妇，她去喝喜酒。大表弟与小表弟相差十来岁，小表弟还没找着老婆，大表弟都娶儿子媳妇了。这件事对二舅的刺激很大，茶不思饭想，心里想得最多的还是赶紧托人替小表弟找一份工作，而后才能托人替小表弟说一门亲事。理由很简单，小表弟没有一份稳定的收入，就没有女人会愿意跟他。莫说一个黄花闺女家，就是一个二婚女人，小表弟又指望什么养活人家呢?

二舅跟大姐说,春节期间,他托两个闺女办这件事都没办好。大闺女跟二舅说,自从那年小表弟偷走她家的几千块钱,男人就对小表弟有看法,不允许小表弟再去她的家。大闺女一家过日子也艰辛,县水泥厂垮台后,两口子在街上一年四季贩水果卖。大闺女跟二舅说,让小弟去县城,你说他是能帮着我们进水果,还是能帮着我们卖水果?买呀卖的哪样不沾钱?就是我放心,他姐夫也不一定能放心。

二闺女回答二舅更干脆,说谁揽着他就是累赘,就是祸害。

小表弟去广东打工那一年,他小姐正跟一个男孩子谈恋爱,因为小表弟偷电缆进派出所,两人差一点没谈成。小闺女成家后依旧在广东那边打工,二舅说一千说一万,小闺女也不敢把小表弟揽那边。

二舅跟大姐说,你说我怎么会摊上这么一个不成器的儿子呢?你说我死后到那边怎么跟你老舅,还有你二婶子交代呀?

就是这种时候,大姐答应二舅说她回头想一想办法,看可能替小表弟找一份下小煤窑的工作。大姐回头转手又把这件事交给我,让我替小表弟去大煤矿找工作。

大姐跟我说,二舅心里苦,天天晚上靠着喝几杯孬酒睡觉,听说血压高连吃降压药都不能正常……

眼见快到清明节。

我跟大姐说,这个清明坟我去姥姥家上吧。

大姐说,你也该抽时间去看一看二舅啦。

哪想到清明前二舅就走了。

4

二舅死是大舅家的大表弟打电话报的信。

已经是晚上十点多钟了,大表弟打电话说,我二叔老了。没容我多问话，大表弟紧接着说，明天早上八点钟去火葬场火化，你要想见我二叔一面的话，要在这之前赶过去。我赶忙问，大姐怎么说？我知道他肯定先打电话跟大姐说这件事。大表弟说我姐夫不在家，他担心大姐身体不好，没敢把二舅老的事告诉她。大表弟说候个把小时我姐夫下班他再打电话，并吩咐我说最好明天早上打电话联系大姐怎么走，今天晚上就不要打扰她了。我说，好。我也担心大姐的身体。二舅死，她不哭一哭、盼一盼不可能，又哭又盼的，大姐肯定吃不消。

二舅的具体死因大表弟没说，我也没顾上问。

按照我们这里的风俗，人死要在家停放三天，二舅是上午十点多钟老的，隔一天就火化，显得有点匆忙，显得有点不合常理。

隔天早上不到六点钟我给大姐打电话，她家已经没有人。大姐、大姐夫没手机，大表弟有手机。我再打电话问大表弟情况，他说大姐已经在半路上了。我问大表弟，大姐是怎么去的？大表弟说，是我姐夫骑摩托车带着她一块去的。姥姥家那边不通车，去一趟要拐几道弯子。我跟大表弟说，我现在动身怕是八点钟之前也赶不到。大表弟说，你不如直接去火葬场，那边的一条路好走一点。我同意说，那就这么走吧。

早上六点钟就出门奔丧，心情有点复杂，却又理不出一个头绪来。公交车很快驶出市区，走上淮河大桥。大桥南边是一大片连着一大片的绿油油的麦地。从车窗俯身往下看，一道淮河堤坝是那么矮小、萎缩、不起眼。能够想象得出来，到了真正的洪水季节，这样的一道堤坝只能声张虚势，上千亩、上万亩土地，一亩也保护不了。——这便是淮河湾土地的命运。车子往北走下大桥，更多的麦地在公路两边渐次铺展开来。这里的土地与大桥下面的土地不同，有一道坚固的淮河堤坝（我们叫它沿岗堤）围拦着，淮河发大水也淹不掉。这个早晨，公路上行走的村人稀稀落落的，公路两边麦地里干活的村人稀稀落落的，就是走进村子能够见着的村人还是稀稀落落的。青年人大多外出打工去了，壮年人大多外出打工去了，丢下老人，丢下孩子，丢下村子。我在距离火葬场最近的集镇下车，集镇上同样稀稀落落的见不着几个村人。

直到这时候我才意识到，二舅的丧事是大表弟一手操办的。

二舅死，大表弟不伸手帮着操办，小表弟有这个能力吗？二舅一死，大舅一家与二舅一家的恩恩怨怨能够就此了断吗？

大舅与二舅、老舅、我母亲同父异母，这种家庭关系，能相互和睦相处的不在少数。偏偏大舅一家与二舅一家针尖对枣刺几十年不松动。是是非非，家长里短。我们小一辈子不用花心思去管这些闲事。我母亲却夹在中间两头不好说话。一边是哥哥、嫂子，一边是弟弟、弟媳，母亲要是说话也只能说弟弟、弟媳，不能说哥哥、嫂子。实际上我母亲内心还是向着二舅一家的。这是一种血缘注定的微妙心理，这是一种说不清道不明的复杂心态。我母亲说哥哥、嫂子不能在他们面前说，就回头在我父亲面前说。无非是一碗水半瓢面的事，无非是你一言我一语的事，真的像是一根麻线拴一块豆腐提都提不起来的一大堆啰唆事。母亲嘟嘟噜噜向我父亲说半天，最后让我父亲评判谁家有理，谁家没理。

父亲说，要我说呀不娶媳妇兄弟间就不会有什么，就是有也不是什么大不了的，要怪就只能怪你们女人家头发长、见识短，心眼小、故事多。

不能说父亲说得没有道理，也不能说父亲说得全有道理。

那年老舅死，我跟大姐一块去的。到了二舅家就听说大妗子托人过来问话，闺女要不要过来吊孝，儿子要不要过来帮忙。大妗子这么做是左右为难，一怕三个孩子上门上不来，自己找难堪；二怕三个孩子不上门，村人说闲话。二舅不当二妗子家，二舅没表态，二妗子一口回绝掉，说他们一家人该不是想看什么笑话吧。说起来，二舅所在的家族也算一门大户人家，不出五服的有上百口人。二舅一家与大舅一家不合，族人解决不了矛盾，在这件事上依旧不好插嘴。我跟大姐不一样，是至亲。

大姐说，老舅死，大舅一家应该过来。

我也说，老舅死，大舅一家不过来不像话。

大姐我俩说这话是当着二妗子面说的。唯有说通二妗子，大舅一家才能过得来。

大姐说，千不说万不说，大舅、老舅都是姥爷的亲儿子，他们俩是亲兄弟。

我说，过去的事放一边，在这件事上，你同意，大舅一家不过来，村人说闲话说他们；你不同意，村人说闲话只能说你。

二妗子是个厉害的矮个头女人，看一看我大姐脸上的泪水，看一看我脸上的寒气，只好点头答应下。

两家相隔半个村子，大姐我俩亲自去上门，大妗子早锁上门，带着一家人躲避出去了。

5

火葬场坐落在一片四周不靠村子的地方，可每个村子的每条道路都能通向这里。村里有人死了，活着的村人把尸体送过来火化，而后把骨灰带回去连同一副棺材一起埋进泥土里。我步行渐渐地接近火葬场，远远地能看见死人的灵车从四周村子的方向围拥过来。死人安静，活人不安静，差不多每个灵车后面都跟着一两支唢呐班子。凄凉的唢呐声、哀婉的唢呐声，高亢有力地向着世人诉说着什么、表达着什么。按照此地风俗，唢呐班子都是由出嫁闺女操办的。人活六十，就算得上喜丧。操办喜丧的人家不请唢呐班子吹一吹，热闹热闹，是说不过去的。屈指一算，二舅将近七十岁的人了。我猜想二舅的灵车后面少说也跟着两支唢呐班子。一支是二舅的大闺女花钱请来的，另一支是二舅的小闺女花钱请来的。

其实我想错了。

只是前后脚的样子,我刚跨进火葬场的大门,二舅的灵车也开进火葬场的大门。二舅的灵车后面没有跟着一班唢呐,悄无声息地从我身边开过去。一阵风猛然地掀动我的衣服,像是二舅在跟我打招呼。别人家前前后后能跟着几辆车子,少说也有一辆装着唢呐班子的卡车,一辆装着家人的四轮拖拉机吧。二舅就光秃秃的一辆灵车。灵车小,只能跟着几个人。大表弟跟过来,小表弟跟过来,二舅跟前的两个闺女跟过来,大姐跟过来,加上我,我们这一辈子人就差大舅家的两个闺女,还有外出打工的我二弟。从灵车里拉出来二舅,准备抬进灵堂里,我紧着一步走上前,掀开单子,说一声,二舅,我来看你啦。二舅头发枯白,嘴眼紧闭,面目蜡黄,真的是一具没有呼吸、没有生命的尸体了。那一时刻我才意识到,一个跟我生命十分亲近的老人就这么孤寂地去了。

二舅在里边排着队,大表弟忙着办理火化手续,其余的人站在一旁等候着。是个好天气,天空蓝蓝的,太阳亮亮的,可眼前的一切都像是虚幻的,缺乏一种真实感。太阳照在身上,一点温暖的感觉都没有。

听说二舅是血压高引发脑溢血死去的。小表弟把二舅送进乡医院,医生说二舅这种病他们治不了,需要赶紧去县医院。小表弟没钱,没主见,不知道怎样去承担一份责任,也就不知道怎样去办理。二舅脑子一半清醒着,自己有主张,歪斜一张嘴说不清楚话,却坚决地摇摆一只手不去县医院,不去花这笔原本就没有的钱。小表弟犹豫不决,打电话喊来大表弟。大表弟这些年一直在离家几十里路远的八公山上打石头,听说一家人的日子过得还不错。大表弟说话干脆,就两个字,回家!二舅离开乡医院回家的路上流出好多眼泪,他清楚这么一回家等候他的是什么。

二舅在家煎熬三天后撒手归去。那一刻，二舅的三个孩子都在跟前，大表弟也在跟前。大表弟没回山里干活，这几天一直操持着二舅的后事。买回一口棺材，买回几匹白布。二舅家空空地没钱，二舅的两个闺女也拿不出好多钱，都是大表弟掏钱先垫付上的。大表弟跟小表弟说，二叔的后事由我操办，钱也由我掌管，花出好多钱，收礼好多钱，最后我俩算总账。小表弟担心地问，要是花冒掉怎么办呢？一群穷亲戚能收多少礼钱呢？大表弟说，你认账，慢慢还。大表弟心里明白，贴上千八百块钱就是指望小表弟也还是没指望的。大表弟采取的方法就是尽量地减少开销，找阴阳先生算一算日期，隔天能下葬就隔天火化、入土。二舅少在家搁一天就少花一天钱。照理说二舅弥留家中应该打电话喊我跟大姐去看一眼的，大表弟做主不喊，说二舅死后再喊吧，多见一面能管个什么用？大表弟这么做的意思是大姐我俩尽可能地多帮几个钱。二舅的两个闺女不请唢呐班子，也是大表弟主张的，说半支唢呐班子都不请，不去胡乱花那份钱。这么一来，二舅的丧事就显得潦草而又冷清，不合礼数而又匆匆忙忙。可谁能生意见呢？

二舅的两个闺女还是有闲话要说的。

二舅的两个闺女一致认为，是大表弟家娶儿子媳妇，二舅受到刺激引发的脑溢血。道理很简单，大表弟都娶儿子媳妇了，小表弟连个对象都没有。二舅的大闺女说，你家儿子刚过二十岁就慌着娶什么媳妇，你说这么小的一个孩子懂什么过日子呀？二舅的小闺女说，就是娶儿子媳妇你也不用这么张扬吧，头天晚上放花不说，接一个媳妇能用三四辆小车吗？

大表弟家娶儿子媳妇，小表弟提前几天就过去帮忙。小表弟干这些事很乐意，也很内行。往亲戚家打一打电话，去亲戚家下一下喜帖，一天一天忙得喜气洋洋的。那几天我正好出差不在家里没能去。正期这一天，二舅过去，坐在一张桌子的上座上，吃不少菜，喝不少酒，回到家“呜、呜、呜”地哭起来。二舅光哭不说话，别人认为他是酒喝多。那一天，大姐看见二舅哭没当一回事，二舅的大闺女看见二舅哭没当一回事，小表弟看见二舅哭也没当一回事。第三天夜里，二舅就突发脑溢血。

上辈人的恩恩怨怨，下辈人还要继续吗？

大姐赶紧制止二舅的两个闺女胡乱猜测，胡乱说话。大姐说，这种话我们之间说一说也就算了，千万不要说给别人听。

我把话说得更加明白、更加直接，说，小表弟，你娶不着媳妇是你自己一手造成的，跟大舅一家人一点关系都没有。

小表弟怀里始终抱着二舅的遗像。小表弟的神态跟二舅很像。二舅的两个闺女、大姐和我，也有诸多与二舅相像的地方。这就是血脉，这就是遗传。

很自然地就说到小表弟的出路问题。

二舅的大闺女说，你去跟着我们卖几天水果试一试，要是能干下来，赶明你就自己在县城做水果生意。

小表弟说，我不去县城。

二舅的小闺女说，要不你跟我一起走，去广东那边你想打什么工你自己找。

小表弟说，我不去广东。

大姐说，要是想下小煤窑，我回去让你大姐夫替你找一找。

小表弟没说话。

我也跟着表态说，我回头再找熟人问一问大煤矿可能进。

我说这话时心里是虚的，真想帮忙也不定就能问出一个头绪来。

小表弟的眼神避开我，像是没听见我说话。

大表弟办理完二舅的火化手续，走过来说小表弟，你哪里都莫去，过两天跟我走，我带着你一起上山打石头。

小表弟狠狠地点头说，好，我去打石头。

向二舅做最后告别的时候到了，走进灵堂，大姐、二舅的两个闺女“哇啦”一下齐声哭起来。

2008年6月25日—7月2日　江陈

麦　香

一

阳历五月二十八日这一天,清早差五分不到六点钟的时候,父亲就从老家把电话打过来,要我回去收麦子。老家没装电话,附近一家杂货店里有一台公用电话,父亲要打电话的话就去那里打。父亲已经七十多岁了,耳朵半聋,眼睛半瞎,打电话只能让店主帮着打。父亲说出要打的电话号码,说出打电话要说的内容,就把任务交给店主了。能够想象出来,父亲让店主打电话,自己不是很放心,生怕店主拨错号码,生怕店主说错事情。他半瞎的两只眼睛会睁得特别大,监督店主的手指按动电话机上的每一个号码;他半聋的两只耳朵也会凑得特别近,监听店主说出口的每一个字音、每一句话。

我有心理准备,一看来电显示上的号码,就知道是父亲从老家打过来的。店主说,你大(爸)让你今天回来家收麦子。我先答应一声,好,急忙问店主,你问问他我是先回家,还是直接去麦地里。店主说,我来问问你大。店主不捂话筒,声音很大地问我父亲话。我听见父亲在电话那边说,下地里,我这就下地里。店主把父亲说过的话多余地向我转述一遍。我又答应一声"好",说,我马上就坐车赶回去。

我家的电话机放在一张桌子上,桌子放在一扇窗户下,一阵风从半开的窗户吹进来，我好像闻见风里裹挟着一股暖烘烘的麦香味。

这是远方老家的麦香吗？

说实话，我差不多有十年没回老家帮着收庄稼了。这十年，家里的几亩土地也差不多就父亲一个人耕种。这是怎样一个漫长而艰辛的历程呢？

我们家姐弟三人，大姐长大出嫁去了别的村庄，我长大考上大学混进城里，二弟长大娶妻生子落在农村。十几年前，母亲突然撒手人寰，父亲年近六十还一个人开着小四轮拖拉机跑生意——主要是从附近小煤窑买块炭运送到百十里路远的地方卖。二弟身体消薄，跟着父亲跑拖拉机受不了这份罪，就留在家中与二弟媳妇一起侍弄着几亩地。种粮食赚不着好多钱，遇见歉收的年份还倒贴本，二弟两口生主意搭起一亩塑料大棚种草莓。头一年草莓秧子栽得稀，没结着草莓，没卖着钱。第二年就赶上淮河发大水，冲破堤坝，草莓连着大棚一块淹没去。眼看着一双儿女一年年长大，需要花钱的地方稠起来，二弟只好离开家到浙江的一座城市去打工——在一所民工学校当老师。中间相隔两年吧，地方整顿小煤窑，块炭难买，父亲把送煤生意停下来。毕竟是年逾花甲的人了，父亲体力一天不如一天，这一停顿也就真的连同拖拉机歇下来。家中停断生意，二弟在那边教书原本就没有好多钱，这样一天天往下过日子，只见钱出，不见钱进，有点坐吃山空的味道了。二弟媳妇在家待不住，打电话去跟二弟协商，想去那边跟着他一起打工挣钱。二弟反问道，你来这边，家里的一天三顿锅谁个去烧？两个孩子谁个径管？几亩庄稼地谁个来种？二弟一连气问出的这么三个问题，哪个都是紧紧捆绑二弟媳妇手脚的绳子。二弟媳妇没办法去回答，更没办法去解决。

父亲知道二弟媳妇的想法，反倒乐朗朗地说，你想走你走吧。

二弟媳妇把二弟反问她的三个问题重新问一遍我父亲。

父亲说，家里的一天三顿锅我来烧，家里的两个孩子我来管，家里的几亩庄稼地我来种。

二弟媳妇摇摇头，长长地叹出一口气。

二弟媳妇知道父亲回答问题回答得干脆，不等于父亲真能承担这些事。一是父亲一辈子没烧过锅，母亲活着母亲烧，母亲死后二弟媳妇烧，她要是离开家别的不说，一天三顿饭真是一个大问题。二是父亲大字不识一个，把两个孩子丢给父亲，他不能经管两个孩子的吃喝，也不能经管两个孩子的学习。三是家里的几亩地丢给父亲也不现实，他一天一天老，一天一天脚手不灵便，自己都需要别人照顾，还指望他去种地不更是天方夜谭吗？

二弟媳妇最终还是狠心离开家。

一件看似不可能的事，可能了，去做了，这就要说一说眼下大河湾村的现实了。实际上，放眼望一望我家的左邻右舍，放眼望一望整个大河湾村，家家的情况都大差不差的。老人丢在家里看家、种地，孩子丢在家里玩耍、上学，年轻人、中年人手脚利索一点的身子骨有力气一点的都跑出去打工了。我偶尔回老家一趟，从村里的大路上经过，东东西西的、南南北北的，见不着几个打招呼的村人。整个村子空落落的、冷清清的，感觉不出一丝鲜欢气，感觉不出一丝热乎气。

也有个别年轻人留在村子里，或当村干部，或去附近小煤窑当扒煤工，或开拖拉机跑运输。当村干部要不了几个人，下小煤窑危险性大，跑运输累死人，一比较，一合计，不如外出去打工。

二弟媳妇一走，一个家完完整整地不折不扣地交在父亲手上。父亲不会和面蒸馍就花钱买人家蒸好的手工馍。父亲不会和面擀面条就花钱去轧机器面下着吃。父亲不会炒菜就把油、盐、菜一块放进锅里煮熟吃。父亲唯一会烧的就是面稀饭。半锅水烧开来，搅半碗面浆兑锅里，再烧一开，稀稀稠稠的、咕咕嘟嘟的，半锅面稀饭烧出来。父亲盛一小半碗稀饭递在孙子手上，盛一大半碗稀饭递在孙女手上，说，你们俩去吃吧。父亲再盛一满碗稀饭端在自己手上，不说话，张嘴喝起来。瞬间里，爷孙三人喝稀饭的“叽叽扭扭”的声音此起彼伏地响起来，在老家的四间房屋里经久不息地弥漫着。

这是一顿清早饭。

孙子、孙女吃过饭抹拉抹拉嘴巴背上书包去学校。

父亲吃过饭抹拉抹拉嘴巴扛上一件农具下地里。

父亲经管两个孩子的办法就是不去经管，放羊似的由着他们俩。或者说父亲很民主，放手让两个孩子自己管理自己。姐弟俩上学一块去，放学一块回，不误父亲下地干活，父亲所能做的就是烧一口吃的喝的扔给姐弟俩。礼拜六、礼拜天，两个孩子不上学，要么自己在家里玩，要么跟着我父亲一齐下地里。父亲一步赶一步在前面走，两个孩子散散漫漫地后面跟。去或回的路上，父亲会经常停下脚步，回头吆喝散落后面的两个孩子。要是下地的路上，父亲会说，你俩快一点吧，照这样下地我还做谁家的庄稼活呀！要是回头的路上，父亲会说，你俩快一点吧，照这样回到家烧饭吃饭不到挨傍晚才怪呢。

就这么，一路上父亲真的像是牵着两头羊羔子。

二

相对来说，父亲最难的还是种家里的几亩庄稼地。

原本大河湾村人家住家、种地都连在一块。也就是说种地在一片淮河湾里（四周都被淮河围困着，成为一个很大的岛屿），住家也在一片淮河湾里。房屋盖在东西一留庄台上，迈出家门，走下庄台就是庄稼地。二十世纪七十年代末，煤矿人从淮河下面穿过去，在这么一片土地下面扒煤炭，三四年过后，土地开始慢慢塌陷，庄台上住家不安全，煤矿花钱在淮河南岸规划出一片地方，把大河湾村人家搬迁过去住家。人口能搬迁，土地不能搬迁，这之后村人种庄稼就需要往往返返不停地过河了。俗话说，隔山不为远，隔水不为近。一条淮河横阻在房屋与土地中间，村人种地无形中就多出诸多不便与难心，更何况年逾花甲的父亲呢？

父亲依旧坚守着一季一季、一年一年把几亩土地种了下来。

大河湾土质沙性，一年种两季庄稼，一季麦子，一季黄豆，一季麦子占地八个半月，一季黄豆占地三个半月。应该说，在这片土地上能够种植的庄稼很多。比如说，春天的土地上应该长油菜、长蔬菜；秋天的土地上应该长秫秫、长玉米、长花生、长芝麻、长绿豆、长白芋等等。可眼下的大河湾土地上就是只长麦子、黄豆，很少见着其他农作物。物种单一固然与村人来来往往渡河种庄稼不便有关，除此之外还存在着其他原因。比如土地自身的因素，土地渐渐地塌陷沉沦，土质渐渐地变薄变瘦，种什么庄稼都是一副半死不活的面黄肌瘦的样子。比如时代的因素，年轻人、中年人外出打工，丢下老年人在家种地，种地原本就不怎么赚钱，老人们能坚守着把庄稼种上、收下就算不错了，还能指望谁去精耕细作，种出眼花缭乱的花样呢？

显然，一年间种一季麦子一季黄豆，最省心，也最省力。

然而，最省心、最省力，也还得操心用力吧。一个不了解的人，随便地想一想都是一件难以做到的事：一个老人怎么可能种着几亩土地呢？实际上，父亲对待几亩地里的农活就像对待他的两个孙子孙女一样，易粗不易细，易“民主”不易“管理”。秋天麦子种下去，南北几百米长的地墒沟能清理多少清理多少，清理不出来的撂那里。开过春，天一暖，麦子卧起头，杂草伸开身子，一锄麦子不用锄，“哗哗啦啦”打一遍除草剂算了事。至于清明节前后，小麦拔节，趁着一场透彻雨，一遍催苗肥是一定要撒进地里的。撒催苗肥就是喂麦子吃饭。父亲说，你连一口粗茶淡饭都舍不得喂，你说两个孩子怎么长？

父亲这是说地里的麦子，还是说二弟家的两个孩子呀？

秋天种出黄豆，父亲少说要间一遍苗，锄一遍地，再打一遍除草剂。不间苗，黄豆稠稠稀稀一窝蜂地长，长不出一个好样子。锄一遍，松松土，算是父亲心里有个安慰吧。父亲说，我真是一遍不锄，赶明不收黄豆还能收麦子吗？俗话说，杈头有火，锄头有粪。锄过一遍的黄豆跟不锄一遍的黄豆不一样，锄过两遍的黄豆跟锄过一遍的黄豆不一样。父亲坚持锄一遍黄豆已经算是尽到最大的责任，做到最大的努力了。

这么一说一说就要说到庄稼成熟收庄稼了。

收庄稼，听着是一件难心的事，想着是一件难心的事，其实在现实中早已变成一件简单的事。父亲说，临到收割那一天我口袋里揣上钱，不费一两力气，不淌一滴汗水，就能把几亩庄稼收家里啦。

在眼下的大河湾村，耕种与收割已经机械化、市场化。耕一亩地好多钱，收一亩地好多钱，都是有现成的机械、现成的人手去做的。父亲所能做的就是像他自己所说的那样，口袋里揣上钱，去地里招呼一声，该种的就能种上，该收的就能收下。

下面我就简述一下收庄稼的全过程吧。

庄稼长成熟，收割机开下地，一南一北，一往一返，我家的几亩庄稼齐刷刷地就收割下来了，前后顶多二十分钟吧。收割机停在地头，拖拉机“突突突”开过来，收割机的“烟囱”对着拖拉机的车斗，“哗哗啦啦”把粮食粒子“吐”出来。拖拉机开回家，打开车斗把粮食粒子卸在家门前的一条水泥路上。粮食粒子摊开薄薄的一层，风吹日晒一天，临到傍晚收进化肥袋子里，一袋子一袋子堆在屋子里，留下一部分自家吃，剩余的就能卖掉了。

不说你会不相信，收一季庄稼就是这么简单的一件事。

父亲这么马虎、这么潦草地种地，心甘吗？情愿吗？答案是不心甘、不情愿。就像他凑合着一天烧三顿锅，就像他民主管理着二弟家的两个孩子，这是一个没办法的办法，这是一件不得已的事情。我回家与他说起种庄稼的话题，常常能听见他的自责声。

——今年麦子原本能多收四五百斤的，我身子一懒，没去换麦种，就用家里的麦子做种粮，长在地里没看出与地邻有多大差别，收家里跟人家一比较差别就大了。

——今年麦粒里的乐豆（一种杂草）籽子多，清明后麦子地里的杂草长起来，人家去麦子地里拔杂草，我眼睛看不清没有去。

——今年夏天雨水大，地墒沟没有清理出来，靠近洼地沟的半亩黄豆被积水欺死了。

——柴油一天天看涨，收割机的费用、拖拉机的运费也跟着一天天看涨，我们家现成的拖拉机，按说犁地、运粮食是不用花钱的……

父亲还常常回忆起二十世纪八十年代初土地分到一家一户的情景，说，那时候人们耕种土地的一份精细程度，人们对待土地的一份情感，与眼下相比真是一个天一个地了。父亲说恐怕连生产大队、生产小队的时候都不如。

大河湾村的土地真的变得不养人了吗？大河湾村的村人真的不指靠土地过日子了吗？这是父亲埋藏在内心深处的一种忧虑。父亲问我，我也回答不了。

每年庄稼收割过后，粮食贩子都会及时地开着一辆很大的农用汽车挨家挨户地吆喝着收购粮食。

——收粮食啦！

——可有粮食卖的啦？

粮食贩子天天来吆喝，一连能吆喝好多天，父亲不闻不动，像是没有一粒粮食卖。

父亲不会把家里的粮食早早地卖出去，他有点舍不得，舍不得卖掉自己千辛万苦侍弄来的这么一点粮食。老话说：家中有粮，心中不慌。一般来说，上一年收的麦子要等到下一年快要收麦子的时候，父亲才舍得卖出它们。囤新粮卖陈粮——这算是父亲对待粮食的大政方针吧。这些年国际、国内形势变化不少,父亲“囤新粮卖陈粮”的大政方针始终不愿做一丝一毫的适时调整。

父亲一个人在家晾晒粮食不方便,要是收的时候没有晒彻底,隔年的陈粮会有一部分生虫子,一嘟噜一嘟噜的,粮食贩子收购这种粮食就会压低价格,就会很便宜。

父亲后悔过吗?一点都没有。

三

今年春节我回家过年,父亲的身体还没出什么大毛病,忙吃的忙喝的还健朗得很。正月十五刚过去,突然整个腰身疼痛起来,疼得他满脸汗,疼得他头拱地,白天里“哎哟哎哟”张嘴喊叫,夜晚里“哼呀哼呀”不能睡觉。去医院拍 X 光片一检查,严重的腰椎骨质增生,骨刺抵在神经上,不疼才怪呢。显然是种地劳累所致。治疗这种病没什么灵丹妙药。医生说,要么住院做理疗,要么回家躺床上静养着。父亲没时间躺在家里静养,更是没钱住院做理疗。父亲从医院回来家,一路上皱着眉头,拧着腰身,自己问自己,我回家这么一躺倒,家里的三顿锅谁个烧?家里的两个孩子谁个管?家里的几亩土地谁个种?

三个老问题转眼变成三个新问题,三个棘手的大问题。

一眨眼近十年过去。二弟跟前的两孩子渐渐地长大,上初中了,上高中了。两个孩子需要父亲操心的地方越来越少。两个孩子也能凑合着烧一瓶开水,烧一顿饭。父亲烧锅凑合着,两个孩子烧锅凑合着,应该说他们之间的凑合是没有多少本质区别的。要是赶上休息天,两个孩子不上学,大了的孙女孙子不再跟着我父亲一块去下地,留在家里做作业,干家务——洗洗衣服、扫扫地之类的,晌午、晚上两顿饭更是早早地凑合着烧出来。父亲从地里回来家端上一碗现成饭,一边吃着一边乐喜喜地说,没想到能得着你们两个孩子的济。

父亲说的是一句实话。二弟两口子长年在浙江那边打工，过年回家一趟过不上几天，想照顾又能照顾父亲什么呢？我偶或回一趟家，待上个把两个小时的，也是任啥事帮不了。相比较，二弟跟前的两个孩子整天依偎在我父亲身边，不说帮着我父亲烧锅做饭，最起码相互之间该有个照应吧，该有个依靠吧。

我劝说父亲，干脆把家里的几亩地让给别人家去种吧，你就在家养你的腰疼病，你就在家看一看家，看一看二弟的两个孩子吧。

父亲迟疑地点点头说，干脆丢给地邻家种算了，这样地挨地人家种着方便，收着方便，就是不种不收经管起来也方便。

这位地邻家是个本家，跟父亲同一个辈分，平常三哥长三哥短地喊着我父亲（父亲在兄弟中排行老三），像是很亲热，可以说他早就窥视着我家的几亩地，想把我家的土地划归一起种。他比我父亲小十岁，他们两口这些年哪里都不去，死心塌地地在家种几亩地。他们家是精心种地，我父亲是马虎种地，两家庄稼地挨一块，那边庄稼长得整齐，这边庄稼长得杂芜，那边庄稼绿油油的，这边庄稼瘦黄黄的。父亲也是一个好强的人，也是一个不服输的人，两家庄稼一比较，一张老脸就红了。好强又能怎么样？不服输又能怎么样？地邻家看清楚我父亲的无能为力处、力不从心处，主动跟我父亲说，三哥，你家那几亩地我搭手一起种掉吧，人家怎么给我怎么给，一亩地一季麦子一百斤，一季黄豆八十斤，你要是仔细算一算吃不了什么大亏。

父亲不去算这笔账：一季庄稼能收好多粮食，能卖好多钱，刨去耕地钱，刨去种子钱、化肥钱、农药钱，刨去收割钱、运输钱，怕是真的不如交给地邻种。

父亲糊涂日子糊涂过，回答地邻说，我一个人在家闲着也是闲着，种几亩地算是找一件事做一做吧。

地邻家种地跟我父亲不一样，他家有拖拉机，有拖拉机上的犁耙，这样耕地不花钱，收庄稼往家运输不花钱，他家的一亩地对我家的一亩地,种麦子少说能多收三百斤,种黄豆少说能多收二百斤。

明知一件不划算的事,父亲还一意孤行地去做,就不单单是种地问题了。别人家不种地,是外出打工顾不得种地,或是做生意忙着挣大钱不愿意种地。父亲不种地就承认自己老了种不动地。承认自己老而无用,父亲能够心甘情愿吗?

腰疼病算是给了父亲一个借口,一来腰疼真的种不动地了,二来腰疼与老了似乎不应该画等号。父亲说,要不是腰疼,家里的几亩地我还是能种了的。

这一天,父亲拧着腰去地里看麦子。

这是去跟土地告别,这是去跟麦子告别。父亲在心里打算好,从地里看过麦子回头来就去跟地邻家说,自己腰疼不能种庄稼了,愿意从今往后把家里的几亩地交在他手上。年前年后父亲有个把多月没下地了。一来是这段时间地里没有农活;二来是这段时间操持着过年,过罢年就赶上腰疼病。这么三耽搁两耽搁,前后一个多月时间父亲一次地没下过,这在过去是不可想象的。这趟下地,父亲一路上的心情是复杂的,有那么一点悲伤,有那么一点怜惜。

年后刚过正月,麦子返青还没卧起头来,从远处望过去,地里长着齐刷刷的麦子,铺展开一层厚厚的绿色,来到地头,从近处里看,麦棵还是稀疏的,袒露着地皮,袒露着坷垃。父亲看见我家与地邻家之间的一道地墒沟,暴露着新挖的痕迹,挖出来的泥土翻在地邻家的土地里。清理地墒沟就这样,谁家清理,泥土归谁家。父亲马马虎虎种地十年,十年的地墒沟泥土都是被地邻家挖过去。这样势必形成一边地势高,一边地势洼,遇见大雨天,雨水淹进地势低洼的我家地里,成为一种必然。父亲弯腰找出地界石,搭眼看一看,一条地墒沟歪歪斜斜的,像是往我家土地里滚过犁耙。父亲的一双眼睛跳几跳,一颗心疼几疼,一瞬间做出一个大决定——家里的几亩地不给地邻家去种了。

父亲能把土地交给一年挖几次地墒沟泥土的地邻家吗？父亲能把土地交给年年欺占我家土地的地邻家吗？

父亲这么做出决定后，心里轻松地笑起来，说地邻家，有本事你就慢慢地挖地墒沟去吧，有能耐你就使足劲地欺占我家土地去吧。

父亲回头的路上一脸笑眯眯的，像是腰疼病猛然一下好多了。

四

这之后，村人天天见着父亲弯佝着腰身去东庄、去西庄、去南庄、去北庄。村人问父亲，你不是腰疼吗，怎么还去这里、去那里的？父亲说，我这是去找人看腰疼病。

父亲下决定不把土地交出去，不能跟地邻家去说，也瞒着我。那些天，我心想父亲已经把土地交出去，哪里会想到父亲把土地扔在那里不管不问，天天忙着去看腰疼病。道理很简单，腰疼病不治疗，父亲想种地还是没办法种。正规医院治不好，父亲就不再去正规医院，而是东庄、西庄、南庄、北庄地去找野医生。可以说，那些天父亲经见过无数个野医生，吃过无数个偏方子，贴过无数种狗皮膏药。前后个把月过去，我再见着父亲，他竟然很得意地跟我说，腰疼病好个差不多了。是医治好的，还是自身好的，怕是连他自己都说不清楚了。

父亲说，你看看亏得土地没交给地邻家去种吧？

这时候我才知道父亲揽着土地没舍得丢手。

这些年我很少去干涉父亲的生活，或者说强求父亲该做些什么、不该做什么。父亲有什么想法，或想做什么事情，我说他也不会听我的。实际上，父亲在我的心目中，不仅是我生理上的父亲，更是我精神上的父亲。这些年不管工作、生活、学习上遇见天大的难题，只要想一想父亲，他一个人支撑着老家，他一个人种着几亩地，一个老天那么大的难题也就不成其为难题了。

我跟父亲说，我知道你的心思，几亩地舍不得丢就不丢吧。不过今年麦收的时候你得跟我说一声，我回来一趟。

这些年收麦子、收黄豆，父亲从来没要我回去过。

父亲说，好，万一我腰疼病犯了呢！你就来家帮一帮我的手。

我现在居住的地方距离老家有四十华里的路程，转两趟公交车，下车还有五里路，要么走着回去，要么花三块钱坐嘣嘣车。这一趟回去是帮着父亲麦收，需要赶时间，我钻进一辆三轮车的车厢里，三轮车发动起来“嘣、嘣、嘣”就颠呀簸地往回赶路了。老家愈来愈近，空气中弥漫的麦香味愈来愈浓郁。我知道，这浓郁的麦香味就是从老家的麦地里生发出来的，就是从父亲种着的几亩麦地里生发出来的。

父亲，你在麦地里候着，我过一小会就能到。

2008年6月15日—20日　江陈

家　诗

上午十点半钟的样子，妻子从家里往我单位打电话，说小亮要来我们家。当时我心里一凛，生怕再惹出什么家庭风波来。

小亮是我二弟跟前的儿子，是我跟妻子的亲侄子，他跟着他的爸妈一起在浙江金华那边打工。今年春节，二弟一家没有回来家过年，把我父亲一个人撂在老家不管不顾。平常我父亲的冷暖冬夏，都是我跟妻子去过问。老家在郊区，我家在市区，两地相距四十里路远。母亲十年前去世，父亲单个人在老家，一年间妻子回去的趟数多，我回去的趟数少。过年了，不说二弟一家人全回头，最起码派一个象征性的代表吧。妻子很生气，腊月二十八那一天，她打电话去金华那一边，气呼呼地说道二弟几句话。妻子说二弟，平时你们家任啥事不管不问，过年你们一家人还不回头陪老头子过一个年，我问你老头子是我们一家子的？二弟就在电话里解释出许多不回家的理由，什么春节期间火车票紧张不好买啦，什么二弟媳妇春节期间加班不放假啦，什么他前一段时间重感冒啦，等等理由一大堆。妻子不用去分辨这些理由的真伪，一句话就把二弟的这些谎言戳破掉。妻子说，说来说去你就是缺少孝心，有孝心再难心也能回，没孝心就是住在家门口也白搭。妻子说这话有实例，在我们老家的村子里，有不少跟父母住一块的儿子媳妇，都不问老子娘的事。二弟一听他的大嫂子从道德上去谴责他，心里发慌生虚，说话就更见偏差了。二弟说，我没孝心，你有孝心，你让老头子去你们家过年不就安心了？

妻子说，我不是不能接老头子来我们家过年，我问你他一走家里的门谁来看，家里的两头牛谁来喂？

父亲年逾八十，在家种几亩地，喂两头牛，一年到头忙个不歇。我们不让他种地，他说家里的几亩地扔给别人种舍不得。我们不让他喂牛，他说一个人整天空两手不干活，不就跟等死一个样？

我们说我们的，父亲做父亲的，只好由着他。

妻子给二弟打过电话，手里攥着手机依旧不松手。我见她泪水汪汪的，整个人在簌簌地发抖。我知道接下来妻子就该要拿我出气了。果真妻子向我摊牌说，老头子不是哪一家子的，二弟一家子过年不问事，我们一家子过年也不问事。我点头说，好好好，那就把老头子一个人扔在老家过年吧。妻子说，我今年就是不回去，要回你一个人回去，连我家的闺女都不许带着一起去！我依旧点头说，好好好，那我就一个人回去陪老头子过年。

结果我父亲的这个年，就是这样子安排的。妻子烧好吃的喝的，我一个人提着回老家陪老头子过年。

其实，二弟一家不回头过年的真正原因，我们都明白。那就是二弟他们在浙江金华那边打工挣钱少。春节回头往返买车票、买吃的、买喝的、买用的，加上亲家邻家节前节后的人情往来，哪一样不花钱，哪一样花钱少能过去？二弟身子差，只能在一所农民工学校当老师，一个月一千来块钱，工资少不说，寒暑假不发工资，算来算去一年只有九个月拿钱。二弟媳妇在一家小工厂烧锅做饭，工资不足一千块钱，每天在那里吃三顿饭，算是自个顾自个。相比较，他们一家三口人，小亮职业高中毕业，数控车床技术，工资最高，一个月三千块钱左右吧。这样一来，二弟一家人按月毛算有五千块钱收入，除去吃喝房租水电花销，负担最大的是二弟跟前的闺女在广东上大学的费用，一年没有两万块钱打不住。这样一算，二弟一家人一年下来能节余万把块钱就算不错了。一家四口人过年回来家一趟，不要花五千块钱，也得花三千块钱，二弟两口子拨拉两双手算过来算过去舍不得。我妻子的态度是，回家过年不是花钱不花钱的事。有钱没钱回家过年——这是古来有之的古理。时代变化，古理不古，现在有钱的年好过，没钱的还就是不好过年。这么想一想二弟一家人，我的心里一阵一阵地酸痛。

在老家年夜饭的桌子上，缺少二弟一家人，我跟父亲不由自主地说得最多的还是二弟一家人。父亲说是他打电话不让二弟一家人回家过年的。我不知道父亲说这话的真假，想把责任全部揽过去确是真的。就算父亲真的打电话去跟二弟说过这种话，二弟一家人就可以心安理得地不回来过年了吗？

父亲说，我考虑一个解决你二弟一家人回家过年的好法子，你样一样可能行得通？（样一样，就是试一试。）我急忙问，是什么一个法子？父亲说，在矿务局给小亮找一个工作，让你二弟一家人从金华那边回家来。这种话，父亲从前跟我说过。村里有人在矿务局上班，下井工一个月能开好几千块钱工资。我问父亲，小亮愿意下井扒煤？父亲说，矿上有不扒煤的工作。我说，就那么几个不扒煤的工作，你挤我挤的哪能挤得上？父亲说，不是说让你找熟人样一样吗？我说，难办。父亲失望地看我一眼，脖子一仰"咕咚"喝下一大杯酒。

这个年我就这样子在阵阵心痛中度过来。

翻过年日子过得快，一转眼挨近清明节。小亮一个人从金华回来家。一是要给我母亲上清明坟，二是要来我们家看望他大伯大妈。看望他大伯大妈的目的，是要化解他爸他妈与他大妈之间的芥蒂。小亮是个嘴甜的孩子，往我家打电话，一听是他大妈的声音，第一句话说"俺大妈我是小亮"，第二句话说"今天我去你们家看一看你跟俺大伯"。小亮说过这么两句话，妻子才把电话里的声音与现实中的那一个人对上号。亲侄子登门来看望，妻子没有拒绝的理由。妻子连忙说，那你快点来。小亮说，我已经到汽车站。

我不知道小亮往我家打电话与妻子往我单位打电话，中间相隔多长时间。但我知道妻子往我单位打电话时，心里早就决定好，那就是小亮来我们家的这顿饭不能在家里吃，一定要在饭店里请。妻子这么做的目的是多方面的，一是要让小亮看一看，他的大伯大妈是很看重他这个侄子的；二是要让我父亲看一看，他这个大媳妇不是想闹家庭不和的人，反倒是极力化解家庭矛盾的；三是要让二弟和二弟媳妇看一看，他们的大哥大嫂子不心疼钱，就算口袋里没有钱，该花钱的地方也得花。

十一点半钟我回到家，小亮早就坐在我家的客厅沙发上。不远处的地板上，摆放着一箱鲜奶，还有两只黄澄澄的大柚子，显然是小亮提来孝敬他大伯大妈的。小亮有这么一点心意，妻子很满足。茶、瓜子、糖、水果，妻子使劲地把吃的喝的往小亮面前的茶几上堆。小亮见着我，站起身喊一声“俺大伯”，一张脸就羞涩地红起来。小亮双眼皮，长眼睫毛，瘦瘦弱弱的，小时候像一个女孩子，长大还像一个女孩子。我简单地问几句他们一家人在金华那边的情况，妻子就催我赶紧去饭店，说快到十二点钟了，我们先去饭店，再慢慢地叙话。

趁妻子进卧室换衣服时，我拿出一支笔一张纸，要小亮把他的基本情况留下来。父亲让我替小亮在矿务局找工作，我不能不过问。小亮瞧一眼白色的纸，黑色的笔，跟我说，这件事俺爹跟我说过了。在我们这里人家的称呼里，爹爹就是爷爷。小亮态度十分明确地说，下井给再多钱，我都不会干。我慌忙说，我先找熟人问一问，不下井。小亮说，不下井，拿钱比那边少，我也不会干。我问，你在那边一个月拿好多钱？小亮说，三千五百块。我在心里生疑问，一个月真有这么多工资吗？月薪三千五，一个新工人去矿务局不下井，恐怕都拿不上这么多。姓名、性别、年龄、毕业学校、所学专业、手机号、E-mail。我说一项，小亮写一项。字迹潦草而幼稚，一看就是一个跟文字不常打交道的人写出来的。

晌午一顿饭在红茶坊里吃的。红茶坊最出名的是盖浇饭。我家闺女喜欢吃这里的盖浇饭，她上大学前每学期都要带她来这里。小亮比我家闺女小，在妻子的眼里自然是个孩子，她才毫不犹豫地选择红茶坊。过去一份盖浇饭五块钱，现在涨到二十块。三个人三份盖浇饭，加上两荤两素四个菜，再加上一盆汤，没有两百块钱打不住。两个蔬菜端上桌子，妻子摆在我们这一边。两个荤菜端上桌子，妻子摆在小亮那一边。盖浇饭和汤上得慢，需要候一候。妻子说，我们先吃菜。小亮不动筷子，站起身子说，俺大伯大妈我要先说一句话。妻子两眼惊奇地望着小亮，不知道他要说什么话。小亮说，这顿饭钱我来付，我请俺大伯大妈。妻子坚决地不同意说，你来我们家，怎么让你花钱呀？小亮说，你们是长辈，这个钱该我花。小亮言之有理，妻子只好勉强同意。小亮动作麻利，先去总台付账，回头再坐下吃饭。

这顿饭妻子吃得疙里疙瘩不顺畅。吃罢饭小亮直接坐车回老家。我和妻子步行往家走。半路上妻子猜测说，上菜前小亮去过一趟洗手间，怕是跟他父母打电话，是他父母不让我们付这顿饭的饭钱。我说，管它呢，两百块钱小亮不是出不起。妻子说，不是两百块钱不两百块钱的事。我问，是什么事？妻子说，原本就不该出门吃饭。我又问，为什么？妻子说，自家人出门吃饭就是假。妻子自个把自个否定去。

说起来，二弟一家外出打工是有一个艰辛而漫长的过程的。

二十年前，二弟高中毕业没有考上大学回来家。那个时候父母五十多岁，一边种着家里的几亩地，一边开着一辆四轮拖拉机跑生意。二弟回来家搭一搭帮手，家里家外都是父母跑在前。过几年，二弟娶妻生子，大的是一个闺女，小的是一个男孩，一家四口人和父母一起过日子，家里种几亩地以二弟两口子为主，一辆四轮拖拉机跑生意依旧靠父母支撑着。二弟的身子骨单薄，父亲开拖拉机，他跟车都吃不下一份苦,更不要说单独开拖拉机。眼见两个老人一天一天老,两个孩子一天一天大,二弟再这么待在家里真的待不住。二弟想出去打工,两眼黢黑,不知道去哪里。正好二弟媳妇的妹妹一家人在浙江金华开办农民工学校,二弟媳妇打电话联系妥,二弟卷一床铺盖就过去当老师。当老师适合二弟,只是工资低,只能自个顾自个,两个孩子上小学的学杂费都要靠父母。那一年,我母亲突然撒手人寰,父亲停下拖拉机,一家人就缺少主要经济支撑了。二弟媳妇在家里待不住,把两个孩子一狠心甩给我父亲,就直奔二弟那一边。二弟在那一边当老师挣不着钱,二弟媳妇在那边烧饭挣不着钱,二弟两口子在那边挣不着钱,也比待在家里强。苦就苦父亲一个人,经管家里的几亩责任田,经管二弟跟前的两个孩子,一辈子烧不好一顿锅,现在要烧给自个吃,要烧给两个孩子吃。就是这一年,父亲开始喂养牛。开春天买回两头小牛犊子,指望喂一春、喂一夏、喂一秋、喂半冬,过年前卖出去,挣一份钱。父亲老胳膊老腿,不去喂养牛,其他的挣钱活路确实干不动。

就这么前后有五六个年头吧,父亲带着两个孩子在老家紧咬牙关,苦苦地挣扎过来。二弟跟前的闺女初中毕业接着上高中,二弟跟前的男孩初中毕业不想上高中,二弟和二弟媳妇就把他接去金华上职业高中,算是减轻父亲的一份负担。父亲吃过大苦,风雨一生经验过不少大事小事,过日子抱一份乐观的态度。我看着愁眉苦脸喘不过气来的日子,父亲却乐呵呵地一闷头地一天一天往下过。父亲说,你们一家子过日子不用我操心,我不操心二孩子一家人去操心谁家的?父亲说,你二弟跟前的两个孩子一天一天大,你二弟他们的日子就一天一天好。一转眼三年时间过去,二弟跟前的男孩职业高中毕业在那边打一份工挣一份钱,二弟跟前的闺女考上大学去广东那边,父亲一个人留家里,依旧一年喂养两头牛。

小亮来我家的第二天,我就找人打听他工作的事。第一步,先去矿务局。去那里找熟人一问，下井工没有学历限制，经过中介劳务公司派遣，只算协议工，不算合同工，更不算正式工。要是不想下井，只有走矿务局人事部门招工的一条路子，最起码需要大专学历。小亮职业高中毕业，显然条件不符合。第二步，我向本市两所职业技术学院的熟人打听，看小亮可能免试入学念两年书，拿一个大专文凭。参加高考小亮不可能，免试入学，家人能说服他读书就算不错了。说白了，小亮原本就不是一块学习的料子。两所学校的熟人都跟我说，免试入学不可能。第三步，我就失去目标了。看来像小亮这种人，想在本地进一家像样的企业，真的有难度。这期间有一位朋友主动推荐一份工作给小亮。这位朋友出生在城里，生长在城里，一天地没种过，一根庄稼没收过，却在邻县流转几百亩土地种大棚蔬菜，堂而皇之地做上地主。我问，小亮去做什么工作？朋友说，专门跑城里的各家超市联系买家。我问，一个月给多少钱工资？朋友说，按业绩拿提成。我回家先征求父亲的意见。哪想到他老人家一句话，就把我的想法打消掉。父亲说，左邻右舍的男孩子一个一个往城里跑，没有一个回村种地的。我说，超市在城里，小亮跑超市就是往城里跑。父亲问，小亮回不回大棚里？我说，就算回也是跟车拉蔬菜。父亲问，大棚是种在城市，还是种在农村？我无话可答了。父亲说，矿务局成千上万的人都能进，怎么单单小亮进不去？我更是羞愧难言了。

我这一边停下替小亮找工作，妻子那一边接着找。妻子有一个同事的男人在一家大型煤矿机械企业做高管。妻子跟她一说，她跟她男人一说，她男人说每年七八月份他们那里都招一批新工人，让小亮到时候报名，他会关照的。这家企业离老家十来里路远，按说小亮要是招工进这里，安稳下来。二弟和二弟媳妇跟着从金华回家来，就有理由和可能了。父亲的心愿也算了结了。现在的问题是，小亮年纪轻轻的能回来，可二弟和二弟媳妇四十多岁，回来能找到适合的工作吗？眼下二弟和二弟媳妇还不到回家养老的年岁，单单地回家种几亩地，把日子一天一天往下过更不是一个良策。我想打电话跟二弟说一说这件事,手拿电话,拿起放下,放下拿起,好几回都没有打过去。

一件实事早已摆在二弟他们一家人面前,那就是他们一家人从外地回家来,跟当年从老家外出一样艰难与困惑。

2013 年 3 月 5 日　合肥

开 口 说 话

村庄的紧东头住着一户哑巴人家。女人是真哑，整天“啊、啊、啊”地说着旁人听不懂的话。男人不哑，是个蛮子，蛮得很厉害，说出口的话，“蛮音格朗”的，村人也很难听得懂。村人干脆就把这么一户人家叫哑巴人家。

哑巴女人的娘家就住我们大河湾村。她的老子、娘不哑，她的兄弟、姐妹不哑，不知怎么的单单她一个人哑。哑巴长相不丑，还是个小姑娘的时候，一双眼就灵动开来了，像是原本该嘴说出的话都跑这么一双眼睛里，一双眼睛骨骨碌碌也就会说话了。若是一个正常的姑娘长出这么一双眼睛，那真是一朵人见人喜的花朵了。反过来，一个哑巴姑娘长出这么一双眼睛，人前人后的村人见了，心里就生出一份凄楚。村人叹息，可惜是个哑巴姑娘呀。哑巴姑娘一天一天长大，转眼到了该论婚嫁的年龄。像割韭菜一样，只前后两年的时间，村里般上般下的姑娘一个挨着一个都嫁出去了，独留下哑巴姑娘。这两年，哑巴姑娘最爱赶的热闹场子也就是村里人家嫁闺女、娶媳妇。

我们这儿的人家喜欢把婚嫁喜事放在闲冬天张罗。秋天地里该收的庄稼收下了，该种的庄稼种下了，村人忙乎一年的心“哐当”一声闲下来，这才能腾出气力忙乎一年间最重要的婚嫁喜事。年前的十月、腊月天，每个吉祥的日子都有喜庆的炮仗声。一阵“噼里啪啦”的炮仗响声就能把大河湾的寂静撕碎、撕裂，就能把大河湾人家的日子搅弄得热火朝天。谁家嫁闺女、娶媳妇也不用哑巴姑娘帮忙，可这些天哑巴姑娘却最忙、最累。东家嫁闺女，哑巴姑娘忙着看热闹；西家娶媳妇，哑巴姑娘忙着看热闹。这些看似与她一点相干都没有的婚嫁事，哑巴姑娘南一头、北一头忙乎得最很，身累，心也累。

闲冬天短，煞黑早，天亮迟。天麻糊亮的时辰，娶亲人家就开始忙乎了，急着去新娘的娘家下四色礼、抬嫁妆。这时候，村人还多睡在床上，享受一年间最踏实、最安心、最舒坦的一段梦。猛然间，一串炮仗炸响了，一串串响声，欢跳着、嬉戏着，传向大河湾村的每户人家的每个人的耳朵里。哑巴姑娘光哑不聋，家住村中间，算不上最先一个听见炮仗声响的村人，她肯定是最先一个起床的村人。炮仗声响像一条鞭子抽过来，哑巴姑娘浑身一激灵，一骨碌爬起来。哑巴姑娘衣扣都顾不得扣整齐，就扯开两腿往家门外跑。一头南，又一头北，这是确定娶亲的村人到底往哪个方向走。往南，娶亲的村人是去自己村庄的渡口过淮河；往北，娶亲的村人是去别处村庄的渡口过淮河。大河湾人家少与淮河南岸的村庄通婚，十之八九是与北面的村庄结好。不管村人往南还是往北，赶哑巴姑娘走出家门，瞧见的都是一溜远去的背影。清早天冷，一干人抬着四色礼，勾着腰身走路，冻得嗞嗞哈哈地抖。哑巴姑娘甩开两手，憋足一口气往前撵几步站下来，一张脸通红通红的，嘴里的白气一团一团往外哈。这会儿，哑巴姑娘猛睁着自己的两只眼，像是能把什么都瞧得一清二楚的。紧前面的两个村人抬着一吊肉，不带猪的后腿，也不带猪的前腿，是有肥有瘦的肋条肉。三四十斤的一块肉，单独分割出一小条，似连非连，叫双刀肉。这样的一小条肉又叫离娘肉，做娘的得亲手扯掉它，让娶亲人带回来。闺女是娘身上长出的一块肉，狠心狠手，不离也得离呀。紧跟后面的两个村人抬着鱼。鱼是淮河里生长的鲤鱼，是鱼鳞金红色的那一种。送礼的鲤鱼得两条，一条大，一条小，大的一条留娘家，小的一条返回头。那时候的人家不富裕，有鱼有肉，娶亲的四色礼也就齐了一大半。再有就跟着一坛酒,酒是大队代销店里卖的散酒,一坛酒有十几斤也就能说过去了。如若做亲家的好喝酒,再省,四色礼也省不去这么一坛酒。闺女是老子的酒坛子——不依这句古话,这桩亲事肯定会不顺畅。再有就跟着各色各样的果子(油炸的面点心),不多不少十六包最吉利。再有就跟着一笆斗喜馍,喜馍是头遍麦面蒸出的,雪白雪白的,看着都令人眼馋。——如若上述这些都备齐全,这份四色礼就算重的了,能称得上大礼。这么重的一份四色礼行路上,路人会互相打听这是哪村的哪户人家娶亲,娶的又是哪村的哪户人家闺女。

四色礼上一片红彤彤的,鱼上、肉上贴着红纸剪出的大红双喜;酒坛上、笆斗上贴着红纸剪出的大红双喜。每包果子的绳筋下压着一绺红纸条,每个喜馍的脸面上按着一个大红印花。连扁担上、绳索上也染得通通红红的。一干娶亲人愈走愈远,愈走愈模糊。哑巴姑娘的两眼潮湿了,汪满泪。四色礼上的红色映在眼里却愈来愈鲜艳,愈来愈清晰。

一上午,哑巴姑娘就这么一直站着不动,不欺近办喜事的人家,也不回家吃早饭。娘走过来喊吃饭,哑巴姑娘不动,不回家,不吃饭。娘叹口短气,缩回家。大走过来喊吃饭,哑巴姑娘还是不动,不回家,不吃饭。大也叹口短气,缩回家。回家后,哑巴姑娘的父母脸对脸叹出一口长气,说,看来还得替哑巴姑娘找人家。

说过一户东庄的人家。这男人哪儿都好,就是两腿不一般长。两条腿并一齐,一条腿比另一条腿短一寸半寸的,或一条腿比另一条腿长一寸半寸的。相亲的场地在媒人家,哑巴姑娘先去的,瘸腿男人后来的。哑巴姑娘坐在媒人家的堂屋里,两眼迎着这个男人一倾一斜、一摇一晃地瘸过来,自己的脸上呈满笑。媒人最喜欢哑巴姑娘的这副神态,心想哑巴姑娘这是看上了瘸腿男人。赶这男人瘸进屋,坐下身,哑巴姑娘却不声不响站起身,走出去。媒人撵出屋,想问个究竟,转脸瞧见哑巴姑娘一下流了满脸的泪。媒人的一双脚“咯噔”一声站住了。

还说过一户西庄的人家。这男人也是个哑巴，哑得比哑巴姑娘还厉害，一张嘴说不出人话，一双耳还听不进人话。哑巴男人瞧见哑巴姑娘真是欢喜得不得了，一张嘴“啊、啊、啊”地想说人话，一双手乱舞乱蹈更想把嘴里的人话说清楚。按理说，哑巴男人与哑巴姑娘流通着哑语，哑巴姑娘能看懂哑巴男人比画的“人语”。可任凭哑巴男人的一张嘴怎么“啊”，一双手怎么舞，哑巴姑娘冷淡着一张脸，像是一句哑语也不明白。哑巴男人的欢喜似热铁遇冷水，“滋啦、滋啦”凉下来。哑巴男人明白，哑巴姑娘这是没看上自己。

哑巴姑娘是个心高的人，凑凑合合的男人她不同意。

一干娶亲的村人半晌午就能“吱吱呀呀”把嫁妆接回头。也只有到了这种时候，泥塑一般的哑巴姑娘才缓过一丝活络气，瞧看嫁妆的一双眼睁得又大又圆，又圆又大。——那时候，娘家陪闺女的嫁妆脱不过这么几样子：木马桶、木脚盆、木脸盆架、一只木箱、一张桌子、四把椅子、一个五斗橱、一个大立柜。一句话，男方只备一张床，余下的，娘家陪什么用什么。娘家不陪，男方也不兴要。按照礼数，这些家用木器不该由男方家操持。这些嫁妆照例漆着大红漆，一排溜行路上就是一排溜的红。如若是个晴天，天空里有一颗太阳照着，这么一排溜的红就更加耀眼了，映衬得四周都是一片暖烘烘的呢。哑巴姑娘远远地瞧着这么一排溜的红，似眼底里燃起一片火，愈烧愈近，愈烧愈旺。

迎接嫁妆走上庄台的是一挂长长的炮仗。“噼里啪啦”的一阵喧闹后，村庄就不愿安静下来了。村人抬眼望着村大路的尽头，尽管还没见着一丝新娘的人影，也知新娘快要过来了。按此地风俗，新娘进门，迟，迟不过午时，过午时不吉利。如若同一天有几家娶亲，还要攀比着看谁家新娘先进门。这时候，哑巴姑娘也不安了，一颗心猛然狂乱地跳起来，像是长出一副小翅膀，“扑棱棱”一时一刻地不宁静。哑巴姑娘跟别的村人不一样，别的村人能随便地去热闹。哑巴姑娘不能，还得躲避远远的。娶亲的人家怕哑巴姑娘冲了喜气，赶明新娘生下的孩子也哑巴。哑巴姑娘很自觉，两只脚像是伸出了两条长长的根须，轻易不挪动，挪动了也不往娶亲的人家去。

这一天，哑巴姑娘却没能管住自己的两条腿，随着村人一齐跑下庄台迎新娘，趁着人多人杂人乱，还伸手摸了新娘身上穿着的一件大红棉袄。哑巴姑娘也就闯下一个老天那么大的大祸。

挨近晌午，新娘随着送亲的娘家人从村大路的尽头走过来。大河湾的土地空朗，一条村大路穿过土地伸展几个人的脚底下，少说也有三里路远。这么远，村人能判断准确是新娘而不是路人，关键的一点还是新娘身上穿着的一件红棉袄。红棉袄像一团旺旺的火，烧得大人孩子的眼睛一个比一个亮，一个比一个明。迎接新娘最先跑下庄台的是一窝村孩子。村孩子“嗷、嗷、嗷”地一阵狂欢乱叫，像一个个泥团滚到庄台下，而后沿着村大路继续惯性地往前滚。

新娘子，吃年糕，
肚子一下鼓多高；
新娘子，吃花生，
来年就能生、生、生……

村孩子唱着歌谣，跑去多远了，真正负责迎接新娘的两位姑娘才不疾不缓地走下庄台，走，走，走一截地远又站住。这时候，相距新娘还有里把地。两位姑娘不愿迎接这么远的路，也没必要迎接这么远的路。村里其他看热闹的人还是齐刷刷地站庄台上，居高能临下，想看得一切更清楚。待新娘走离庄台很近了，两位姑娘才把一把红纸伞撑开来迎过去。这把红纸伞罩着新娘，新娘才能走上庄台，走进新房，变成新媳妇。

两位持伞的姑娘是一团红，新娘是一团红，两团红慢慢近，慢慢近，而后并一起。哑巴姑娘就是这种时候扯断两脚下的根须，跑过来的。哑巴姑娘跑过来就显得比两位接亲的姑娘与新娘还亲、还近，一下偎上新娘身，伸出一双手抚摸着、比画着。哑巴姑娘的神态是痴迷的，是陶醉的，像是羡慕新娘身上的红棉袄漂亮，又像是新娘身上的红棉袄就穿在自己的身上。新娘、哑巴姑娘，还有迎亲的两位姑娘，四个人的四张脸共同笼罩在同一把红纸伞里，四张脸是一个比一个红艳，一个比一个漂亮。新娘不认识哑巴姑娘，心想她也是个迎亲的姑娘。两个姑娘认识哑巴姑娘，一个惊叫一声“哑巴——”，另一个也惊叫一声“哑巴——”。两个迎亲姑娘惊叫过两声却一下呆傻住，不知该怎么处置这件事。还是新娘干净利落，伸手扇哑巴姑娘一个耳刮子，又一脚把哑巴姑娘踹倒在一旁的麦地里。新娘没说话，紧着脚步往庄台走过去，留下哑巴姑娘独自一个人坐在麦地里。哑巴姑娘也是一声没吭，两眼依旧呆痴痴地目送新娘一点一点地隐往庄台上。

哑巴姑娘冲撞了娶亲人家的喜事，人家自然不愿意。哑巴父母请几个和事人吃了一顿酒，又花钱买几尺大红缎面，重新替新娘做一件棉袄，才算把这事了结去。

村人同情哑巴姑娘，说哑巴也是女人，是女人到了该论婚嫁的年龄就该找男人。父母当面没说哑巴姑娘一句不是，背地里咕叨得更勤了，还是要替哑巴姑娘找人家。可又哪是一件容易的事呢？

哑巴姑娘最终找的男人是个蛮子。蛮子人高马大、五大三粗，还不疤不麻、不瘸不哑。令村人惊奇的是，这男人还是哑巴姑娘自己找着的。

大河湾村的东边是一个农场。农场早些年是个劳改农场，犯人都是些没多大罪过的人，刑期年把两年的占大多数，种种庄稼、兴兴菜园，春夏秋冬一轮转也就到期了。到期的犯人不再是犯人，该离开了，可每年里都有不愿走的人，留下来继续种庄稼、兴菜园。原因是农场的茶饭比家里好。家里吃不饱，这儿能吃饱。农场后来改作了农垦农场，犯人转移别处，改造好的人大多也走了，还留下来的就成了极少数。这极少数的都是些能吃苦、有手艺的人，农场真的离不了。哑巴姑娘找的这男人就属这么一种身份的人。这人留在农场一年四季看庄稼。哑巴姑娘跟这男人就是拾庄稼认识的。

农场距大河湾五里远，土地相连着。大河湾人出村东几十步就到了农场地里边。一年四季，农场都得派人看庄稼。庄稼青，得防着大河湾的牛羊吃庄稼；庄稼黄，得防着大河湾的人偷庄稼。相比较，农场还是最怕大河湾的人偷庄稼。看不紧，大片大片的庄稼一夜间就没了。大河湾人偷庄稼，是穷急了，一到荒冬天、荒春天就缺口粮。去偷庄稼的多是一窝大姑娘小媳妇，一人一根绳、一把刀，猫腰钻进庄稼里，铺展开绳，伸展开刀，“嚓、嚓、嚓”几眨眼工夫就能偷一背庄稼往回跑。偷庄稼多是在夜黑里，上百亩的一片庄稼地里，看庄稼的人在南，村人在北边偷；看庄稼的人在西，村人在东边偷，弄得农场人真是防不胜防，力不从心。这般，农场看庄稼的人又气又怒，偶或逮个大姑娘小媳妇不能打不能骂，就是不放人总不犯法吧。农场人带口信，让家人去带人，带人不能随便带，得拿粮食换。农场还规定了惩罚粮标准。家人去，拉着一辆架子车，架子车上躺着装着粮食的口袋。村里的大姑娘小媳妇还不罢手，张开一颗贼胆，青天白日地也去偷庄稼。头顶有一颗太阳照着，偷庄稼的得眼，看庄稼的也得眼。俗话说，善者不来，来者不善。一窝大姑娘小媳妇大模大样拥进农场的庄稼地里，铺展开绳索，伸展开镰刀，一把紧着一把割起来。这块庄稼地的另一端就有看庄稼的，庄稼成熟增加了人手，还不止一个两个的，一下跑过来五六个，个个都长着一双长腿，一步能迈好几尺。相隔的原本就不算远，偷庄稼的能瞧清楚看庄稼的。看庄稼的也能瞧清偷庄稼的。几个看庄稼的愈跑愈近，偷庄稼的并不慌张，还是一把一把割着庄稼。看庄稼的反倒糊涂眼了，天下哪有不怕逮的小偷呢？眼看几个看庄稼的与偷庄稼的真是很近了，一窝大姑娘小媳妇这才停下割庄稼，两手麻利地捆住割倒的庄稼。连几个看庄稼的喘气声都听得清清楚楚了，哪还能跑得赢？小媳妇们仍旧不动，沉沉稳稳地对姑娘们说，你们先背着庄稼跑，我们来对付这几个看庄稼的人。几个小媳妇怎么对付看庄稼的男人呢？方法很简单。候几个看庄稼的快到眼面前，几个小媳妇“哗啦”脱下裤子，露出白花花的大屁股。看庄稼的男人哪能料到这一招？几个男人站住脚，眼睛似闭非闭就是不敢往大里睁。看庄稼的男人一迟钝，一愣神，偷庄稼的小媳妇得着空闲，提起裤子，背起庄稼跑吧。这种时候，看庄稼的男人就是识破女人们的诡计还是没办法。去撵她们，她们还脱裤子，不还是逮不住？再说，庄稼被偷掉一星半点的事小，真要惹出男女间的是非就事大了。说不定几个看庄稼的男人里就有因这事劳改的，现在好了疮疤也不能忘了疼。又是几眨眼的工夫过去了，几个小媳妇跑脱了，前面的大姑娘们跑得更远了。

这一天，哑巴姑娘也去了农场地里偷庄稼。别的姑娘跑掉了，她却被逮住。逮哑巴姑娘的就是后来做了她男人的蛮男人。蛮男人看庄稼有经验，其他几个看庄稼的去逮小媳妇，他独自一人绕个大弯子去逮几个大姑娘。这个蛮男人有一股蛮力气，一撵撵上了哑巴姑娘。哑巴姑娘嘴哑，耳不聋。近旁的大姑娘冲哑巴姑娘喊叫，快弄乱头发。远处的小媳妇也大声喊叫，让哑巴姑娘撕烂自己的衣褂。弄乱头发，撕烂衣褂，也算是对付看庄稼的招数。一个大姑娘说是你看庄稼的弄乱了她的头发，撕烂了她的衣褂，你看庄稼的还真浑身长嘴说不清呢。这个蛮男人的两手都抓住哑巴姑娘身后背着的庄稼了，听见女人们这么一喊叫，两手像是抓住烧红的热铁，一下甩开庄稼不算，还烫得两手前前后后直抓挠，一副神态像是猛然遇到一个大难题，一时三刻地都不知怎么办才好了。哑巴姑娘没有弄乱自己的头发，也没有撕烂自己的衣褂，而是睁着自己的一双大眼睛直直地看着眼前的这个蛮男人。这个蛮男人从最初的惊慌中稳定下来，才察觉哑巴姑娘长着一双漂亮的眼睛。现在是夏天，这双漂亮的眼里有一阵一阵的凉风徐徐地向着他吹过来。这个蛮男人的心似一湾浅水再也不能平静了，一圈涟漪扩着一圈涟漪慢慢洇染开来。这个蛮男人对哑巴姑娘说,你是一个又漂亮又心善的好姑娘。哑巴姑娘大声“啊”了一下,冲着蛮男人伸出大拇指摇了摇。这个蛮男人冲哑巴姑娘笑了笑,转身离开了。

这个蛮男人空着两手回过头,其他看庄稼的不愿意,说你明明能逮住她,却偏偏把她放掉了。又说,要是逮着一个,让她一供,一个也跑不掉。这个蛮男人说,她是一个哑巴姑娘,就是逮住了,她连一个也供不出来。其他几个看庄稼的“嗷——”一声明白过理,说怕是你看上了哑巴姑娘。

大河湾村有一个漂亮的哑巴姑娘,其他看庄稼的只是听说,却没有眼福看过。几个人问蛮男人,哑巴姑娘是不是像人们传说的那样漂亮,说她最漂亮的是一双眼睛,这双眼睛瞅到哪儿,哪儿就有一片亮光。蛮男人点头承认哑巴姑娘确实很漂亮,也确实长着一双漂亮的眼睛,自己就是看见了这么样的一双眼睛,才松手没逮她的。其他几个看庄稼的没了意见,说自己也不会狠心逮住哑巴姑娘的。

几个人想想又问蛮男人,说你早就认识她了吧?要不怎么你绕开我们,自己一个人去逮哑巴姑娘呢?

这一回,蛮男人不愿搭话了,冲几个人笑一笑,心想随便你们怎么猜测吧。

这事怎么完结呢?农场领导觉得这样偷下去不能算个事,村干部也觉得这样偷下去不能算个事。农场领导找到村干部,允诺了一大堆好处,村干部才同意由大队派民兵帮助农场把守着。同是大河湾的人,谁不认识谁?村人再去农场地里偷庄稼,把守的民兵不用逮人,瞅一眼也知是谁家的大姑娘小媳妇。农场的庄稼还能随便偷、随便割一根吗?这般,村人再去农场地里拾庄稼就是真正拾庄稼了。

哑巴姑娘长大了,两年前就去生产队挣工分了。好在家里事不让她忙,生产队下工就能去农场地里拾庄稼。哑巴姑娘跟别的村人拾庄稼不一样,别人是哪儿庄稼多往哪儿拾,她是满地里乱转悠,南地里一头，北地里一头，东地里一头，西地里一头。哑巴姑娘不是拾庄稼，是找人，找蛮男人。蛮男人在哪儿看庄稼，哑巴姑娘才在哪儿稳住脚，拾庄稼。哑巴姑娘拾庄稼是虚，看蛮男人是真。哑巴姑娘离多远站住脚，有一下无一下地拾着庄稼，一步一步地靠近蛮男人。农场收割过的麦地里，别人拾麦子是拾麦头，或拾连着麦头的麦秆。哑巴姑娘一路拾过来，却拾了一抱没有麦头的光麦秆。显然，哑巴姑娘的眼里没有麦子，只有蛮男人。哑巴姑娘到了蛮男人近旁就站住不动，一根麦草都不拾，只顾呆傻傻地看着蛮男人。起先这个蛮男人没有注意哑巴姑娘的这种神态，偶或注意了也只是笑一笑，算是打招呼。后来这个蛮男人渐渐变得敏锐起来，不论什么时候要是觉得眼前晃过一道光亮来，哑巴姑娘肯定已到近旁正拿两眼直勾勾地盯瞧他。蛮男人胆子弱，不敢多看哑巴姑娘。蛮男人一转腰身，一磨屁股，离开哑巴姑娘去别的地块。不大一会工夫，这个蛮男人又觉得一道光亮照射过来了。蛮男人不用抬头也知哑巴姑娘追撵过来了。

显然，哑巴姑娘看上了这个蛮男人，哑巴姑娘心里明晓这个蛮男人也看上了自己。只是哑巴姑娘心里的话说不出口，蛮男人心里的话能说出口却不敢说出口。哑巴姑娘只得回家把心里话跟自己的母亲“说”了。母亲能听懂哑巴闺女的“话”，说你先带我去看看这个男人再说话。哑巴姑娘领着母亲去农场的地里远远地偷瞧了这个蛮男人。蛮男人是高高大大的一个人，母亲一看看上了眼。母亲心里却没乐，跟哑巴姑娘说，人家是个全人，不疤不麻，不聋不哑，你愿意，就怕人家不愿意呀。哑巴姑娘心里有底，“啊、啊、啊”地又跟母亲说了一通“话”。话意是蛮男人会愿意的。母亲很为难，思虑再三，只得找村干部。村干部一听这事，大包大揽地说，这件事准成，他个劳改犯，打灯笼满天底下找，也找不着这么好的事情呀。村干部找见农场领导，农场领导找见蛮男人，蛮男人连个迟钝都没打，就把一颗头点下来。哑巴姑娘与蛮男人的这桩婚事就这么定下来。

哑巴姑娘出嫁的好日子定在当年的腊月初八。

还是收割完麦子的夏天里,蛮男人就领着一干人来大河湾脱土坯准备盖房屋。哑巴姑娘嫁给蛮男人,却不能跟着去农场。蛮男人照顾哑巴姑娘准备把家安在大河湾。村干部也慷慨,两手在村东里一划拉规定出两间房屋的庄台地。脱干土坯,备齐房料木,两间新房就盖起来了。农场出人力,村里出了做房笆的芦苇,还出了铺房屋顶的麦穰草。村干部跟农场领导说,这要在古时候,哑巴姑娘就是王昭君,就是文成公主。农场领导说,也对,也不对,哑巴姑娘算是头一个嫁给农场的姑娘不假,可农场不是匈奴,更不是西藏。

腊月初八是个大晴天,天空有一颗暖暖的太阳照着,地下有一片晶亮亮的白雪。哑巴姑娘的娘家近,蛮男人娶亲不用天麻糊亮就张罗。村中到村东不足一里远,再肉蹭,一个时辰也够了。蛮男人一切依着哑巴姑娘,按此地风俗,该送的四色礼一样都不少:肉、鱼、酒、果子、喜馍。哑巴姑娘的父母也一切依着哑巴姑娘,该陪的嫁妆一样也不少:木马桶、木脚盆、木桌、木椅、五斗橱、大立柜。这一天,哑巴姑娘起来得还是很早,梳妆打扮停当就静坐家里等候娶亲的炮仗声响了。陪嫁的嫁妆红彤彤地摆放在四周,哑巴姑娘坐在正中间。哑巴姑娘身上的大红缎棉袄像火苗一般静静地燃烧着……

年　馍

整天下午我都坐在我家锅屋的一个拐角里，一动不动地“看”着母亲忙着蒸年馍。这个带着引号的“看”，实际上包含着这么两层意思：一是看守着母亲不要偷偷地提着小包袱去找娘家人；二是看守着母亲不要把年馍偷偷地拿着送给干姥姥。干姥姥是一个要饭的白头毛老太太。她家离我们这里很远，每年冬天都来大河湾村要饭，白天在村子里窜来窜去的，东家要半块馍馍，西家要半碗稀饭，晚上就睡在村东的一座废弃的敞口的砖窑里。去年年跟前，母亲去给干姥姥送过一回年馍，今年要是还去送的话算是第二年。母亲干吗要给一个要饭的老太太送年馍？母亲干吗要让我喊她干姥姥？我也说不清楚。

说起这件事，我父亲说我母亲，她是一个把日子过颠倒的女人，人家女人是要饭的上门要年馍舍不得给，她是自己送过去；人家女人是害怕要饭的沾染上一身穷气，她是自己去认要饭的做干妈。

父亲问我，你说你娘傻不傻？

我说，傻！我娘是一个傻娘。

母亲不承认自己傻，说，有些道理我跟你们爷俩说也是说不明白的。

父亲说，我们是不用听你说傻道理的。

父亲话里的“我们”包括我，显然我是跟父亲站在一边的。

我帮腔说，对，你不能随便让我把一个要饭的老太太喊作干姥姥。

母亲说，怎么是随便喊的呢？我认她做干妈，她就是你干姥姥！

我往地上吐一口唾沫，很气愤地说，我才不要一个要饭的做干姥姥呢。

母亲笑笑说，你不认有个屁用，我认你就得认。

我不知道怎么去跟母亲争辩，转眼企求地看着父亲。

父亲说，这我没办法帮你，你娘认她做干妈，她自然就是你的干姥姥。

我冲着母亲大声地抗议说，我就不要她做干姥姥。

一个要饭的老太太、一个又老又丑的老太太怎么能做我的干姥姥呢？我感到十分委屈，眼泪一下就流出来了。相反地，我母亲的脸上却呈现出一副得意的神色。

父亲看看一脸委屈的我，看看一脸得意的我母亲，也是一脸笑笑地说，虽说你们娘俩认“干妈、干姥姥”这件事我说话不算数，可在这个家里有些事我还是当家的。

母亲问我父亲，你说什么事情吧？

父亲一字一顿地说，我们只要你今年不要把年馍再送给那个要饭的老太太。

母亲说，她是我的干妈，我也不能去送年馍？

父亲摇着头说，干妈是干妈，干妈不是亲妈，就不能随便吃我们家的年馍。

母亲收敛起脸上的得意神色，声调软软地说，我少吃几个年馍，我把省下来的送过去？

父亲摇摇头，不说话。

母亲说，我一个年馍不吃该照(行)吧？

我问娘，你过年不吃年馍吃什么？

母亲说，我顿顿喝稀饭，天天喝稀饭。

父亲还是坚决地说，你一个年馍不吃，也不能把年馍送给一个要饭的老太太。

母亲脸上的得意一丝一丝往下掉，像我一样慢慢变得委屈起来。

母亲说，你们爷俩没一个讲理的。

父亲说，我们没必要跟你这种傻女人讲道理。

我说，对，我们就是有道理也不会跟你这种傻娘讲。

母亲“呜、呜、呜”地哭起来，说我们爷俩欺负她是一个没有娘家的女人，说她要是像别的女人一样有一个娘家，娘家兄弟嫂子、侄男侄女一大家子，谅你们爷俩在我面前也不敢说出半个“不”字来。“呜、呜、呜”。母亲说，我今天就离开家门去找娘家人，我不信一年半载地会找不见，我不信娘家人会不认我。

父亲见不得母亲哭，更是见不得母亲动不动就要去找或许根本就不存在的娘家人。一是哭，二是去找娘家人——这是母亲对付父亲的两样撒手锏。母亲只要随便地搬出其中一样，父亲就投降认输了。不是说母亲这么两招多么灵验，而是说父亲一遇见这么两种情景总是谦让着母亲。母亲往往是一边哭着一边收拾着一个小包袱，说是要去找娘家人。父亲看着母亲一哭、一流泪，一要走出家门，一颗心肠就像加了热的糖稀软下来。父亲所能做的就是赶紧离开家门，躲避开母亲。

父亲说，我走，你留在家里该照(行)了吧？

父亲说，我们家就是你的娘家，你哪里也不用去该照了吧？

父亲还说，我们爷俩就是你的娘家人该照了吧？

母亲慢慢地停息哭泣，也停下收拾小包袱的举动，反驳父亲说，你们爷俩才不是我娘家人呢！要是我娘家人会没有一颗心向着我的？会连我给干妈送几个年馍你们也心疼？

母亲说话一绕一绕又绕在“年馍”上面来，父亲极力回避这么一个带有原则性的问题，说，上工的时辰到了，我要下地干活了。

那是人民公社年代，土地归生产队管理，父亲、母亲算是生产队的社员。不知怎么的，土地归在生产队名下就是不收粮食。一年一年，生产队上缴国家公粮，剩下的粮食填不饱村人半年的肚子。要不是这么一种情况的话，也不会出现要饭的干姥姥，也不会为着几个年馍我们一家人闹矛盾。这一年，我八岁。这一天，是腊月二十七。父亲去生产队上工，母亲专门请假留在家里蒸年馍。冬天里生产队最多的农活是清理淌水沟。父亲从门后摸出一把铁锨，看一看平静下来的我母亲，这才真的走出家门。父亲心里很鬼祟，走出家门并没有往远处走，站在院落里，使劲地向我招手，说是把抽烟的洋火落在屋里的桌子上了，让我把它递过去。实际上，父亲是想避开母亲交代我在家看守着母亲。头一件是，父亲害怕我母亲趁他不在家的空闲又去找娘家人。父亲说，你一看你娘拎着小包袱走出家门，你就快快地跑到生产队的地里去喊我。

我点头说，知道了。

第二件是，父亲交代我在家看守着年馍。我觉得父亲有点啰里啰唆的，说知道了，我一看见娘拿着年馍走出家门，我就快快地跑生产队的地里去喊你。父亲弯起右手的中指，冷不防地猛然敲在我的脑门子上说，我看你顶多就是一个假聪明，你娘都把年馍送走了，你还跑去喊我干什么？我糊涂着头脑，真是不知道怎么办好。我问父亲，我该怎么办？父亲说，你什么也不用管，就是大睁两眼把你娘拿走几个年馍、拿走的是什么样的年馍（每年家里都蒸几样年馍）看清楚了。我依旧糊涂着问，我眼睁睁地看着娘拿走年馍，不去生产队的地里喊你，有个什么用处呢？父亲说，候晚上下工回家，我跟你娘慢慢地算细账。我问，你晚上跟我娘怎么算细账？父亲不愿回答我的话，武断地说，这是我跟你娘的事，不用你管。我呆愣在院落里。我该管什么呢？什么是我该管的？一家三口人，我时常夹杂在父母中间，有时在一件事情上我是父亲的同党，有时在另外一件事情上我又是母亲的同党，其实谁也没真正把我当成他们的同党。

父亲把弯曲的右手中指平展开来，很温柔地拍一拍我的头脑门子说，记住！你下午哪里都莫去，就在家看守着你娘。

父亲扭转身子走出院子，嘴里哼唱起淮河流域流行的花鼓灯曲子《送情郎》。没有锣鼓伴奏，父亲的唱腔跟树梢头上寒风的呜咽声差不多。父亲就是这么一个人，心里一舒坦，就喜欢哼唱几句。我站在院落里不动，看不见他的影子，却能听见他哼唱的声音。

送郎送到大门西，
毛毛细雨淋湿衣，
左手给郎打着伞，
右手给郎摞着衣，
还说奴家不疼你……

母亲很小的时候，被她的家人从一条船上牵下来，走进我祖母的视线。从此，我祖母就成了她的娘。再以后，她就成了我的娘。母亲的娘家是淮河里走船的，自己家养不活这个闺女，才把她送上岸。这在淮河两岸是一件平常的事情，也是走船人家养活闺女的一条平常的办法。我刚记事的时候，母亲就常常跟我唠叨她娘家的一些事情，说你姥爷家的那条木船那个大呀，能装百八十吨的货物。又说，这条大木船上安着三条桅杆，桅杆上全部扯着蓝布帆，那个高呀，一片蓝莹莹，都接上天了。这些木船的事其实都是母亲的幻觉，是她童年留下的一缕漂浮不定的印象罢了。试想姥爷家如若真有那么大的一只木船，也不会连个闺女养活不了。有一次，我陪母亲在淮河边洗衣服。"哗哗啦啦"，一条船，鼓满风，漂流过来。母亲一下愣住神，手里的捶衣棒槌"扑通"掉进河里，也一副浑然不觉的样子。这是一只小木船，单桅，破旧，挂着一片蓝布帆。小木船从面前漂流过去，母亲喊叫起来说，对，我的娘家就是这么样的一条小木船。河岸上，母亲紧紧地跟着这条小船，一撵撵多远。

我问母亲，你不是说姥姥家的船是一条大木船吗？

母亲愣一愣神，想一想说，我八成是记岔了。

一晃几十年过去，姥姥家没人来认我母亲，我母亲想认娘家又不知道去哪里找。

一个女人有娘家跟没有娘家毕竟是不一样的。别的不说，在现实生活中，别人的母亲跟自己的男人吵嘴磨牙心里觉得有冤有屈实在忍受不住，能够卷起一个小包袱回娘家过几天，得一份娘家人的宽慰与温暖。我的母亲没有娘家可去。多少次，母亲独自去淮河岸边，一个人面对着淮河，呼唤那遥远的、不知是否存在的娘家人。

母亲遇见干姥姥就是在淮河边上。

是去年的冬天，是一天的傍晚。母亲为着什么事心里憋上委屈，已经记不清楚了。反正这天傍晚里的母亲就是想一个人走出家门，走向淮河边，把心里的憋屈哭一哭，把心里的憋屈向着虚幻的娘家人述说一番。母亲不可能一个人干坐在淮河边上，无所顾及地放声大哭。如果那样的话，母亲真是一个不折不扣的傻女人了。母亲做着一些必要的掩饰。母亲会顺手端一只木盆，木盆里塞两件衣服，做出一副下河洗衣服的样子。母亲走下河边会选择稍微偏僻一点的地方，错开别人的视线。我们这里的人家住在淮河近旁的一溜堤坝上。村里家家挑水下河里，村里家家洗衣下河里，村里家家饮牛下河里。这么说吧，我们这里的人家过日子一时一刻都离不开淮河。淮河是母亲的，也是其他村人的。面对这么一条人来人往的淮河，母亲选择一天的傍晚，手里端着一盆衣服，下偏僻一点的河边，似乎依旧是远远不够的。除此，母亲的哭泣是尽可能地压低声音，不想让别人听见。母亲的述说也是尽可能地压低声音，不想让别人听见。

“呜、呜、呜”。母亲面对淮河，向着虚幻的娘家人，一边小声地哭泣着自己的委屈，一边小声地述说着自己的委屈。

母亲的这么一种哭泣、述说方式，还是被一个人注意到了。这人不是我的家人，也不是村里的其他人，而是一个外村人，一个要饭的老太太，也就是后来我母亲认的干妈，我的干姥姥。干姥姥走在淮河岸边的一条路上，走得好好的，猛然地把脚步停下来，远远地对着淮河边上“哭泣、述说”的我母亲把脚步停下来。淮河东西走向，淮河岸边的这条路也是东西走向。这条路是固定的，淮河水却是随着季节时涨时落的，夏天里淮河水最多，冬天里淮河水最少。也就是说，这时候的淮河水距离这条路最远，差不多有三四丈。干姥姥相隔着这么远的一段距离看着我母亲顶多是一团模糊着的黑影。应该说，我母亲的神态干姥姥是看不清楚的。我母亲面朝淮河，没去注意河岸上走着哪些人，更是没有注意河岸上站住一个人，一个要饭的老太太。干姥姥的两只脚在河岸上站住，没有走下去打扰我母亲。干姥姥的目的是十分明显的，就是要看守着这个河边洗衣的女人，不要冷不防地一头扑向冰冷的河水里。干姥姥的一生中经验过好多个这样的女人，她们生活中遇见一件难心事，一时化解不开，一头拱进淮河里，走上一条不归的黄泉路。干姥姥不能判断我母亲是不是这么样的一个女人，可从我母亲迟缓的洗衣动作里早已看出她是一个假装洗衣的女人，似乎也已经听见我母亲的哭泣声里夹杂着述说声。干姥姥的态度变得更加坚决，干脆坐下身子，慢慢地等候着。

俗话说，走千走万不如淮河两岸。淮河两岸应该是一片富庶的地方，人们生活在这里应该是不愁吃不愁穿。可一连好多年间，淮河变成一条泛滥的河流，变成一条不养活人的河流。相反地，淮河两岸倒是出现不少很有名气的要饭村子。比如那个出过朱元璋的凤阳，成千上万个要饭的身背花鼓流落四方。“说凤阳，道凤阳，凤阳本是个好地方，自从出了朱皇帝，十年倒有九年荒。大户人家卖骡马，小户人家卖儿郎，奴家没有儿郎卖，身背花鼓走四方……”离我家不远有一个名叫阚疃集的地方，这里人家世代以耍猴为生。与凤阳花鼓一样，猴是他们要饭的工具。此外，有使用快板要饭的，有使用钱杆子要饭的。钱杆子是在一截虎把长的竹竿上挖出洞，安上铜钱，手持着往身上不同的部位拍打出不同的节奏，嘴里唱一种莲花落曲子。“说个大姐一十八，抱着孩子走娘家，脚又小来路又滑，一跤摔到溜平地，咯哇咯哇几咯哇，这个娘家不走啦……”干姥姥她们村子里的人外出要饭死板得很，就是胳膊上挎着一只要饭篮子，手里提着一根打狗棍子，端着一只要饭碗，候着村里人家吃饭时候，一家挨着一家要。这么死板地要饭，就不能跟有要饭工具的相比较。敲花鼓的、耍猴的、打快板的、唱莲花落的，除去吃饱肚子，还能要着一些东西——衣物、粮食等等，一点小钱。一个死板要饭的，要到村里人家的门上，人家能给你半碗稀饭、半块馍馍就已经很不错的了，谁家能给你东西，谁家能给你钱？相对要饭村子来说，要饭是村人的一种谋生手段，更是他们的一种生存习惯。一个要饭的，吃饱肚子是最基本的要求，此外还要留有“积蓄”。敲花鼓的凤阳人，耍猴的阚疃人，能要着钱物当然好往家带。就是死板要饭的，一天下来也能剩下半碗米饭、半块馍馍什么的。他们的原则是吃掉稀的，留下干的。由少聚多，一个冬天聚集起来，也是能装几口袋。这些干货，够开春家人慢慢地吃。要是遇见荒春天，这也是保全家人性命的一种很有效果的方式。就是遇见风调雨顺的好年景，这些干货也是不会浪费掉的，喂猪、喂羊、喂鸡、喂鸭，哪种家畜喂出来卖掉不是钱？一年四季，冬天是要饭的最好季节。冬天一到，干姥姥他们村子里的闲人就一窝一窝走出家门要饭了。所谓闲人就是村子里的老人、孩子。男人、女人是生产队里的社员，管理很严，轻易不能外出要饭。村人一窝一窝往外走，东西南北去哪里的都有。干姥姥跟着一窝村人背着铺盖卷年年来我们村，一到大河湾，一头扎到村东的一座废弃的敞口的砖窑里，放下铺盖卷就能进村要饭了。

这一天，干姥姥就是准备进村要饭的时候遇见淮河边上的我母亲。

干姥姥坐在河岸上，母亲蹲在河岸边，天色渐渐地晚了，两人的影子渐渐地模糊了。干姥姥眼睛里的我母亲像是一点一点地远去,像是一步一步地走向河里。干姥姥站起身,走下河岸上的小路,向着我母亲一步一步地走过去。干姥姥眼睛里的我母亲重新清晰起来,她蹲着的姿势没有改变,她洗衣的节奏没有改变。干姥姥自己跟自己笑起来,同时干姥姥自己也糊涂起来。她不知道这个假装洗衣服的女人心里想着什么,她不知道这个假装洗衣服的女人真正想做什么。干姥姥不知不觉地接近我母亲,只有几步之遥了,我母亲依旧浑然不觉。我母亲小声地哭泣着,干姥姥听得真真切切的;我母亲小声地述说着,干姥姥听得真真切切的。我母亲哭着说,娘呀,你在哪里呢?这些年撇得你闺女好苦哟,你就不想着你闺女一点点、一丝丝、一绺绺、一星星?干姥姥听着听着,似乎是再也忍不住了,轻声地答应说,闺女,娘在这里呢!我母亲一转头,真的看见一个老太太站在身近旁。是虚幻?是真实?我母亲问,你是谁?老太太说,我是你娘。我母亲眨巴眨巴眼睛说,你怎么能是我娘呢?老太太说,我不是你娘是谁呀?我母亲说,你是一个要饭的老太太。老太太年年进村子要饭,上我家门趟数一多,我母亲当然认得她了。老太太笑起来说,看来你这个闺女是一个明白人。我母亲说,我再不明白也不能胡乱认一个娘呀!

两个女人就这么站在淮河边上一句紧赶一句地说着话。说着说着,两人的情况彼此都明晓了。我母亲不是一个行死投河的女人,干姥姥好多年前也确实在要饭的路上丢失过一个闺女。干姥姥说,我那闺女要是能找见的话,怕是跟你的岁数差不多大。干姥姥仔细端详我母亲说,唉,你还真别说,你跟我印象中的闺女长相还真有个差不多呢。我母亲说,那我就是你的闺女。老太太说,那我就是你的亲娘。

我母亲喊一声,娘。

老太太答应一声,哎。

老太太喊一声,闺女。

我母亲答应一声,哎。

两个原本不相干的女人就这么有了关联。我母亲认老太太做干妈，老太太认我母亲做干闺女。

送郎送到三里沟，
沟里沟外是石榴，
有心摘个给郎吃，
吃出滋味怕你偷，
落下丑名在外头……

父亲哼着《送情郎》上工一走，家里就剩下我跟母亲两人。我的任务就是专门留在家里看守着母亲。母亲的任务就是专门留在家里蒸年馍。蒸年馍的面是母亲昨天晚上和好的，焐在温水锅里，经一夜、经半天，慢慢地发起来。原本大半面盆面发起来一满盆。母亲和出两盆面，一盆是麦子面，一盆是秫秫面。母亲在这个下午里就是要蒸出这么样的五锅年馍。一锅实心麦子面年馍，一锅实心秫秫面年馍，一锅实心麦子面、秫秫面两掺和的杂面年馍，两锅菜心年馍——表皮是麦子面的，菜馅是白菜、豆腐、粉丝、米饭搅拌出来的。母亲先化一点碱水把两盆面放在案板上大致揉出来，才开始“叮叮当当”地剁菜馅。母亲忙着这些，我插不上手，我也不愿插手，就坐在锅屋拐角的一只小板凳上静静地看着母亲忙碌。往年不这样，母亲忙着这些蒸年馍准备工作时，我就外出家门去玩，候母亲把年馍蒸出来，我才溜回家一样一样吃。今年父亲交代的任务是看守着母亲，我就一步不能离开家，一步不能离开我母亲。

母亲问，你不出去玩啦？

我摇着头说，我不想出去玩。

母亲说，你今天怎么不想出去玩呢？

我说，外面清冷，没家里暖和。

老天一直阴沉沉的，寒风一阵阵地盘旋在树梢上面，摇晃着、呐喊着、呜咽着。锅屋确实是一处暖和的好地方。

母亲说，你人小鬼大，怕不是这么一回事吧？

我心虚不说话。

母亲说，你大（爸）临出门交代你什么话了吧？

我说，没有。

母亲说，没有？没有才怪呢，我看见你们爷俩在院子里说话了。

母亲在诈唬我。我不乱说话，这是我的长处。

母亲问，你大跟你说些什么话？

我紧闭着嘴巴。

母亲说，你跟你老子一条心，过一会我蒸出年馍你吃不吃？

我还是不说话，我也不能说不吃年馍。

母亲跟我说着话就把菜馅拌好，包出一案板菜包子，点火烧蒸馍水。蒸年馍火头要旺兴，母亲抱一大抱干树枝。是柳树枝，点起火，“噼里啪啦”的，火头足，很热闹。柳树枝耐火，不像麦秸草一轰隆一轰隆的，要不停地往锅肚里添柴火。一把柳树枝能烧好大一气子。哼呀唱的，锅里水响起来，声调愈来愈高，愈来愈疾，最后反倒不成声也不成调了。

母亲说，水开了，我往锅里拾菜包剂子，你帮我烧火。

我摇着头说，你自己烧火，我不会伸手的。

我母亲说，看来你今天真是不想吃年馍了。

今天我遇见一个不好解决的大难题。我不回答话，把头夹在裤裆里假装睡觉。几样年馍里，我最喜欢吃菜包子。母亲恰恰先蒸上一锅菜包子，看来她也是故意的。锅上锅下，母亲一个人能忙过来。母亲把菜包剂子拾掇上锅，几把火一催，菜包子的香味就出来了。香味是一只长长的钩子，伸进我的鼻子里，把我的两眼钩开。母亲注意到菜包子的香味勾引着我，自言自语说着话。母亲说，今年菜包子的面发得好，菜馅拌得更好，这香味就不一般。母亲动静很大地吸溜吸溜鼻子，闻一闻说，明白人一闻就知道菜包子的面是头箩的麦子面，菜包子的油是一点假不搀的黄豆油，这种菜包子蒸出来会好吃得不得了。锅盖上的蒸气愈顶愈足，菜包子的香味愈来愈纯正，愈来愈浓郁。我偷偷地大口吞咽着菜包子的香气，一丝长长的口水拖地上。母亲看见我的一副馋样子，更加得意地说，还差几把火菜包子就能出锅了，这么一大锅菜包子给谁吃呢？给听话的好男人吃，给听话的好孩子吃。

我再也忍耐不住菜包子的诱惑，抬起头来，眼泪汪汪地说，我是一个听话的好孩子。

母亲故意瞪大眼睛看着我问，你是一个听话的好孩子吗？

我点点头。

母亲说，那你跟我说说你大跟你在院子里说些什么。

我摇摇头。

母亲说，你不说你就不是一个好孩子，你不说你就莫吃一个菜包子。

我说，我吃过菜包子才跟你说。

母亲说，我这个做娘的当真能不过你这个当儿子的了呢？你把菜包子吃进肚子里不说怎么办？

我说，吃一半，你想呀，这么馋人的菜包子我吃一半就由不得我自己不说了。

母亲说，看来你比我了解你自己。

实际上，母亲要是再坚持那么一丁点，我就会一口年馍不吃全盘说出来。

母亲把锅盖一掀开来，热气裹挟着菜包子的香味猛然一下爆炸开来。我看见一个个雪白的菜包子像是某种动物似的安安静静地蹲在馏笆子上面，呈现出一种熟睡着的神态。母亲两只手被烫得直甩、直倒腾，算是把头一个菜包子拿出来，摆放在锅台上。母亲想知道我们爷俩说些什么话，与我想吃菜包子一样急切。

母亲说，你说吧，菜包子我给你冷着了。

我"咕咚"咽进肚子里一大口口水，虚弱无力地坚持说，一口菜包子我还没吃进嘴里呢！

母亲伸手把锅台上的菜包子掰成两半，一半依旧摆放在锅台上，一半伸手递给我说，小心烫着你的手。

我顾不及菜包子烫手、烫嘴，两手轮流地倒腾着，就塞进嘴里去。

母亲说，看来你是一个饿死鬼托生的，这么烫怎么吃？

我不嫌烫嘴，需要快速地把菜包子的香味吞进嘴里，咽进肚子里。

相隔整整一年没吃过这种菜包子。

说实话，吃进嘴里的菜包子味道真是不错，咽进肚子里的菜包子的味道真是不错，可跟鼻子闻见的菜包子的味道还是有着一段距离的，跟想象中的菜包子味道更是相差着十万八千里路远。

母亲看着我把半个菜包子狼吞虎咽地吃进肚子里，催促着说，这下你该说了吧？

我说，我说、我说、我说。

我说"我说、我说、我说"，并没有说，伸出一只手快速地拿抓过锅台上摆放着的另一半菜包子，更加快速地塞进嘴里去。

母亲没有阻拦我，生气地说，天下少见你这么好吃嘴的孩子，天下少见你这样说话不算数的孩子。

"呼哧、呼哧"，我喘着粗气，一口连着一口吞咽菜包子，像是使出很大的气力。

母亲忙着去揭锅里的其他菜包子。

母亲说，你们爷俩说些什么话，我半句话也不想听了。

母亲像是生出很大的一股气。

一个饥饿的孩子谁能抗拒菜包子的诱惑？这一时刻，菜包子在我眼里就是天，就是地，就是老子娘，就是人世间的一切。我一连气吃下三个菜包子，喝下一碗蒸馍水，一个肚子圆溜溜地鼓起来。“咯哦、咯哦”，我一连气打出好几个实实在在的包子嗝。

母亲蒸上另一锅菜包子，一股股蒸汽扑着脸面撞过来，水蒸气就水蒸气，一点菜包子的香味不见了，一点菜包子的诱惑没有了，一股浓稠的困意猛然一下潮水一般席卷身上，“啊、啊、啊”，我连打三个圆圆的哈欠，头一歪就睡着了。迷迷糊糊的，我听母亲说，我们家喂养的一头猪。母亲说得对，我是属猪的，肚子一饱就犯困。

送郎送到五里洼，
青青地里种西瓜，
丢个籽子发个芽，
拖个秧子开个花，
打个纽子结个瓜，
长成西瓜脸盆大，
黑籽红瓤赛朱砂，
不知道该不该给郎吃，
哎呀，我的个妈呀我的个妈……

母亲跟要饭的老太太在淮河边相互认作干闺女、干妈过后，并没有多来往、多走动。相反地相隔好多天，母亲一次老太太的面都没见着。母亲心里一激灵，是老太太不在大河湾村要饭了，还是这些天老太太的身子骨不好不能要饭了。母亲带着这么一份牵挂，走去淮河岸边的路上等候着。大河湾村的一溜堤坝上住着七个生产队，从西往东挨个是一小队、二小队、三小队……我们家属五小队，偏向村子的东边。干姥姥她们一窝要饭的，谁去哪个生产队要饭，大致是有分工的。这样避免一窝蜂地去哪一个生产队。这么多要饭的一窝蜂地去哪一个生产队，人家也受不了呀！几十个人，七个生产队一分开，一个生产队合几个人，这么分散开来就显得稀稀落落了。要是分派去村东头的生产队，七小队，六小队，甚至五小队，要饭的走出村东头的砖窑直接走堤坝上；要是分派去村西头的四个生产队，要饭的走出村东头是砖窑就要先从淮河岸边的路上走一段子，走到分派的生产队前面，才折转身子，走上堤坝，走进村子。谁分派去哪个生产队不是固定的，轮着去。

这些天，干姥姥一直被分派去西边的四个生产队。

母亲在淮河边上遇见干姥姥问清楚上述的一些事情，说，干妈，你该着哪一天摊上我们五小队？

干姥姥回话说，我不去你们五小队。

母亲问，这话怎么说？

干姥姥说，我干闺女家在五小队，我怎么能去哪里丢人现眼呢？

母亲心里一“咯噔”说，我认你做干妈是心甘情愿的，怎么能说丢我的人现我的眼呢？

干姥姥说，一个要饭的说到天边去也是一个要饭的，一个要饭的说到地边去也荣光不到哪里去。

母亲没想到认人家做干妈，没给人家一口吃的，没给人家一口喝的，反过头来还耽误人家要饭。

母亲说，干妈，你站在这里候着，我回家去给你拿两个馍馍来。

干姥姥说，我天天要饭能缺吃的喝的吗？

母亲站在淮河岸边一副束手无策的样子，她真是不知道自己能为干姥姥做点什么事情。

干姥姥说，男人孩子在家候着你呢，你该快点回家，我也该快点去要饭了。

干姥姥拄着拐杖一晃悠一晃悠从我母亲面前走过去。在我母亲眼里，干姥姥头上的白发没有因着远去而暗淡，倒是愈来愈白亮。

干姥姥她们是初冬天来要饭，挨近年根回头，年后开春天就留在家哪里也不去了，候着新的冬天。

转眼到了年腊月二十七，母亲在家蒸过年馍，想着该去送几个年馍给干姥姥。母亲有意选择天黑后送去，知道大白天干姥姥在那里，母亲把年馍送去她也不会收。晚黑里，砖窑里有要饭人家的孩子在里边。白天，孩子能跟着大人一起要饭，晚黑带着怕遭狗咬。母亲把几个年馍交给砖窑里的一个孩子，交代转交给一个什么样的要饭老太太，就很放心地回家来。同一个村子里要饭的，谁是谁，孩子很清楚。母亲不用担心这个孩子会把年馍偷吃掉，年前大河湾村家家户户蒸年馍，孩子不缺年馍吃。

母亲做这么一件事背着我、背着我父亲。要不是隔天早上，父亲看见我们家门外面挂着一包年馍，审问母亲这是怎么一回事，我跟父亲说不定一直蒙在鼓里边。

年馍是我们家的，包年馍的一块布是我们家的，这么一包年馍却莫名其妙地跑在我们家门外面？我父亲把门外的这么一包年馍拿回屋里问我母亲，我们家的年馍怎么长腿啦，你说这是怎么一回事？母亲先是不做任何解释，她自然清楚这么一包年馍是干姥姥夜里偷偷送回来的。母亲从父亲手里接过这么一包年馍，飞快地跑出屋子，往村东跑过去。母亲要把这么一包年馍重新送过去，亲自送在干姥姥的手里。早上是要饭的睡觉时间，依照常理来说，干姥姥这时候不会不在砖窑里。母亲这么不言不语一走开，父亲更是丈二和尚摸不着头脑。父亲糊涂着一颗头脑，只能冲着我说话。

父亲问我说，你说我们家的年馍怎么会跑来跑去的？

父亲问我说，你说你娘会去把年馍送给谁？

父亲问我说，你说你这个娘像是一个傻娘吧？

不大一小会，母亲回家来。母亲的两只手怎么把年馍提着出家门，又怎么把年馍提着回家来。母亲两眼直愣愣的，真像是一个傻娘了。干姥姥不在砖窑里，已回家过年去。父亲望着傻愣愣的我母亲，把问过我的话重新问一遍。

父亲问我娘说,你说我们家的年馍怎么会跑来跑去的?

父亲问我娘说,你说你去把年馍送给谁?

父亲问我娘说,你说你是不是一个傻女人?

母亲这才把那天淮河边上认一个要饭的老太太做干妈的事前前后后说一遍。父亲“啊呀、啊呀”咳嗽两声明白开。

父亲说,我说你是一个傻女人嘛,你说你怎么会认一个要饭的老太太做干妈?

母亲说,我没有娘家人,我没有亲妈,我想找一个干妈。

父亲说,干妈是干妈,干妈再怎么着也不是你亲妈。

母亲跟父亲说不清楚这里边的道理,父亲跟母亲也说不清楚这里边的道理。我站在一边更是听不明白这里边的道理。

事情这么一拖一搁又到新一年腊月二十七,就有了上面我在家看守着母亲这件事。母亲在锅屋忙着蒸年馍,我在锅屋云里雾里做着梦。五锅年馍蒸出来,太阳早已落进西山里。母亲搭手推醒我说,要睡你去床上睡,锅肚里火停下来,过一会锅屋里冷。

我迷迷糊糊地睁开眼,看见母亲铺展开一块干净方巾,正把年馍一个个往里边拿。我激灵醒透彻,一下想起父亲交代我在家看守着母亲的两件事,一是看着母亲不要提着小包袱去找娘家人,二是看着母亲不要把年馍送给干姥姥。天快黑了,母亲不会是提着小包袱去找娘家人吧?母亲这是准备年馍给干姥姥送过去?我把眼睛睁得开开的,看着母亲拿几个年馍、什么样的年馍。母亲是五锅年馍见样拿一个。一共五个——一个麦子面年馍,一个秫秫面年馍,一个杂面年馍,两个菜包子。母亲拿秫秫面年馍的时候,两只手犹豫了一下,头脑在要不要拿秫秫面年馍的事情上犹豫起来。五样年馍数秫秫面的最孬。母亲犹豫的结果还是果断地拿过一个秫秫面年馍放在方巾里。接下来,母亲的动作麻利开来。先是扯拉方巾的两个拐角对折起来,再扯拉方巾的另外两个拐角结结实实地绾出一个结。母亲一把把包裹好的方巾抓手里提着,脚下再紧着两步就能跨出锅屋门去了。

母亲见我虎脸虎眼地一直看着她,问我说,你干瞪两眼看着我做什么?

我说,我要看清楚你拿走我们家的几个年馍,什么样的年馍。

母亲把跨出锅屋门的两只脚收回头,问,这就是你大临走交代你的?

我不说话。

母亲说,我就是去给你干姥姥送年馍,你们爷俩又能怎么样?

我说,那你就候着,大说他晚上下工回来家,跟你慢慢地算细账。

母亲说,你大说他晚上回家跟我算细账?怎么算细账?

我说,大没跟我说,这我不知道。

母亲很意外地笑起来说,你不知道我知道,你大这么一个人有多大出息别人不知道我还能不知道?真到晚上他愿意跟我算细账,还要看我有没有兴趣陪着他一块算细账呢!

父母晚上怎么跟母亲算细账,我一点不清楚。看着母亲一副快乐的样子,最起码算细账不是一件坏事情。

母亲说,我没空闲在家跟你打嘴仗,我得赶紧把年馍给你干姥姥送过去。

我说,你只要不提着小包袱去找娘家人,我就不用跑去生产队地里喊我大。

母亲吃惊地问,这也是你大临走交代你的?

我知道我说话说漏嘴了。

送郎送到六里岗,
奴送郎一对花炮仗,
走五里放一个,

走十里放一双，
虽说不见郎的面
奴家能听见炮仗响……

母亲前脚走出家门，父亲后脚哼着《送情郎》曲子回到家。我赶紧跟父亲汇报说，娘给干姥姥送年馍没走几步远，你要是去追还能来得及。父亲停下嘴里的哼唱，问我，你娘真是给你干姥姥送年馍去啦？我说，一共送五个，一个麦子面年馍、一个秫秫面年馍、一个杂面年馍、两个菜包子，这五个年馍包裹在一块干净的方巾里，我娘手里提着走出家门的。父亲相信我的话，却不急着出门去撵我母亲，一副很快活的样子说，你娘这样子做就怪不得我晚上跟她算细账了。我说，我娘说她知道你这么一个人有多大出息，她还说真到晚上你愿意跟她算细账，还要看她有没有兴趣陪着你一块算细账呢！父亲更加快活地笑起来，很有把握地说，你娘是个什么样的女人别人不知道我还能不知道？她真是有把柄攥在我手里，就怕她晚上由不得陪着我一块算细账啦！

我问，我娘真要是不陪着你算细账你怎么办？

父亲有些放肆地哈哈大笑起来说，那你就晚上等着瞧吧！

我说，你俩晚上算细账的时候，你喊醒我。

父亲笑一阵子，松一松脸皮，伸手猛拍一下我的头脑顶子说，我跟你娘晚上算细账怎么能喊醒你呢？

年馍依旧热乎着，父亲跟我一样，一口气吃进肚里三个菜包子，喝进肚里一碗蒸馍水，打着饱嗝，揉着圆鼓鼓的肚子，算是停下来。父亲舒服地往床上一躺，说，你娘回来喊醒我，我要跟她晚上慢慢地算细账。父亲没有睡着，母亲就回来了。跟去年一模一样，母亲怎样手里提着年馍去，又怎样手里提着年馍回。

父亲说，你看看你看看，我就知道人家不会收你的年馍。

母亲一脸阴沉，不说话。

父亲说，你看看你看看，我就知道你认人家做干妈，人家不会认你做干闺女，你这是剃头挑子一头热。

我插嘴说，你是一个傻娘。

父亲说，天下都少见你这样的傻女人。

母亲嘴一撇哭起来说，不是你们说的这样子的。

父亲说，你说不是这样子的是哪样子的？

母亲“呜、呜、呜”一边哭着一边说，干妈今年没来要饭，她开春在家生病死掉了。

我跟父亲“咯噔”一下都没话可说了。

母亲放下年馍，一屁股坐在板凳上放声大哭开来。“呜、呜、呜”。母亲说，我那苦命的干妈呀，你怎么说一声死就死掉了啦？“呜、呜、呜”。母亲说，我那好心的干妈呀，你活着连干闺女家的一个年馍都没吃进肚子呀……

隔天一大早，我们一家三口人一起走出家门。母亲手里提着昨天的那包年馍走在前面，父亲我俩跟在后面。我们一家三口人这是一起去找干姥姥所在的村子，去找干姥姥睡着的坟地。我们要让干姥姥实实在在地吃上一顿我们家的年馍。

2007 年 4 月 4 日—4 月 12 日　江陈

会　大　餐

小麦成熟是从哪一天的哪一刻开始的呢？这一刻，村里的大人在等，村里的孩子也在等。村人等着满地里小麦成熟的那一刻，等着会大餐，好敞开肚子吃几顿有油水的大锅饭。

那时候，土地属于集体，劳动也属于集体，是以生产队为一个基本劳动单位进行的。那些年里村人种地收出不少麦，收出不少豆，一缴完公粮，轮着自己分发口粮了，就剩余不多了。一年里尤其到了冬季，家家户户的饭菜清汤寡水的，缺油少盐，吃不饱肚子。就这还净吃一些秫秫、玉米、白芋等粗粮。翻过年，日子一下就跌进荒春里，日子在断炊断顿的边缘持久地徘徊着。这么着，日子流流断断总算扒着收麦天。一个个村人又黑又瘦熬得使不出三两力气。没力气，抢收抢种怎么办呢？这麦收天会大餐就成了一桩自然的事。是偶然，更是必然。一年一年过下来，会大餐竟成了大河湾村人家的新风俗，是谁也破除不了的。那些年，人们讲究个"破四旧，立四新"。许多风俗被人们硬性破坏了，而另一些风俗又无意间形成了。这麦收天会大餐便属其中之一。

这一天，我先是挎着竹篮在村东的麦地里拔猪草。这时候我的眼里还是满地青麦，满地青草。不一会竹篮里塞满猪草，我就挎着竹篮走出麦地，走上堤坝。堤坝的半坡上长着一棵柳，柳不大，枝叶却旺兴，"哗哗啦啦"铺展下厚厚的一层荫凉。我走过去，放下竹篮，一个人就躺进树荫里。头高,脚低,顺着坡,又得凉风。不一刻我的眼皮就硬起来,睡过去。这是我早就看上眼的一处地方,拔猪草拔困了,就来这里睡一觉;拔猪草拔累了,也来这里睡一觉。我四肢放松开,这一觉也就睡得缓慢而悠长。我迷迷糊糊地醒来,咂动着嘴巴,自言自语地说,好香呀。我的嘴丫流出一缕亮晶晶的口水。

确切地说,我是被暖烘烘的麦香吵醒的。也就我睡一觉的工夫,原本西北方向刮着的风,掉转成东南方向的风。风向这么一转不要紧,满地里的小麦褪青染黄,"嚓啦"一声熟透了。再经风吹、太阳烤,那麦香便拧成一团,滚动开来,碾向我的头脸。也许麦香太浓郁了,我呼吸进鼻子里,连着"阿嚏、阿嚏"打出好几个响亮的喷嚏。

我醒透,看见满地里小麦燃起一片火,惊恐得鸟雀,还有各种昆虫,拼命地往麦地外面跑。一只紫尾巴蛐蛐,一头一头往我的大腿上撞,连着撞了好几下也不会绕开路线往别的地方跑。一只白尾巴叫天子"喳、喳、喳"地飞在我头顶的半空里,叫了一小会儿,又叫了一小会,还是兴奋得不愿收拢翅膀落地面。我哪还能躺着睡下去?我一下子变得也像白尾巴叫天子,或紫尾巴蛐蛐,浑身上下气鼓鼓地充满了劲。我挎起竹篮就往村里跑,边跑,边喊:麦子熟了!麦子熟了!

这种时候连地里的一块坷垃都知道麦子熟了,村人谁还用得着我去告诉呢?实际上,村人早就在生产队的牛屋前后忙着麦收前的准备工作了。

生产队牛屋在庄台下,离庄台截把地远。六间牛屋盖那里是方便着稼穑庄稼。村人都聚这里,男人女人,还有孩子。麦收前的准备很缠手,钗耙扫帚扬场锨,笆斗圈席牛缰绳,一应物件样样都得过眼过手,样样都得检查修整。两辆大车推进牛屋的当院里。满地里的麦全指靠这两辆大车装载运输呢。大车推进太阳里除除霉味,车轴添膏油是不可缺少的,还有就是周身的每根钉子都得紧一紧。别处里又把大车叫着太平车,它前后有四只木轮支撑着,车体宽敞,车架牢实,一大车能装好几亩地收割下来的麦子，得四头壮实的黄牛才能把一大车麦子拉回头。我跑过来，瞧见几十个村人乱而有序地各自忙着各自的活计。我气喘喘地站住脚，迎脸刮过的一阵又一阵暖风里，哪一阵没塞满浓郁的麦香？

明天一早，村人就能提着镰刀下地割麦了。

牛屋后面长着四五亩大麦。几十个村人拥进去先割掉大麦，做出麦场，满地里的小麦才能有场地堆放、晒场、脱粒。大麦熟得早，按理说早半个月就可收割，早早把一处麦场做出来。可村人非要等着小麦成熟了，才急赶急地割下大麦，做出场。这是为个什么道理呢？还是候着会大餐。一天不会大餐，村人就一天干活没力气，大麦熟过头也割不掉。不会大餐，这麦场自然也就做不出来。村人大多都拥进牛屋后面的大麦地里。割大麦是女人们的活。男人们手持锄一排一排跟过去，刨出大麦根，做麦场。收了大麦，夏收夏种的牲口饲料就有了保障。这也是生产队种大麦的另一层意思吧？夏收夏种，又叫夏收双抢。收麦得快，种豆也得快。这是一年里最累最紧的一段农活。干活的村人，干活的牲口没有充足的气力，一地的农活还真拿不下来。

头一顿会大餐，不买猪肉，也不买牛肉、羊肉，专买猪杂碎，还有大米。晌午饭就是猪杂碎汤就干（米）饭，一连几年了，年年都这样。这一会是一个名叫瓦的男人领头在牛屋前面砌锅灶。瓦是村里有名的泥瓦工，靠着自己的一双手，还有一双眼就能把一堵堵墙砌得笔直。村里人家盖屋砌墙离不开瓦，瓦一去，人们就把难砌的山墙还有山墙的墙角交给瓦。瓦的手艺是多方面的，能砌直的方的屋墙，也能砌圆的扁的锅灶。凡是村里抹泥摸砖的泥瓦活，瓦不带头伸出手，村人谁也不敢主动走上前。砌锅灶是一桩简单的小事，瓦亲手把圆溜溜的锅腔砌出来，内外抹泥的粗活就交给别人，瓦接手砌方方正正的烟筒。砌烟囱的难度似乎更大一些，内里空着，砖单立起来砌，上下还得笔直。就这么一人多高的小活，才见着一个泥瓦匠的功底，弄不好，一个烟囱就砌歪了、砌扭了、砌倒了。我对这些泥瓦活不感兴趣，倒是多看几眼近旁的一口大铁锅。那时候，每个生产队都有这么一口两口的大铁锅。冬天里，生产队的饲养员烧饮牛水，要使用这种大铁锅；夏天里，生产队的社员干活喝茶，要使用这种大铁锅；当然夏收夏种会大餐，也要使用这种大铁锅。我们生产队的这口大铁锅也真是够大的，找个比我还要大的孩子躺进去，头脚都不会担在外面。一口大铁锅没有这么大也不照（行），待晌午一锅猪杂碎汤烧出来，分着分着见底了，干锅了，怎么办？

我溜到牛屋后面瞧见了大麦地里的母亲，可人前人后没瞧见父亲。我心里猛然一下“别别别”地跳起来，知道父亲一定伙同别的村人赶集去了。这头一顿会大餐就仰仗父亲他们赶集买回头的食物呢。我的两眼自然地就望着村大路。父亲跟村人上集买东西回头，肯定得走这条路。一条村大路还空空落落的，不见一丝人影。中间相隔一小会，再抬头，眼底就落进三个黑点子。三个黑点子就是三个人，离得太远，还分不出胳膊腿。三个黑点挑着三副扁担，沉沉地往前挪动显得更加缓慢。实际上，盯瞧这三个黑点子的不只是我一个人。地里干活的男人、女人都时不时地停下手中的活，看上一眼两眼的。这种瞧看纯属于偷看，速度极快，男人女人在这种偷看的过程中连手里干着活也不用停歇，仍然连贯着。手是手，眼是眼，各不相干似的。待三个黑影再近一些，再大一些，我便开始猜测走动的三个人哪个是我父亲了。父亲中等个头，鼻眼长得不大不小，属于没有特别之处的那类男人。父亲一旦干起活来就能很快从一窝男人中显现出来。利落、快速，浑身上下有使不完的力气。此外，父亲还常常干出跟他个头不相称的农活来。比如担挑子，使足劲，能挑起比自己体重多得多的一副担子，常吓得女人一阵阵惊叫，紧紧地闭上眼睛，连睁都不敢睁一下。今天上集，不会有那么多的重物挑。父亲仍然跟别人不一样，大步流星，劲刚刚的，把别的两个村人甩下一大截子。待挨近牛屋父亲才歇下担子候着另外两个人。

三人上集买回的食物与我想象的略有不同。米倒是买回四口袋，放四只筐里，两人挑回来。原本打算买猪杂碎的没买着，改换成两个大猪头。这两个猪头一只是白猪头，一只是黑猪头。这一刻，两个大猪头一白一黑地就在父亲挑回的筐里面。父亲跟村人解释说，去迟一步，猪杂碎被别的村人抢去。还好，落下两个大猪头。要是再迟一步怕是连猪尾巴也摸不着了呢。

拥挤过来的村人倒是很大度说，这么两个猪头烀出汤水不比猪杂碎强百倍？

更有村人附和说，对，对，对，猪杂碎还有一股脏气呢！哪有猪头肉香呀！

村人说着话，口水就开始往下滴答，像是两个生猪头已经散发出浓郁的肉香味。

父亲向村人透露说，下顿会大餐肯定能吃上正经八百的猪肉，今早里我跟食品站卖肉的王疤瘌说定，还下五块钱订金呢。

村人相跟着"吸溜吸溜"嘴，流出一大摊子口水。

队长走过来说，闲话少扯，闲事少做，还是快点忙着会大餐吧。

忙着会大餐的人一下多起来。两个壮实的男人各操持一副水桶去了淮河里挑水。牛屋离淮河很有一段距离，还得翻过住家的庄台。身体不壮实的男人一口气怎么也不能把一挑水挑回来。四个女人主动给伙夫搭下手，摘葱剥姜。六个女人承担了煮米饭的差事。牛屋前面的大铁锅等着烀猪头，煮米饭只得拿回家里做。伙夫是会大餐的总指挥，他吩咐六个煮饭的女人，动作得麻溜一点，说莫候我的猪头都烀稀烂了，你们还是一锅生米呢。更多的女人是围着两个猪头拔猪毛。猪头不算太干净，猪耳根、猪眼窝，还有猪嘴丫都还长着白猪毛、黑猪毛。我在一旁数不清拔猪毛女人的个数，却看见一圈大手小手、老手嫩手，一齐直往猪头上伸，像是一群鸭嘴鹅嘴争抢食。村孩子的乐趣也全在这两只猪头上，孩子们站女人们的身后，把蹲着拔猪毛的女人围得严严实实。孩子们插不上手，帮不上忙，却把一双双眼睛瞪多大，眼光伸得笔直，恨不能伸进猪头的耳眼里、鼻洞里。一个女人手捏几根猪毛一下进塞身后愣神的一个小男孩嘴里，说，给你几根猪毛尝尝鲜。这个孩子嘴一咧，连着“吐、吐、吐”往外吐几口。这个孩子跑开一小会，忘记猪毛味，转脸又围过来。门前的这口大铁锅被几个壮劳力“吭哧、吭哧”架锅灶上，两三个女人忙着围过来刷锅，刷了好大一会还没刷干净。可能是铁锅太大了，也可能是铁锅闲置的时间太长了，刷一遍，刷两遍，还是满锅的红锈水。刷这口大铁锅也不算一件轻省活。一个五大三粗的女人站锅台上，双手抱着一把秃扫帚当作刷锅把，另有两个女人站锅台边忙着把干净水往锅里倒，又忙着把铁锈水往锅外舀。三五遍铁锅刷下来，锅台上、锅台下的女人都累得呼呼地直喘气。锅台上的那个五大三粗的女人两胳膊一软，丢下扫帚，跳下锅台，说我的个妈呀，看来我是连个锅都刷不动了。

接着亲自上锅台的是伙夫自己。别人可以丢下锅灶不管不问，他不能。伙夫的名字叫五短，他人也就长得矮矮短短的。五短有经验，从牛屋操起一把大铁锨走出来，大铁锨代替锅铲子，站在锅台上面，“吱呀、吱呀”把这口大铁锅连续铲过好几遍。锅里的铁锈水也不用水瓢往外舀，还是用大铁锨，“哗啦、哗啦”直接往大铁锅的四周地面上泼。地是沙土地，水湿地面，还能覆盖尘灰。五短三下五除二刷干净锅，人不下锅台，冲着猪头四围的女人问，猪头干净了没有？快点拿过来！有女人细声地答，还早呢！这是什么猪头呀！到处长满猪毛。五短说，想一根毛没有还不容易吗？去公社卫生院。

我听不懂五短说的这句话。那时候国家刚实行计划生育，生产队的男人女人斗嘴说事喜好说“公社卫生院”什么的。似乎那里隐藏着许多隐秘，这是一个孩子没法猜测的隐秘。

五短见一窝女人没人敢搭腔，虎一张脸跳下锅台，一手提一只猪头，“咚、咚”两声扔锅里说，像你们这样把猪头弄干净怕是得太阳落进西山里。

村人心想五短就这么把满是猪毛的猪头烀进锅。有人生意见，说吃猪头是吃猪头肉、喝猪头汤，没听说还有吃猪毛的呢！

五短没有往大铁锅里加水，也没有往锅灶肚子里生火。五短把火燃在了锅面前，“嚓”一声生起一把麦秸草，又架上几大块干劈柴。一堆火就“噼啪、噼啪”燃起来。一圈村人大眼瞪小眼，不知五短空地上生一堆火干什么。五短还是照样虎着一张脸，进牛屋摸出一把三股钗伸进大铁锅，把猪头叉在钗股上，往火堆上举。村人长长地松出一口气，知道五短这是烧燎猪头上的猪毛。三燎两燎，猪头上的猪毛就被燎干净了，猪头的肉香味伴随着猪毛的焦煳味一起生出来。村人吸吸鼻子，又吸吸鼻子。肉香像久封开启的陈年老酒，具有极强的穿透力，滋心润肺，浸透人体的每一处地方、每一个部位。

有村人“吸溜、吸溜”嘴说，还不如烤猪头吃算了。

有村人反对说，这么多张村人嘴，就这么两个猪头烤熟了够谁吃呀？

这倒是问题的关键所在。“烤猪头”的村人不言语，连这个村人自己也觉得还是烀猪头汤实际一些。

两只猪头最终还是众望所归地被扔进大铁锅里，五短提水桶加入一桶水，又加入一桶水，直到水从大铁锅里漫出来才罢手。两个猪头褪尽猪毛，看不出谁白谁黑，白白光光地半沉半浮在大铁锅里，被水流冲击得翻滚一个圈，又翻滚一个圈。

众人空下手，还围站在大铁锅旁边卖愣相，就不免招致队长的训斥了。

队长是村里的长辈，年岁也大点，时常里不爱说话。队长不言自威，一个眼神，一个举动，或是随便地“哼哈”一声，都包含着许多指令。村人也都听得懂。看来今天村人实在做得有些过分。队长不说两句话，一个队长也太不像队长了。队长背两手，踱到烧火的大铁锅灶口前，一下子站在了众人眼前。队长正话反说。队长放下背着的两手，朝村人摇拉摇拉说，今天上午的农活不用再干了，都围过来跟着五短学烀猪头吧。队长脸面上不气，还喜气洋洋的，说，最好都回家把板凳搬过来，坐着消消停停地慢慢学。

村人脸上尴尬着，你朝我、我朝你"嘿嘿"地笑两声，纷纷往外退。大麦地不远，紧挨牛屋后面。村人三退两退就退进大麦地里操起干活工具干起来。不过都退离大麦地的另一端，两眼远远地绕开牛屋的遮挡，能瞧见牛屋前面的大铁锅。村人干活的劲头真得足起来。

又过一小会，烀猪头的大铁锅就水花翻滚、油花漂荡了。大麦地里干活的村人看不见翻滚的猪头，望不见蒸腾的热气，也闻不见一缕一缕的猪头肉香，可村人心里明白离喝猪头汤的时辰是愈来愈近了。

会大餐，不是生产队的大人孩子都在牛屋前面，围着这口大铁锅一起吃，而是分开来，一家一户端回家里吃。干（米）饭按照男女劳动力分开，猪头汤也是按照男女劳动力分开。实际上，从这天清早起，就有村孩子随着大人把盆碗带下了庄台。由于太早，大人羞于把碗盆拿出来，大多裹进一个布包里，藏藏掖掖地放在牛屋里的什么地方。大人放好盆碗不放心，交代自家的孩子别自顾疯玩，忘记盆碗放置的地方，还说若丢掉盆碗，晌午里莫说吃不成饭，还得耳刮子伺候着。孩子们有了这份看管碗盆的责任，玩起来就不够尽兴。不一会得去自家寄放盆碗的地方看一眼，不一会又得去自家寄放盆碗的地方看一眼。村里大点的孩子还没有来。大孩子有大孩子们的事，不能像小孩子们吃过早饭尽管玩。大孩子得上学，不上学也得拔猪草、放羊，再不，家里边还有弟弟妹妹得照看。大孩子们一来牛屋就显示出与一群小孩子们的不同来，也显示出一份成熟来。大孩子们也拿着盆碗，他们一来就排起队，排头当然紧靠着大铁锅，一个挨着一个，不声不响就形成一种秩序。小孩子们见大孩子们的做派，似乎才明白这其中的道理。显然小孩子们在这件事情上是吃了点亏，当着比他们大许多的大孩子们的面是什么话也不敢说。倒是大人们见了这阵势，远远地呵斥自家的孩子说，连吃的本事都没有，看赶明长大你能中个什么用！

早分饭菜、晚分饭菜的最终决定权还在五短手上。自从两只猪头烀锅里，五短的一双手一刻也没停，还显得有点手忙脚乱的。猪头烀出滚水，五短得把浮沫舀出。而后五短切出半脸盆生姜放进大铁锅，切出半脸盆大葱放进大铁锅，又抓出半脸盆干辣椒放进锅里边。五短忙完这些，候两只猪头在滚开的水里又翻滚半个多时辰，一旁的那把大铁钗又派上用场了，伸进大铁锅把猪头叉上来，晾在一张大方桌子上。待猪头控尽汤水，散尽热气，五短磨出一把快刀，一片一片把猪头的皮肉旋下来。按照队长的吩咐，旋下来的猪头肉得留着，候两天再会大餐时吃。五短有意见，说，夏天天热猪头肉不吃也臭掉。这一点队长不苟同，说，放上盐淋上酱油焖出来，保准放个三天五日没有事。五短瞅瞅烀着猪头的一锅清水汤，说，猪头不像猪杂碎有油水，这么一锅清汤寡水的喝进村人肚子里，不骂死我这个烧锅的才怪呢！队长还是说，好赖头盖骨上还沾着一点肉星吧，再说头盖骨里还有猪脑子吧，这些不都是油水！五短不说话了。队长是队长，五短是五短，关键时五短还是得听队长的。五短侍弄猪头的热情陡然灭下去。队长瞧见，心里一"咯噔"。队长想一地的小麦还没收割一根呢，若在吃的问题上犯下众怒就不好收场了。队长让下步，说，猪头肉放锅里就放锅里吧，不过肉块得切碎些，要不这么点猪头肉怎么分得过来呢？队长离开大铁锅，继续去指挥村人收割牛屋后面的那块大麦地。队长走两步，停下脚，声音很大地冲五短说，要是吃出个什么事耽误明天清早收小麦，我绝饶不了你。五短知道队长这是自己找台阶自己下。五短偷偷地"哧哧"笑两声，消散的热情陡然一下又高涨起来。连我在一旁都看出队长的心理了，也相跟五短"哧哧"笑起来。

说起来，生产队里会一次大餐也不是一件容易的事。吃好了，村人干活的劲头调整出来了，一地的小麦十天八天也就收拾利落了。吃不好，村人生分出意见，同样地亩的小麦多出个三天五日也收拾不干净。生产队在这方面有过成功的经验，也有过失败的教训。有一年麦收天头一顿会大餐就买回半扇猪。猪壮，膘肥。半扇猪掺上洋葱头一下油汪汪地红烧出几水桶。这顿饭也是大米干饭。大米干饭就猪肉烧葱，一下把村里大人孩子都撑得肚子圆。村人自从过了年就少沾肉味，快半年了，有几人吃过这么好的饭菜？这顿猪肉烧葱油性大，盐味足，吃饱肚皮，抹拉干净嘴，就渴了。我们这里的人家没有喝开水的习惯。一年四季锅屋水缸里放这一只水瓢，渴了，手伸缸里舀起半瓢凉水，“咕咚、咕咚”喝进肚子里。哪怕冬天水缸里结上一层冰也是这么一种解渴法。麦收天会大餐是赶夏天里，村人更这样。哪知半瓢凉水喝进肚子里，掺和上葱烧猪肉，很快就闹腾出了大动静。想想道理也简单，村人肠胃清汤寡水了小半年，猛然一下油大了，还是大荤油，又加凉水一搅和，还有不拉肚子的道理吗？村里一下热闹开，家家房屋后面的茅厕成了最吃香的地方。大人去过，孩子去。孩子去过，又轮大人去。俗话说，好汉吃不住三泡稀。村人连着去三趟茅厕，第四趟还要去，两条腿酸软得已没了气力。这么着，村人哪还能去地里收麦呢？急得队长独自站在牛屋前面直骂娘。从那时起，每年麦收会大餐的头一顿就不敢再买猪肉了，买点猪杂碎，真真假假沾点荤腥算了吧。

又一年，村里的一头牛被杀掉了。这头牛太老了，病病歪歪地从年后天就不照（行）了，队里的饲养员精心地喂养着，像伺候老上人似的好歹拖到了麦收天。杀掉吧！队长说，今年不用买猪杂碎，也不用买猪肉，这头牛足够了。别看这头牛又老又瘦，杀死扒掉皮，牛骨牛肉牛杂碎还是不少的。牛骨头汤，村人喝了一顿；牛杂碎汤，村人喝了一顿；牛肉，村人吃了一顿；牛筋牛排，村人又吃了一顿。按理说，村人汤汤水水，干干稠稠一连吃喝三四顿，该干劲十足了吧？不是，相反却生出一大堆意见，还要队长派人赶集买猪肉吃。村人说牛肉老，吃进嘴里像劈柴似的塞牙缝，还不够忙着剔牙的呢！村人说牛骨头汤连一珠油花花都没见，还不如逮几只蛤蟆扔锅里呢？村人还说牛杂碎汤酸溜溜地像倒进一锅醋，跟猪杂碎汤一比差多了。没有猪杂碎汤味鲜，也没猪杂碎汤油水足。村人最后说队长，想要马儿好，又想马儿不吃草，是想也莫想的事。队长能有个什么办法呢？只得隔天晌午安排一顿正正经经的红烧猪肉块。

到了烀猪头的最末一道工序，五短使三股铁钗把两只猪头又从大铁锅里叉出来，晾在一旁的大方桌上。此时，猪头已不是猪头，没了猪耳，没了猪鼻，没了猪脸，连头盖骨粘连的肉丝肉筋都烀化了，白森森地只剩头盖骨包裹着猪脑。五短这回所要做的就是砸开头盖骨，露出头盖骨包裹着的猪脑。五短对付这两只猪头骨并没有用锤子砸，还是一把刀，顺着裂开的头盖骨缝插进去，一撬一别，一堆团结的头盖骨就松开架。五短趁势又把方桌上一堆散架的猪头骨放进大铁锅里，猪头骨一块一块沉锅底，彻底失去了猪头的模样。

分汤分菜相比烀猪头就简单多了。米饭几个女人回家煮好，这一会香喷喷地盛水桶里担过来。分汤分菜还是经五短的手，队长站一旁不插手，也不言语。谁先谁后就按孩子们排队的顺序，男劳力是两碗汤水、两碗米饭；女劳力是一碗汤水、两碗米饭。界定男女劳力，不是分男人女人，是按工分。一天拿十分工的自然是男劳力。一天拿八分工的，或者还少的自然划归为女劳力。男劳力肯定是男人。女人再能干也拿不着十分工。相反，一些半大男孩子还没长大成人，干活还使不出一个大男人的气力，干一天活也拿不着十分工。还有的大男人病叽叽的，干起活照样没有一个大男人的气力，也拿不着十分工。

渐渐地，一桶一桶的米饭空下了，一大铁锅猪头汤浅下了。牛屋前排队等候的男人女人孩子们也一家一家少下去。村人分着菜、分着饭并不急着在牛屋前面吃，端回家。有的人家老人孩子多，这么一点汤饭还不够吃，还得把猪头汤倒进铁锅里，加上水，甚至还放进一点小白菜，或是干粉丝什么的。要不光是猪头汤有个什么捞头呢？饭不够，家里还剩有粗粮馍，顺便放铁锅里馏上。人口少的人家也不会一顿就把米饭、猪头汤全吃光、全喝光，总得留下那么一部分，候下一顿吃。细水长流，才叫过日子。

不用担心水桶里的米饭分完了，或一大铁锅猪头汤干锅底，还有人家没分着。年年都是这么些人家，年年都经五短的一双手，绝不会出现这样的尴尬事。相反，临终了汤汤水水的总还会剩那么十碗八碗的，米饭也还有半水桶。村里的几个光棍会得到特别的恩惠，自己分得的一份早蹲牛屋的墙根吃下去，这一会又多得了半碗汤、半碗饭。多吃多占，有的光棍还不好意思，空着的碗伸给五短，嘴上说少一点，少一点，吃饱了呢。平常里光棍缺冷少热没有女人疼爱，一年里的好处也就这么一丁点。五短手里的勺子会慢慢地沉进锅底里，看可能捞上一丝两丝的拆骨肉。村里特殊一点的人物还有队长跟牛屋里的饲养员。这两人都是有家小的人，属于自己名分下的一份汤菜也被女人孩子端回家里了。队长、饲养员饿着肚子也在这里吃。队长总不能丢下大铁锅走掉吧，饲养员也得守候牛屋吧。这两人留下都有留下来的理由，多吃多占一点也就理所当然的了。还有就是五短自己，忙乎了整半天，也只是拆头骨肉的时候顺便往嘴里塞过两块肉。那也是为工作，头一块肉塞嘴里，可能是肉块太大了，也可能肉块太烫了，肉块猛然一下把五短两腮帮支撑得好大好大，咕歪咕歪好大一小会还是不见小，弄得五短只得伸手指帮助着，又扯又拽才把这块肉吃进肚子里。五短吃这块肉耗费了不短时辰，也吸引了不少村人的注意。五短也给出了充分的吃肉理由，说，我这是尝尝猪头肉可烀烂呢！妈妈的，一点不烂，看样子还得猛火烀上一大阵子。接着五短又塞进嘴里一块肉。这块肉不大，五短牙齿嚼动得轻松多了，也显得有滋有味多了。现在分完饭汤，能消消停停了。五短打发开几个光棍，先替队长盛满满一碗饭、满满一碗汤，又替饲养员盛满满一碗饭、满满一碗汤，最后才轮着自己。三个人就势蹲大铁锅旁边，生气似的没一个人说话，只顾埋头大口吃饭、大口喝汤。天热，饭热，汤更热，三个人吃饭吃出的动静很大，“呼嚓、呼嚓”地像猪吞食。三个人的额头都催出一层汗，油光光地顺着脸蛋流进脖子里。不擦，就是不擦。三个人谁也不愿把工夫花在这些汗珠上。三个人赶足劲，吃完一碗饭，喝光一碗汤，这才腾空嘴说说话。队长说，日奶奶的，这一碗猪头汤喝下肚子还没觉出个什么味。五短赶忙问队长，是不是口味淡了，要不要加点盐头？队长把眼神递交给饲养员，饲养员咂巴咂巴嘴，说了一句缺主见的话，说，没盐吧，我觉得口味怪重呢！说有盐吧，也不觉得怎么样。饲养员这么一说话，五短就不知是加盐好，还是不加盐好。五短说，要不一人再来一碗尝一尝？五短的这种提议，谁会有意见呢？三个人就又一人一碗汤，一人一碗饭。第二轮，三个人的吃喝速度明显慢多了。队长说，我看盐味正合口。饲养员还是不拿主见，随口说，不咸不淡正正好。剩下的饭底、汤底，三人又来了第三轮。三碗饭、三碗汤货真价实，再大肚子的汉子也腰鼓肚圆了。三个人蹲着吃饭喝汤都有了一定的困难，队长领着头，把碗放锅台上，搭上手把裤带松一松。队长最终还是没把碗里的汤喝完。剩两口，队长猛然把碗往锅台上一礅，说，我先去牛屋里歪(睡)一小会子。牛屋里有床、有被，是队里的，常年饲养员睡。相跟着五短、饲养员也放下汤碗饭碗，打着哈欠，一个跟着一个往牛屋里去。

热闹的牛屋真正地安静起来了。乱七八糟的猪头骨剩在锅底里，泛着白厉厉的光泽。

这天下午太阳都偏西得厉害了，村人才懒洋洋地走下庄台来干活。人这种东西就是贱，饿肚子想睡睡不着。吃饱了，吃好了，不睡又不照(行)。村人原本没有午睡的习惯，这一天却一个比一个睡得沉稳，一个比一个睡得踏实。男人睡，女人睡，老人睡，孩子睡。睡梦里，人人脸上露出了少见的幸福与笑容。不管是粗看，还是细看，村人的笑容里都包容着白猪头、黑猪头的愚蠢相。队长由着村人睡觉，也不催促，像是满地的小麦会自己长出脚，自己脱出粒，一粒粒自己跑进仓库里。

——这一天，我排队排前面。我们家早早地分出干饭、猪头汤，早早地端回家吃罢睡觉。父亲睡觉，母亲睡觉，我也睡觉。睡梦里，我像是一直待在牛屋前面，真真切切地瞧见了上述我根本不可能瞧见的一些事情。

隔天五更天，或比五更天还早，村庄里就起了大动静，村里的男人起床了，村里的女人起床了。嘈杂声盘旋着往庄台下走过去，分散开，撒进麦地里。东西南北的小麦地里很快响起一片“嚓嚓嚓”的镰刀割麦声。这些响声细碎而尖厉、快捷而坚定，连生长小麦的大地自己听见这响声都激动不已了。女人负责割小麦，男人负责装运小麦。女人割小麦按地亩记工分，一个女人一墒麦地，从南往北，一个女人挨着一个女人，“嚓嚓嚓”地一直往前割，谁也不想比谁落后。赶天亮看清楚麦地，东西一大片地里长着的小麦全割倒睡在地里了。这么多小麦，男人们哪能装运得彻底呢？男人们望着一个个连腰身都不愿直一下的女人说，这些个女人哪来这么大的劲头呀？

一季麦收天会三顿大餐——麦收前，麦收中，麦收尾。吃了一顿，还有两顿——这是我那时候最关心的一件事。

2010 年 7 月 17 日　修改　江陈

瓦　　凉

这是王桂珍头一次去大队小诊所找方泉林看病。

王桂珍得的是重感冒。头痛、打喷嚏、咳嗽、流鼻涕、发烧、身子冷，所有这些感冒的症状王桂珍一样都不少。按照道理说，农村人没什么可娇贵的。感冒了，喝上两碗姜汤，发一身热汗，躺在床上，盖上被子，蒙头睡上一大觉就好了，很少有吃药打针的。这一次不一样，是流行感冒，从村子东头到村子西头，像刮过一场强台风似的，大人躺倒一大片，孩子躺倒一大片，挨家挨户不放过。老办法失灵了，喝两碗姜汤就是喝两碗姜汤，睡上一大觉就是睡上一大觉，一点缓解的迹象都不见。一夜睡过来，王桂珍的一张红润的脸蛋变得煞黄煞黄的，一双水汪汪的眼睛变得焦干焦干的，两只脚站地上更是摇摇晃晃地失去根。等富是王桂珍的男人，看见王桂珍一副要摔跤的样子，一把抱住她，扶上床。

等富说，你多睡一小会。

王桂珍有气无力地说，我得起来烧早饭，吃罢早饭还得下地干活呢。

等富果断地说，早饭我来烧，今天你不去上工了，请假在家歇一天。

王桂珍一双焦干的眼睛看着等富，好像在疑问，我真能在家歇息一天不用去下地干活吗？等富一脸认真的神色替她做了肯定的答复。

这种时候,两人都没想到要去大队小诊所。在村子里,孩子有个头疼发烧的去小诊所看一看还差不多,哪有大人轻易去看病吃药的?再说了,感冒还不就是一个感冒嘛,能够在家休息一天已经是一件很奢侈的事,哪里还想得到花钱吃药呢?

王桂珍躺在床上迷迷糊糊睡回笼觉的时候,等富在锅屋里忙着烧早饭。锅下舀半锅水烧稀饭,锅上坐馏笆汗(蒸)上几块秫秫面馍,馏笆中间有半碗咸腊菜。那时候大河湾村十有八九的人家早饭都这样子,孬好不论,能够吃饱肚子就是好生活,能够天天吃饱肚子就是好人家。这个早上等富家与别人家略有不同的是,别人家是女人烧锅,等富家是男人烧锅。在大河湾村男人都是甩手货,觉得在家烧锅是一件没脸面的事。等富愿意烧锅,不是说王桂珍生病,是王桂珍在这个家里有点特别,她是等富的二房老婆。等富的头房老婆两年前得一场重病死掉了,半年前王桂珍从遥远的南方大山里嫁过来做填房。等富比王桂珍大好几岁,他一直格外爱怜她,像哥哥对待妹妹,像父亲对待闺女。家里家外脏活重活肯定是等富干,甚至连烧饭洗衣本该女人干的活,等富也伸手揽不少。王桂珍说,你这样对待我,村人看见是要说闲话的。等富说,谁想说闲话谁说去,你是我老婆又不是别人的老婆。

等富这样做心甘情愿,感觉很幸福。

烧好饭,吃好饭,等富走近床伸手推一推王桂珍的肩膀说,饭焐在锅里,我下地干活去了。可能是睡一觉的缘故,王桂珍睁开的一双眼睛有点湿润润的了。王桂珍答应说,我睡一小会就起床吃饭。这时候等富突然地转话题说,你睡一小会,吃罢早饭,不如去大队小诊所看一看,拿几粒药吃一吃,不好得快一点吗?王桂珍没想着要去看病,迟疑着说,不用看,我在家睡一睡就好了。等富却坚决地说,去看,反正你今天不下地有空闲。王桂珍这才病猫似的点头说一声"好"。王桂珍的身子软绵绵的,说话的声音软绵绵的,等富的一颗心跟着也软绵绵的,他觉得眼前王桂珍的一副模样更加遭人爱怜了。

就这么，王桂珍出嫁到大河湾村半年来有了头一次面对面地直接接触方泉林的机会。事过后，等富为自己的这一句话后悔好多天，好多年，一辈子。

大队小诊所就设在大队部的院子里，两间灰砖灰瓦的房屋与大队干部的办公室紧挨着。这里是大河湾村的政治文化中心，村人没事一般不会来。在王桂珍的心目中，这里更是有点神圣与神秘的样子。这是王桂珍头一次进大队部，心里有点“别别别”地跳，脚步也有点慌里慌张的。王桂珍家住在大队部西边，相隔三百米的样子。这么一段路走下来，王桂珍脸上生出一层汗，鼻子一呼扇一呼扇地喘粗气。太阳已经升上半天空，一片太阳光朗朗地照着王桂珍，她的脸色不够红润，她的眼睛不够明亮，她的精神不够饱满，依旧显示出一副病态的样子。王桂珍没有一下走进大队小诊所，而是远远地站住脚，这种犹豫是一个女人来到一处陌生地方所特有的。

不过王桂珍还是一眼认出在大队小诊所里忙碌着的方泉林。

应该说，王桂珍平生头一回见着方泉林这样像女人的男人，白白净净的、秀秀气气的，一双手伸出来比女孩子的还要修长一点，还要白皙一点。王桂珍以前就留意过方泉林。方泉林是大河湾村唯一的赤脚医生，你就是不去大队小诊所拿药看病，也能经常看见他头戴一顶白色的草帽，身背一只绿色的药箱，穿行在各个生产队的田间地头上。此时此刻，这只绿色的药箱就摆放在小诊所的一张桌子上，一顶白色的草帽就悬挂在药箱上方的墙面上。此外，方泉林的一身穿着也与别的村人有区别——上身穿一件白色的的确良褂子，下身穿一条蓝咔叽布裤子，脚上穿一双白球鞋，一根草绿色的军用皮带把褂襟紧紧地扎进裤腰里。方泉林这身打扮很有一点那个时代文化青年的特点。王桂珍却把它理解成赤脚医生所特有的服装，就像工人有工人的服装，解放军有解放军的服装一样。赤脚医生是个新生事物，大河湾村开办小诊所不过一年时间，而在王桂珍老家给村人看病的还是坐堂老中医，花白的头发，花白的胡子，手指甲留有半寸长。老中医开出来的是中草药，方泉林开出来的是西药片。王桂珍对比着想，方泉林还是一个毛头小伙子家，就能够抓药，就能够看病，自然觉得稀奇得很。

小诊所里有几个看病的，不是老人就是孩子，能下地干活的就王桂珍一个人。这样一来，就显出王桂珍的娇贵了。在大河湾村，感冒生病的女人肯定不止她一个，别人家的女人都不来花钱吃药，凭什么单单她一个？王桂珍两脚站在小诊所门口更加犹豫了，心里想着是走开好，还是进去好。恰巧这种时候，方泉林一抬头察觉门口站着的王桂珍。

方泉林大声地问，你来看病呀？

王桂珍只得回答说，我拿几粒伤风药。

这里人家不说感冒，说伤风。

方泉林说，你进来等一下。

王桂珍说，你给我拿五分钱药。

王桂珍说着话从口袋掏出一枚五分钱硬币，原本想递到方泉林手上，看见方泉林忙着给别人拿药，干脆一扔扔在桌子上。五分钱硬币落在桌面上滚动起来，王桂珍紧张地看着，生怕滚落地上，方泉林也停下拿药，盯着桌面上的硬币向着药箱滚过去。“啪”一声，药箱挡住硬币，停下来。王桂珍松出一口气，方泉林孩子似的冲王桂珍笑一下。几个病人都是来拿感冒药的，有的拿两分钱的，有是拿三分钱的，五分钱算多的。方泉林药瓶不离手，一口气倒出几份药，最多的一份包裹好递给王桂珍。方泉林吩咐说，一天吃三次，一次吃两片。王桂珍答应一声“哎”。

要是王桂珍就这么拿着药回家，也许就不会有后面发生的事了，偏偏这时候方泉林多说一句话。方泉林看两眼王桂珍说，我看你感冒怪重的，不如打一针吧？从字面上来看，方泉林说出来的是协商口气，可从声音上听来却是一副命令的口气。王桂珍没想过打针，心里一时不知道该怎么办。方泉林进一步解释说，打吊水一次五毛钱，打小针一次两毛钱，你看你打哪一样？屋里就有一个老太太躺在床上打吊水，接上话茬说，你是等富家里的吧？我认得你，你就听方医生的话，打一针吊水吧！可管经呢！我吃、吃、吃三天药没管一点经。老太太是大队书记的娘，掉牙的瘪嘴使劲地冲着王桂珍笑，像是打针是一件多么享受的事。另一个老太太怀里抱着的孩子一个劲地“哇哇”哭。这一老一小，王桂珍也认得。老的是大队民兵营长的老娘，小的是大队民兵营长的小儿。老的跟王桂珍说，你要打针就打小针，莫吊水，小针管经，吊水不管经，我家孙子打两天吊水没退烧，打一针小针就退烧了。大队民兵营长的娘说这句话显然是冲着大队书记的娘说的。大队书记娘的笑容衰败下来说，我看你什么都懂，赶明你当大队赤脚医生算了。民兵营长的娘说，不信你问问方医生是不是这么一回事。方泉林没办法评判两个老太太，却跟王桂珍说，你不是老人小孩，打一针小针就照(行)了。民兵营长的娘笑起来，方泉林说的话显然利于她。大队书记的娘气愤地翻过身，脸朝墙。民兵营长的小儿一个劲“哇哇哇哇”地哭，民兵营长的娘呵斥孙子说，没打针你哭什么哭？大队书记的娘说，过一小会打针有你哭的呢。

大队小诊所一阵吵吵嚷嚷的，王桂珍没有多想，慌忙点头答应说，那我就打一针小针吧。方泉林说，我这就给你配针水。

王桂珍的一只右手插进右边的裤子口袋里，一阵“哗啦哗啦”地响，像是有不少硬币的样子。王桂珍就很有耐心地一个硬币一个硬币往口袋外面掏，掏出来的都是硬币，没一张毛票子。从外表上来看，王桂珍很冷静，其实她的头脑里早乱糟糟一团了。王桂珍掏出差不多够两毛钱硬币的时候，头脑清醒过来，快速地算清一笔账。那年头，一个男劳动力在生产队干一天活记十分工，一个女劳动力在生产队干一天活记八分工，年底算账，十分工合一毛钱。也就是说，打一针小针两毛钱,就是等富一个男劳动力也要干两天活。王桂珍掏钱的手迟疑起来,心里想:在大队小诊所打针的一个是大队书记的娘,一个是民兵营长的儿子,人家都是大河湾村有身份、有地位的人,你王桂珍算老几?

王桂珍吞吞吐吐地说,我不打针了吧?

方泉林说,我针水都抽好了,你不打针怎么办?

王桂珍脸上一阵红一阵白的,也不知道该怎么办。方泉林一次抽好两管针水,一管是民兵营长儿子的,一管是王桂珍的。方泉林说,要不这样,你有事,你先打。民兵营长的娘也说,不妨事的,你有事,你先打。

王桂珍的头脑"嚓啦"闪开一道亮光,一下想起一件最致命的事——打小针要把裤子扒下来,露出屁股让方泉林看、让方泉林摸。虽说王桂珍没打过针,她在老家却听村人说过,在镇子的医院里打针时,医生要拿一团棉花在屁股上先消毒,棉花蘸着酒精擦在屁股上瓦凉瓦凉的,还听村人说过,打针的有男医生、有女医生,不一定男医生给男的打针、女医生给女的打针。当时王桂珍就想一个女人怎么能把屁股露出来给男人看、给男人摸呢?我赶明就是生病也不去镇子上打针。那时候王桂珍听说这种事也是当作一件稀奇事,谈论这种事也是遥不可及的、事不关己的。不想于不经意间,这种遥不可及的事一下降临到自己面前。王桂珍如临深渊,惊慌失措,不说一句话,转头就往小诊所门外跑。方泉林愣一愣眼,"哎、哎"两声说,你这个人怎么跑掉了呀?没人能够猜测出王桂珍逃跑的真正原因。民兵营长的娘叽眨叽眨眼,给出一种解释,我看等富家里的八成是尿屎憋不住了。大队书记的娘翻过身子,看一眼越跑越远的王桂珍后背,"嘎嘎嘎"地笑起来说,一个小媳妇家就这么轻易地夹不住尿屎?

等富晌午收工从地里回家,王桂珍没把她从大队小诊所逃跑这件事跟他说。不是王桂珍不敢说,是她不愿说。这种事怎么好向男人说呢?王桂珍烧好晌午饭,气色比早上好多了,只是一颗心依旧"扑扑通通”地慌乱着。

等富问，你上午去过了大队小诊所？

王桂珍慌张地点头说，去了。

拿着药了？

拿了。

吃过药了？

吃了。

等富说，看你的样子是比早上好多了。

王桂珍尴尬地笑一笑。

接下来，两人一起吃饭，不再提及看病吃药之类的事。王桂珍紧揪着的一颗心松开来，心想这件事便会一直掩埋在心里，随着时间的流逝，慢慢地褪色，慢慢地淡忘，像是从来没有发生过。

哪知道等富当天下午就从方泉林嘴里知道这件事。

方泉林身背药箱下生产队，是想把满满一药箱感冒针剂推销掉。这些针剂是初建大队小诊所时购买进来的，快到失效期，只用极少一部分，大部分落满一层灰，安静地躺在小诊所的药柜里。要说原因很简单，村人有个头疼脑热的硬扛着，舍不得花钱吃药打针，就是抵抗不住也是少花钱拿几粒药吃一吃，绝不会多花钱打针、吊水。可见看病贵、看病难的问题在大河湾村有史以来就是存在的。眼下感冒在村里流行起来，是处理这些针剂的好时机。方泉林从王桂珍逃跑的事件中得到启发——他也误认为王桂珍逃跑的原因是舍不得花两毛钱，他跟大队干部一协商，干脆赊账把这些针剂使用掉。具体办法是，现在打针记账不收钱，到年底生产队算账时才从工分上扣除。也就是说，村人谁打针谁掏钱的实质不变，变的只是掏钱的形式。方泉林身背药箱下到各个生产队一宣传，不少村人真的愿意记账打针了。不到天黑，满满一药箱针剂打精光，迟疑一点的村人没打上，一副失落的神态像是吃了好大的亏。

等富就是方泉林身背药箱下地过后知道这件事情的。方泉林把王桂珍丢在大队小诊所的两毛钱硬币递给等富，说了这么一句等富听来没头没尾的话。方泉林说，按照道理说，这两毛钱不还给你们家也是应该的，你自己说说王桂珍跑掉了，我配好的针水给谁打？等富糊里糊涂的好容易才从方泉林那里弄明白事情的来龙去脉。等富恍然大悟地说，你看看这个女人过日子细着的，到底是两毛钱值钱，还是人命值钱呀。等富即刻做出一个决定，跟方泉林说，你在地里等着，我回家把她喊来补上这一针。等富把两毛钱揣进口袋里，撒开两腿往家跑。

王桂珍当然不会跟着等富去打针。等富说，不要钱的针你不打不吃亏呀？等富没有把话说完整，故意隐瞒打针记账的事实，还掏出方泉林归还的两毛钱做证明。王桂珍说，本来就不是花钱的事。等富哪能明白王桂珍说的话。等富说，那你说你不愿打针是为个什么道理？王桂珍有点撒娇的样子说，人家非得说出来吗？等富说，你说你说，你快说。等富有点好奇了。王桂珍通红一张脸，继续吊着等富的胃口，她说，这话人家怎么好意思说出口嘛！等富一副等不及的样子说，你说你说，有什么不好说出口的？王桂珍轻声轻气地说，人家不想露出屁股让外人看。等富听明白话，“哈哈哈”地笑出声，连着说两遍，原来是这么回事呀，原来是这么回事呀。哈哈哈。真是笑死人了。哈哈哈。王桂珍捶打等富的身子说，你坏，你真是坏。等富笑出一脸眼泪来。等富笑好大一小会才停下笑，认真地说，你做得对，我老婆的屁股只能我看、我摸，别的男人怎么能看、能摸呢？

隔天上午，王桂珍就扛着一把锄头下地干活去了。王桂珍的一身穿着没什么特别的，上身穿一件粉红色褂子，下身穿一件灰洋布裤子，脚上穿一双板绒布鞋——这些都是过门时等富花钱买来的。特别的一点是王桂珍头上戴着一顶竹子编就的斗笠，斗笠不大，上面花花绿绿的编出不少样花纹——这是她从娘家带来的。大河湾村没有竹子，见不着斗笠，村人下地遮阳一律头戴麦秸草帽。就是一个过路人，一眼看见王桂珍头上戴着这顶斗笠，也知道她是一个南方人，一个蛮子女人。王桂珍嫁过来半年，行为举止跟这里的女人还是有很大差别的。用一句时尚的话来说，还没有真正融入大河湾村。比如说，村里下地干活的不管是小媳妇还是大姑娘，解手都往地头山沟里跑。山沟浅，只能把一副白花花的屁股埋进去，上半个身子都暴露在男人的视线里。王桂珍适应不了，就害羞，就憋着，不在地里解一回手。再比如说，王桂珍说话蛮腔蛮调的，与本地村人说话交流有困难，她下地就只跟在等富后面，很少与其他村人一起干活。这里村人下地干活的习惯是，女人喜欢与女人在一起，一边干活一边说点什么；男人喜欢与男人在一起，一边干活一边说点什么。相比较，王桂珍跟在等富后面干活就有点特别了，不在男人堆里，不在女人堆里，有点像雁群丢下来的两只孤雁。两口子整天在一起能有好多话可说呢！一天一天的，他俩又很像两只落孤的哑雁。

这天上午，村里女人自然而然地谈到昨天方泉林打针的事情。以往村里女人在地里说闲话，王桂珍都是避开不听的，像是不管她们说些什么话都与自己不相干。今天不一样，有了昨天她从大队小诊所逃跑这件事，不论哪个村里女人说打针的话都与自己有关联了，她都不能不侧耳聆听了。

一个女人说，方医生给我打针的时候把棉花擦在我的屁股上，瓦凉瓦凉的，我吓一惊。

王桂珍猜测这个女人是头一次打针。

另一个女人说，我就是喜欢打针擦棉花，先是瓦凉瓦凉的，过一会就痒乎乎的了，你不知道有多舒坦。

看样子这个女人以前是打过针的。

第三个女人"咯咯咯"地笑起来说第二个女人，你光说棉花擦在屁股上瓦凉瓦凉的、痒乎乎的舒坦，怎么不说方医生打针的手摸着你的屁股、揉着你的屁股更舒坦呢？

第二个女人伸手去打第三个女人一巴掌说，怪不得昨天下午你头一个把屁股扒开让人家方医生打针呢，原来打针不是打针，是变着花样让人家方医生摸你的屁股、揉你的屁股呀。

第三个女人承认说，我在镇子上打过针，打针的是个女的，那个女的还没有方医生的一双手摸在屁股上软和、舒坦呢。

方泉林的一双手王桂珍昨天仔细地注意过，真的是比一般女人的还要白还要细。

头一个说话的女人说，我害怕打针，昨天打一针我紧张半天没缓过来劲。

第二个女人说，打针就这样，头一两次你害怕，要是多打几次，打上瘾，隔一段时间不打，你还想打呢。

第三个女人说第二个女人，你在县城医院住过院打针多，八成是上瘾了。

第二个女人说第三个女人，你敢说你不想方医生这样一双男人的手摸一摸你的屁股、揉一揉你的屁股？

第三个女人长叹一口气说，我是有过男人的女人，看来是没这个福分了，不知哪个女人赶明嫁给方医生，让她慢慢去享受吧。

……地里干活的女人这样胡乱说话，当不得真，更当不得假。

这天上午，王桂珍听懂干活女人说的话，却没听懂她们说的事。什么棉花擦在屁股上瓦凉瓦凉的，什么棉花擦过的屁股痒乎乎的，什么打针的手在屁股上又摸又揉的。王桂珍猛然在心里做这么一种猜想，要是昨天上午去小诊所打针不逃跑呢？要是自己扒开屁股让方泉林打针呢？王桂珍的脸色“嚓啦”红起来，一颗心“扑通、扑通”连着气地狂跳开。王桂珍不想让等富看出自己内心的慌乱，手里的锄头猛刨几下，跑到前面去了。

当天夜里，王桂珍做起一个打针的梦。梦境连接起昨天上午，地方依旧在大队小诊所。王桂珍想逃跑没跑掉，方泉林站在小诊所里不动弹，一只胳膊越伸越长，一把把她揪回来。方泉林说，你的两条腿是跑不出我手掌心的。王桂珍说，我要回家，我不打针。方泉林说，谁给你打针呀！我只拿棉花在你的屁股上擦一擦。王桂珍摇头说，我也不擦棉花。方泉林说，我知道你舍不得花钱，擦棉花是不收钱的。王桂珍不知怎么的就愿意扒开半个屁股，看着方泉林把好大一团棉花捂在她的屁股上，一股瓦凉瓦凉的感觉"哧溜"一声钻进皮肤里，钻进她的内心里。王桂珍一惊慌醒过来，一阵风从窗户溜进来正好吹在她的屁股上，有那么一点凉飕飕的痒乎乎的意思。

等富在身旁轻轻地打着鼾声熟睡着，王桂珍躺在床上，两眼盯着半开的窗户，心里湿漉漉的很舒坦。——这是上半夜做的梦。

下半夜，王桂珍接着做打针的梦。

方泉林问王桂珍，你相信不相信，别人打针疼，我打针一点都不疼？

王桂珍摇头说，这么长的针头打进屁股，你说一点都不疼，我不相信。

方泉林说，不相信，我打一针你试一试。

王桂珍说，要是我说疼，你打针就莫收钱。

方泉林说一声"好"。

这一次，方泉林没往王桂珍的屁股上擦棉花，而是伸出柔软白细的手指在王桂珍的屁股上轻轻地抚摸着、轻轻地搓揉着。王桂珍的一颗心颤抖着化成一摊水，身子软得没了一根骨头，瘫软在方泉林的怀里。方泉林轻声地问，你觉得疼吗？王桂珍娇声娇气地说，你还没把针打进我的屁股里呢。方泉林说，怎么没有打？不相信你看看。王桂珍扭头一看，方泉林真的把一根长长的针头打进她的屁股里。方泉林问，你可知道我打针为什么不疼？王桂珍摇头说，我不知道。方泉林说,我告诉你,我打针不用棉花,只用手摸、手揉,就一点不疼。王桂珍点头说,我明白了,关键在你的手上。方泉林说,你说对了,村里女人都喜欢我的这双手……

天亮的时候,王桂珍心里生出一丝后悔,后悔从大队小诊所逃跑掉,后悔没让方泉林把瓦凉瓦凉的棉花擦在自己的屁股上,后悔没让方泉林的手摸在自己的屁股上,揉在自己的屁股上。后悔像潮水一般长时间浸没着王桂珍。这时候,王桂珍暗暗盼望着自己能再生一场需要打针的病,她自己跟自己说,下一次我会毫不犹豫地跑去大队小诊所,扒开屁股让方泉林亲手打一针。

机会说来就来,中间相隔半个月的样子,王桂珍生病了。王桂珍这次生病很突然,在地里干活好好的,肚子突然疼起来。有点像肠子缠绕着搅在一起,或者像一双看不见的手揪住肠子使劲地往一块拧。疼得王桂珍脸色像一张白纸,豆粒大的汗珠一串一串从脸上往下掉。这天等富去公社拉种子,不在地里干活。王桂珍紧咬牙不吭声,痛苦地扶着锄把半蹲在地里。村人看出王桂珍的异样,急忙问,你怎么啦?王桂珍从牙缝里挤出一丝声音说,我肚子疼。村人说,那你快去大队小诊所看一看吧。王桂珍的头脑里"嚓啦"点燃一根火柴,亮起一团温暖的做梦一般的色彩,不知是自己祈祷显灵,还是纯属天意,疼痛也跟着一下轻好多。王桂珍直起腰,抬起头,朝着大队小诊所的方向望一眼,找见一个很坚实的理由跟村人说,看来不去大队小诊所我是受不住了。王桂珍说话的神情是激动的,说话的声音是颤抖的。生产队长是个五十多岁的男人,宽厚地向着王桂珍掸一掸手说,不扣工分,你去吧。王桂珍嘴丫隐隐地有点弯曲,有了一丝别人觉察不出来的得意,紧接着迟缓地挪动开脚步。村里女人很热心说,我们扶着你去吧,你自己哪能走得动路呢?生产队长再次宽厚地说,你们去两个陪着她一道去。这个人情王桂珍不能领,有女人陪着去大队小诊所还看谁家的病。王桂珍站住脚，语气坚硬地拒绝说，我自己能够去。村里女人的一片好心做了驴肝肺，伸出来的手迟迟疑疑地缩回去。在这件事情上，王桂珍不怕得罪村里的女人，就是要村里的女人远远地离开自己。王桂珍的两只拳头原本是紧紧地抵在肚子上的，这一小会松开来。她冲着四周村人艰难地笑一笑说，我好一点了，自己能走得动。生产队长说，那你自己慢一点。

王桂珍没走几步远，心里生出另一个好主意——干脆让村人去大队小诊所把方泉林喊来家。

王桂珍初初乍乍地这么想，并没有把事情往过头的地方想，更是没想到后来会跟方泉林有一腿。她这是在找一种过渡的办法，猛然一下去大队小诊所当着其他病人面，把自己的屁股扒开来让方泉林打针，心理上还是有些障碍的。自己去大队小诊所看病打针别扭劲，不如让村人去大队小诊所把方泉林喊来家方便些。王桂珍想出这么一个好主意，接着就要实施它。她迟迟疑疑站住脚，使用一种恳求的语气说，队长你看能不能派一个人去大队小诊所把方医生喊到我家去？干活的庄稼地离王桂珍家近一些，离大队部远一些，这一近一远的差距相对一个肚子疼的女人就很远很远了。队长皱一皱眉头，知道王桂珍先前不让村人扶着去，已经得罪村里所有的女人、所有的男人。队长只好笼统地问一声，你们谁愿意去大队小诊所喊一下方泉林？队长一口气问三遍，村人没谁搭话茬。队长知道就是喊三十遍，喊破嗓子，也不会有一个村人愿意去。队长苦笑一下，摇一摇头，自己找一个台阶说，我正好要去大队汇报一件事情，顺便去喊一下方泉林吧。队长去喊方泉林是最好不过的，其他村人还不一定能喊过来呢。

一瞬间，王桂珍觉得肚子一点疼痛都不见了。

……

这之后的一段时间里，王桂珍经常这病那病的，成为一个病秧子。王桂珍得病很容易，今天说头疼，明天说腰疼，后天说脚疼。王桂珍不敢得感冒，得感冒清水鼻涕的喷嚏连天的村人能看出来；也不敢得肚子疼，肚子疼起来脸色煞白，一头一脸的汗珠子，动静更大。王桂珍“哎哟、哎哟”地说“头疼、腰疼、脚疼”——这么几处疼，不会有明显外观症状，村人一点看不出来。可一个人要是说全身上下哪个地点都能疼，就有点令人生疑了。等富不怀疑。等富说，方医生说了，这叫游走性疼痛，说不定连手指甲都能疼起来呢。村人说，那你得带着你家里的赶快去县里的大医院好好地看一看。等富说，方医生说了，这种病在大队小诊所吃一吃药、打一打针，说一声好就好了。从外表上来看，好像等富两口子与方泉林共同保守着一个秘密。其实这个秘密等富不知道，只能说是王桂珍与方泉林两个人共有的。王桂珍身上疼起来，自己不去大队小诊所找方泉林看病，也不会让等富去大队小诊所找方泉林来家看病，她总是趁着等富不在家，打发某一个村孩子去喊方泉林。

王桂珍是这么行动的——她弯勾着腰身，装出一副十分痛苦的样子，走到家门口喊过一个村孩子，说，你过来、你过来，婶子给你一块糖吃。村孩子一双眼睛睁多大，不相信地看着王桂珍的手心里真的躺着一块糖。糖是白芋糖，剥开糖纸露出黑不溜秋的糖块，这种糖大队代销店里有卖的，一毛钱九块。王桂珍把手心里的糖块递过去，村孩子舌头舔着嘴唇，露出一丝惊恐的神色接过糖块。小小的一个村孩子也会懂得，天下不可能有不劳而获的好事情。王桂珍总算说出目的来，她说你替婶子做一件事好不好？村孩子看一看手里的糖块，一丝惊恐的神色瞬间放大开来，像是王桂珍婶子让去杀人似的。王桂珍虚声虚气地说，婶子身上难受，不能去大队小诊所看病，你去替婶子喊一下方医生好不好？村孩子没想是这么小的一件小事情，一边快速地把糖块塞进嘴里，一边欢快地往大队部跑过去。

小时候，我就是这诸多孩子中的一个，吃过王桂珍婶子的白芋糖块，替她去大队小诊所喊过方医生。

隔不上多大一小会,方泉林就会背着药箱走出小诊所。

方泉林往王桂珍家走路跟下生产队地里不一样,两脚是匆忙的,头上也不用戴草帽,更主要的是身后还跟着这个村孩子。这个村孩子嘴里吃着王桂珍的糖块,就忠于职守似的一直跟着方泉林。方泉林说,你不用跟着我,我能认得王桂珍的家。可这个村孩子还是有点不放心,远远地尾随着方泉林走近王桂珍家,看见王桂珍躲闪在门后面,适时地打开半扇房门,把方泉林迎进去,随即房门"吱呀"一声重新关合上。村孩子的认知是肤浅的,不清楚方医生给王桂珍婶子看病为什么要关门。不清楚就不清楚吧,反正自己喊医生的任务已完成。

"吧嗒"一声,村孩子嘴里含着的糖块一下滑进嗓眼里。

等富注定是村里最后一个知晓这个秘密的人。这个秘密一旦被等富知道,在大河湾村也就不成其为秘密了。这期间,一方面村人期待着等富早一天知晓这个秘密,看他怎么去处理;另一方面村人齐心合力地一起向等富保守着,没一个村人主动去告知等富这个秘密。这一天王桂珍又一次说她身子不舒坦不能下地干活。王桂珍说这话,眼神虚飘着、躲闪着。不知怎么的等富一下就明白了,缠绕在头脑里的一团迷雾,"嚓啦"消散去。等富恍然大悟开,愣一愣神,扛着一把锄头依旧下地里。道理很简单,等富不走开,方泉林不会来;方泉林不来,等富抓不住把柄,解决不掉这件事。

在这一天的庄稼地里,村人看见等富的两只手胡乱地挥舞着锄头,朝着庄稼不分青红皂白地乱刨一气,大片大片的庄稼与杂草一起同归于尽。村人看出等富的不正常,只是还不能断定他就已经知晓这个秘密。生产队长呵斥等富说,你这是在锄庄稼吗?我看你是吃饭吃多撑昏了头。等富的头脑确实当不了锄头的家,干脆把锄头扛在肩膀上,朝着地头山沟里走过去。等富这种样子像是去解手,也许是解一泡大手偷一偷懒,避开队长的骂。村人想,解手就解手,偷懒就偷懒,你扛着锄头干什么呀?莫不是一边解手一边还能锄着地?

村人猜测错了。

等富扛着锄头绕一个弧形大弯子，而后笔直地朝着回家的小路走过去。

队长大声说，你回家这半天工分不要啦？

村人你看看我，我看看你，“噢”一声，像是终于明白一件什么事。

等富怒气冲冲地回到家。

房门关着。要是王桂珍不在家，房门上应该挂着一把锁。现在房门上是空的，说明王桂珍在屋里。等富如愿地听见王桂珍跟方泉林在屋里的说话声。等富一刻不能等，一分不能等，一秒不能等，他猛然一下高高地举起锄头，他要像在庄稼地锄庄稼一样，把房门砸碎掉，把家具砸碎掉，把王桂珍砸碎掉，把方泉林砸碎掉，一样都不放过，一样都不饶恕。屋里两个人的说话声清晰地传出来。

方泉林说，我得走了。

王桂珍说，你今天还没在我的屁股上擦棉花呢。

方泉林说，我跟你说过好多遍了，这叫酒精棉球，不叫棉花。

王桂珍说，村人都这么叫，我也这么叫。

一阵细碎的声音过后，一声欢快的尖叫声从王桂珍嘴里喊出来，“哎哟哟”，瓦凉瓦凉的，舒坦死我了呀。

等富触电似的在门槛上冷战好几下。等富两手举锄，越举越高，却越举越吃力，一瞬间里，他挺直的胳膊软下来，锄头也失去劲头，慢慢地往下落。等富两只手松开锄头，肚子疼似的虾弓着腰往一团缩、往一团缩，最后一屁股瘫软在门槛上。

方泉林说，你不能小声一点，别叫村人听见了。

王桂珍说，我才不管呢，舒坦我就叫。

方泉林说，难道比我俩睡觉还快活？

王桂珍说，我实话跟你说，我跟你睡觉还没有跟我家等富睡觉快活呢。

方泉林问，那你还喊我来干什么？

王桂珍说，我就是想让你在我的屁股上擦棉花，我就喜欢棉花擦在屁股上的那么一股瓦凉瓦凉的感觉，我就喜欢棉花擦在屁股上的那么一丝痒乎乎的感觉……

等富慢慢地站起身子，把锄头轻轻地靠在门扇上，轻手轻脚地走开了。等富有意这样摆放锄头，是让屋里的两个人一开门就看见锄头，就明白他已经回来过，就明白他已经知道他俩的事。这一刻，等富要往镇子上去，他要去镇子上的医院里花钱买酒精，花钱买药棉，有了这么两样东西，他就能像方泉林一样亲手往王桂珍的屁股上擦棉花了。

一句话，等富不想失去王桂珍，他要让王桂珍舒坦，他要让王桂珍满足，他要让王桂珍离开方泉林。等富迎着西沉的落日，流出一脸幸福的眼泪。

2008 年 5 月 2 日—7 日　江陈

干 净 年

大河湾村民谣:“有钱没钱,剃个头过年;有钱没钱,洗个澡过年;有钱没钱,干干净净过年。”

一

天一进腊月,离过年就近了。小时候过年,我自个要操心的有两件事,一个是剃头,一个是洗澡。剃个头,洗个澡,过年就干净了。

过年剃头不用我自个多操心,就是赖在家中的被窝里,剃头匠也会挨家挨户地剃上门。要是村里落下一户人家没剃头,剃头匠自个过年都不安生。村里的剃头匠有本村的,也有外村的,但他们剃头的方式都一样,包户或包队。一户人家有几个大人剃头,有几个孩子剃头,这叫着包户。一个生产队有多少大人剃头,有多少孩子剃头,这叫着包队。包户或包队,要看村人一家一户的意愿,要看剃头匠与村人一家一户的关系。不管包户,还是包队,村人都是一个月剃一次头,剃头匠都是一家一户地上门服务。女人不经常剃头不算数,女孩子不经常剃头不算数,算数的只是男人与男孩子。当然,大人剃头给的粮食多,孩子剃头给的粮食少。一年分夏、秋两个季节结算,剃头匠拿着一杆秤挨家挨户地去称剃头的粮食,这叫着打秋风。

我们队是包队剃头,剃头匠名叫小齁子。齁,就是哮喘。小齁子是个年岁不大的剃头匠，外村人，姓陶，他的娘是我们曹姓人家的姑娘。生产队里的几位年岁大、辈分长的村人一说话，队里的人头就一揽子包给他。村人说，谁让他是曹家的外甥呢？外甥是条狗，撵他撵不走；外甥是头驴，撵他撵不离。——说的都是外甥在姥娘家的特殊地位。村里的几个剃头匠都是身上有毛病的残疾人，有腿瘸的，有眼斜的，有嘴歪的。小齁子的毛病就是齁，齁得厉害。剃一个孩子头，一口气“喘、喘、喘”地还能凑合着不歇气地剃下来。要是剃一个大人头，又是剃头，又是光脸，就需要在中间歇上一歇。最费力气的是剃老人头，又要光头，又要光脸，又要掏耳朵，又要剪鼻毛，中间不歇上两三歇怕是都忙不利落。小齁子嗓子眼里的一口气一刻比一刻喘得粗，一刻比一刻喘得紧，手里的剃头刀颤抖着，额头上有汗珠亮晶晶地滚出来，坐在板凳上的剃头人心里紧，害怕剃头刀万一有闪失，劝他说，你快点放下手中活歇一歇吧。小齁子脖子上的青筋突暴，脸色憋得乌紫，顾不上答话，手里的剃头工具照样拿着，两条腿一软乎，一屁股瘫软在一只木箱上，一张嘴冲向半天空使劲地倒换气。这只木箱里塞着各种剃头的家伙，小齁子走到哪里，木箱子背到哪里。这是他的工具箱，也是他的小板凳。大约半袋烟的工夫过去，小齁子把一口气慢慢地喘匀溜，自找原因地说，这几天手上的活赶紧了。

越是挨近年关越是手上活紧，哪一年都这样。翻过年，到了二月二龙抬头，村人才能剃下一茬头，谁都不愿早早地把头剃出来，一齐聚集在年跟前。另外还有一个重要因素，过年有不少妇女要剪头，有不少大姑娘也要剪头，无形地增加了他的工作量。具体说到这一年，从淮河南边的煤矿刮过来一股风，在妇女中时兴起剪二道毛子头。所谓二道毛子头，就是齐耳短发。从背后看，头发整整齐齐的，像是镰刀割过的麦茬地；从前面看，正好露出脸蛋两侧的两个完整的耳垂子。先是村里的大姑娘从那边学过来，说煤矿上的大姑娘人人剪出二道毛子头，身上穿军装，头上戴军帽，腰间扎皮带，手持红宝书，衣服袖子往上面一捋，就是一副革命小将的派头。我们村的大姑娘暂时没条件打扮成这样子——关键缺军装，倒是先把二道毛子头照搬照抄过来了。一股风愈演愈烈，一批小媳妇都跟着时尚起来，小鲰子还有不累的道理吗？大姑娘、小媳妇剃头不给粮食，小鲰子累也算白累，纯属尽义务。这之前，大河湾村的大姑娘扎辫子，小媳妇也是扎辫子，她们的区别是大姑娘的辫子耷拉着，小媳妇的辫子绾起来。小鲰子喘着粗气小声地议论说，这世道怎么说一声变就变样了呢？

我不明白小鲰子说的变化是什么，却知道我们小孩子剃头多少年一贯制，没有变化，一律都是茶壶盖子头。这种头型的基本特点，就是四周头发都剃得很短，头顶上的头毛留得很长，很像一个黑色的茶壶盖子顶头上。大孩子头上顶着一个大茶壶盖子，小孩子头上顶着一个小茶壶盖子。大河湾村有多少男孩子，就有多少茶壶盖子头。

这一年冬天，父亲去几十里远的地方挖次淮新河。母亲趁着父亲不在家，自我主张剪出一个二道毛子头。剪头的地点设在干活的地头，一帮大姑娘、小媳妇轮流剪二道毛子头。小鲰子被她们软硬兼施地挟持过来，心里不情愿也是没办法。那是一个与天斗其乐无穷、与地斗其乐无穷的年代，一帮大姑娘、小媳妇剪头没有一个嫌冷怕冻，一股寒风踅过来，小鲰子剪刀下面的断头发，纷纷扬扬地卷向半空。轮到母亲剪头的时候，她一身豪情地坐在小鲰子面前，根本没想到父亲会不高兴。母亲剪完头，回到家，左照镜子右照镜子，一边自我欣赏，一边自言自语地说，这样的头发多利落，赶明要是有一套军装穿身上，我不也是一个革命小将了嘛！

隔上一段时间，父亲回来家，呆愣愣地看着母亲，像是不认得。显然，母亲剪出一个二道毛子头，父亲没想到。母亲喜滋滋地问，你看我的头发好看不好看？父亲问，你的脖子露出来不冷吗？母亲回答说，不冷。父亲又问，你的耳朵露出来不冷吗？母亲依旧回答说，不冷。父亲说，你要不嫌冷，我也不嫌冷。母亲说，你莫不是也想剃一个二道毛子头吧？父亲说，我剃葫芦头。葫芦头，就是光头。母亲问，你真去剃一个葫芦头？父亲说，你都能剃二道毛子头，我怎么就不能剃葫芦头？这时候母亲才知道父亲心里不高兴。二道毛子头是一种新生事物，是一股涌动着的潮流，父亲不喜欢母亲的二道毛子头，也不好直接说。那一年，父亲过了三十岁，母亲还不到三十岁。父亲早早地剃出一个老年人的葫芦头，算是对母亲的无声抗议吧。

这一天父亲去找小鼾子剃一个葫芦头回来家，找几件换洗衣服带着，没有在家过夜，就直接返回挖河工地。母亲望着父亲远去的身子，两眼慢慢地流出眼泪。父亲在情感上很难接受一个剃二道毛子头的老婆。母亲在情感上恐怕也很难接受一个剃葫芦头的丈夫。两人只能不欢而散。这天夜里，母亲感到被窝是从来没有过的寒冷与孤寂。我跟母亲睡在同一个被窝里，我睡这头，母亲睡那头。她老是翻身不睡觉。最后母亲恶狠狠地说父亲，有能耐从今往后莫沾我的身子。

二

过年洗澡要去淮河南边的煤矿上。那里的两个地方都有洗澡堂，一处是矿外，一处是矿内。矿内的澡堂盖在煤矿的院墙内，供矿工上下班洗澡，只有男澡堂，没有女澡堂。矿外的澡堂盖在煤矿的家属区，供矿工家属洗澡，有男澡堂，也有女澡堂。矿内的澡堂洗澡不要洗澡票。矿外的澡堂洗一次要一张洗澡票。矿工按月发洗澡票，要是不够老婆孩子洗澡，就得花钱买，一张洗澡票一毛钱。大河湾村人没有洗澡票，男人去煤矿洗澡就混进矿内的澡堂，洗不花钱的澡；女人孩子去煤矿洗澡就要去矿外的澡堂，一次花一毛钱。那年头一毛钱是个什么概念呢？一盒火柴两分钱，一支铅笔三分钱，一本田字格（写字本）五分钱，一根油条一两粮票六分钱。一个男劳力去生产队干一天活，挣十个工分，差不多也就值一毛钱。关键是那时候村人除去在生产队挣工分，没有其他挣钱的活路，手上缺少活便钱，想从口袋里往外掏一毛钱还不一定能掏出来呢！不到过年，母亲舍不得掏出一毛钱让我去煤矿洗澡。

父亲去煤矿洗澡，不能带着我一块。母亲在家烧一盆热水凑合着，不去煤矿上花钱洗澡。一连好几年，我都跟着苋菜一块去煤矿洗澡。苋菜是三婶家的闺女，正好比我大十二岁。这一年，我八岁，她二十。我从四岁那一年起就每年过年跟着苋菜一块去煤矿的矿外澡堂洗澡了。三婶一连生下三个闺女，苋菜是老大。眼看苋菜快到说婆家的年龄，三婶才准许她花钱去煤矿洗澡。三婶不让两个小闺女去洗澡，也不给她俩在家烧水洗澡。说人是土变的，身上有灰怕什么。三婶过年自己也不洗澡。母亲说，三婶是个邋遢的懒女人。母亲身上散发出来的是一股好闻的清香味。三婶身上散发出来的是一股刺鼻的污浊味。三叔身上有老寒病，一到冬天就躺在床上不起床。村里别的女人不生男孩，理不直气不壮，三婶不这样，说生不出男孩的责任在三叔身上。说你望望他那一副病歪歪的样子，能有一颗好种子吗？我是我们家的长子，弟弟、妹妹也不去煤矿洗澡，只有我有这份荣耀。三婶说，这么小的一个孩子就宠着他去浪费钱，我看长大也不会有个好。三叔疼爱我，苋菜疼爱我，三婶却不怎么疼爱我。母亲说，我们家愿意宠着他花钱，你们家有钱还没有男孩去宠着呢！三叔家想过继我去做儿子。这件事三叔同意，三婶同意，父亲同意，唯独母亲不同意。母亲说话很刻薄，在家跟父亲吵嘴说，我宁愿你借一颗种子给老三家里的，也不愿把儿子过继给他们家。父亲说，兄弟俩原本好好的是一家人，怎么娶上老婆就不一样了呢？母亲说，要怪就怪老三没娶着好老婆。父亲问，这么说我娶着好老婆了？母亲说，看不上我你娶一房小的回来。

在许多事情上，母亲跟三婶都说不到一块去。三叔不到二十岁娶三婶，父亲年过三十娶母亲，苋菜比我大十二岁就是这么大来的。弟先娶，哥后娶，俗话叫：蹿秧子。母亲说三婶，亏得她生的是三个闺女，要是生儿子，还有我在你们家待的呀！父亲说，你们女人家的道理真是说不清，她嫁给老三关你什么事呀？母亲说出一句文辞，这叫名不正言不顺。小麦先熟，还种大麦干什么呀？父亲开玩笑地说，照你这么说，老三家里的跟我，你就去跟老三了？母亲说，老三一身的毛病，也只有老三家里的那种女人能够看得上他。

在我过继的这件事上，母亲有自个的独特看法。母亲说，世上最真的是血脉，最假不得的也是血脉。真的假不了，假的真不了。将来老三两口子老了，三个闺女出嫁又不在跟前，毛子有这份孝心，不会让你们吃不上喝不上，要是他没有这份孝心，就是过继也是一个假。这种例子不说远处，大河湾村就有先例。一棵瓜秧子顺着它长能长好，扭着它长反倒长不好。毛子是我的小名。三叔听母亲这么一说豁然开朗，说还是二嫂子明白事理，真把毛子过继到俺家，说不定对他不利呢！三婶脸面上不认同母亲的说法，心里却有很大转变，最起码有一点什么好吃的，舍不得给两个小闺女吃，都会偷偷地塞给我。父亲大度地说，毛子是我们两家的。

大河湾村离煤矿五里路远，坐渡船过河，走上一大段土路，穿过一大片煤矿家属房，就到洗澡堂。下午两点半钟澡堂开门，晌午吃过饭，我就跟着苋菜动身去。胰子(肥皂)、梳子、毛巾，还有换洗衣服什么的，都在苋菜的军用挎包里。别人带包是挎着、背着，或提着，苋菜带包是抱着。一路上，她的两只胳膊紧紧地护着、揽着。一眼看上去，苋菜的动作有点别扭，但也能看出她的特别用心之处。去年苋菜说过一门婆家，男孩子是东村的，姓黄，在新疆当兵。春节期间，那个男孩子回家探亲，苋菜与他见一面。那些天，苋菜走路低头红脸，三婶却趾高气扬，张口闭口都是他们家女婿了。三婶说，我们家女婿下一年秋天就复员，少说能分到煤矿当工人吧。其他村人参军复员都不安排工作，这个人复原能安排工作是因为他的兵种跟别人不一样，专门在那边看管劳改犯。母亲评价这门亲事说，有什么样的娘，就有什么样的闺女。父亲问，这话怎么讲？母亲说，老三家里的跟老三不到二十岁，苋菜现在也不到二十岁，你说着个什么急呀！当年三叔在淮河里帮一户人家拉纤，看上船家的闺女，就是三婶，他俩就一起私奔，在外面待两年生下苋菜，一锅生米煮成熟饭，才回来家。父亲说，早是早一点，不过这是一门好亲事。母亲撇一撇嘴说，好什么好呀，整天看管杀人犯，说不定会出什么样的大事呢！父亲"呸、呸、呸"连续朝母亲吐几口唾沫，说母亲长一张乌鸦嘴，你跟老三家里的不对头，我不怨你，苋菜可是你的亲侄女吧？我头一次看见母亲理亏不说话。哪想到母亲的一张乌鸦嘴说什么是什么，夏天的时候男孩子就在那边死掉了。听说有犯人逃跑，男孩子去阻拦，他开枪打犯人，犯人举刀杀他，结果两人都死了。男孩子家人去新疆带回一只骨灰盒、一张荣誉证书、几百块钱。苋菜与男孩子只是见一面，不算正式定亲。男方家说一声，我们家的东西不要了，算是了结这件事。苋菜与男孩子见面那天，男方家送苋菜一身布料、一只军用挎包。布料苋菜退回去，军用挎包留下来。苋菜托中间人去男方家退布料的时候，我们家人没有出来打坝子。一家人背着苋菜说这件事。父亲认为苋菜这么做有骨气，说，布料退得对，我们家不缺这么一点东西。三叔隐隐地有些担心，说，就怕这丫头在心里放不下。三婶驳斥三叔说，见一面前后没说上三句话，你说她心里有什么放不下来的？母亲劝三婶，这段时间你还是要留意苋菜的举动。三婶说，哎哟哟，这下让你看够笑话了是不是？两家人在一起，又是一次不欢而散。苋菜好长一段时间都沉默寡言着，在家不跟家人说话，下地不跟村人说话，经常一愣一愣地望着东北方。那里就是男孩子的家。说到底，苋菜在心里还是没有搁下来。

转眼半年过去，苋菜这是头一次使用军用挎包。

澡堂没有什么稀奇的。一间大屋子，一个大池子，通上两根铁管，一根往池子里加凉水，一根往池子里加热气。旁边的锅炉烧蒸气，沿着铁管送过来,"咕嘟"两三个小时,一池凉水就慢慢地热起来,就慢慢地烫起来。澡堂上午放水、打气,下午开门、洗澡。下午两点半钟一到,铁门"咔嚓"一声打开,洗澡的可足劲往里挤,抢位置。紧挨水池砌一溜水泥台,脱下来的衣服就堆上面。位置越靠里边越安静。水泥台上方墙上有一排钉子,苋菜就把军用挎包安安静静地挂上面。整个洗澡的过程中,她的眼睛都没离开过军用挎包。听人说澡堂里小偷小摸的人很多,经常有钱有物遭人偷。洗澡也没什么好说的。到处都是热腾腾的水蒸气,到处都是"哗啦啦"的撩水响,到处都是"嗡隆隆"的说话声,到处都是白花花的肉身子。白的黑的,胖的瘦的,高的矮的,老的嫩的,皮紧的肉松的,奶子大的屁股小的,自在地扭动着,尽情地展示着。

苋菜与一位老女人吵架的那一刻,我跟苋菜已经洗好澡,穿上衣服,都准备出去了。老女人又高又胖,一身水淋淋地走上来,水珠顺着两腿间的黑毛前仆后继地往下淋,一滴一滴、一串一串,像是在撒尿。老女人瞧见我看她,一下不愿意,问苋菜,这个男孩子是你带来的?苋菜只顾往军用挎包里收拾换下来的脏衣服,没有察觉我看老女人,也不知道老女人不高兴。苋菜点头回答说,他是俺弟弟。老女人质问说,这么大的一个男孩子怎么能带女澡堂洗澡呢?苋菜愣一愣神说,他个头蹿得高,其实今年才七岁。老女人说,七岁的孩子就知道瞅着人家女人的裤裆不松眼,赶明长大还得了!苋菜听懂老女人说的话,也看明白我的眼神。老女人不躲闪、不遮掩,磨正身子,叉开两腿,一团黑乎乎冲着我。澡堂骤然间安静下来,我能听见老女人腿裆间的水滴滴落在地面溅起来的水响声。苋菜伸手拨过我的眼神。一旁的其他女人"哗啦"一声背转光身,有两个女人还"扑通"跳进澡堂里。穿着衣服的女人不用躲避我,说,这么大的一个男孩子什么不懂的呀!老女人说苋菜,他喜欢看女人的光身,你回家脱光衣服让他好好地看个够。就是这种时候,苋菜扔下手里的军用挎包,两手捂脸,蹲在地上，“哇啦”一声哭起来。苋菜的哭声直愣愣的，无词无调，一个劲地往半空里爬，实在爬不动，悬浮在那里停一停、晃一晃，而后“哧溜”一声坠下来。我惊慌开来，伸手去拉苋菜说，我们回家。老女人不惊慌，跟一旁人说，我光着身子挨人家看，还不能说一声？

三

苋菜哭一场，心里敞亮开，年后天一日一日地好起来，像是忘记澡堂里的老女人，更像是忘记相亲这件事。

这一天，苋菜来我家跟我说，今天姐带你去煤矿看火车。我呆愣愣地看着苋菜，不相信自个的耳朵与眼睛。我家离苋菜家隔着三排房屋，一大早苋菜穿戴整齐地站在我家门口，一只军用挎包还是随身带着，只不过这一次是斜背在身上。母亲支持我跟着苋菜去煤矿看火车，说，你陪着姐姐去散散心，晌午就在煤矿那边吃。母亲说完这句话，很阔绰地掏出五毛钱递给苋菜。苋菜不接母亲的钱，说，我身上带着钱，晌午我带毛子下馆子吃油饼喝杂烩汤。三婶在前面的巷子口探头探脑，想过来又迟迟疑疑。母亲大声地说三婶，缩头缩脑的像只爬在河岸边的乌龟。三婶听见话，头一缩，回家去。苋菜他们家，三叔身子病、性子弱，三婶身子壮、性子强，家里家外全靠三婶，也是三婶一个人说话算。三婶的一张嘴管起苋菜来，她说东苋菜不能说西，她说鸭苋菜不能说鸡。这门亲事是三婶做的主，男孩子一死，三婶心里觉得理亏，有点对不住苋菜，凡事也就谦让着苋菜。要是搁往常，不年不节的，不买不卖的，你去煤矿浪什么？

年前面，苋菜答应带着我一起去看火车。那个老女人在澡堂里找茬子一闹腾，看火车耽误去，这一次算是补回来。

小时候去煤矿洗澡，不光为了洗澡，顺便地也去煤矿看一看、玩一玩，这才是最重要的。虽说煤矿黑不溜秋的，到处都是煤尘灰，没有什么好看的，也没有什么好玩的。但煤矿毕竟是煤矿，是一处有别于大河湾村的地方。更主要的是煤矿上有火车，轰隆隆地开过来，轰隆隆地开过去，炭车装着煤，票车装着人。我问，炭车装煤往哪里拉？苋菜摇头说，不知道。我问，票车装人往哪里拉？苋菜依旧摇头说，不知道。两根铁轨笔溜直，南望不到头，北望不到头，火车要去的地方，我想知道，苋菜也想知道。

火车真是一个奇怪的家伙。煤矿离大河湾村这么远，没有架设铁轨通过来，半夜里我一觉睡醒，总是觉得火车"哐叮哐当"一个劲地开过来，开过淮河，开进房屋，开到枕头旁边都不愿停下来，"呼哧呼哧"地喘着粗气，"呜噜呜噜"地怪叫不止。那时候我一次火车没见过，不知道这个粗声粗气的家伙长个什么样子。听村人说，火车头上长一只瓦亮的独眼，肚皮向下趴在铁轨上，跑起来比农场里的汽车还要快。大河湾村的东头紧挨着一个农场，那里有东方红拖拉机，有跃进牌汽车。拖拉机"突突"地跑不快。汽车"日轮"一声，扬一股灰尘就不见了。火车比汽车跑得还要快，那它跑起来是个什么样子呢？

第一次看见火车是四岁那一年，就是苋菜带着我去煤矿洗澡后一起去看的。从村里的码头过河后，一条土路直接通向煤矿大门，擦过煤矿大门往南走就是煤矿家属区的澡堂，擦过煤矿大门往西走，就能看见火车了。一条铁轨正好拦住脚下的一条东西路，要是没有火车过来，一迈腿就能跨过去。接着往前走就能遇见另一条南北路，脚下的这条东西路就断在这里，形成一处丁字路口。这里是煤矿最繁华的地方，路南是一家电影院，紧挨着电影院的是一家百货公司，紧挨着百货公司的是一家杂货商店。电影院对面是一片很大的篮球场，煤矿人打篮球就在这上面，煤矿人开批斗会也在这上面（听说前一年煤矿上的黑派与白派打起来，动了枪，打死的人就搁在篮球场上面，身上盖着白布单，白花花的一大片）。路西有一家邮电局，紧挨着邮电局的就是一家小饭店。两只汽油桶做出来的大炉子冲着门，一只上面坐着平底锅，一只上面坐着凹底锅。凹底锅里烧着杂烩汤，平底锅上煎油饼。杂烩汤里有粉丝，有油渣，油乎乎的，很好吃。油饼里面包粉丝、韭菜，放在平底锅里煎出来，香喷喷的，更好吃。杂烩汤一毛五分钱一碗。油饼一两粮票八分钱，要是没有粮票就一毛钱一块。一顿饭我吃一碗杂烩汤、两块油饼，拢共要花三毛五分钱。平底锅换成凹底锅，就能炸油条。早上炸油条，其余时间煎油饼。小饭店晌午除去油饼、杂烩汤，还有大米饭。一碗大米饭四两粮票八分钱。要是没有粮票，一碗大米饭就卖一毛六分钱。苋菜吃大米饭，喝杂烩汤，两样花费三毛一分钱，一顿饭比我少四分钱。从四岁那年起我跟着苋菜一共去煤矿洗澡四次，看火车三次，吃油饼、喝杂烩汤三次。这一次看火车算是第四次。

前三次看火车我没看出什么名堂来。火车黑乎乎的一团影子从面前跑过来跑过去，我什么都没有看清楚。我想看火车，又害怕看火车。火车头顶的一只独眼，是一只很亮的灯，白天也亮着也睁着，照射出来的一道光亮比太阳还要亮。火车就这么亮着一只独眼开过来，离着二里地那么远，脚下的地就开始震动起来。我缩着脖子往苋菜怀里拱说，我害怕。苋菜说，火车不咬人，有什么害怕的？我俩站在一间房屋旁边。房屋里走出一个男人，拉下两根黑白相间的栏杆，拦住路上的行人。他的手里拿着两面旗子，红色的一面旗子卷起来，绿色的一面旗子冲着火车一摇一摆的，像是跟火车打着招呼说着话。苋菜把我紧紧地揽在怀里，捂上我的两只耳朵。火车越近，地越震动，我越害怕。最后我索性紧紧地闭上双眼，使劲地往苋菜怀里拱。火车曳着一股很强的风跑过去，我什么没看见，却能感到地面的震动一点一点地减弱。苋菜松开我的两只耳朵，猛地把我往外一推说，火车都到了姥姥家，你还闭着眼睛呀？我睁开眼望着火车跑远的方向，火车消失得干干净净，连一只尾巴都没有留下来。可我依旧感到脚下的地面颤抖着。我知道那不是地面颤抖，而是我的两条腿颤抖。

这一次苋菜带我去看火车跟前三次不一样，一路上不断地说我。

说我是个男孩子，胆子不能这么小，说我长大是个男子汉，就是要顶天立地做大事，说我现在连火车都不敢睁眼看，将来怎么能坐火车去远处，又说这是姐姐最后一次带着你来煤矿看火车，今年过年就应该你自个来煤矿洗澡，你自个来煤矿看火车。苋菜一向娇惯我，很少这么严厉地说我。我发狠说，今天你不要拦着我，我要爬上火车给你看一看。苋菜"扑哧"一声笑起来说，那你就变成一名铁道游击队的英雄了。

这一天苋菜带着我没有先去看火车，而是直接去邮电局寄出一封信。我问苋菜，这是给谁寄信？苋菜说，这是姐姐的私事，不能跟你说。并且还吩咐我，她寄信这件事也不能跟别人说。这是一封怎样的信，寄给谁，寄往哪里去呢？

"呜呜呜——"一列火车赶在我们前面开过去……

四

挨近年下了一场大雪。雪是夜里偷偷下来的。清早起床，满世界铺满一层厚厚的白雪。天蓝，日朗，雪肥，人瘦。老天呈现出一脸奸诈与得意，像是极力地炫耀着什么，又像是极力地掩饰着什么。我问母亲，老天为什么喜欢夜里偷偷地下雪呢？在我的记忆里，好像每一场大雪都下在夜里，都下在我睡意沉沉的时候。母亲说，老天这样做是为了给人一个惊喜。其实老天要在夜里偷着下大雪，母亲在昨天晚上已经猜出来。刮了一整天的西北风，到了傍晚渐渐地停息下来，连着空气中的寒气也一点点地减弱。晚饭吃白芋稀饭、玉米面粑粑，半碗咸腊菜。我不喜欢吃玉米面粑粑，只喜欢喝白芋稀饭。玉米面粑粑粗糙，拉嗓子，不使劲咽都咽不下去。白芋稀饭吃嘴里软和，还有一股子甜味。我吃饭快，像一头抢食的猪，一口赶一口，三下两下，一碗热气腾腾的白芋稀饭吃进肚子里，抬手一摸，脑门上催出一层细汗来。我身上一热，就想解开棉袄扣子。母亲不让，怕我受风寒。我说，白芋稀饭热，我吃出一头汗。母亲说，这是天暖和，在焐雪。母亲吃饭慢，也是吃出一头汗。母亲说，看样子今天夜里要下雪。我说，我不喜欢下雪，下雪过河洗澡不方便。上次跟苋菜看火车回家，我觉得一下长大了。我反复跟母亲说，今年洗澡谁个都不用带，我自个去煤矿的男澡堂。母亲说，你是一个懒孩子，屎不抵到屁眼门不知道上茅厕，你自个去煤矿洗澡还不趁着天晴早早地去，非要候到雪天吗？我说，我没剃头怎么去洗澡？母亲说，剃头是剃头，洗澡是洗澡，是两码子事。我说，是一码子事。

小时候我天生地不喜欢剃头，每一次剃头都是父母威逼着，像是上刀山下火海。别的孩子不喜欢剃头是护头，是怕痒，我不喜欢剃头，是怕一股洋油的味道。洋油就是煤油。小鞠子的剃头推子上经常地膏洋油，连续剃几个人头，试着手里的剃头推子沉重艰涩，就得停下来膏洋油。工具箱带着一只装洋油的小瓶子，小瓶子里带着一把小麻刷，一开一合，一蘸一膏，小鞠子做这件事很麻利，前后只有几眨眼的工夫。要是不赶着我剃头，一看小鞠子停下活膏洋油，我就赶快往上风头跑，生怕两腿跑慢一点，一股洋油的味道钻进我的头脑里。不知道别人闻见洋油的味道会怎么样，要是一股洋油的味道钻进我的头脑里，我会连续难受好多天，睡觉睡不好，吃饭吃不香，只有去煤矿的澡堂泡一泡、洗一洗，一股洋油的味道才能从我的头脑里散出来。我说出这么一种感受，母亲不相信。母亲说，就数你娇贵，洋油的味道都不能闻一闻！母亲剃头要烧一锅热水洗头，父亲剃头要烧一锅热水洗头，我剃头母亲不给我烧热水洗头。母亲说，你不是娇贵吗？让你娇贵好！一个男孩子哪能变成这样子？

一个男孩子怎么啦？一个男孩子就要喜欢闻洋油的味道？一个男孩子就要看火车不闭眼睛？我不理解苋菜，照样不能理解母亲。

这一天，母亲收拾几件衣服要给父亲送过去。其中有一件厚棉袄，有一条薄棉裤。母亲说，一件厚棉袄白天干活穿不着，晚上还是需要穿一穿。一条薄棉裤母亲也是这么说的，雪天这么冷，一条棉裤白天穿不着，晚上穿身上总比一条卫生裤暖和吧。大河湾村离挖河工地少说有二十多里地，路上积雪结冰，母亲去一趟不容易。母亲丢下三个孩子，一个人走下庄台，朝着挖河工地走去。天高地阔，一片白雪茫茫，母亲是孤单的，又是坚定的。

就在前一天晚上，母亲还咬牙切齿地说父亲，有本事，过年你都莫回家；有本事，你找个大辫子女人在那边过日子。父亲为着母亲剪二道毛子头生气，一去不复返。晚上母亲躺在被窝里哭起来，说父亲是个硬心肠男人，生气跑回工地这么多天，就算不想老婆，连孩子都不想一想？一夜过去，母亲改主意说，你不回家，不许我去？

母亲早上去父亲那边，晌午后父亲竟然跟着母亲一块回来家。父亲的光头上长出一层黑乎乎的头发楂子，见着我又是搂又是亲，头发楂子、胡楂子，一起扎得我脖子、脸蛋火辣辣地疼。母亲满脸通红，连同一副脖子，连同两只耳垂子都一片通红的，像是雪天地里开出的一朵花。母亲回到家就拼命地烧水，说，我们一家人今年过年都在家里洗澡。我疑惑地问母亲，今天就洗澡？过年还有好几天呢！母亲不愿意搭理我，或者她根本就没听见我问话。父亲一脸诡秘地说，今天你要是不愿意洗澡你不洗，我们洗。“我们”是谁，单指他与娘吗？父亲拎出一把斧头在院子里劈柳棍，说过一会在锅屋里架上一堆劈柴火，这样洗澡就不冷了。

我一溜烟往家门外面跑。母亲问，你要去哪里？我说，我去找小齁子剃头。母亲问，你真不洗澡啦？我说，我剃过头回来家洗澡。母亲说，那你快去快回。父亲说，你今天干脆就在外面玩吧，莫回来洗澡了。我说，我要剃头洗澡一起做，我要干干净净地候过年。

赶我剃好头回来家，弟弟妹妹都洗好澡。小妹洗干净不穿衣服，直接塞进被窝里；小弟洗干净不穿衣服，直接塞进被窝里。接下来我洗，一只大木盆里换上干净水，母亲负责给我洗澡，父亲负责蹲在锅灶前烧水。母亲给我洗澡，心思却不在我身上，一句赶一句与父亲说着话。父亲烧火，心思也不在锅灶上，一句跟一句与母亲搭话茬。母亲说父亲的头发长得快，不到一个月长出一指高。父亲说母亲的头发长得也不慢，不到一个月盖住耳垂子。母亲说照这样的速度，父亲的头发半年就能长成原样子。父亲说现在看母亲的二道毛子头很好看，人显得年轻有精神，根本不用再去扎辫子。母亲说她还是喜欢父亲留头发，葫芦头怎么看都像一个老头精。

一间锅屋原本就不大，墙角里“噼里啪啦”燃起一堆柴火，暖和和地赛夏天。我跟弟弟妹妹一个样，洗干净不穿衣服，光屁股塞进被窝里。我说，我不睡觉，我要出去打雪仗玩。母亲说，刚洗干净，谁都不许出门弄脏了。“咔嚓”一声，母亲从外面锁上房屋门。接下来该母亲父亲洗澡了。他俩谁先洗，谁后洗，我就不知道了。房屋离锅屋很近，我先听见“哗啦啦”的水声，后来水响声停止，听见锅屋里传来一阵水缸的响声，一阵碗盘的响声，像是他俩在锅屋里打起架。洗过澡犯困，弟弟妹妹早睡着，我听着、迷惑着也睡着。

父亲早早地离开家回工地。母亲问，你不在家吃过晚饭走？父亲说，吃饱了。我看见母亲的脸又一次通红起来。母亲说，你要是饿，我擀一剂面条你吃过走。父亲坚定地说，趁着天不黑回工地吃，省下家里一顿饭。父亲就这么走了。母亲一个一个把我们三个孩子穿起来，打发出去玩，她自个反倒钻进被窝里睡起来。母亲打着哈欠，伸懒腰，像是一副很累很疲乏的样子。

五

隔年秋天，母亲生下一个小妹妹，起名叫，大雪。三婶奇怪地说，一个女孩子家叫个小雪还差不多，怎么能叫大雪呀！母亲说，我家的闺女就得叫大雪，不能叫小雪。三婶猛然醒悟说，我怎么算大雪生下来的日期都不对头呀！我家二哥挖河整个冬天没在家过夜，你该不是在家守不住裤带松掉了吧？母亲说，大雪早产一个月，是你二哥过年回家下的种。三婶说，你糊弄我可以，你可不要糊弄我家二哥呀！母亲说，你二哥心里明镜一样呢！在前后许多年里，母亲与三婶在嘴皮子上一直斗来斗去的，但在大方向上，两家人还算是和睦一致的。

同样是这一年秋天，苋菜另说一门亲事，是西庄的一户人家，姓李，男孩子依旧是一个现役军人，大苋菜三四岁，两人是初中同学。在学校里男孩子看上苋菜，那时候苋菜年纪小不懂事。苋菜经验过上一门亲事，长大了，懂事了，主动写信联络男孩子。这封信就是上次苋菜带着我一起去煤矿寄出去的。男孩子家找一个中间人过来一说合，一门亲事眼见就成了。男孩子父亲在县城化肥厂上班，就是复原不安排工作，接班进化肥厂当一名工人是一定的。

母亲说，苋菜这个丫头有福气。

2010年3月28日—4月4日　北京语言大学

送　　亲

选择一个春暖花开的喜日子，大姐出嫁了。

依照淮河两岸人家的风俗习惯，大姐出嫁这一天，我与二弟应该去送亲。所谓送亲，就是把大姐从娘家门送进婆家门。一路上有亲人陪伴着，大姐离去的一副惜别心情可以得到一部分缓解。人生的一大动情之处，就是与亲人的惜别。大姐这一嫁，就从一个大姑娘变成一个小媳妇，就从一个娘家人变成一个婆家人。另外有亲人陪伴着，大姐出嫁到婆家这一天，万一遇见什么难心事，也好有个至亲的人商议一下、关照一下、化解一下。大姐出嫁前是娘家人，大姐出嫁后是婆家人，唯独大姐出嫁这一天两边靠不上，像是掉进婆家、娘家之间的夹缝里，落入一片真空地带。就算撇开上述两种情况不说，我跟二弟也应该思念姐弟间的情分，把大姐一路平安地送过去，抵达她人生的另一站。大姐是我俩共同的大姐，大姐看着我俩长大，部分地替代母亲的角色，呵护我俩，袒护我俩，自然也有训斥我俩的时候。——送亲，这个淮河两岸流传上千年的风俗习惯，仔细地想想，有许多说不清、道不明的人情世故包含在里边。

大姐出嫁这一天，送亲的人除去我与二弟，还应该有一个长辈人。不是说我与二弟都比大姐小，就需要一个长辈人领着一块去，这也是风俗习惯规定的。大姐出嫁，不只关系到我们一个家庭，还关系到整个家门、整个家族。挑选这个送亲的长辈人一般要从这么四个方面去考量:一要模样周正,二要同族同门,三要德高望重,四要善于言辞。同一个家门的长辈人多得很,符合这么四个条件的也不在少数。挑选长辈人的权利当然在我父母的手里,或者说大部分的权利在我父母的手上。待父母大致有了一个确定人选,才去跟族人通气,才去跟族人商量。父亲说出一个人选,母亲否定掉。这个人是村里的会计,有一年生产队分粮食,有意无意地少下两斤,母亲去找他更改,他不认账。在那个年代里,两斤粮食就是一个老天那么大的大事,母亲认为在这件老天那么大的大事上面,会计都敢做手脚,那他就不配做我们家的送亲人。母亲说,会计长一双狗眼,狗眼看人低,哪能把我们这种人家放在眼里呀!父亲说,他不把我们家人放在眼里,我们家人的眼睛里也没有他这么一个长着狗眼的人。

母亲说出一个人选,父亲也跟着否定去。这个人在煤矿上班,有一年母亲生病急着上医院,家里缺钱,父亲找上他家门,好话说出一抬筐,一分钱没借着。父亲认为在我们家人性命攸关的大事上,这个人都不愿伸一伸手,大姐出嫁根本不能请这种人送亲。母亲说,他们家有钱是他们家的,就是走在路上他口袋里的钱掉地上,我连低头看一眼都不看。父亲说,看见地上有钱不去捡,你就是一个傻瓜。母亲问,都一个家门人,我捡到钱不给他们家,你说我能安心吗?父亲说,听你这么一说,倒不如不捡,倒不如假装没看见来得省心省事省力。

父亲又说一个人选,这个人是村小学老师。二弟上小学时,他是二弟的班主任。正是因为这么一层关系,有一件事情,母亲一记好多年。有一次,同桌欺负二弟,二弟回家跟母亲说,母亲去学校跟老师说,老师不去批评二弟的同桌,反倒批评二弟回家向父母告状。结果母亲去二弟同桌家,跟那个孩子的母亲打一架。母亲说,那一年就是全新不管这件事,我才跟兰英打一架。全新就是那个老师,兰英就是二弟同桌的娘。父亲说,那次你的脸被兰英抓出两道血棱子,算是吃了一个大亏。母亲说,女人打架不能说谁吃亏谁占便宜,兰英的头发也被我扯下一大撮子。父亲说，说来说去这件事怪全新。母亲说，全新当老师从来就没有一个老师的样子。

父亲说，这种人我们家不能请。

母亲说，这种人不配我们家请。

……

大河湾村人家一户紧挨着一户，家家都住在东西一溜庄台上。父母亲从村子东头至村子西头，一家一户排过来，没有找到一个适合送亲的长辈人。父亲惊呆了。母亲惊呆了。惊呆的原因，是他俩没想到这些年与村里人家会产生这么多不对头。说来也难怪，我们家这些年没有遇见过此类大事，他俩也就没有机会去盘点这么些琐碎事。大姐出嫁给了父母一次盘点的机会，梳理的由头，却猛然一下把他俩难住了。

父亲说，看来只有叫老四去？

父亲说的老四，就是我的四叔。

母亲说，老四去适合？

四叔长相猥琐，秃嘴笨舌，显然不符合送亲长辈人的条件。

父亲说，自家亲兄弟，我看合适。

母亲说，我们家跟其他长辈人怎么交代？

母亲愁苦着脸没办法。父亲抓挠着头想主意。

父亲说，不说是我俩定的。

母亲说，不说我俩定的，是哪一个定的，你这不是大睁两眼说瞎话吗？

父亲说，就说是华子自个定的。

华子是大姐的小名。

母亲说，别人能信？

父亲说，不信也信。

母亲有疑问。父亲说话虚。

母亲说，我看只能这么去说。

父亲说，我看只能这么去定。

紧接着父母亲就要张罗请送亲的长辈人吃一顿饭。

请吃饭的目的，就是要提前答谢送亲的长辈人，还要与送亲的长辈人一起商议一下送亲的准备事宜，更重要的是当众宣布、当众商议、当众通气谁是这个送亲的长辈人。这样一来，请吃饭不只是单独地请送亲的长辈人一个人，顺带还要请上几个人作陪。作陪的人也不是马马虎虎就喊来的。其条件跟送亲的长辈人差不多，最起码要符合“同族同门、德高望重”这么两个条件吧。请作陪的人来我们家吃一顿饭，其实就包含着“主家很看重你、原本打算请你做送亲的长辈人、你看没办法就一个人选”等一些客套话在里边。说白了，作陪的人就是淘汰出局的送亲长辈人的候选人。正好借着这么一顿饭，我们家也好跟他们有一个交代，也好给他们铺垫一个台阶。俗话说，吃人家的嘴软，拿人家的手软。一顿饭吃过，作陪的人心里就是疙里疙瘩有意见，嘴上也不好说出来。这顿饭是婚宴大席，按照我们这里人家的规矩，桌子上要摆出十盘凉菜、十碗热菜，俗称十盘十碗。父母亲提前赶集上店，鸡鱼肉蛋准备齐全，临到这一天还要专门请一个厨师过来掌勺。不用说，村里的那个会计、煤矿的那个矿工、学校的那个老师，全被请过来。虽说这一天同一个桌子上坐着的都是同族同门人，却不是按照辈分年龄坐位子。谁是长辈送亲的人，谁就坐在上座的位子上。平常同族同门人一块吃饭，谁的辈分长，谁的年龄长，谁的位子朝上坐。这顿饭有点像娶亲与回门。娶亲这一天，新娘坐上座；回门这一天，姑爷坐上座。这顿饭送亲的长辈人坐上座，其他作陪的人不能说二话。只是几个作陪的人没想到，我们家会请四叔这么一个不合格的送亲长辈人，就连四叔自个也是没想到，大姐出嫁会请他送亲。谁是这个送亲的长辈人，是父母亲私下协商的，吃饭前大家还不知道。不到入席那一刻，主家没有指明谁坐主座的位子上，被请来的几个人只有在心里暗暗地猜测着。安排谁坐上位的权利自然在父亲，父亲猛不丁地让四叔坐上座。四叔两眼愣神就是不相信。

四叔问，三哥你没有说错吧？

父亲说，老四你先坐下，我再说理由。

四叔坐在上座位子上，一副脸红脖子粗的样子，一副羞愧难担当的样子，脑袋使劲地往肩胛骨里收缩，身子使劲地往椅子里收缩。其他几个作陪的人，你看着我，我看着你，像衣服里塞满麦芒子，浑身痒刺刺的，没有一点舒服的地方。女人不许上桌子，母亲在锅屋里帮厨子搭下手，解释的权利就在父亲的嘴上。

父亲说，选择我家老四送亲是华子自个定下来的。

几个作陪的人"噢"一声听明白，不明白的是这么一件大事怎么会由着大姐做主呢？父亲往下继续说理由。这个理由也是父母亲提前商量好了的。

有一年大姐生病，得的是伤寒，高烧不止，昏迷不醒，头发一撮一绺往地上掉。大姐自个有生命危险不说，接近她的人也有被传染的危险。正好那个时候，父亲在离家上百里路远的次淮新河工地上，一天两天赶不回头，母亲生二弟还在月子地里，不敢挨近大姐，害怕传染给二弟，急得在家里哭。是四叔出面把大姐送进淮河南岸的一家煤矿医院，是四叔留在医院里白天黑夜地照顾大姐两三天。——这个理由是真实的，村人都知道。不过父亲母亲重新说出来，却需要很大的决心与勇气。原因是，大姐得伤寒病，四叔不害怕，四婶害怕。四婶说我母亲，你家亲生闺女，你害怕都不去医院；我家男人凭什么就不害怕，就应该去医院？母亲害怕大姐传染说是为了二弟，这个理由在四婶面前无论怎么说道都是站不住脚跟。四婶问我母亲，万一你家老四传染上，万一你家老四有个三长两短的，你说我跟孩子怎么办？你说我们一家人怎么办？这是一处两难境地，不及时送大姐去医院她活不成，四叔送大姐去医院他自个有危险。送不送大姐去医院，最终决定权还是在四叔。往常四叔在四婶面前一贯畏畏缩缩，大事小事都得听四婶支派。唯独在这件事上，四叔早拿定主意，不顾自个死活都要送大姐进医院。我父亲排行老三，四叔喊我母亲三嫂子。四叔说，三嫂子你放心，我在医院候着三哥，三哥什么时候去医院，我什么回头，我不会把华子一个人撂在医院里不管不问。村子在淮河北边，医院在淮河南边。大姐睡在一辆架子车上，四叔拉着大姐自个一个人上渡船，自个一个人摆渡船，自个一个人去医院。四叔一副决绝的样子，四婶阻拦不住。四叔拉着大姐走过，四婶把一股怨气撒在母亲身上。四婶找上我家门，骂母亲、打母亲。母亲自觉理亏，任由四婶骂，任由四婶打。四婶张嘴骂，母亲不还一句嘴。四婶抬手打，母亲不还一次手。这之前，我家跟四叔家就来往稀少，一直疙里疙瘩不顺畅。在一些琐碎问题上，母亲也是一个强硬派，与四婶针尖对枣刺好多年，一次不相让，每一次都要占上风。这一次，母亲彻底软下来，像一只熟透的柿子，四婶想骂母亲几句骂几句，四婶想打母亲几下打几下。母亲怕四婶气头上在二弟身上使坏心，把二弟紧紧地抱在怀里，死死地护着二弟，眼泪无声无息地在脸上流淌。俗话说，一个巴掌拍不响。四婶骂着骂着停下嘴，打着打着停下手，一屁股坐在地上，放声号啕大哭，像是挨打受骂的是四婶，不是我母亲……经过大姐生病这件事，两家之间的疙里疙瘩反倒消下去，在一些家长里短上面，四婶不再生是非，母亲也能容忍相让。父亲说，节骨眼上还是亲兄弟管用，换上别人哪一个不躲远远的？母亲说，不能怪老四家里的打我骂我，换上我，我比老四家里的闹腾得还要厉害呢。父亲说，要不是老四送华子去医院，换上我说不定还没有胆量去送呢。母亲说，我嘴上说害怕华子传染二孩子，其实我心里也害怕华子传染我自个。父亲说，华子这条命，亏得老四。母亲说，华子这条命是老四给的。

一晃好多年过去，临着大姐出嫁，父亲在这一天的饭桌上把这件事重新摆出来，而后故意做出一副协商的口气问三个作陪的人，你们三个长辈人再说一说我们家的老四送亲合适不合适？几个作陪的人或许能说出对我们家恩惠的小事，绝对说不出与性命相关的大事。作陪的会计说，这几天我忙着核账，就是让我送亲，怕是也走不掉。作陪的矿工说，这个月矿上产量压得紧，歇班请假很难心。作陪的老师说，华子出嫁那一天正好赶上孩子考试，我走掉不合适。三个作陪的人各自找一个台阶，一点相争的意思都没有，就把四叔送亲的资格定下来。四叔的脖子从肩胛骨里一点一点伸出来，四叔的腰杆从椅子里一点一点挺起来。四叔没想到一件看起来不起眼的小事，却在哥哥嫂子的心里烙下这么深的印记，却在村人的心里落下这么重的分量。四叔表态说，只要哥哥嫂子不嫌弃，我领着两个侄子去送华子。四叔两眼一红一涩，流出喜悦的眼泪。

一波平，一波起。父母连做梦都没有想到，我会不愿做大姐的送亲人。

这是一个礼拜天，家人请客的时候，我正好在家里。父母请客也是有意安排一个我能回家的日子。那一年，我在城里住校念高中，不是礼拜天我不回家。两个礼拜回一趟家，带二十斤粮票，十块钱回学校。那年头，农村没有粮票，去煤矿黑市上，两毛钱一斤花钱买。家人请客的当天下午，酒后、饭后、茶后，三个作陪的人陆续离开我家，只有四叔一个人留下来，接着与我父母亲商议大姐出嫁的事。既然四叔被确定为我们家的送亲长辈人，一顿饭过去，他就不再是吃饭前的四叔，也不再是吃饭中的四叔。这时候，四叔是一个有名有分的人，是一个全权代表族人、家人的送亲长辈人。所有大姐出嫁这一天的大事小事就得由四叔拿主意做决定，连同我父母亲都要听从四叔的。大姐出嫁这一天，四叔、我和二弟我们三个人算是送亲人，其他跟着抬嫁妆一起去的还需要不少家门人。十几个娘家人陪着大姐一路浩浩荡荡去婆家,就是一个送亲团。送亲团的团长无疑就是四叔,大姐出嫁这一天的大事小事无疑就应该由四叔当家。

大姐的嫁妆有这么几样子:一只大立柜、一只五斗橱、一张一头悠的桌子、两把大椅子、两把小椅子、四只方凳子、一只大木箱子、一只中木箱子、一只大木盆、一只中木盆、一只小木盆、一个脸盆架子、一只马桶、五床被子。我们这里的人家流传着这么一句话:姑娘出嫁,婆家除去一张床、一张大桌子,娘家陪什么你用什么,娘家不陪什么你不用什么。大姐出嫁的这几样嫁妆是那个年代通行的。我家父母奉行的原则是,人家姑娘出嫁陪什么,我们就准备什么,不说比人家姑娘强,也不能比人家姑娘差。大姐的嫁妆,是我们家花钱请木匠做的。我们家的院子里长着十几棵泡桐树,父亲放倒两棵做板材。泡桐树木质软,只能做板材,不能做骨架。大姐嫁妆的骨架是椿树的。椿树我们家没栽种,是父亲花钱买来的。我们家的菜园地里长着桑树,"桑"与"丧"谐音,不能做嫁妆。我们的家房屋后面种着楝树,"楝"与"殓"谐音,也是不能做嫁妆。"枣"与"早"谐音,"梓"与"子"谐音,"椿"与"春"谐音,都是做嫁妆的好树种,都是喜喜庆庆的。枣树与梓树稀少,一般村里人家的姑娘做嫁妆,只能使椿树。柳树易变形,不能做骨架,却是箍木盆、马桶的好材料。父亲把我们家最粗的一棵柳树挖出来。树新挖出来不能做家具,柳树、椿树需要先放水塘里沤一沤,再放阴凉地风干。泡桐树不需要沤,稍微风一风、凉一凉,便能剖开做板材。其他几棵树,从大姐说好婆家那一天,父亲就着手准备了,待大姐出嫁的日期定下来,我们家才请木匠做出来。替大姐做嫁妆的是爷俩,阜阳地区人,一个大侉子带着一个小侉子。两人说话侉腔侉调、粗声粗气,手下的木匠活却精细,却耐看。一个大河湾村,每一年出嫁的姑娘少说有七八十来个,每一个姑娘出嫁都要做嫁妆,都要请木匠。哪个木匠的手艺活怎么样,家人比较来比较去,父亲、母亲、大姐一起看上眼,才花钱请过来。"叮叮咚咚""稀里哗啦"。爷俩白天黑夜忙活半个月,大姐的九样子嫁妆忙出来。候一个大晴天，再花钱请一个漆匠，打底刷漆，一遍两遍三遍，大件小件嫁妆一律刷上红漆，一片红彤彤地摆放在我家的院子里，映衬得蓝天喜气洋洋的，映衬得房屋喜气洋洋的。这说明大姐出嫁的日子一天比一天近了。

四叔开始安排抬嫁妆的人选。

那时候，村里没有汽车，没有拖拉机，姑娘出嫁，都是村人扁担绳索抬着去婆家。谓之曰：抬嫁妆。一只大立柜，要得两个人抬着；一只五斗橱上面搭几床被子，要得两个人抬着；一张一头悠的桌子上面绑着四只方凳子，要得两个人抬着；两只木箱上面摞上三只大中小木盆，要得两个人抬着；两把大椅子、两把小椅子、一个脸盆架子，要得一个人挑着；一只马桶，一块红布包裹上，要得一个人专门提着。抬嫁妆，要得身强力壮的小伙子；提马桶，叫上一个孩子足够了。马桶，又叫喜桶。孩子提着喜桶送到姑娘的婆家，婆家不给钱或给钱少，婆家人都从孩子的手里接不去，进不了婆家门。其他抬嫁妆的人选，我家父母不插话，任由四叔安排，倒是先把这个提喜桶的孩子说出来。

母亲说，我看提喜桶三星最合适。

三星是四叔家的小儿子，那一年刚三岁。

四叔说，三星小，十几里路走不下来。

四叔说的是客套话。

父亲说，大毛、二毛去送亲，提不动让他俩提，走不动让他俩背。

大毛、二毛，是我跟二弟的小名。

就是这种时候，我跟父母说大姐出嫁我不能去送亲。

父母亲像是自己的耳朵听岔声，两个人一起问，大毛你说什么话？

我把话重复说一遍。

四叔说，你大姐出嫁，你怎么能不去送亲呢？

我说，我后天考试，请不掉假。

大姐星期二出嫁。日期是大姐婆家人定的，只想着好日子，没想着礼拜天。

父亲说，你请不掉假我去请。

我说，耽误考试没办法补。

母亲说，谁家养的狗谁清楚，不是考试不考试的事，不是请掉假请不掉假的事，你今天跟我们把话说清楚。

母亲认为我不想送亲的原因，不是因为考试请不掉假，是存心不想送大姐。父亲、母亲、四叔三人六眼盯着我，看我怎么说。哪知道我天生一个闷葫芦，就是一句话不愿说。

父亲说，你说不清楚今天就不要回学校。

学校离家四十里路远，我礼拜六下午放学回来家，礼拜天下午回学校。

四叔说，你明天跟老师请假，回来家送你大姐来得及。

母亲说，你心里有什么话不愿意跟我们说，你去锅屋跟你大姐说。

这一天，大姐一直窝在锅屋里搭下手，一直忙着烧火添柴，一直泪水汪汪的。从这一天起，提前三天，大姐要连着不吃饭，叫着扣饭。扣饭的目的，是防止出嫁那一天去婆家上茅厕不方便，更是体现"不带娘家的一粒粮食去婆家、害怕穷了娘家人"的一份心愿。越是临近出嫁的日期，大姐的心里越是难受，大姐的眼泪越是充足。大凡村里姑娘出嫁都是这样子，不见一个喜气洋洋的，不见一个满脸笑容的。她们盼望着出嫁，走进一个新的人生阶段，却对未来把握不住，心生恐惧与害怕。大姐处在这么一个人生的沟坎上，那时我还不能理解，也没有办法去理解。我没进锅屋找大姐，大姐主动走过来。我们在堂屋里说话，大姐在锅屋里一字不差地全部听进耳朵里。大姐两眼红肿，显然刚才悄悄地哭过。

大姐说，大毛考试不能回来家送我，你们不要为难他。

大姐嘴上说的"你们"，既包括四叔，也包括父母亲。

母亲说，华子你今天不用护着他，我要他把话说清楚。

大姐说，大毛不愿送我，是大毛不愿我离开这个家，是大毛跟我最亲近。

四叔出面拉弯子说，大毛你看你大姐对你多好，你就不能请一天假送一送你大姐？

父亲见我死活不表态，气哼哼地说，我看这个驴熊羔子是念书昏了头。

母亲气得“哇啦”一声哭起来说，我怎么生下一个这么不通人性的孩子呀？

大姐赶紧拿起我回学校的东西，拽着我的手往堂屋门外走。

大姐说，大姐送你去渡口。

我说，我不用你送，我自己走。

——大姐送，是最后一次送。

——最后一次送，也不要你送。

大河湾村人家住在一溜庄台上，走下庄台是一溜坝塘，走过坝塘是一溜河坎，走上河坎往西半里地就是渡口。我走上河坎转过头，看见大姐一个人孤零零地站在庄台上目送着我。那一刻，我的眼泪“哗啦”一声流下来。我知道再见着大姐，她就是一个人家人，她就是一个小媳妇。大姐还是我们的大姐，只是不再是原先的大姐。

大姐出嫁这一天，我没有坐在课堂里听课，更是没有什么所谓的考试。

学校的东院墙被一条淌水沟隔断。淌水沟从前是一条天然的雨水沟。雨水天，里边流淌着雨水；枯水天，里边晾晒着太阳。淌水沟附近现在发展出一大片城市居民区，变成一条流淌城市污水的臭水沟。雨水天、枯水天，城市污水一样“哗啦啦”地流。淌水沟不宽不深，里边不规则地垫着几块砖石，学生踩上去往东翻越过院墙，就是一条南北路，沿着这条路线，学生可以去街里买东西，也可以去工人、龙湖两处电影院看电影。那时候，公交车辆少，不需要坐车，去一趟街里，半个小时足够了。要是横过淌水沟往南，就是一大片农田，春天里边绿油油地长着麦子。麦子地中间有一口水塘，春天里一滴水没有，干枯着塘底，夏天积半塘臭水，里边长杂草、长蝌蚪、长龙虾。随便地拿一根棍子拴上线绳，系上青蛙肉，就能把龙虾钓上来，放进火里烧着吃，贼香贼香的，算是改善伙食吧。我在淮河边长大，淮河里不长这种龙虾，不明白一口干枯过的臭水塘为何长龙虾。现在想一想，我也算最早吃龙虾的一批人。淌水沟的北边就是学校的教学楼。大姐出嫁这一天，我逃出教室，横过淌水沟，坐在臭水塘旁边的一片麦子地里看书。手上捧着一本书做幌子，其实我满脑子晃悠着的都是大姐出嫁这件事。

……大姐出嫁这一天一共要放两嘟噜炮仗。第一次是早上。大姐婆家的四色礼送进村子里，跟过来的人要先放一嘟噜炮仗，像是通知我们家人做好接四色礼的准备，而后再能走进我们家的院子，走进我家的家门。一干人领头的是一个中年女人。这个女人胳膊上挎着一只红布包。大姐出门这一天要穿的衣服在里边，婆家陪大姐的其他衣服也在里边。此外还有镜子、梳子、篦子、梳头油、胭脂等一些梳头化妆用品。大姐与姐夫是自个认识的，没有媒人。这个中年女人就充当媒人的角色。四色礼一般由这些礼物构成：一挂双刀猪肉。所谓双刀，就是一大一小两吊子猪肉。大的一吊子猪肉，娘家人留下来，小的一吊子猪肉带回婆家去。这一大一小两吊子猪肉中间相连着，要得做娘的亲手扯开来，所以又叫离娘肉。意思是说，做娘的人狠心扯开离娘肉，闺女才能离开娘，走进婆家门。一笆斗白面馍，二十四包果子也是必备的。一笆斗白面馍个个上面染上红色，二十四包果子包包上面贴上红纸。此外，一坛子白酒，两条淮河鲤鱼也是少不了的。两条淮河鲤鱼同样是一大一小，大的一条淮河鲤鱼娘家人留下来，小的一条淮河鲤鱼婆家人带回去。那时候，淮河两岸人家穷，有了肉，有了鱼，有了酒，有了馍馍，有了果子，姑娘姑爷三天回门，娘家人请客就不用发愁了。

下一嘟噜炮仗，叫动身炮。时间到了半晌午，婆家人就催促大姐动身了。按照我们这里人家的规矩，新娘进婆家门要赶在午时前，落后不吉利。同一个村子在同一天，要是有几家同时娶亲，还要比谁家的新娘先进门。先进门者吉利，后进门者不吉利。大姐出嫁这一天，婆家人早早地查听清楚，就他们家一家娶亲，只要赶在十二点前进门就可以了。我们家离大姐婆家十五里路，正常走路需要一个半小时。大姐饿三天，走路肯定走不快，两个小时能走到就算不错了。上午九点半钟一过，婆家人就放动身炮。四叔听见炮仗响声，就安排抬嫁妆的村人先走，并吩咐沉住气，不要走得太快。抬嫁妆，越抬越吃重，越快越累人。

大姐在她的房间里，几个小姐妹帮着她梳洗打扮。四叔陪着中年女人在堂屋里坐着。四叔跟这个女人不熟悉。四叔让她说，你抽烟。女人说，不抽烟。四叔再让她说，你喝茶。女人说，不喝茶。女人是个老实人，坐在板凳上一动不动，两只手揪住褂襟子，一个劲地搓揉着。四叔跟我有一比，都是闷葫芦。四叔不说话，女人不说话。两个人在堂屋里干坐着。猛然地，这个女人"扑哧"一笑。四叔问，你这个大姐笑什么？女人说，你们大河湾村四周都是水，我一想不就是一只漂在水上的大木盆吗？四叔听明白话，跟着笑一笑说，可不就是一只漂在水上的大木盆。水季天，大水欺近庄台，晚上睡在床上都能觉出庄台乱晃悠。女人问，那大哥你们不害怕？四叔说，怕什么？大河湾村人是水命，水越大越旺兴。女人说，照大哥你这么一说，我们那里人家不靠淮河，就是旱命了？四叔说，一个地方的人有一个地方人的命。女人说，照大哥你这么一说，华子嫁到我们那里去，就是水命改旱命了？四叔说，女人的命原本是一片浮萍，顺着水漂到哪里算哪里。在四叔的眼里，一个地方的男人才是这个地方的人，一个地方的女人总是从属男人的，总是依附男人的。女人说，照大哥你这么一说，男人跟女人是不一样。四叔说，都一样，姑娘大了还要找婆家嫁出去？

唉——女人长叹一声。

唉！四叔短叹一声。

母亲待在大姐的屋里，静静地看着大姐一点一点打扮起来。大姐的头发膏上头油，梳出一副整齐的刘海，梳出两条大辫子，辫梢上扎着红绸子布，夸张地打着蝴蝶结。大姐的眉毛被修正过，脸上的茸毛被绞掉，淡淡地涂上底粉，轻轻地搽上胭脂。一条红纸蘸上水，大姐含在两嘴唇间重重地抿一下。大姐上身穿着一件大红色袄子，下身穿着一件大红色棉裤，脖子上扎着一条大红色方巾，脚上穿着一双大红色板绒布鞋。大姐就这么一点一点在母亲的眼里更改模样，一点一点地陌生起来。母亲觉得大姐不再是大姐，一点一点地变成那个遥远陌生村子里的小媳妇。那一瞬间，母亲理解了我。那一年，我十六岁，似懂事非懂事，有些微妙心理说不出来，但我能感受得到。母亲起身去锅屋找父亲。这个早上父亲一直在锅屋里，添柴烧水，就是不肯进堂屋，就是不肯见大姐。这一刻母亲也理解了我父亲的反常举动。没料到父亲不在锅屋里，母亲退出锅屋，心里空落落地站在院子里。二弟带着三星在院子里捡拾没燃放着的炮仗，“啪”一声，燃放一只；“啪”一声，又燃放一只。一家子人，只有这么两个孩子无忧无虑着。母亲长叹一口气，去房屋后面的茅厕里找我父亲。母亲担心父亲躲避在茅厕里。茅厕里空着。母亲站在家后庄台上，见着父亲在自家的菜园地里挖地。什么时候父亲不声不吭地走出去，母亲不知道。母亲看见父亲闷着头，一锨赶一锨快速地挖着，拼命地挖着。

抬嫁妆的村人差不多走出村头了。四叔响亮地“咳嗽”一声，清理一下嗓子说，华子，时辰差不多，我们走吧？中年女人慌忙站起身说，该走了，时辰不早了。大姐一头扑在母亲怀里，“哇啦”一声哭起来。母亲伸手替大姐擦眼泪说，今天是你的喜日子，不许哭。母亲说不许大姐哭，自己却眼泪汪汪地跟着哭起来。四叔伸手推开大姐的房门，大声说，华子走吧！大姐一身红彤彤地走出房屋。中年女人领头走在前面，大姐走在中间，四叔、二弟、三星跟在后面，一起走出我们家的房门，一起走出我们家的院子，接着往南走下庄台。母亲没有追着去南边庄台，而是反过头来去北边庄台，去我家的菜园地找我父亲……

也就是这一刻，我夹起书本拼命地朝汽车站跑去。我要坐车回家。我要去送大姐。

作者附记：一转眼，大姐出嫁三十年，现在她自个都已经娶上媳妇、抱上孙子。今年春天，大姐家的小闺女出嫁，婆家是我妻子张罗的，我主动提出来要做送亲的长辈人。妻子感到意外，说我不合适，你又不是人家蔡家人。大姐的婆家姓蔡，这个送亲的长辈人理应是人家蔡姓长辈人。大姐先是愣一愣神，其后还是爽快地答应了。大姐说，大舅送外甥女，这个道理我跟蔡家人能说得通。大姐是个理解人的人，这些年过去，她出嫁我没有送亲，一句缘由没问，一句怨言没说。她家的小闺女出嫁，我去做送亲的长辈人，想把这个亏欠补回来。大姐家的小闺女跟大姐长得像，去送她的那一天，我仿佛就像送三十年前的大姐。

2011 年 2 月 24 日—3 月 8 日　江陈

上　　矿

大河湾村过河往南五里路，有一座国家的大煤矿，村里人家要是去那里，就叫上矿。我的大姑、大姑父家住那里，小时候我要是上矿就是去他们家。我们这里人家喊姑姑为嬢嬢，喊大姑为大嬢。不知怎么的，喊大姑父，就不能喊大嬢父，依旧喊大姑父。外地人听见这么一种别扭的叫法，有一点不理解。矿上的人家来我们村，叫去大河北。淮河围绕在村子的四周，南边的一条叫大河，北边的一条叫小河。大河湾村位于大河的北边，煤矿的人家说“去大河北”，就不奇怪了。

大姑父在煤矿下井，大嬢专门在家里做家务活。他们家没有孩子，就光秃秃的两个大人，生活的担子轻，大嬢就不像有的矿工老婆，要去找一份临时工干。大嬢的身子不好，有一种我说不清楚的毛病，说是叫富贵病，就是不能干活，就是不能劳累，就是只能在家里调养。大嬢在矿上干过临时工，累一累，病一病，歇一歇，就不去上班了。从外表上来看，大嬢一点都不像一个身子骨有恙的女人，个头高，身子胖，脸上胖乎乎的都是肉，手上胖乎乎的都是肉。我母亲说，大嬢就是因为胖，身子骨才不好；就是因为胖，才生不出孩子来。那年头，不管在村子里，还是在煤矿上，人们大多数面黄肌瘦的、骨瘦如柴的，像大嬢这样长一身肉膘的女人罕见、稀少。

小时候我喜欢上矿，大嬢也喜欢我去走亲戚。我喜欢上矿，是因为大嬢家有白面馍馍吃。我们家一年四季吃黑面馍馍——秫秫面、白芋面、玉米面。一年间能吃几顿白面、黑面的花卷馍馍就算不错了，绝少吃麦子面。大嬢也喜欢我去走亲戚，是因为我能陪伴她。在我小时候的印象中，大姑父要么在井下上班不在家，要么下班在家里睡懒觉，很少能见着大姑父待在家里不睡觉，帮着大嬢做一做家务活，或跟大嬢说一说家常话。相比较，在我们家就不一样了。每一天，父母亲都是一块下生产队地里干活，收工一块回来家，母亲忙着烧锅做饭，父亲忙着做家务事。母亲忙的烧锅做饭是父亲替代不了的，父亲的一双手从来不摸锅上灶。父亲忙的家务事也是母亲替代不了的。比如说，安锨把、修猪圈，或在自留地里种上一畦子辣萝卜。在村子里，好像男人有男人的活需要做，女人有女人的活需要做，一个男人与一个女人合在一起，才能组成一个完整的家庭，才能组成一个完整的人世间。在煤矿上，好像男人干的活就在井下，男人一旦下班上井，就离开男人干的活，剩下的就只有在家睡大头觉。同样矿上女人干的活就在家里，不会牵扯到井下。家里与井下是分离开来，是水火不相融合的。

大姑父很少跟大嬢一起吃饭，大嬢一天三顿饭的时间跟我们村里的人家差不多，天亮后吃早饭，晌午头吃午饭，挨傍晚吃晚饭。大姑父吃饭按照上班下班的时间吃，按照睡觉醒来的时间吃，就是不按照该吃饭的时间吃。大嬢家的炉子白天黑夜不熄火，二十四小时饭菜都要焐在锅里边，大姑父半夜下班半夜吃，半下午睡醒半下午吃。大姑父半夜下班回家是一个什么样子的，我说不清楚。我多半在睡梦中，就算被吵醒也只是糊里糊涂的一小会工夫，又会接着睡。要是大姑父半下午醒过来，说一声肚子饿要吃饭，大嬢就会赶紧把饭菜端上饭桌子。大姑父喜欢喝几口白酒，说是喝几杯白酒好解乏、好睡觉。小时候我不能理解，大姑父不是在家睡觉了吗？大姑父睡一觉醒干吗还要喝酒解乏呢？我父亲在家不喝酒。十之有十，村里的男人在家都不喝酒。相反，矿工十之有十在家都喜欢喝几杯酒。这是煤矿的特殊性所在，是井下暗无天日的工作环境造就的。酒是矿工的一种生命依赖，是矿工的一种生命补养。小时候我不可能明白这些个道理。大姑父喝的是一种白芋干酿造出来的高度酒，眼看着跟凉水差不多，滴溜溜清，一根灰刺看不见，喝进嘴里就火烧火燎，难以忍受了。

我第一次喝酒就是在大嬢家。大姑父喝酒，我好奇地围上去。大姑父把剩下来的半杯酒放在我面前跟我说，你要是喝下去这半杯白酒，这块红烧肉我就塞进你嘴里。

大嬢最喜欢烧的就是两样菜，一样是大白菜烧肉，一样是红烧肉。大白菜烧肉，我跟大嬢两个人吃。红烧肉，专门大姑父一个人吃。我想吃红烧肉，大嬢不让我吃。大嬢说，她的病就是吃红烧肉吃出来的，像我这样的孩子，吃大白菜烧肉已经算多吃肉了。不过说一句实在话，白面馍馍夹上肉烧大白菜，真的很好吃，真的有脸面。我从大嬢家回到我自家，说给村里的小伙伴听，他们个个听得嘴里口水一片响。村孩子们问，你去你大嬢家真的白面馍馍尽着吃？我回答说，想吃几块吃几块，想什么时候吃什么时候吃。村孩子们问，你去你大嬢家真的顿顿吃大白菜烧肉？我回答说，大白菜烧肉，有肉有大白菜，想吃大白菜吃大白菜，想吃肉吃肉。

大姑父的筷子上夹着一大块红烧肉，红通通的、油汪汪的，有肥有瘦，是一块猪坐臀肉。我吸溜吸溜嘴，感到红烧肉的强烈诱惑力。我问大姑父，你该不会骗我吧？大嬢不在跟前，大姑父喜欢想法子作弄我。大姑父说，小孩子家怎么这么不会说话，我什么时候骗过你？我说，上一回我吃过红辣椒你就没给我红烧肉吃。大姑父的酒脸红一红说，这一回是真的。上一回大姑父也是这样子，手拿筷子从红烧肉碗里夹出两根红辣椒跟我说——你吃下这两根红辣椒，碗里的一大块红烧肉就是你的了。大姑父喜欢吃红烧肉，好像更喜欢吃红烧肉里的红辣椒。一碗红烧肉，一半红烧肉，一半红辣椒。大姑父吃一块红烧肉，最起码要吃三五根红辣椒。大姑父喝酒“叽叽扭扭”的一片响，吃红辣椒“吃吃哈哈”地吸溜嘴。我不知道酒辣，只知道红辣椒辣，就心想大姑父吸溜嘴是吃红辣椒的缘故。大姑父没想到我能吃红辣椒。不要说红烧肉里的红辣椒，就是没烧红烧肉之前的干红辣椒，我一口吃下两根都不当一回事。我能吃红辣椒不是天生的，是生活造就出来的。可以这么说，那个时候大河湾村像我这么大的村孩子，个个都是吃红辣椒的高手。每一家，每一天，每一顿，都是靠油炸红辣椒当菜，一块块黑面馍馍才能咽进肚子里。两根红辣椒吃进嘴里，油汪汪的、咸乎乎的，有一股子甜味，有一股子肉味，就是不见一股子辣味。大姑父见我吃两根红辣椒就像吃两根面条子，脸上露出一丝后悔的颜色。我看着碗里剩下来的唯一一块红烧肉。大姑父看着我的一张嘴，好像两根红辣椒没有吃进我的肚子里，好像两根红辣椒一瞬间被我藏到了哪里去。

大姑父问，两根红辣椒你真的吃掉了？我张开嘴让他看一看残留在嘴里的碎辣椒。大姑父挤吧两下眼睛说，我不相信。大姑父嘴上说着不相信，一双筷子坚定有力地夹起碗里剩下来的那块红烧肉。我的嘴里汹涌澎湃着口水，心想一大块油汪汪的红烧肉就要塞进我嘴里。我想错了。大姑父夹起红烧肉，手脖子一抬一扬，嘴皮子一张一合，筷子上的一大块红烧肉，“哧溜”一声钻进大姑父的嗓子里。大姑父的喉结上下滑动两次，快速地把一大块红烧肉咽进肚子里。我能有什么办法呢？一下子躺倒在平地上，尽情地、委屈地、愤怒地大哭起来。大孃在锅屋那一边，听见我的哭声跑过来，大声地问，怎么啦？大毛怎么啦？大毛是我的小名。大姑父赶紧地撒谎说，大毛要吃我碗里的红烧肉，我没有给他吃，他就放赖了。大孃严厉地责备我说，红烧肉是你一个孩子家吃的吗？一件黑白颠倒的事，就这么牢刻在我的记忆里。

俗话说，吃一堑长一智。这一回我向大姑父提出一个要求——先吃肉后喝酒。我说，你先把筷子上的红烧肉塞进我嘴里，我再喝杯子里的白酒。大姑父有一个习惯，心里一生疑问，眼睛就挤吧。大姑父再一次挤吧两下眼睛问，你要是吃下我的红烧肉不喝酒怎么办？我说，你照死地打我的屁股。我的注意力放在一大块红烧肉上，大姑父的注意力放在半杯白酒上。大姑父说，你让我想一想。我看见大姑父放下筷子上的一大块红烧肉，拿起酒瓶"哗啦"倒满一杯白酒。大姑父上下牙齿一咬，下狠力地说，这一回我说话算数，你也要说话算数。大姑父一只手夹红烧肉，一只手端起酒杯子。红烧肉塞进我嘴里，酒杯子欺近我嘴边。红烧肉就是红烧肉，不说嘴丫冒油，不说满嘴喷香，单说牙齿嚼动时的一种肉质感觉，就是大白菜里的肉块不能相比的。我尽可能地放慢嚼肉的速度，我尽可能地延长吃肉的感觉，可嘴里的口水不争气，上下牙齿不争气，嗓子眼不争气，三下两下，一块红烧肉吃进肚子里。我长长地缓出一口气，像是不相信一大块红烧肉已经吃进肚子里。我的两眼紧紧地盯着红烧肉碗，好像那一块红烧肉重新滑落在肉碗里。大姑父两眼凸睁，满脸怒色，不愿欣赏我吃红烧肉的一副香馋样子。大姑父把手里的酒杯往我面前伸一伸，催逼着我说，你快一点喝酒吧！我接过酒杯，连想都没想一下，就一口喝进肚子里。

白酒不是红烧肉，白酒不是红辣椒，白酒就是白酒。一杯白酒喝进肚子里，我说不出白酒是什么样子的，满嘴满嗓子满肚子燃起火，火烧火燎的，火光冲天的，仿佛有一双看不见的手，掐在我的脖子上，吸不进去气，呼不出来气。我采取的方法跟上一回一个样，躺倒在地上使劲地哭起来。我哭着哭着，头脑疼痛起来；我哭着哭着，头脑眩晕起来；我哭着哭着，头脑模糊起来。我头疼，好像一根闷棍子打在我头上；我头晕，好像天地颠倒过来了；我恍惚，好像酒里下着迷魂药。我迷迷糊糊地听见大嬢问大姑父，大毛这是怎么啦？我迷迷糊糊地听见大姑父依旧撒谎说，大毛偷喝一杯酒。大嬢说，酒杯子在你面前，大毛怎么能偷喝酒？大姑父依旧撒谎说，他趁我不注意，满满一杯子酒，一下倒进肚子里。大嬢抱起模模糊糊的我，放床上让我睡起来。

大嬢胖，大姑父瘦。大嬢待人质朴、憨厚、诚恳。大姑父待人狡黠、奸诈、滑头。我不知道大嬢跟这种人怎么会过上一辈子。我不知道大姑父睁眼说瞎话大嬢怎么就相信。大嬢喜欢我,或者说大姑父不喜欢我,是有缘由的。大嬢喜欢我,是想让我过继他们家,做他们家的孩子。大姑父不喜欢我,是不想让我过继他们家,做他们家的孩子。我是大嬢的亲侄子,过继他们家,大嬢觉得跟亲生的孩子差不多,大姑父却觉得远了点。大姑父有人选,就是他的亲侄子。我们家姓曹,大姑父家姓万,我去他们家要改姓,大姑父的亲侄子去他们家连姓都不用改。按照道理说,在过继孩子这件事情上,大姑父是对的,大嬢是错的。可大嬢一门心思地想过继我,大姑父也是没办法。从外表上来看,在大嬢家处处事事都是大姑父当家,大嬢处处事事都谦让着大姑父。可在一些关键问题上,大嬢当家的苗头就蹿出来,态度强硬,说一不二。听母亲私下悄悄地说,大嬢不生孩子的责任在大姑父身上。这也是大姑父不敢坚持过继他家亲侄子的根本所在。大嬢说,我不管大毛姓什么,我说过继大毛就过继大毛。

我的父母亲意见也不一样。父亲想让我过继大嬢家,母亲死活不同意。母亲说,我跟前就大毛、二毛两个儿子,两个儿子整天都看在跟前我还少呢!父亲说,什么过继不过继的,你的儿子到什么时候都是你的儿子,别人谁家都抢不去,说来说去不就是想着有一天,大毛接他大姑父的班去矿上吗?母亲问,去矿上干什么?去下井?去扒煤?我宁愿大毛在家跟牛腿(种地),我都不愿他去干那种没鼻子没眼睛的活。在我们大河湾村,村人是看不上扒煤这种活,更是不愿去做扒煤工。井下扒煤危险只是一个方面,承受不了那种暗无天日的工作环境所带来的心理压力是最主要的一个方面。

在我过继这件事上,两家大人的意见不能统一,我就成为他们反复拉锯的一个人物。大嬢叫我经常地去他们家过一过,逐渐熟悉他们的家,他们家的四周环境,好为下一步过继做铺垫,当然最主要的还是想让我与大姑父之间渐渐地产生感情,这样一来大姑父就心甘情愿地同意我过继了,这样一来我过继他们家就水到渠成了。在我们家,母亲不同意我过继，却同意我去大嬢家过一过，也是存有私心的。我们家的茶饭差，大嬢家的茶饭好，过继不过继是下一步的事，眼前我去大嬢家就能吃好的喝好的穿好的。母亲说，他们家没孩子，那么多好吃的吃不掉，不是浪费掉？大嬢家，一个人的工资，两个人花销，不说大河湾村的人家跟不上，煤矿上的人家又有几家能相比？在吃的方面、在穿的方面、在用的方面，大嬢从来不去克扣，她跟大姑父两个人该吃的吃、该穿的穿、该用的用。每一回我去大嬢家，大嬢都会领着我去矿上的百货大楼，从头到脚买一全。可以这么说，我小的时候，父母从来就没给我买过穿的。我身上的衣服，头上的帽子，脚上的鞋子、袜子都是大嬢花钱买来的。

隔上一段时间，大嬢就托人带口信让我去他们家，也就是说要我去他们家过一过。一般情况下，大嬢不会来我们家接我，她在家烧锅做饭伺候大姑父离不开。再说不年不节的，大嬢也不愿来她这个弟弟家。相对他们家，我们家是一个穷亲戚。穷亲戚谁都不想沾。但大嬢想过继我，不沾也得沾。每一趟都是父亲送我去。父亲得着口信，一天都不会拖延，第二天就请出假，领着我一块去。父亲在生产队干活正好心里烦，想找一个机会散一散心，上矿去大嬢家吃好的喝好的，何乐而不为？母亲替我换上一身干净的衣服、一双干净的鞋子、一双干净的袜子、一顶干净的帽子。衣服干净是干净，只是又短又小。一套衣服穿在我身上，胳膊露出来半截子，脚脖子露出来半截子。一双袜子不是前面露出脚指头，就是后面露出脚后跟。要是大冬天，我头上的一顶帽子就更是破得不成样子。只有我脚下的一双鞋子，不见多么破，大小正适合。母亲知道我要跟着父亲走好几里的路。我不知道母亲为什么要这样子做，我父亲知道。

父亲说，大毛的大嬢哪一回不给大毛从头买到脚，要你这样花心思？

母亲说，万一要是不买，大毛不是白去一趟他们家？

父亲说，大毛的换洗衣服都不带一件，你说你这不是逼着人家给大毛买衣服吗？

母亲说，我就是要这样。

父亲说，那你干脆把大毛过继给人家，连这么一身破衣服都省下了。

母亲说，丁是丁，卯是卯，一码子事归一码子事。

母亲这样说话，好像我小小年岁就像一个走江湖的老手。我去一趟大孃家，大孃替我买一身新衣服、一双新鞋子、一双新袜子、一顶新帽子，是最基本的出场价码，跟其他这呀那呀的都不相干。

大孃家住在煤矿的南头，就叫矿南村。家家户户都是红砖红瓦的瓦房，一排一排地排过去，“哗哗啦啦”一大片。冲着一条大马路，每一栋瓦房的山墙顶上都用白石灰水刷上一个大大的阿拉伯数字。一个个阿拉伯数字再用白石灰水圆溜溜地圈住。这便是此栋与彼栋的区别与标识。就这还经常有生人或熟人摸错房道、摸错房门。那时候我还没有上小学，不认识山墙顶上的这些阿拉伯数字。父亲也没上过学，同样不认识这些阿拉伯数字。父亲不认识这些阿拉伯数字，他有识别大孃家的其他办法。头一个办法是从矿南门往南数电线杆子，从第八根电线杆子走下大马路，往东数第十二家房门，就是大孃家。数八根电线杆子不难，右手搬着左手上的五根手指头，从小拇指数到大拇指，就是五个数，再反过头来，左手搬着右手数三根手指头，一共就是八个数。难就难在还要数十二家房门。十二是多少呀？每一户人家又不止一个房门。我右手搬左手，左手搬右手，一数就数乱了。还有一个办法是数茅厕。大马路在西边，一排排瓦房在东边，瓦房的东边有几座茅厕，大孃家紧挨着第三个茅厕，第三家房门。“三”是一个小数字，数来数去很容易。不过数茅厕要跑到瓦房的那一边，也是一件麻烦事。也就是说，我跟父亲每一次去大孃家，都是父亲去找大孃家。

父亲是一个大人，找大嬢家容易。我是一个孩子，找大嬢家不容易。

父亲领着我走出村子、过了淮河、走上两大截子路，大嬢家所在的煤矿就黑乎乎地来到眼面前。煤矿有一个大门，大门旁边有一间房屋，房屋门口站着两个把大门的。父亲说要是他一个人去大嬢家，就从这个大门走进去，插过煤矿从矿南门走出去，就是矿南村。这里是北大门，小孩子不让进。父亲领着我贴着煤矿的院墙往南走。煤矿的院墙七扭八拐的不成样子，一条小路就相跟着七扭八拐的不成样子。煤矿的院墙高，我的个头矮，只能听见里边"哐里哐当"地一阵一阵响，看不见矿工在里边干什么活。父亲也不清楚煤矿上的事，我就不去多问话。父亲一路上头脑想别的，想着晌午去大嬢家吃什么菜，想着晌午去大嬢家喝什么酒。

父亲问，你说你大嬢晌午烧不烧红烧肉？

红烧肉与大白菜烧肉相比较，父亲跟我一样，好像更喜欢吃红烧肉。

我说，红烧肉是给大姑父吃的，大嬢不会端出来给你吃。

父亲在大嬢家，跟我的待遇一样，只能吃大白菜烧肉，不能吃红烧肉。不过大嬢不会当着父亲面这么说，大嬢采取的政策就是红烧肉不露面，不端上桌子。

父亲问，你说我跟你大姑父喝的是不是一样的白芋干酒？

我说，我不喝酒，怎么会知道？

在父亲的想法里，大嬢给他喝的肯定是孬酒，大姑父一个人在家喝的肯定是好酒。

父亲说，我不相信，他们家这么有钱，会喝这么孬的白芋干酒？

白芋干酒是散装的，七毛二分钱一斤。瓶装白酒一瓶少说也得两块多钱吧？好酒孬酒，父亲在大嬢家喝一顿很在乎。

我俩走进矿南村，挨近大嬢家。父亲发狠说，这一回你大嬢不把红烧肉端出来，我连他们家的一口饭都不吃；这一回你大嬢要是再拿白芋干酒糊弄我，我一滴酒都不沾，看到底是他们一家人好看，还是我们爷俩好看！我毕竟是父亲的亲生儿子，父亲说话的最要紧处连上我，我觉得心里猛然一热。我跟父亲说，我俩现在就回头，让大嬢连我的面都见不着。父亲站住脚摸一摸我的脑袋门子说，看来你是一个傻孩子，你不去你大嬢家，不是连大白菜烧肉都吃不上？我不去你大嬢家，不是连一顿孬酒都喝不上？在父亲的心里，喝孬酒比在家不喝酒强。在我的心里，吃大白菜烧肉比在家吃油炸辣椒强。

好在这一天晌午大姑父上早班不在家，好在这一天晌午大嬢早早地把一碗红烧肉端上来，好在这一天晌午大嬢破天荒地让我吃两大块红烧肉。有了红烧肉吃嘴里，好酒孬酒父亲就不在乎了。有了红烧肉吃嘴里，大白菜烧肉里的肉多肉少我就不在乎了。

这一次大嬢真慷慨，不但让我跟父亲吃上红烧肉，一碗红烧肉剩下来，还让我父亲带回家。大嬢说，你顺便再带上几块白面馍馍，让二毛一块打一打牙祭。大嬢说着话，从箱底里拿出一块蓝司令布，让我父亲带回家给我母亲做一条新裤子。大嬢这么慷慨大方是有原因的。大嬢说大姑父总算松口同意我过继。大嬢跟我父亲说，你回家就跟大毛娘说一声，这件事宜早不宜迟，大毛这一边过来，那一边找人迁户口，秋天开学来矿上上小学一年级来得及，再晚就怕耽误了。父亲的两嘴丫流着红烧肉的油汁，冲着我傻笑说，大毛的好日子说一声来就来了。大嬢见我吃饱饭，一边拿出手帕替我擦嘴，一边温柔地看着我说，大毛你出去玩吧，我跟你大(爸)说一件事。

大嬢肯定要跟我父亲说钱的事。在我们家我听父亲跟母亲说过这种话。父亲说，要是我过继，大嬢家会给我们家一笔钱。父亲掐手指盘算着说，有了这些钱，我们家的三间土坯草顶的破旧房屋就可以翻盖成新的。父亲说他也可以买一块钟山牌手表戴在手脖子上。那个时候，莫说生产队没有人戴手表，就算大队干部戴手表也只是个别个。生产队里倒是有一只马蹄钟，装在一只木头盒子里，锁上一把小锁，锁匙别在队长的裤腰带上，队长动步喜欢带着马蹄钟，人到哪里，马蹄钟跟到哪里。白天队长敲上工铃，按照马蹄钟上的时间。白天队长敲收工铃，按照马蹄钟上的时间。晚上队长敲开会铃，依旧按照马蹄钟上的时间。自从有了马蹄钟，队长就变成一个没有头脑的人，凡事都按照马蹄钟上的时间去做，白天不看太阳的方位，晚上不看星星的方位。马蹄钟有时候跑得快一点，有时间跑得慢一点，生产队里的社员怨声载道，队长也不听。父亲想买一块钟山牌手表戴手上，就是要跟生产队长的马蹄钟比一比，看谁的时间准。父亲说，手表真的戴在我手上，我就有话跟队长说了。母亲问，你跟队长说什么话？父亲说，我问他，你白天敲上工铃按照北京的什么时间，你白天敲收工铃按照北京的什么时间，你晚上敲开会铃按照北京的什么时间？有一点差错，我都拉他去找大队干部评理。母亲说，大队干部不护着队长，能说你有理？父亲说，我的手表，大队干部的手表，都是按照收音机里的北京时间对的点钟，队长的马蹄钟上不是北京时间，大队干部还能看不出来吗？母亲问，要是你的手表不是北京时间呢？父亲说，不可能！绝对不可能！那手表还叫手表吗？

在父亲的思想里，手表肯定比马蹄钟跑得准，肯定比马蹄钟靠近北京时间。

父亲说，北京时间是什么？是党中央的时间，是毛主席的时间。生产队长敢糊弄生产队里的社员，总不敢糊弄党中央毛主席吧？不要说生产队长不敢糊弄党中央毛主席，就算他说一声他的马蹄钟上时间是北京时间，都能打成一个现行反革命。

母亲说，照你这么说，生产队长不买手表不是吃亏吃大了？

父亲很有把握地说，你就等着瞧吧，候我戴上手表，生产队长拿头撞墙都晚了。

母亲问，你跟生产队长无冤无仇，干吗要这样对待队长呀？

父亲说，队长下台，我有手表，别人没有手表，这个生产队长我不当谁敢当？

父亲云天雾地里向母亲说这么一番话，其目的还是为了说服母亲同意我过继大嬢家。

母亲明白过来说，我要我的儿子，不要你这个生产队长。

父亲说，你个头发长见识短的女人家，算是我白跟你说这些话。

大姑父下班在家睡觉，我就不能在家里吵闹大姑父。我要么出门去玩，要么在家里睡大头觉。大姑父睡大头觉，我睡大头觉，大嬢睡大头觉，一家人关上门，白天变成晚上，真正到了晚上就不停地在床上翻滚，好长时间睡不着觉。前前后后的瓦房里都住着井下扒煤的矿工，女人大多数都在家没工作，每一家的孩子都不少。上班的（矿上女人称自家男人为俺家上班的）都在井下三班连轴转。大白天上班的，离开家，在井下；不上班的就躺在自家床上，睡上一大觉，又睡上一大觉，才能歇过乏，才能有力气再下井。女人和孩子怕吵着自家上班的，走出自家门。大马路的路边、房屋拐角的空场地，或远离房屋的随便一处什么场地上，三五成群的，一窝一窝的，到处都是女人和孩子，很见一份喧闹。在房屋的外面，偶或地看见个别个上班的，他们的眼睛总是微微闭着的，这是不适应户外阳光的结果；他们的肤色多是水白颜色的，这也是缺少阳光照射的结果；他们的神情总是一副无精打采的样子，总是一副病怏怏的样子，这似乎更是井下的工作环境缺少阳光造成的。——这些林林总总的记忆都成了那个时候煤矿的另一种风景。

这一次，父亲领着我去煤矿，赶在暑假天，孩子们失去学校的管束，闲闲散散的到处都是，一窝一窝地游戏着、尖叫着，招引得家住附近的女人手持棍棒货真价实地驱赶着。这么多的孩子，女人们随便地喊几句骂几句，谁会当回事呀？

矿南村缺少场地尽兴地玩耍，孩子们便远出家门。煤矿的东边有一片塌陷林,有一座矸石山。去塌陷林逮蚂蚱捉知了——这是两项耗费时间而又其乐无穷的事。头上有稀疏枝叶的遮拦,不知不觉太阳爬上头顶,就到该吃晌午饭的时辰了。下午不知不觉又太阳偏西,暮色四起了。如若逮够了蚂蚱、听够了蝉鸣,就去爬矸石山。孩子们分成两组,从不同的方位,择选不同的路径,看哪一组孩子最先爬上矸石山的顶端,把象征胜利旗帜的树枝率先插上去。矸石山不高,却不好爬。一路上大小矸石拦着你,一不小心就绊住脚,磕破皮,流出血。塌陷林里逮蚂蚱捉知了,我毫不逊色于矿上的孩子。爬矸石山往往别的孩子都爬上顶端,我才气喘吁吁地爬至半山腰,成为他们嘲笑的对象。他们长年累月地爬,积累了经验,锻炼了腿力,我哪能比得过他们呢?

矸石山不算高,却是煤矿四周的最高处。登上去四下里一望,矿里的矿井架、矿南的家属房,还有西边的八公山似乎都矮下去,一缩缩进眼底里。小小的一个孩子登上矸石山,一瞬间心气就高了,眼界就阔了。我想这便是矿上的孩子们乐此不疲的道理吧。一群孩子先我爬上矸石山。他们蹦、他们跳、他们笑、他们叫,"哎——哎——哎——""嗷——嗷——嗷——"尽情地释放着他们的情绪,尽情地表达着他们的情感。

一件我从未经验过的事就是这种时候悄然逼近的。先是远处里骤然响起一连串的怪叫声。声音坚硬而冰冷、光闪闪的、尖厉厉的,犹如千万只强弩射出的千万只利箭,呼啸着四散开来,而后落进煤矿的每一个角落,每一个人的耳朵里。这声音扯捞着人的神经,抑制着人的心跳,黑沉沉地笼罩住整个一座煤矿。

——这是矿山救护车的警笛声。

矿山救护车的警笛声忽高忽低、忽强忽弱、忽上忽下、忽左忽右,不像是一辆,不像是两辆,许多辆矿山救护车从不同的方位朝着煤矿的井口,一路狂叫而来。

矸石山上鲜活乱蹦的孩子们僵硬住,一张张脸呆寒着,两只眼一轮不轮，好像一块块凝固的煤矸石。有两个孩子竟然“扑通”一下瘫坐在矸石山上，“哇里哇啦”地哭起来。此时此刻，他们的父亲就在井下上班。矿山救护车跑来，就意味着井下出事故。井下出事故，就意味着要死伤人。两个孩子的父亲在井下，就意味着他们的父亲有可能上不了井。

说实话，当时我并不知道这一猛然变故何以会在孩子的心灵上造成如此震荡。就是又过去许多年，我今日写出记忆里的这一场景，我仍觉得煤矿的孩子是不应该过早懂得生命之轻之重的。可这又是一件不可避免的事，是煤矿的特殊环境造就的。可谁又能说，这不是一代一代矿工血脉的遗传呢？

整个煤矿慌乱开来了，所有路径上都奔跑着黑压压的人影。男人、女人、老人、孩子，凡是矿井上活着的人，都朝着井口跑过来。这时的矿井就像突然闪现出来的一个巨形旋涡，形成一股强大的吸引力，慌乱人群的最终目的地就在这里。这里是通往井下之路，此刻也是通往死亡之门。人们聚集在这里，张望着、等待着。矿山救护车的尖叫声一刻也没有停止，不断地穿梭于井口与医院之间。

猛然间，我想起大姑父此时此刻也在井下上班。不知怎么的，我两腿一软，一屁股坐在矸石山上，跟眼前的两个孩子一起大声地哭起来。

这是我最后一趟上矿去大孃家。大姑父就是在这次煤矿事故中下肢瘫痪残废的。

2012 年 3 月 17 日—23 日　江陈

一个时代的清白

一

一夜过来，大河湾村发生一件大事情。大队民兵营长陈麻子带着四个民兵从大队部快速地走出来。陈麻子空手走在前面，四个民兵身上背着枪、手里拿着绳，紧紧地跟在后面。这么五个人一大早就气势汹汹地直逼曹有庆的家。陈麻子脸上的一颗颗麻子紧绷在脸皮上，其他四个民兵的脸上也是布满一层苦霜，看样子事情不算小，看样子曹有庆家不知出了一件什么不该出的大事情。村子“轰隆”一声热闹起来，大人孩子一大窝蜂地跟在这么五个人的屁股后面，潮水一般向着曹有庆家围涌过去。

这是一个村人惶惑的日子。

稍早一些的时候，村人还看见桂兰花匆匆忙忙往大队部里去。村人去大队部不稀奇，稀奇的是桂兰花的一双眼睛哭得像个烂桃子，陈进新一步不放松地跟随后面有气无力地喊叫着，兰花，你个女人回来家。兰花，你走这么快我哪能撵得上。陈进新是桂兰花的男人，一个病秧子，走这么几步路就呼喘喘地喘不过来气。桂兰花在前面只顾走自己的路，像是没听见身后男人的喊叫声。村人能看见桂兰花一边身子抽搐着走路，一边眼泪“哗啦啦”地往下流淌，像是受到老天那么大的一个委屈,需要大队干部亲自出面来主持公道。挨近大队部,陈进新两脚停下来,慢慢地蹲地上,喊叫声却猛然大起来,你个女人去大队部什么都莫说,你不要脸面,我还要个脸面吧? 桂兰花没有站住脚。陈进新亲眼看着桂兰花一步一步十分坚定地走进大队部,他绝望地埋下头,绝望地哭出声。呜呜呜。我活着不如死掉好,早死早利亮,早死早解脱。呜呜呜。

这时候,村人还没把桂兰花的委屈与别的村人相联系,心想两口子生个气、吵个嘴很平常,就是把大队干部搬过来又能说什么,又能怎么说? 俗话说,清官难断家务事。别人要是硬把一双手插进你家里,也只能是越搅越缠、越理越乱。村人哪里会想到,桂兰花与曹有庆有一腿。这天早上,桂兰花去大队部正是为着这件事。

大队民兵营长陈麻子指挥四个民兵踹开曹有庆家的房门时,曹有庆还睡在床上扯着呼、做着梦,他的两个孩子醒得早,瞧见阵势不对头,拼上命地喊,大——你快跑! 大——大队民兵来抓你了! 曹有庆的两只脚横放在床上,不沾地哪能跑得掉? 他只来得及睁开半只眼睛,就被四个民兵按在床上捆绑住! 曹有庆光身穿着一条裤衩子,一身白花花的肉膘被五花大绑上,真的很像一头猪。曹有庆杀猪似的喊叫说,你们凭什么捆绑我,我犯了哪门子王法? 陈麻子脸上的麻子活起来,一颗比一颗跳得欢实。陈麻子喜形于色地说,你老实一点吧,过一小会你去大队部就什么都明白啦。曹有庆不甘心、不老实,挣扎着说,我就是犯法也轮不着你们捆绑我! 陈麻子鼻子"哼哼"两声说,在大河湾村的地盘上,这话由不得你来说吧? 曹有庆亮出最后一张底牌说,我不是大河湾村人,你们管不着我。

说起来曹有庆是大河湾村人,又不是大河湾村人。说他是大河湾村人,他与村里的曹姓人家是同根同宗一点都不假;说他不是大河湾村人,只是他的老婆孩子在村里,他自己工作在市里的一家化肥厂,不依靠大河湾村的土地吃饭穿衣。曹有庆亮出底牌,陈麻子不吃他的这一套。陈麻子脸上跳动的麻子一停，甩开右手，“啪”一声，很重地打在曹有庆的左脸上。

陈麻子厉声地说，你不是大河湾村人就能乱搞大河湾村女人啦？

一巴掌像是打在蛇的七寸上，曹有庆蔫头耷脑老实了。

审讯地点就设在大队部的一间办公室里。松了绑，穿上裤子褂子，曹有庆规规矩矩地坐在一张椅子上。他光着身子白白胖胖的不像一个地地道道的大河湾村人，穿上衣服干干净净的更是不像一个地地道道的大河湾村人。曹有庆与陈麻子面对面坐着，一递一句说着话，不听声音，光看神态，不像是陈麻子审讯曹有庆，倒像陈麻子正在向曹有庆汇报工作。曹有庆的一副派头怎么看都像个公社领导吧。相比较，陈麻子长出一脸大麻子小麻子不说，个头小，皮肤黑，怎么看都没个人物样子。

陈麻子问，你叫个什么名字？

曹有庆说，你现在忘记我叫个什么名字了，要是想去我家喝酒就想起来了。

曹有庆说的是实情，这些年他没少请大队干部喝闲酒。

陈麻子“啪”一声拍响桌子说，你少跟我耍嘴皮子，喝酒是喝酒，审讯是审讯，我希望你能好好地配合我的工作。

曹有庆转变态度说，好好好，你审讯吧！我看你今天能审讯出一个什么大事情。

曹有庆早上在家吓昏了头脑，现在清醒了，一点没把审讯当作一回事。

我问你什么时辰回来的？

昨个下午。

我问你你回来都干过什么事？

吃饭睡觉。

吃饭睡觉？就干这么两件事？

那你说我还能干什么事？

那我问你，你昨个晚黑有没有去过桂兰花家的茅厕？

嘿嘿嘿。你这是说笑话吧。我去她家茅厕干什么呀？闻臭气吗？

你少跟我打哈哈绕弯子，你清楚你去桂兰花家的茅厕想干什么好事。

你该不是说我想看桂兰花解手吧？你说天黑我能看见她前面长着的东西，还是能看见她后面长着的东西呢？

没这么简单，性质比这严重得多。

那就是我想扒掉她的裤子睡上一觉了？

哈哈。这么说你承认有这么回事了？

这是你说的，不是我说的。我想跟她睡觉用得着这么费事吗？我去她家掏五块钱扔在她的肚皮上，就能够消消停停地舒舒坦坦地睡上一大觉。你倒是跟我说说看，我跟她在茅厕里怎么睡觉呢？

照你这么一说，昨个晚黑你真的跟她睡了一觉了？

这还能有假？我是大明大晃地走进她家门，我是大明大晃地塞给她五块钱，我是大明大晃地扒掉她的裤子睡上了她。

啊，呀，噢，是这么一回事呀！

陈麻子抖一抖脸上的麻子，眨吧眨吧眼睛，像是一个想往东边走的人，走半天道才察觉自己正往西边走。

曹有庆冲着陈麻子轻松地笑一笑说，这下我该配合你的工作了吧？有不明白的地方你只管问。

陈麻子说，我真有一点、一点不明白，你睡了她，给了她五块钱，她怎么一大早还来大队部告你呢？说你昨个晚黑去她家的茅厕想扒她的裤子强奸她。

曹有庆有点生气地说，她一个婊子的话你相信？我实话跟你说，她是嫌我钱给少了，开口问我要十块钱，我没给她这么多。这事她男人是知道的，不信你再去调查调查陈进新。

哈哈。陈麻子说，这下我全明白了。你们是没谈好价钱就急吼吼地上床了，结果发生了矛盾。哈哈。我当这么多年大队干部，这种事我是头一回听说呢。

曹有庆问，你说一句良心话，我睡她一下给五块钱少不少？

陈麻子说，不少不少，差不多够买两条大前门纸烟的。

曹有庆问，你说一句良心话，我睡她一下她问我要十块钱多不多？

陈麻子说，多多多，差不多够我俩喝好几顿闲酒的。

没沾一滴酒，两个人的两张脸通红了。

陈麻子说，我还有一点、一点不明白。你家嫂子这么漂亮，你怎么还去睡桂兰花那么一种烂女人呀？你花五块钱不觉得吃亏吗？

曹有庆说，你嫂子昨天不是不在家嘛？我月把时间回一趟家，哪知道她娘家妈生病回娘家去了。你说我不找个女人睡一觉，我能憋得住、受得了吗？

陈麻子脸上露出一丝淫荡的笑容说，那是的、那是的，我隔上三天不睡一睡老婆都憋得受不了，你个把月不睡一回女人，都快成一个和尚啦。

曹有庆说，没有女人的男人不就是一个和尚嘛。

陈麻子小声地神秘地问，都说做这种事的女人会伺候男人，昨个晚黑你跟她睡一觉的滋味不一般吧？

曹有庆把头往前伸一伸，嘴巴靠近陈麻子的耳朵问，你真想知道？

陈麻子等不及地说，你快说一说。

曹有庆缩回头说，你花五块钱去睡一觉不就知道了？

半路里被人闪一下，陈麻子的一张麻脸上有点不快活。

嘿嘿嘿。曹有庆开心地笑起来。

哈哈哈。陈麻子猛然一下笑得比曹有庆还开心。

二

桂兰花在村里名声不好。她不好的名声主要来自男人陈进新。陈进新是一个病篓子，肺结核花去好多钱吃药打针不见效，一年比一年显得重，先还能去生产队干一干轻巧活，拿一个男劳动力的一半工分——五分工，后来两条腿连房屋门都很少出，一个工分挣不了。桂兰花跟陈进新前后生四个孩子。四个孩子在村里其他人家不算多，他们家养活这么多孩子就算是一件难心事。道理很简单，陈进新不挣工分，还得花钱吃药打针保性命，一家六口人全部指靠桂兰花一个人挣工分哪能支撑得起？可实际上呢，一晃几年过去了，村人没见他们家哪一天少吃一顿饭，哪个人少穿一件衣。村人“咦——”一长声奇怪了。他们家哪来这么多的粮食下锅？他们家哪来这么多的衣服上身？村人就把一双双眼睛使劲地睁开来，村人就把一双双睁开来的眼睛紧紧地盯住桂兰花的两只脚、两只手，看她往哪里去，看她去干什么事。一个大白天，桂兰花去大队部找大队干部，村人看见了；又一个大白天，桂兰花去生产队找生产队长，村人看见了。桂兰花找大队干部要救济款，大队部会计给了她；桂兰花找生产队长要救济粮，仓库保管员给了她。桂兰花去一趟大队部不容易，一进一出，一双眼睛哭得像两只烂柿子；桂兰花找一趟生产队长也不容易，一进一出，一双眼睛哭得像两只烂杏子。

有村人十分同情地说，桂兰花一个女人家不去哭能有个什么办法呢？

有村人十分理解地说，桂兰花不去要救济款、救济粮，男人还能病死吗？孩子还能饿死吗？

也有村人不这么简单地看问题，喜欢把问题往复杂处想，往隐晦处想，说，你们好好地想一想吧，一个女人家光去哭一哭、淌一淌眼泪就能把救济款、救济粮要来啦？那是在大白天有意做一做样子给村人看。

——你是说桂兰花晚上找过大队干部、生产队长喽？

——你说呢？

——你是说桂兰花晚上找大队干部、生产队长做过别的什么事？

——你说呢？

——你是说桂兰花晚上找大队干部、生产队长做那种见不得人的丑事？

——你说呢？

“噢——”一声，一件不用明说的事，村人全部明白了。

在大队里，大队书记趿拉当家说话算数，他当村干部时间长，经见的人事多，一副心肠像铁石一样坚硬。俗话说，一物降一物，石膏降豆腐。桂兰花去大队部当着趿拉面一哭，三下两个就把趿拉的一副铁石心肠软化了。在女人中桂兰花长得不算漂亮，有特点的是她的一双眼睛，长睫毛，又大又亮，一骨碌一骨碌，很招男人注意，很勾男人魂魄。更主要的是她的一双眼睛容易流眼泪，长睫毛一忽闪一忽闪，眼泪汪出来；长睫毛一忽闪一忽闪，眼泪落下来。一双眼睛像两口永不枯竭的泉眼，似乎有永远流不尽的眼泪。趿拉一副铁石心肠软化开，朝着桂兰花挥动两手说，你先回家吧，我这就叫大队会计把你家的救济款做出来。桂兰花继续流着眼泪问，我什么时辰来大队部拿钱呢？趿拉害怕地说，你莫来大队部，我派大队会计送你家里去。

桂兰花家属于大河湾大队第五生产队，生产队长外号叫面瓜，是一个肉性子人。他不怕桂兰花流眼泪。桂兰花当着面瓜脸面流眼泪，他照做他的事。面瓜横下一条心，不管桂兰花怎么流眼泪，他都是一粒粮不能给。生产队仓库里就剩下一点种粮，给了桂兰花家，生产队社员下一年吃什么？面瓜慢慢腾腾地跟桂兰花说，你淌眼泪要是能淌出粮食来，你就拿一条口袋慢慢地淌去吧。桂兰花继续“啪啪啪”下雨似的落眼泪。面瓜轻声慢语地说，你在我面前哭半天，一粒粮食没要着不说，这半天工分恐怕也不好给。桂兰花"咯噔"一下不哭了，抹拉抹拉眼泪下地干活去。面瓜不相信桂兰花这么好讲话，说一声不哭不哭了，说一声离开便离开了。面瓜抬头看一眼渐渐西沉的太阳心里一软一软地想，桂兰花家晚上真要是断顿怎么办呢？

桂兰花早想出另一个办法。

这天天黑透，面瓜一家人正围坐在一张饭桌子上吃晚饭。桂兰花跟前的四个孩子按着高矮顺序走进来。面瓜惊恐地问，你们这是想干什么呀？四个孩子围着饭桌站一排，从大到小，从小到大，先是一人说一句，我饿！我饿！我饿！我饿！后是一人说一句，我想吃饭！我想吃饭！我想吃饭！我想吃饭！面瓜哪里还能吃下饭，扔下饭碗跟老婆说，你把锅里剩下的稀饭，一人盛一碗端过来。面瓜"撅哧撅哧"走出家门，去找仓库保管员。生产队仓库的门上同时锁着两把锁，一把锁的锁匙在面瓜手上，另一把锁的锁匙在保管员手上，两人同时打开两把锁才能把仓库里的粮食拿出来。隔天早，面瓜跟生产队社员说出这么一句大道理。面瓜说，莫说桂兰花家四个孩子饿死了，就是少吃一顿饭，也是给社会主义脸上抹黑呀，也是给共产党脸上抹黑呀，我可不愿承担这么一个罪名。

相比较，倒是趿拉的说辞要令人信服得多。趿拉说，全大队找不出第二家像桂兰花家这么难心的人家，你们说救济款不给她家给谁家？

要说桂兰花跟大队干部、生产队长有瓜葛，属于捕风捉影，主观臆断，要说她跟陶齁子有一腿，就显得有根有据、确凿无疑了。

这里人家把哮喘病人叫齁子。陶齁子的齁是从娘胎里带出来的，齁得比较厉害，身上没有三四两力气，干不动庄稼活，学一门剃头的手艺，常年在大河湾村剃头谋生。大河湾村的一溜庄台上从东往西住着七个生产队，陶齁子负责给东头的三个生产队大人孩子剃头。具体是大人孩子的头一个月剃一次，按午季、秋季，按人头数，生产队给粮食。三个生产队的人头按月轮一遍，说紧不紧，说松不松，要是手上慢一慢，天天要剃头，要是手上紧一紧，一个月能闲个十天八天的。陶齁子赶活赶时间，剃头工具歇下来，手上开始忙乎编荆条筐。陶齁子说，我剃头，生产队只给我粮食吃，我编筐去集市上卖，手上才能有活便钱。村人不这样看问题，说，陶齁子忙剃头、忙编筐一半为他自个，另一半为桂兰花。陶齁子是个寡汉条子，没有老婆孩子要养活，家里的粮、手里的钱，就显得比一般村人家宽裕。这宽裕出来的粮、宽裕出来的钱哪里去了？还不是桂兰花从他的手上借去了。村人问陶齁子，桂兰花借粮、借钱还不还呀？陶齁子说，还、还、还，怎么不还？不还、还能借给她！

村人知道陶齁子这是说瞎话，打马虎眼。

陶齁子、桂兰花原本是同一个庄子人。村人听说，桂兰花在娘家做姑娘的时候，陶齁子就喜欢她。陶齁子这么一个人，桂兰花不可能看上他，更是不可能嫁给他。后来桂兰花嫁给陈进新做老婆，陶齁子跟过来做剃头匠。村人说，这是陶齁子不死心。陶齁子来大河湾村剃头，桂兰花拦不住。桂兰花只能做到不多看陶齁子一眼，不跟陶齁子多说一句话。那时候，陈进新好好的还没得肺结核病，桂兰花跟着陈进新平静地过日子。陶齁子没有一丝一毫反常的举动去干扰桂兰花这种平静的日子，像是只要桂兰花好好生活着自己就心满意足了。俗话说，天有不测风云，人有旦夕祸福。陈进新得了一个医治不好的肺结核病，把一家人的生活拖进艰辛的泥坑里。村人说不清楚是从哪一天的哪一时刻起，桂兰花与陶齁子来往了，而且越走越近乎。村人经常能看见桂兰花把一碗一碗好吃的亲手端给陶齁子，陶齁子也经常大模大样地坐在桂兰花家的饭桌子上，都像是一家子人了。

有一年，桂兰花生下第四个孩子，是一个男孩子。村人看着这个孩子的鼻眼，怎么看怎么都像陶駒子。这件事村东村西传一遍，村里人人都知道了。村人说，陶駒子这么些年来算是没白喜欢桂兰花一场，算是没白把口粮、钱借给桂兰花。说赶明陶駒子老了，说不定能指靠上这个孩子呢。陶駒子在村里有个要好的朋友，叫新山。新山娶一个老婆五年没生出一个孩子。有一回，新山在陶駒子家喝酒喝多了，打着酒嗝说，人的命是说不准的，从表面上看我有家、有老婆比你强，可实际上呢，我不如你。陶駒子酒喝得也不算少，说，新山，你这话怎么讲？新山说，怎么讲？你看你家没有自留地，把瓜种点进别人家的地里，照样结出一个大瓜来。我家里现成的自留地，一年一年却空着连一个瘪瓜都结不出来。

新山说这话，陶駒子听个半懂不懂的。看来这件事传遍整个大河湾村，怕是只有桂兰花跟陶駒子两家人不知道。新山照明问，你能说桂兰花生的第四个孩子不是你的？陶駒子恍然大悟了，知道这些天村人在背后为什么闲言碎语了，为什么指指戳戳了。陶駒子实话说，这些年不要说跟桂兰花睡觉生孩子了，就是连她的一双手我也没拉过一下子呀。这一回轮着新山震惊了。新山问，那你倒贴桂兰花家这么多钱、这么多粮图个什么呢？陶駒子说，我就是喜欢桂兰花。新山说，连她的一双手你都没拉过一下子，你说喜欢她什么呢？那真是剃头的挑子——一头热。陶駒子说，你不知道，一个男人真要是喜欢一个女人，那是一点回报不要的。最后新山问出一个关键性问题，他问陶駒子，陈进新顶多活个年把年，他死后桂兰花愿意跟你吗？陶駒子还是实话说，不知道。

这些年来，曹有庆算是头一个对桂兰花动手动脚的人。

曹有庆参军在部队混几年，退伍转业留在市化肥厂工作。曹有庆长相丑，小眼睛，塌鼻梁，大个头，一身肉，走起路横拉横拉地跟个傻子差不多。他长这副模样在城市里找不着对象，只好回农村找储小青做老婆。储小青图曹有庆有一份工作，按月拿一份工资，将来能过上好日子。曹有庆图储小青长得漂亮，莫说桂兰花赶不上，就是大河湾村其他女人也没有几个赶上的。人世间的许多事都很难说清楚，储小青图曹有庆有一份工资，曹有庆却不一定能把工资交给她。曹有庆图储小青漂亮，漂亮的老婆却不一定能够拴住他的心。曹有庆在工厂对待女人是一种什么做派，村人不知道。曹有庆回村往往是吃着碗里的，看着锅里的，一双眼不安分，喜欢在有姿色的女人身上滴溜溜地打转悠。

这两年，曹有庆一直在桂兰花身上打主意。

头一回，曹有庆手里拿着两双卡普龙袜子递给桂兰花。两双袜子，一双是卡灰色的，男人能穿，女人也能穿；另一双是红色、白色、黑色相间的，只能女人穿。曹有庆不说白送，试探性地说从工厂很便宜买回来的，五毛钱一双，你要是想要就让给你。桂兰花的眼睛不去看曹有庆，不去看袜子，坚决地说，不要！曹有庆不死心，继续说，你要是手上没现钱，袜子你先拿回家穿，什么时候有钱什么时候给我。曹有庆像是在钓鱼，桂兰花要是一个贪图小便宜的女人就慢慢地上钩了。桂兰花不给曹有庆留机会。桂兰花说，我们家大人孩子都不缺袜子穿。

第二回，曹有庆拦住桂兰花说要说一件事。一件什么事呢？曹有庆说他们厂医院有个医生看肺结核病看得好，他手上有一种专门治疗肺结核病的特效药，先后治愈好多人，问她要不要替陈进新带一点这种药过来。桂兰花听出话音，曹有庆依旧在钓鱼，她是这么回话的。桂兰花说，我带陈进新去过公社医院看病，去过县城医院看病，人家医生都说这种病没有好药吃、没有好针打，全靠生活上调剂着保养着。你现在跟我说这话，不是你们工厂医生胡说八道，就是你自己在胡说八道。

曹有庆不死心，继续找机会。

昨天下午曹有庆回来家，赶上储小青回娘家。大河湾村离储小青娘家十里路不算远，按理说曹有庆赶过去看一看丈母娘，就能带着老婆一起回家来。曹有庆不想去，嫌丈母娘嘴碎爱唠叨。储小青兄妹几个，就她一个女孩。这些年丈母娘没少在他面前抱冤屈。丈母娘说，我家闺女原本是个享福的命，没想嫁给你可倒好，不但不享福，还孤孤单单一个人守着家带孩子，你在外面花天酒地的，高兴开工资寄一点钱，不高兴连个屁影子都见不着。

曹有庆倒头在家睡一觉，一觉睡醒天黑下，养足精神，吃过晚饭，心里又打起桂兰花的鬼主意。曹有庆不能大明大晃地去找桂兰花，只能躲在她家后面的茅厕旁边等。这一回，曹有庆手里拿着五块钱，心里想：我不信桂兰花的两只眼看见五块钱不放光，我不信桂兰花的两只手拿着五块钱不乐意把裤子脱下来。

桂兰花两手捣鼓着裤带往茅厕走，曹有庆一闪身一把抱住她。桂兰花吓一跳，张嘴就想喊，曹有庆伸手一把捂住桂兰花的嘴巴。曹有庆说，是我、是我，你莫喊。桂兰花嘴里"呜呜哝哝"地挣扎着。曹有庆说，你跟我一起去我家，我俩睡一觉，我给你五块钱。桂兰花说不出话，乱踢乱挣就说明不同意。曹有庆很大方地说，我再加五块钱，我找一个城里女人睡一觉也不会花这么多钱。曹有庆心想出十块钱桂兰花肯定是没话说的了。哪知道他刚把手移开桂兰花的嘴巴，她就大声叫起来，来——人——哪！曹有庆慌张地伸手又去捂桂兰花的嘴巴。曹有庆说，你这个女人喊叫什么呀？你能跟其他男人睡觉怎么就不能跟我睡觉？你跟其他男人睡觉他们能给你这么多钱？曹有庆说话的语调有点急促，有点慌乱，还有点委屈。桂兰花从最初的惊吓中回缓过力气，清醒过头脑，两只手往曹有庆的胳肢窝一挠，轻易地从他的怀里挣脱出来。桂兰花一边往房屋前面跑一边使劲地喊，陈进新快来呀！陈进新快来呀！曹有庆先是愣一愣神，而后是兔子一般跑开了。

前后三回，花去这么多心思，曹有庆却没有一回睡上桂兰花。曹有庆懊恼得很，不清楚睡不上桂兰花的问题到底出在哪里。

桂兰花“呜呜溜溜"哭一夜，陈进新长叹短叹陪一夜。陈进新心里清楚得很，是他拖累了桂兰花，是他拖累了这个家。反过头来说，这个家全靠桂兰花一个人支撑着。桂兰花去找大队书记要救济款是为了这个家；去找生产队长要救济粮是为了这个家；去找陶駒子借粮、借钱是为了这个家。遭受村人误会、白眼，遭受曹有庆侵袭、侮辱，还是为了这个家，还是他拖累的。——我是你男人，你跟我过日子，我相信你是清白的。陈进新一直这么劝说桂兰花。桂兰花也一直相信男人的这句话。这个晚上这句话却劝说不住桂兰花了。桂兰花说，我天天要在村人的眼皮底下去过日子呀。

隔天一大早，桂兰花做出一个天大的决定，去大队告曹有庆。

陈进新问，你告曹有庆什么呢？

桂兰花说，我告曹有庆耍流氓，我告曹有庆要强奸我。

陈进新说，你这么告曹有庆，大队干部能相信吗？大河湾村人能相信吗？

桂兰花说，不相信我也要告，我就是要让大河湾村人都知道，我桂兰花不是一个好惹的女人。

三

依照大队干部的职务分工，陈麻子负责抓人，跛拉负责审讯。跛拉上午去公社开会，抓人审人才由陈麻子一个独揽着。陈麻子敢越权审讯，却不敢越权处理，更是不敢越权放人，依旧关押着曹有庆，等候着跛拉回头处理。跛拉临近晌午回来了，他听说过这件事也是挠头皮，不太好处理。一方面桂兰花、曹有庆两人各执一词，女方说男方耍流氓想强奸她，男方说女方跟他睡一觉给五块钱嫌钱少，跛拉搞不清哪一个是真，哪一个是假。更令跛拉挠头皮的是双方的证明人都是陈进新，男方说女方嫌钱少争吵的时候，陈进新在跟前；女方说她在家后茅厕喊叫的时候，陈进新跑过来看见曹有庆的人影子。

踿拉按照男方的说法往下想，女方告男方的核心问题是：男方少给她五块钱。

踿拉按照女方的说法往下想，女方告男方的核心问题是：男方想扒她裤子没扒掉。

踿拉把男女双方的说法综合在一块往下想，一个问题是五块钱，一个问题是扒裤子，男方要是扒掉女方的裤子睡上女方，女方愿意不愿意倒是一个原则性问题。现在男方没有扒掉女方裤子，没有睡上女方，一件没有结果的事怎么去说还是一件没有结果的事。

踿拉最后做出处理决定：向曹有庆罚款五块钱。

曹有庆从口袋爽快地掏出五块钱罚款，说，你们几个人忙乎半天，这五块钱够你们晌午喝一顿酒了。

踿拉严厉地说，你不要把我们大队干部的思想觉悟想得这么低好不好？我们要是把你这五块钱打酒买菜花掉了，你说我们怎么向全体贫下中农交代呢？

曹有庆满不在乎地、头昂多高地、大摇大摆地离开大队部。

踿拉就手把这五块钱转交给大队会计，并吩咐说，你去桂兰花家一趟，就说这五块钱是大队里发的救济款，就说我们已经狠狠地批评曹有庆一顿了，就说他已经态度诚恳地认识错误了，就说下次再发生此类的事，我们一定把他扭送公社里去。

踿拉说完这些话，长长地呼出一口气，骂一句"他妈的"，说，这男女关系怎么尽是一些老套子，就不能有一点新鲜的吗？过后又自言自语地说，我就不信花钱会睡不上桂兰花这个女人。

午后两点多钟的样子，一个关键性的人物出场了。

储小青急速地走在村路上，专拣小路、近路，朝着自家房屋的方向直奔过去。从她一张呆寒的脸色上,从她一副慌张的神态上,村人猜测储小青已经知道这件事。俗话说,好事不出门,坏事传千里。这种事传播的范围及传播的速度往往是超出人们预想的。具体到储小青是怎么知道这件事的呢?这就要说到另一个被村人忽略的关键性人物——陶齁子。没吃晌午饭,陶齁子身上背着一副荆条筐就匆匆忙忙出家门。这之前陶齁子已经知道趿拉对曹有庆的处理决定,他气愤地说,没有王法了,大队怎么会袒护这种人呢?陶齁子要想办法帮助桂兰花。这个办法就是替桂兰花去公社告曹有庆。心里想,我不信大队不管的事,公社也不管。陶齁子想着这么办就行动起来了,桂兰花不知道,其他村人更是不知道。村人看见陶齁子一副慌张的样子问,大晌午的你背两只筐去哪里呀?陶齁子说,集上有一户人家急着用筐,说是一早送过去,我剃半天头忘记了。

说来也巧了,储小青妈的娘家侄在公社烧锅,正伺候几个公社领导吃工作餐,看见陶齁子找过来。陶齁子原本喘气就不顺当,这一刻又慌又急的,脸发白,嘴发青,喘半天气说半天话才把想说的事说清楚。几个公社领导一边听着一边不要命地笑着。一个公社领导说,你这个齁子呀,一件不可笑的事,经过你这么一喘一喘地说出来就可笑了。另一个公社领导说,我听半天也没听明白这件事跟你有什么关系呀!其中有一个公社领导不笑,板着面孔问陶齁子,你说这个男的是市化肥厂的吗?陶齁子回答说,曹有庆是、是、是市化肥厂的。真要是市化肥厂的就好说了,这个领导转头对另一个公社领导说,你赶快派几个民兵去大河湾村把这个人给我押过来。没人发笑了,都一齐盯着这个领导,不明白这般兴师动众的原因。这个领导说,你们忘记啦?今年春上我们去市化肥厂调运化肥,结果怎么样呢?空着车子去空着车子回,他们一袋化肥不给,倒是给我们不少难堪,今天我就要把这个人捆绑去,看他们化肥厂怎么说。其他几个领导一起说,这个主意好,不如先让这个人在公社里游一游街,丢一丢化肥厂的人。这个领导一拍饭桌说，我看就这么办，先游一游街，后押送去化肥厂。

哈哈哈。几个公社领导一起笑起来，好像是凭空捡着一个大便宜。陶齁子也跟着齁喘喘地笑起来，好像是立上一大功。

不知道什么时候，桂兰花妈的娘家侄早已悄悄地溜出公社院子，他知道储小青这一刻还在她姑姑家，赶紧通风报信是大事。储小青得着音信不敢怠慢，折转头一路小跑往家赶。她要赶在公社来人前面回到家，她要让曹有庆赶在公社来人抓他前面逃跑掉。储小青不相信曹有庆会有胆量去扒桂兰花的裤子。自己的男人自己清楚。曹有庆就是一个吃吃喝喝的男人，就是一个窝窝囊囊的男人，就是一个嘴上说得多、手上不敢做的男人。怕是桂兰花真的躺在床上脱下裤子，曹有庆都不敢往上面趴。

储小青走前面，村人跟后面。

村人说，我们看见曹有庆从大队部回家就没出门。

储小青不搭话，一脸怒色，一脸着急。

村人说，我们看见他吃过晌午饭就躺在床上睡起来。

储小青不搭话，两眼直视前方，直视家门。

家门大开着，曹有庆十分坦荡地睡床上。储小青走进屋，反手关上门，把村人关在家门外。村人听见屋里一阵"乒乒乓乓"砸东西的声音，曹有庆呵斥说，你个女人疯掉啦？储小青"哇啦"一声哭起来说，这日子没办法往下过啦，我今天跟你拼命了。"乒乒乓乓"，屋里又是一阵砸东西的声音。村人正犹豫着要不要闯进屋里去拉架，不想屋里一下空寂出来，什么声音也没了。这是怎么一回事？没等村人想出个究竟，曹有庆"哗啦"一声打开门，撒腿往门外面跑，储小青手里高高地举着一把菜刀跟在后面往外撵。村人躲闪开，不阻拦，自动让开一条路线。曹有庆从村人身边跑过去，储小青从村人身边跑过去。曹有庆一边跑一边穿衣服，裤子歪斜在身上，褂子穿上一只袖子，另一只袖子耷拉着。

村人说，曹有庆，你还顾得上穿衣服，快跑吧！

村人说，储小青，你手上菜刀举反啦，刀口向后容易砍伤自个。

储小青说，曹有庆，有种你莫跑，看我一刀不砍死你！

曹有庆回头说，储小青，你个疯女人等着，看我不跟你离婚。

一时间，村里鸡飞狗跳的，很是热闹。

我在别的小说中说过，大河湾村是一处孤岛似的地方，四周被河水围困着，去哪里都要过河。大河湾村自己的渡口在村子西边，去公社从这里渡河，去化肥厂也从这里渡河。曹有庆、储小青两口子，男人一直往村子东边跑，女人一直往村子东边撵。村子东边的渡口属于其他村子的。村人说曹有庆跑昏头了，你就是回化肥厂也该往村子西边的渡口跑呀。村人说储小青撵昏头了，看你往村东撵这么远还回来不回来。村人站住脚，看着两口子朝村子东边的方向越跑越远、越撵越远。

半个小时过后，公社来人才露面。也是五个人，一个领导空着手走在前面，四个民兵背枪拿绳跟在后面。大河湾村哪里还有曹有庆，他早从村子东边的渡口跑掉了。直到这时，村人才明白，储小青跟曹有庆联手上演了一出精彩好戏。不知什么时候连着储小青家的两个孩子都锁上家门不见了踪影。村人气愤地说，我们都被储小青这个女人蒙骗了。村人感叹地说，曹有庆算是找着一个好女人，你们想想大河湾村有几个女人能像储小青这样精明的。

四

就是这一年陈进新死掉了，桂兰花再嫁给陶駒子。

陈进新是自杀死的，一条绳子往脖子上一拴，往床头上一挂，往地上一坐一挣，两眼凸睁，舌头没能伸出来就勒断气。肺结核病人原本就上一口气接不上下一口气，陈进新选择这么一种死法很容易。陈进新死得很平静，桂兰花也显得很平静。她解开他脖子上的绳子，她合上他睁开的眼睛，假装他是正常死的。桂兰花不想让村人知道真相，不想给自己再添麻烦。桂兰花替陈进新闭合双眼的时候遇见一点麻烦，冷手合不上，一合上，一松手，又睁开。陈进新的一双眼睛一直盯着桂兰花，里边含着一丝怀疑的目光。这种怀疑的目光陈进新以前没有，桂兰花去大队部告曹有庆以后才有的。桂兰花把一条热毛巾一下敷在陈进新脸上说，你的嘴上不是一直说我是清白的吗？看来你的心里是怀疑的。

桂兰花不喜欢陶齁子，陶齁子却喜欢桂兰花。陶齁子齁齁喽喽的，没个男人样子，桂兰花再嫁给他是一种最好的选择，也是一种没办法的选择。桂兰花跟陶齁子心里多少有点不甘的。这是我的命，我就没有跟一个健康男人的命。桂兰花长叹一口气，认命了。桂兰花说，陶齁子，最起码你不会怀疑我的清白吧？陶齁子说，你在我的心里是一个最清白的女人。桂兰花苦笑笑说，一个再嫁的女人还说谁家的清白呢？

第二年，桂兰花生出第五个孩子。村人说这个孩子的鼻呀眼的长得像陶齁子，陶齁子听见后脸上开满艳丽的花朵。陶齁子谦虚地说，孩子还是像桂兰花多一点。

孩子满月的时候，阶级斗争这根弦一下紧紧地绷起来。公社轮流在各个大队召开现场批斗大会，批斗各类坏分子。轮着大河湾大队，趿拉把批斗人员的名单开列出来呈在公社领导手上。地、富、反、坏、右，大河湾大队一样都不少。公社领导看着这份名单，眉头渐渐地皱起来说，这上面怎么没有那个跟市化肥厂工人搞破鞋的女人呀？趿拉吞吞吐吐地说，没有证据，怕是批斗人家不合适吧？公社领导说，事情闹腾这么大，不是证据是什么？我看你的头脑要好好地武装武装了。那年头，谁都怕武装头脑，武装谁的头脑，十有八九要批斗谁。趿拉慌忙地掏出中山装上插着的一支钢笔说，我现在就加上桂兰花的名字。

趿拉想起桂兰花一双泪水婆娑的眼睛，写字的一只手微微地颤抖起来。

从这一天起，桂兰花两只胳膊五花大绑着，面前挂上一嘟噜破鞋，连续被批斗好多天、好多年。她干涸的两眼始终燃着两团火，只是再也不见一丝婆娑的眼泪。

有一次，曹有庆、储小青两口子回大河湾村，正好遇见游街的桂兰花。自从那年储小青撵着男人逃离大河湾村，一家人一直住在化肥厂没有回来过。一晃几年过去，这是第一次回来。两口子远远地站着，远远地看着。曹有庆问储小青，面前挂着破鞋的那个女人是谁呀？储小青仔细地辨认一番回答说，好像是桂兰花吧。曹有庆心里“咯噔”一惊，说，几年不见，她怎么变得这么老、这么丑了呀？桂兰花形容干枯，头发半白，身子消瘦，哪里还有一丝过去的影子呀！好不容易地，两人依稀想起已经淡忘的那件事。曹有庆说，她原本真的是一双破鞋呀。储小青说，一双再破的鞋也跟你没关系。

2008 年 5 月 8 日—13 日　江陈

曹多勇 2004—2014 年发表短篇小说目录

1. 人羊	阳光	2004 年 4 期
2. 妻子做了一回贼	延河	2004 年 5 期
3. 春天的欲望	郑州晚报	2004 年 5 月 24 日
4. 听火车	岁月	2004 年 6 期
5. 大动静	辽河	2004 年 5 期
6. 淹没时代里的父亲	当代	2004 年 6 期
7. 一锨砍死你	十月	2005 年 1 期
8. 幸福花儿开	中国作家	2005 年 1 期
9. 想要有个家	红豆	2005 年 1 期
10. 新婚的娴	青春阅读	2005 年 2 期
11. 错季节	岁月	2005 年 4 期
12. 心结	雨花	2005 年 5 期
13. 开口说话	天涯	2005 年 3 期
14. 今冬里做了一件大事情	鸭绿江	2005 年 6 期

15. 残意	当代小说	2005 年 8 期
16. 新闻事	芒种	2005 年 12 期
17. 老熟秋	红豆	2005 年 12 期
18. 赶粮	解放军文艺	2005 年 12 期
19. 都市里的好光景	都市小说	2006 年 1 期
20. 女人与佛	雨花	2006 年 2 期
21. 青菜萝卜	安徽文学	2006 年 3 期
22. 疼日子	安徽文学	2006 年 3 期
23. 收拾他一顿	红岩	2006 年 2 期
24. 心灵的墓碑	莽原	2006 年 2 期
25. 荒年月	阳光	2006 年 3 期
26. 一颗飞翔的子弹	现代小说	2006 年第 6 月号芒种卷
27. 张木的婚事	当代小说	2006 年 6 期
28. 一条半空中飞翔的腿	朔方	2006 年 7 期
29. 狠咬你一口	滇池	2006 年 8 期
30. 没人能够说清楚	滇池	2006 年 8 期
31. 好好地吃一顿	西湖	2007 年 10 期
32. 胖嫂	延河	2007 年 1 期
33. 花心湖活鱼馆	广州文艺	2007 年 6 期
34. 小豆芽与大蒜苗	佛山文艺	2007 年 6 期
35. 一棵挪来挪去的树	作品	2007 年 7 期

36. 磨盘石	西部·华语文学	2008 年 5 期
37. 三月初一水根娘上香	西部·华语文学	2008 年 5 期
38. 种上那块河滩地	山花	2008 年 6 期
39. 年馍	芳草	2008 年 4 期
40. 忌口	安徽文学	2008 年 8 期
41. 一盏灯	天涯	2008 年 6 期
42. 恶游戏	长城	2009 年 1 期
43. 西瓜嗝西瓜尿	长城	2009 年 1 期
44. 金银草	雨花	2009 年 1 期
45. 话段子	红岩	2009 年 1 期
46. 我的堂哥曹大树	光明日报	2009 年 3 月 21 日第 6 版
47. 临产	红豆	2009 年 6 期
48. 一棵长在皖南的柳树	安徽文学	2009 年 7 期
49. 牙齿说话	朔方	2009 年 8 期
50. 谁的头脑有毛病	西湖	2009 年 9 期
51. 桃花朵朵开	作家	2009 年 11 期
52. 父亲与牛	光明日报	2009 年 11 月 21 日第 6 版
53. 麦香	红岩	2010 年 1 期
54. 香干拌芫荽	红豆	2010 年 4 期
55. 赶年集	朔方	2010 年 4 期
56. 水姻缘	文学界	2010 年 7 期

57. 姊妹	山花	2010 年 8 期
58. 分床	雨花	2010 年 11 期
59. 大字	作家	2010 年 11 期
60. 会大餐	红岩	2011 年 1 期
61. 暖屋	红岩	2011 年 1 期
62. 漩涡	红豆	2011 年 2 期
63. 瓦凉	天涯	2011 年 2 期
64. 人样	西部	2011 年 3 期
65. 十字绣	光明日报	2011 年 3 月 23 日 13 版
66. 一个时代的清白	长江文艺	2011 年 10 期
67. 皃水季节	朔方	2011 年 11 期
68. 夏双与腊梅	红豆	2011 年 12 期
69. 干净年	文学界	2011 年 11 期
70. 月亮头	大家	2011 年 6 期
71. 送亲	大家	2011 年 6 期
72. 白夜	长城	2012 年 1 期
73. 活人	西部	2012 年 4 期
74. 大礼堂	红岩	2012 年 2 期
75. 金钱豹男人	山花(下半月)	2012 年 5 期
76. 安眠睡	光明日报	2012 年 6 月 1 日
77. 上矿	天涯	2012 年 6 期

78. 中秋祭	文学界	2013年1期
79. 清明劫	青春	2013年1期
80. 亲娘	西部	2013年5期
81. 语文课	西湖	2013年6期
82. 算术课	山花(下半月)	2013年7期
83. 家诗	光明日报	2013年7月12日
84. 暮晚的唢呐声	安徽文学	2014年12期
85. 娶哑巴亲	安徽文学	2014年12期